D1874640

DER DIEB IN DER NACHT

Katharina Hartwell

DER DIEB IN DER NACHT

Roman

BERLIN VERLAG

Die Entstehung dieses Werks wurde durch ein Stipendium
der Kulturstiftung des Freistaates Sachsen ermöglicht.

MIX
Papier aus verantwortungsvollen Quellen
FSC® C083411

© 2015 Berlin Verlag in der Piper Verlag GmbH, Berlin
Alle Rechte vorbehalten
Umschlaggestaltung: ZERO Werbeagentur, München
Typografie: Birgit Thiel, Berlin
Gesetzt aus der Jenson von Fagott Ffm
Druck und Bindung: CPI books GmbH, Leck
Printed in Germany
ISBN 978-3-8270-1279-1

www. berlinverlag.de

My friend once told me something so right
He said to be careful of thieves in the night
(Hot Chip: *Thieves In The Night*)

»Die einzig *wirklich* wirklichen Dinge«, sagte er nachdenklich, »das sind die, die sich selbst schaffen und anderen Dingen überhaupt nicht ähnlich sehen müssen. In meinem Haus in Paris habe ich einige *wirklich* wirkliche Dinge, denen ich geholfen habe, sich selbst zu schaffen – Blumen und Vögel und Regenbogen und Berge und eine Dame, die in den Fluß springt, weil sie unglücklich ist. Sie singen und duften und springen in den Fluß, ganz von sich aus, so daß ich zuweilen über sie erstaunt bin – und hübsch sind sie, Nonny, sehr hübsch! Und dann kommt auch etwas von außen dazu, das Publikum heißt, und das betrachtet sie lange und sagt, daß sie mit nichts auf der Welt Ähnlichkeit haben.«

Nach kurzem Schweigen fragte Nonny: »Woraus werden sie gemacht?«

»In der Regel finden sie etwas, woraus sie gemacht werden«, sagte Cedric, »auch wo man glaubt, daß nichts da wäre, Nonny. Aber ich helfe ihnen auch, es zu finden. Tust du das nicht?«

(Tania Blixen: *Gespensterpferde*)

Seit Donnerstagnachmittag wird der 19-jährige Felix Heller vermisst. Felix verließ am 22. August gegen 17 Uhr die Tankstelle am Ortseingang Dornheim. Felix hat blondes, gelocktes Haar, ist etwa 1,85 m groß und schlank. Als er zuletzt gesehen wurde, trug er khakifarbene Shorts, ein dunkelblaues Polohemd und weiße Turnschuhe der Marke Asics.

Hinweise nimmt der Kriminaldienst der Dornheimer Polizei unter der Nummer 03323 89231 entgegen.

PROLOG

Geister und Außerirdische und plötzliche, unerklärliche Todesfälle sind möglich

Als es klingelt, hat sie bereits geschlafen. Sie setzt sich auf, sieht sich um; ein Teil von ihr hängt noch in einem Traum, der bereits in die Dunkelheit zurückfällt, aus der er zu ihr gekommen ist.

Sie stellt die Füße auf den Teppich, steht auf, läuft los, sucht nach dem Telefon, folgt dem Klingelton wie einer Spur. Bis auf das Schrillen ist es still in der Wohnung; und die Stille ist ein Rauschen, ein dunkles Klopfen tief in den Schläfen. Ihr Kopf ist so leer, dass ihr schlecht wird vor Leichtigkeit.

Sie findet das Telefon auf dem blauen Holztisch in der Küche; an der Nummer auf dem Display glaubt sie zu erkennen, dass es sich um eine Prager Vorwahl handelt.

Gut zwei Wochen sind vergangen, seit sie das letzte Mal von Paul gehört hat. Anfang September schrieb sie ihm eine Postkarte; sie sei unglücklich, schrieb sie ihm. Er sei es auch, schrieb er zurück. Und dass es kein Zufall sein könne, dass Prag beinahe ein Anagramm von Grab sei.

»Hallo«, sagt sie, nachdem sie auf den grünen Hörer gedrückt hat.

Es klickt, es rauscht, aber niemand antwortet.

»Hallo, hier ist Louise«, sagt sie.

Vielleicht hat nicht Paul angerufen, sondern jemand, der Paul kennt, der ihr mitteilen will, dass Paul etwas zugestoßen ist.

Louise greift den Hörer fester. Seitdem sie denken kann, galoppieren ihr die Gedanken davon, reißen sie mit sich, hinaus aus der tatsächlichen Welt. Alles ist möglich in Louises Gedanken. Geister und Außerirdische und plötzliche, unerklärliche Todesfälle sind möglich. So lange, bis sich die Welt wieder zwischen sie und die Möglichkeiten schiebt. Sie ist gerade zu dem Schluss gekommen, dass der einzige Grund, aus dem sie jemand nachts anruft, nur Pauls Tod sein kann, als sie seine Stimme hört.

»Louise«, sagt Paul.

Louise starrt das Bild einer tanzenden Katze an, das auf Augenhöhe an der Wand hängt, und versucht, sich zu konzentrieren. Noch ist die Welt nicht ganz angekommen. Noch sind es vor allem Louise und Louises Gedanken; und ihre Stimme zittert, als sie fragt: »Paul, was ist passiert?«

Sie hört ihn atmen, und in dem Lufteinholen und Freigeben baut sich etwas auf, eine Druckwelle, die durch das Telefon von einem Land in das andere schwappt, auf Louise zurollt, schwer auf ihrem Brustkorb aufschlägt, noch bevor sie Paul sagen hört:

»Louise, ich habe Felix gefunden.«

ERSTER TEIL

NIMMERSATT

ERSTES KAPITEL

Du. Du bist das

Es beginnt in einem Raum tief unter der Erde.

Paul folgt Katrin eine schmale Treppe hinunter in die Lucerna Bar. Lucerna heißt Lampe, und ohne Lampe sähe man in dem verwinkelten Maulwurfsbau kaum weiter als bis zum Hinterkopf des Vorangehenden. Die Menschen, die ihnen entgegenkommen, scheinen Paul zu mustern. Abfällig oder misstrauisch, vermutet er, aber es ist zu dunkel, um den Ausdruck in ihren Augen bestimmen zu können. Er sieht auf seine Uhr, so als ließe sich die Zeit bis zu seiner Abreise bereits in Stunden messen. Dabei sind es Wochen, bestenfalls Tage, die er noch in Prag verbringen muss.

»Jetzt bist du froh, dass du mitgekommen bist«, sagt Katrin, als sie am Ende der Treppe angelangt sind.

»Ja«, lügt er, weil er weiß, dass es diese Antwort ist, die sie erwartet. Und vielleicht hat sie sogar recht; so wenig er hier sein möchte, noch weniger will er mit Katrins Vater in der stillen Wohnung sitzen und auf ihre Rückkehr warten.

Die Vorband spielt bereits, als sie sich an der Theke anstellen. Zögerlich versucht Paul mit einem grünhaarigen Mädchen Augenkontakt aufzunehmen. »Two beers«, schreit Katrin dicht an seinem Ohr vorbei, und die Grünhaarige stellt zwei Flaschen auf den Tresen.

An der Bar erzählt Katrin ihm, was sie die nächsten Tage unternehmen will. Paul nickt, als würde es ihn interessieren.

Jesulein, Kafka, Brücke. *Die schönste Stadt der Welt* wird sie in wenigen Sekunden sagen, weil das alle hier immer sagen, weil sie es schon in Deutschland sagten, bevor er fuhr. *Die schönste Stadt der Welt* – was soll das bedeuten? Wie misst man die Schönheit einer Stadt und wer erklärt sie dann zur *schönsten* unter allen anderen?

»Und wie lange bleibst du noch?«, fragt Katrin.

Paul zuckt die Achseln. »Bis dein Vater mich nicht mehr braucht«, sagt er. Tatsächlich gibt es keinen Vertrag, keine schriftliche Vereinbarung. Er wird so lange in Prag bleiben, bis Frist ihn wieder zurück nach Deutschland schickt.

Katrin stupst ihn mit ihrer Bierflasche an. »Ich verstehe nicht einmal, was genau du für ihn machst. Du läufst durch die Straßen und fotografierst irgendwelche Sachen.«

Tatsächlich hat sich Paul in den letzten drei Wochen in den eher abgelegenen Ecken Prags herumgetrieben, ist im Morgengrauen und in der Abenddämmerung durch die wenig belebten Gässchen geschlichen, um den Nebel zwischen den Häusern zu fotografieren. Er macht Fotos von Orten, an denen sich Kafka nachweislich, vermutlich oder bloß in der Vorstellung Heinrich Frists aufgehalten hat. Auf seinen Bildern zeigt Paul Prags unheimliche Seite, was ihm leichtfällt, da er die Stadt unheimlich findet. Er findet die Moldau unheimlich, den Hradschin und die Prager Burg. (Er denkt viel über das Mittelalter und Folter nach.) Von seinem Fenster aus hat er freie Sicht auf den Hradschin – eine Aussicht, derer Frist sich besonders rühmt. Paul aber zögert es oft bis mittags hinaus, die Vorhänge aufzuziehen. Die Burg selbst scheint ihm weniger Gebäude als Wesen, ein Tier, das beharrlich wartend auf seinem Hügel hockt und lauernd auf die Stadt hinabschaut. Auch die Wohnung selbst ist ihm unheimlich; sie ist voller Geräusche, wo keine sein sollten. Wenn er im Wohnzimmer sitzt, hat er das Gefühl, jemand schleiche durch den Flur. Wenn er im Flur steht, meint er, unterdrückte Laute, glucksendes Lachen oder Flüstern aus dem Badezimmer zu hören. Den fensterlosen Raum mit lauter Lüftung und kaputtem Heizstrahler meidet er, genau wie die Küche. Durch ein Fenster sieht man schräg über den Hinterhof auf einen Balkon, auf dem tagein, tagaus ein rauchender Mann über das hüfthohe Eisengatter gebeugt steht und Paul zu beobachten scheint.

»Deinen Job möchte ich haben«, sagt Katrin, und Paul ist nicht sicher, ob sie gutgelaunt klingt oder vorwurfsvoll. »Läufst durch die schönste Stadt der Welt und machst Fotos. Und kriegst auch noch Geld dafür.«

Er macht ein unbestimmtes Geräusch und nimmt einen Schluck aus seiner Bierflasche. Noch immer mustert ihn Katrin prüfend von der Seite. Sie mag ihn nicht besonders, denkt er plötzlich. Wahrscheinlich hat sie ihn nur eingeladen, mit zu dem Konzert zu kommen, weil sie ihm auf den Zahn fühlen will, weil sie den Verdacht hat, dass er ihren Vater ausnimmt. Dabei hatte er noch am Vortag den Eindruck, sie sei »interessiert« – so würde Louise es formulieren: »Vielleicht ist sie interessiert«, mutmaßt Louise über den Großteil aller Frauen, denen Paul begegnet.

»Danke, dass du mitgekommen bist, jedenfalls«, sagt Katrin. »Auch wenn das nicht deine Musik ist.«

Er nickt. Später, denkt er, wird er Louise davon erzählen, wie er, umgeben von menschlichen Maulwürfen, in den Katakomben der schönsten Stadt der Welt saß und sich zurück nach Berlin wünschte.

Um zehn beginnt das Konzert. Auf einer großen Leinwand werden Schwarz-Weiß-Bilder von Helikoptern, öden Landschaften und Menschen gezeigt, die Paul nicht kennt, von denen er aber vermutet, sie seien Politiker. Schon nachdem er die Hälfte seines Biers geleert hat, fühlt er sich unangenehm betrunken, schwermütig und schwindelig. Katrin entfernt sich von Paul, strebt tänzelnd der Bühne entgegen, bald hat er sie aus den Augen verloren. Vergeblich wartet er auf Gesang und darauf, dass sich die Musik nach ihrem unauffälligen Einsetzen in eine feste Form wandelt, sich zu Einheiten verbindet und zu dem, was Paul als Lied definieren würde. Stattdessen verliert sie sich weiter in einem langsamen Anstieg, einem schwebenden Zusammenspiel der Instrumente, das, wie Paul endlich versteht, nirgendwo hinführen wird, weil es bereits *ist.*

Nach dem Konzert schlendert Paul zu den kleinen Tischen zwischen Toilette und Bar und wartet dort auf Katrin, die sich angestellt hat, um eine signierte Platte zu kaufen. An einem der Tische sitzt ein einzelner Mann, vertieft in einen Flyer der Bar. Paul nimmt ihm gegenüber Platz und mustert ihn verstohlen. Auf den ersten Blick unterscheidet sich der Mann nicht von den anderen Besuchern hier, auf den zweiten aber hat er nicht viel gemein mit den Goths, den Punks und Alternativen; er trägt das Business-Schwarz elegant gekleideter Geschäftsleute, einen schmalgeschnittenen Blazer, enganliegende Jeans und glänzende Stiefeletten; über seiner Stuhllehne hängt ein Trenchcoat. Wie er dort sitzt, sieht er nicht bloß deplatziert aus, sondern so fremd, dass seine Umrisse wie bei einer schlechten Fotomontage weiß zu flimmern scheinen.

Ach, denkt Paul. Sonst denkt er nichts: Ach – genau wie kurz vor Konzertende, als er endlich einen der Politiker auf der grauen Leinwand erkannte. Das »Ach« bedeutet auch und vor allem: Du. Du bist das.

Kennt er den Mann? Nein, sicher nicht, er kennt bloß die Art, wie er sitzt, wie er den hochgewachsenen, schlanken Körper zu falten versteht, so als wollte er ihn in sich selbst verstauen. Er kennt die Art, wie es ihm gelingt, unaufdringlich zum Zentrum des Geschehens zu werden, weil die Menschen, die Gespräche und Bewegungen wie von selbst in konzentrischen Bahnen um ihn zu kreisen beginnen.

Ich muss mich hinsetzen, denkt Paul, aber er sitzt ja bereits. Er traut sich nicht, den Kopf zwischen die Knie zu klemmen; in einer unbeobachteten Sekunde könnte ihm der andere entwischen. Paul mustert längst nicht mehr verstohlen, sondern starrt unverhohlen. Der Mann schaut kurz irritiert auf, vertieft sich dann wieder in den Flyer.

Paul wird heiß. Der Muskel in seiner rechten Wange zuckt. Gerade will er zu einem genuschelten »Sorry« ansetzen, als er das Muttermal sieht: Es ist dunkel, beinahe schwarz, hat die ungefähre Form eines Sterns und sitzt am Handgelenk des Mannes, gleich neben dem Knöchel, genau dort, wo Paul es vor gut zehn Jahren zuletzt gesehen hat.

Pauls Mund öffnet sich.

»Felix?«, fragt er.

Der Mann in der Lucerna Bar, der nicht aussieht wie Felix, sich aber bewegt wie Felix, Paul anschaut wie Felix und Felix' Muttermal am Handgelenk trägt, erklärt, dass es ihm leidtue. Sein Name sei Ira Blixen. Er lebe bereits seit vielen Jahren in Prag. Und er sei Paul noch nie begegnet, ganz sicher nicht.

Er spricht deutsch, beinahe ohne Akzent.

Aber das muss nichts heißen, sagt sich Paul. Deutsch sprechen hier viele. Und trotzdem. Dieser Mann ist Felix. Paul weiß es. In der einen Sekunde zumindest. In der nächsten weiß er es schon nicht mehr. Die Gewissheit brandet auf und ebbt ab, wie beschleunigte Gezeiten, die seinen Körper erfassen, ihn schwemmen, sich zurückzuziehen: Er weiß es, er weiß es nicht, er weiß es. Paul würde sich gerne festhalten, zumindest irgendwo abstützen. Ira Blixen, das ist doch kein Name, denkt er. Kein Mensch heißt Ira Blixen, auch nicht in Prag.

»Und so heißen Sie? Ira Blixen?«

»Nein«, räumt der Mann ein. »Das ist ein Künstlername.«

Irgendwann muss Katrin zu ihnen an den Tisch getreten sein. Umständlich streicht sie sich eine verschwitzte Strähne aus dem Gesicht. »Gehen wir dann?«, fragt sie und wirft dem Mann einen zweifelnden Blick zu.

Paul öffnet den Mund, um etwas zu sagen, aber seine trockenen Lippen geben bloß ein unglückliches Platzen frei.

Blixen dreht sich zur Seite und greift nach seinem Trenchcoat. Der Muskel in Pauls rechter Wange zuckt, als wolle er unter der Haut tanzen, und Paul macht sich bereit aufzuspringen, sich Blixen in den Weg zu stellen, wie ein Kind, das die Grenzen des akzeptablen Spaßes längst überschritten hat.

Doch statt sich umzudrehen und davonzueilen, zieht Blixen sein Portemonnaie hervor.

»Hören Sie«, sagt er, »ich habe leider keine Zeit, mich länger mit Ihnen zu unterhalten, ich muss morgen früh zu einem Termin. Es tut mir leid, Sie zu enttäuschen, ich bin sicher, dass Sie mich verwechseln, aber gut – ich gebe Ihnen meine Karte, und Sie können in meinem Atelier vorbeikommen.« Er sieht zu Katrin. »Sie natürlich auch. Aber ich muss jetzt wirklich gehen.«

Paul nimmt die Visitenkarte entgegen, und als sich seine Finger um das weiße Rechteck aus steifem Papier schließen, kommt alles in seinen Körper zurück: die Müdigkeit, die Kopfschmerzen, der Schwindel. »Ira Blixen – Golden Bones« steht in schlanken Druckbuchstaben auf der Visitenkarte. Paul hält sich an der Karte fest, während er Blixen nachsieht, wie der sich im Gehen seinen Trenchcoat überstreift und zwischen schwarzen T-Shirt-Rücken verschwindet.

Als sie wieder an der Oberfläche der Lucerna Passage angelangt sind, ist Paul außer Atem. Einen Moment lehnt er sich gegen eine Wand und schließt die Augen; erst als er sie wieder öffnet, sieht er die Skulptur mitten in der Passage, ein Pferd, das kopfüber von der Decke hängt. Auf seinem nach oben gekehrten Bauch sitzt ein Reiter, in der Hand hält er einen Speer. Die heraushängende Zunge lässt das Pferd auf obszöne Weise tot erscheinen.

Paul löst einen Fuß vom Boden, und der Raum kippt. Das elende Tier, denkt er, es hebt die Gesetze der Schwerkraft auf und die Welt aus den Angeln.

»Paul?«, sagt Katrin.

Er will sie ansehen, aber sein Nacken ist fixiert, seine Augen sind wie festgeschraubt, und er kann sich nicht abwenden von dem Koloss in seiner schwebenden Schwere.

»Ich komme«, sagt er, ohne sich von der Stelle zu bewegen.

ZWEITES KAPITEL

Meine Eltern sind Wölfe, meine Eltern sind Kämpfer, meine Eltern sind tot

Am Tag seiner Anreise, gleich nachdem er seine Reisetasche ausgeräumt und sich in Frists Wohnung auf der Masarykovo nábřeží umgesehen hatte, machte Paul sich auf den Weg zur Karlsbrücke, die nur wenige Minuten entfernt lag. Er schob und drängelte, quetschte sich zwischen französisch, englisch, japanisch sprechenden, rufenden, schimpfenden Menschen hindurch, bis er die Mitte der Brücke erreicht hatte. Dann kehrte er wieder um.

Auch an den folgenden Tagen ging Paul dorthin, wohin alle gingen; er folgte den Touristenströmen. Schlimmer noch als die großen Plätze waren die beliebten verwinkelten Gässchen. Wie ein riesiger Wurm schlängelten sich die Touristen vorbei an Souvenirshops und Cafés; sie schienen alles mit sich zu reißen, auch Paul. Gleichzeitig war er einsam, noch nie zuvor war er so einsam gewesen wie in dieser überlaufenen Stadt. Die Familien machten ihn einsam, die Pärchen und Schulklassen, Kleinkinder und Rentnergruppen. Die einen beneidete er um ihre Zweisamkeit, ihre Dreisamkeit, ihre Viersamkeit, die anderen fürchtete er. In ihren nervösen oder müden Augen erkannte er etwas wieder, oder vielleicht erkannte es ihn wieder; es glotzte zurück.

Abseits der Menschenmassen in Frists dunkler Altbauwohnung fühlte er sich nicht weniger einsam. Er schrieb düstere Postkarten an Louise, nahm sich vor, sie nicht abzuschicken, tat es dann doch. Als er noch in Deutschland gewesen war, hatte es ihn beruhigt, dass Frist nur an den Wochenenden in Prag sein und Paul die Wohnung meist für sich haben würde. Vor Ort aber zog sich die totenstille Wohnung immer enger um Paul, Zimmer um Zimmer schien sich ineinanderzufalten, bis die kühlen Wände sich dicht an seine Haut schmiegten. Um sich abzulenken, führte er stumme Gespräche mit dem rauchenden Mann aus dem Haus gegenüber und schrieb lange Briefe an Agnes, die er in der Spüle verbrannte.

Am Morgen nach dem Konzert schläft Paul bis in den späten Vormittag. Er ist erschöpft, etwas hat ihn erschöpft, vielleicht das Konzert, die Musik, die Helikopter, vielleicht der Reiter auf dem toten Pferd, oder – wahrscheinlicher – der Mann namens Blixen. Weil er keine Lust hat, mit Katrin und Frist zu frühstücken, bleibt er liegen. Er wird einfach warten, bis die beiden die Wohnung verlassen haben, und dann erst hervorkommen. Doch gegen halb eins klopft es an seiner Tür – Frists Klopfen, weniger ein Klopfen als ein schnelles Hämmern. Paul ruft »Herein« und kommt sich lächerlich vor, wie er in dem Bett sitzt, das Frist gehört, in dem Zimmer, das Frist gehört, in der Wohnung, die Frist gehört, und »Herein« ruft. Katrin muss ihrem Vater von dem Mann in der Lucerna Bar erzählt haben. Natürlich weiß Frist von Felix, er ist schließlich ein Bekannter von Agnes, und jeder, der Agnes kennt, ob bloß entfernt oder gut, weiß von Felix. Unter der Bettdecke spannt Paul die Beine an. Auch sein kleiner aufständischer Muskel in der Wange kribbelte bereits bei der Vorstellung, mit Frist über Felix sprechen zu müssen.

Als Frist schließlich im Türrahmen steht, verliert er kein Wort über den Vorabend. Warum auch immer, Katrin scheint die Begegnung für sich behalten zu haben.

»Ich denke, wir haben genug«, sagt Frist.

»Ja, wahrscheinlich reicht es«, stimmt Paul vage zu und lächelt unsicher. Dann erst fallen ihm die Fotos wieder ein. Der Grund, aus dem er hier in Prag ist, er hat ihn kurzzeitig vergessen.

Die Fotos seien hinreichend unheimlich und poetisch, erklärt Frist. Paul könne in der nächsten Woche abreisen.

Bevor Frist geht, hält er kurz einen weißen Umschlag in die Höhe und legt ihn auf den Hocker neben der Tür. Paul drückt die Oberschenkel in die Matratze, bleibt sitzen, springt *nicht* auf, kontrolliert *nicht* den Inhalt des Umschlags (Ein Bonus? Ein Reisekostenzuschuss?). Man würde bloß im Nachbarzimmer die Dielen knarren hören.

Nachdem Frist und Katrin aufgebrochen sind, um das Prager Jesulein zu besichtigen, öffnet Paul den Umschlag – kein Bonus, kein Reisekostenzuschuss. Dann setzt er sich ins Wohnzimmer und ruft Blixen an. Er lässt sich den Weg zum Atelier beschreiben, steckt zwei Postkarten ein, die Katrin auf dem Tisch hat liegen lassen, und verlässt die Wohnung.

*

Blixens Atelier befindet sich hinter der Burg, in einem Teil Prags, in dem Paul noch nicht gewesen ist. Ohnehin hat er die Wohnung in letzter Zeit meist bloß aus zwei Gründen verlassen – um in einem unterirdischen Tesco in der Innenstadt einkaufen zu gehen (der Supermarkt gefällt ihm, weil man die Ware selbst einscannen kann), und um lange Spaziergänge entlang der Moldau zu machen. Die Burg allerdings kennt er von seinem ersten Wochenende, als Frist ihn zur gemeinsamen Besichtigung zwang. Schulter an Schulter mit etwa zehn anderen Touristen musste Paul das Haus Nummer 22 im Goldenen Gässchen fotografieren und sich anschließend mit Frist eine Ausstellung über Ritter ansehen. Den größten Eindruck auf ihn machte eine bizarre Rüstung, die ihren Träger in einen menschlichen Vogel verwandelte. Der Helm mündete in einen Schnabel, der Harnisch war mit metallenen Federn verziert; Klauen bestückten die Hand- und Eisenschuhe.

Für ihren Ausflug hatte Frist einen atmosphärisch angemessen Nebeltag ausgewählt, heute aber ist der Himmel klar und blau. Während die Straßenbahn den Berg hinauf an der Burg vorbeiruckelt, umklammert Paul die Haltestange mit beiden Händen. Statt auf die immer kleiner werdende Stadt hinunterzuschauen, lauscht er auf jedes Quietschen, jedes Ächzen, denkt an lockere Schrauben und die geheimnisvolle Maschinerie der Tram, die er sich als Ansammlung rostiger Zahnräder vorstellt.

Auf dem Weg von der Haltestelle zu Blixens Wohnung lässt Paul sich unnötig Zeit, betrachtet eingehend die Fassaden grauer Altbauten und kommt sich mit einem Mal albern vor, wie einer jener Menschen, die behaupten, sie hätten eine Statue weinen sehen, oder dass ihnen ein Heiliger auf ihrem Toast erschienen sei. Er hat hier nichts verloren. Entscheidender noch: Es gibt hier nichts für ihn zu finden. Vor Blixens Haustür bleibt er stehen. Kratzt sich am Kopf. Sieht sich um. Soll er einfach wieder gehen? Eine SMS an Blixen schreiben, in der er behauptet, etwas sei dazwischengekommen? Doch jedes Mal, wenn Paul dem heruntergekommenen Altbau den Rücken kehrt, zieht ihn etwas am Kragen zurück. Er muss die peinliche Begegnung zu einem versöhnlichen Abschluss bringen und sich bei Blixen für seinen aufdringlichen Übergriff am Vorabend entschuldigen. Das ist es. Nein, das ist es nicht. Es ist etwas anderes, ein ätzender Widerstand in Paul, ein Zögern, ein Unwillen, sich umzudrehen. Zu gehen.

Er *will* Blixen sehen, will noch einmal sehen, wie er sich bewegt, wie er sitzt, wie er steht. Das Muttermal will er noch einmal sehen und seine spitze, gerade Nase im Profil.

Wie angekündigt ist Blixens Klingel die einzige ohne Namensschild. Zögernd drückt Paul auf den Messingknopf. Erst auf sein drittes Klingeln hin ertönt der Summer. Das Hausinnere ist nicht besser in Stand gehalten als die Fassade: Die Lampen flackern, die Stufen knarren, der Lack an Blixens Wohnungstür ist abgeblättert. Auch an der Wohnungstür muss Paul einige Sekunden warten, bevor Blixen ihm öffnet. Paul wirft einen schnellen, und wie er hofft, unauffälligen Blick auf den Mann, der Felix nicht ähnlich sieht, nicht im Geringsten.

An einem mintgrün gekachelten Bad vorbei führt Blixen ihn in die beiden Wohnräume, die durch eine breite türlose Öffnung verbunden sind.

»Ich habe sie ausgehängt«, sagt Blixen. »Mehr Weite.«

Paul nickt befangen.

»Und Sie arbeiten mit Schmuck?«, fragt er.

»Ja. Eigentlich mache ich Kunst. Aber der Schmuck verkauft sich am besten, also …« Er breitet die Arme aus, als wolle er sich entschuldigen. »Ich sollte Sie vorwarnen. Vielen Leuten gefallen meine Sachen nicht. Vielleicht sind sie ein wenig … makaber.« Er lächelt ein verlegenes Lächeln. Es ist so befangen wie Pauls Nicken; es ist aufrichtig, nicht bloß höflich, und Paul lächelt zurück.

Blixen führt ihn in den vorderen der beiden Wohnräume. In einer Ecke lehnt ein Skelett, ein Modell, wie Paul es noch aus dem Biologie-Unterricht kennt. An der Wand hängen eingerissene, vergilbte Schulwandkarten. Die erste zeigt den menschlichen Knochenbau, die zweite eine vergleichende Darstellung tierischer Skelette.

»Das meiste, was ich brauche, finde ich auf Trödelmärkten«, sagt Blixen. »Aber manches kaufe ich auch im Internet.«

Bis unter die Decke erstrecken sich lange Regale, in denen der Größe nach Tierschädel aufgereiht sind. Die unteren Reihen gehören den Nagetieren, die oberen den Vögeln, deren Schnäbel wie filigrane, kunstvolle Waffen in den Raum ragen. Neben den Schautafeln schmücken schwarzglänzende Plakate die Wände, die Paul zunächst für abstrakte, etwas einfallslose Zeichnungen hält. Erst nach genauerem Hinsehen erkennt er, dass es sich um Röntgenbilder handelt. Zu seiner eigenen Verwunderung sind es eher die Röntgenbilder als die eigentlichen Knochen, die ihn mit Unbehagen erfüllen. Während er die Abbildungen gespenstisch weißer Hüftknochen betrachtet, überwältigt ihn ein Gefühl unangemessener Aufdringlichkeit. Er kommt sich übergriffig vor, so als wühle er in der Unterwäscheschublade eines Fremden.

»Das sind Auftragsarbeiten«, sagt Blixen. »Ich fertige Skulpturen an, bei denen es sich um Nachbildungen tatsächlicher Knochenbauten handelt. Manche sind aus Massivgold, andere habe ich aus Gips geformt und dann vergoldet – eine Frage des Preises. Ich arbeite mit einer Goldschmiedin zusammen. Sie hilft mir, das Handwerk zu lernen.«

»Interessant. Das ist sehr interessant«, sagt Paul und schämt sich im gleichem Moment für die Bemerkung. Die Wahrheit ist, dass er mit Blixens Kunstwerken in etwa so viel anfangen kann wie mit der Ritterausstellung auf dem Hradschin. Er findet sie *unangenehm*, bedrückend. »Es geht um das, was es in dir auslöst«, sagte Agnes vor Jahren einmal zu Paul, als sie sich Damien Hirsts *Birth* ansahen – das gigantische Ölgemälde eines Kaiserschnitts. Aber Hirsts *Birth* und Blixens Knochen lösen in Paul bloß ein Gefühl überwältigender Betretenheit aus. Er mag Fotografien, klare Linien, saubere Schwarz-Weiß-Kontraste, Landschaften, die einen beim Betrachten aufräumen. Zu dem, was Blixen tut, hat er nichts zu sagen, ihm fällt kein Kompliment ein und keine Frage. Wenn Agnes hier wäre, dann würde sie sich alles genau ansehen, sie würde einen vergoldeten Schädel in die Hand nehmen und ihn lange und genau mustern, sie würde nachfragen, sie würde bewundern oder kritisieren, sie würde *verstehen*.

Während Blixen Paul weiter durch seine Wohnung führt, erzählt er ihm von seiner kommenden Ausstellung; er spricht wie ein Museumsführer oder Kurator, so als handle es sich um die Arbeit eines anderen, den er schätzt, aber nicht sonderlich gut kennt.

»Für meine Skulpturen interessieren mich besonders Frakturen und komplizierte Brüche«, erklärt er und deutet auf den Malertisch. Dort liegt ein schimmerndes Monstrum, ein Ungetüm, das Paul erneut an die Ritterausstellung auf der Burg denken lässt.

»Ah ja«, murmelt Paul und verschachtelt die Hände. »Was ... was interessiert Sie daran?«, fragt er stammelnd. »An den Skeletten, meine ich.«

»Knochen sind wie eine Rüstung, oder? Sie stützen einen, schützen das Innerste, das Herz liegt hinter den Rippen wie in einem Käfig. Gleichzeitig sind sie wie ein Geheimnis, das man unter der Haut trägt. Etwas, das Schaden nehmen und brechen kann. Das interessiert mich sehr. Woraus wir Menschen gemacht sind. Es gibt viele Redewendungen, auch im Deutschen, nicht? Man sagt, dass einem etwas in den Knochen steckt, dass man etwas in den Knochen spürt oder es einem in die Knochen fährt – beinahe, als würden wir in den Knochen fühlen. Mich wundert es, dass noch niemand behauptet hat, die Seele stecke in den Knochen, wir vermuten sie doch sonst überall.«

Während Blixen spricht, lässt er Paul nicht aus den Augen, betrachtet ihn aufmerksam, und es ist seine Aufmerksamkeit, die sich als Wärme in Pauls Ohrenspitzen, als Prickeln im Nacken bemerkbar macht. Er kennt dieses Gefühl, kennt es aus Gesprächen mit Agnes, wenn sie ihm von Andersen, dem Aufbau seiner Märchen oder der Grammatik der dänischen Sprache erzählt, und es keine Rolle mehr spielt, dass er sich im Grunde nicht für Märchen oder Skandinavien interessiert. Agnes' Wissen ist wie Hitze oder Licht: Es strahlt aus, es durchdringt und erfüllt ihn ganz. Alleine dadurch, dass er neben ihr sitzt, ist es so, als interessiere er sich auch.

»Möchten Sie sich den Schmuck ansehen?«, fragt Blixen, und Paul nickt.

Auch im hinteren Zimmer steht ein großer Malertisch in der Raummitte, hängen Zeichnungen und Röntgenbilder an den Wänden. Der Tür gegenüber befindet sich ein schmales, ordentlich gemachtes Bett. Auf dem Tisch ausgebreitet liegt Blixens Schmuck, filigrane goldene Ketten, die in V-förmige Knochen münden.

»Man nennt sie Wishbones«, sagt Blixen. »Ich kenne leider nur den englischen Begriff.«

Auch Paul kennt das deutsche Wort nicht.

»Der Schmuck ist beliebt. Nichts Besonderes, aber ich verdiene Geld damit«, erklärt Blixen.

Paul überlegt, ob er aus Höflichkeit eine Kette kaufen und sie Louise mitbringen sollte, aber sie würde ihr nicht gefallen, und Blixen scheint es auch nicht von ihm zu erwarten.

Den restlichen Nachmittag verbringen sie in der Küche. Blixen scheint selten zu kochen; es gibt keinen Kühlschrank, der Ofen wurde zweckentfremdet: Im sauber geschrubbten Inneren liegt ein Stapel Bücher. Während Blixen losen Tee in einen Beutel löffelt, begutachtet Paul die Bücher. Die meisten Titel sind englisch oder deutsch, nur wenige tschechisch.

»Sie können sie ruhig herausnehmen und sich ansehen«, sagt Blixen, faltet den Teebeutel, lässt ihn in das heiße Wasser gleiten. Jeder seiner Handgriffe sieht elegant, choreografiert aus. Paul sieht Agnes vor sich. Dann Felix.

Paul öffnet die Glastür, nimmt das oberste Buch heraus und lässt es vor Schreck beinahe fallen. In den Händen hält er einen Bildband über die Knochenkirche von Kutná Hora.

Er weiß noch genau, wann er das erste Mal von der berühmten tschechischen Kirche hörte. Und von wem. Er war dreizehn damals, saß in der Schulbibliothek und bemühte sich, gleichzeitig gelassen und aufmerksam zu wirken, während ihm Felix von der gotischen Kapelle erzählte. Die Inneneinrichtung, erklärte Felix, sei aus den Knochen von über 40.000 Menschen gefertigt worden. Felix war es auch, der Paul Jahre später im Internet eine Fotografie des berühmten Kronleuchters – des Herzstücks der Knochenkirche – zeigte. (»Alle 204 Knochen des menschlichen Körpers sind dafür verwendet worden!«) Und es war Felix, der Paul immer wieder hatte überreden wollen, nach Kutná Hora zu fahren, um die Kirche zu besichtigen.

Pauls Finger streichen über den Bildband, sein Mund ist trocken, seine Fingerspitzen sind von einem feuchten Film bedeckt.

»Sind das alles Geschichtsbücher?«, fragt er langsam.

Blixen hinter ihm raschelt, aber antwortet zunächst nicht. Paul kann sich nicht zu ihm umdrehen, kann überhaupt nichts anderes tun, als den Bücherstapel anzustarren.

»Ja, wundern Sie sich nicht, bitte«, sagt Blixen dann. »Das sieht etwas düster aus. Die Kirche ist sehr interessant für mich – wegen meiner Arbeit, verstehen Sie? Ich bin ein paarmal dort hingefahren.«

Paul kommt auf die Füße, ohne Blixen aus den Augen zu lassen.

»Lesen Sie viele Geschichtsbücher?«, fragt er.

»Wie gesagt ... ich interessiere mich für viele Dinge wegen meiner Arbeit. Ich recherchiere und informiere mich über alles Mögliche.«

»Ich frage bloß, weil mein Freund ... ein Freund von mir ... Die Bücher erinnern mich an ihn. Das ist alles.«

Pauls Beine zittern, als er sich in einen der beiden braunen Cordsessel fallen lässt.

Blixen reicht ihm einen schlichten, henkellosen Becher. Die Farbe des Tees liegt irgendwo zwischen Grün und Schwarz. Paul nimmt einen vorsichtigen Schluck – er mag weder grünen noch schwarzen Tee. Blixens Tee aber schmeckt weniger bitter als befürchtet und sickert als angenehme Wärme durch den Brustkorb.

»Der Mann, mit dem Sie mich gestern verwechselt haben«, sagt Blixen, »das ist ein Freund von Ihnen, jemand, den Sie länger nicht gesehen haben?«

Ein Freund von mir. Jemand, den ich länger nicht gesehen habe. Paul probiert die Worte aus. Nickt. Weil es stimmt. Gleichzeitig stimmt es nicht, gleichzeitig müsste man ganz andere Worte finden, um über Felix zu sprechen. Stirnrunzelnd sieht er in seinen Tee, denkt: Schwarz? Grün? Schwarz? Er muss ja verrückt gewesen sein, er muss ja immer noch verrückt sein, dass er hierhergekommen ist. Sein Blick wandert wieder zu dem Bildband, den er auf dem Ofen abgelegt hat, und dann hinüber zu Blixen. Kein Zweifel, sein Gesicht ist viel zu schmal, und sein Mund ist – aber nein, zumindest in der Mundpartie, da ist eine bestimmte ... vielleicht nicht in der Form, aber – je länger Paul Blixen ansieht, umso mehr scheinen Blixens Umrisse, die Kanten, die Linien, die Kurven, die sein Gesicht formen, ins Schwimmen zu geraten. Als Kind besaß Paul ein Buch namens *Das magische Auge*, eine Sammlung psychedelischer Bilder, in die man sich nur lange genug vertiefen musste, bis sich aus dem gezackten Rot, Orange und Grün eine geheime, konkrete Form herausschälte. Ähnlich ist es mit Blixen. Starrt man ihn lange genug an, zeigt sich eine zweite, geheime Form: wie Blixen das linke Bein auf dem rechten Knie ablegt, wie er den Kopf hält, wie er den Tee einschenkt, wie er die Hände auf die Oberschenkel legt.

»Und was machen Sie hier in der Stadt?«, fragt Blixen abrupt, und Paul schreckt auf.

»Ich bin beruflich hier. Könnte man sagen. Ich mache Fotos.«

»Sie sind Fotograf?«

»Nein, nein. Ich studiere Germanistik, das heißt, ich habe Germanistik studiert. Seit ein paar Wochen bin ich fertig. Wahrscheinlich werde ich promovieren, aber ich bin noch an keinem Graduiertenkolleg aufgenommen worden. Und zwischenzeitlich –«, er sucht nach einer diplomatischen Formulierung, etwas, das Agnes sagen würde, »hatte ich einen finanziellen Engpass. Vor ein paar Monaten habe ich einen Mann kennengelernt. Er hat die letzten Jahre in der IT-Branche gearbeitet und dadurch genug Geld, um sich seinem großen Projekt zu widmen. Er will einen literarischen Reiseführer Prags schreiben. Agnes – die Mutter meines Freundes – hat ihn davon überzeugt, ich sei ein aufstrebender junger Fotograf. Darum also bin ich in Prag. Auf der Jagd nach Kafkas Geist.«

Blixen schenkt ihm Tee nach.

»Würden Sie mir von Ihrem Freund erzählen?«, fragt er.

Paul sieht überrascht auf, schnell hebt Blixen die Hände. Besänftigend. Oder entschuldigend.

»Ich will nicht aufdringlich sein, entschuldigen Sie. Es interessiert mich bloß …« Er sagt es in demselben Ton, in dem er zuvor über die Knochen gesprochen hat: *Es interessiert mich.* »In der Lucerna Bar haben Sie gewirkt, als hätten Sie einen Geist gesehen. Aber Sie haben *mich* angesehen. Ich frage mich …« Er bricht ab.

Behutsam stellt Paul die Tasse ab. Er sollte gehen. Sollte er gehen? Was würde Louise denken, wenn sie ihn hier sitzen sähe? Was würde Agnes denken? Aber sie sind nicht hier, weder Louise noch Agnes; und was macht es schon für einen Unterschied, ob er einem Fremden von Felix erzählt? Wenn Paul das Atelier verlässt, werden sie einander nie wiedersehen.

»Felix war mein bester Freund. Wir waren Schulfreunde.«

»Ah, ja.« Blixens Gesicht hellt sich auf.

Schulfreunde. Es ist ein gutes Wort. Oder eher: ein Wort, das einen an gute Dinge denken lässt, Kindergeburtstage und gemeinsames Unterrichtsschwänzen, Nachmittage, die man vor dem Fernseher, Wochenenden, die man vor dem Computer verbringt. Er möchte Blixen davon erzählen, von seinem *Schulfreund,* dem Unsinn, über den man lachen kann.

»Wir gingen in dieselbe Klasse, wuchsen in demselben Viertel auf – am Rand von Berlin. Wir hatten viel gemeinsam«, behauptet er und weiß im selben Moment nicht, warum er den Satz gesagt hat. Hatten sie viel gemeinsam? Felix war sportlich, gut in der Schule und bei den anderen beliebt. Paul war weder sportlich noch unsportlich, weder gut noch schlecht in der Schule, nicht beliebt oder unbeliebt.

Blixen sieht ihn abwartend an.

»Ich kann Ihnen erzählen, wie wir Freunde wurden. Das ist eine verrückte Geschichte.« – eine verrückte Geschichte, eine lustige Geschichte, manchmal sagt Paul auch: eine *irre* Geschichte. »Felix hätte mir beinahe die Nase gebrochen. So war das. Ein Unfall, danach wurden wir Freunde.«

So war das: Paul hatte unter einem Baum gestanden und Capri-Sonne getrunken, als ein Ball über die Köpfe der seilspringenden, Pausenbrote essenden, Arm in Arm über den Hof wandernden Kinder flog und seine Nase traf. Zunächst, erzählt Paul Blixen, war da kein Schmerz, da war bloß die Wucht und das Blut. Die Wucht ließ Paul zurück und gegen den Baum in seinem Rücken taumeln. Das Blut strömte aus seiner Nase, über sein graues T-Shirt und in seine Hände, die er vor das Gesicht gerissen hatte. Weil er den Ball nicht hatte kommen sehen, war der Ball kein Ball, sondern ein Schlag aus dem Nichts, der Angriff eines Unsichtbaren. Die blutverschmierten Hände vors Gesicht gepresst, sah Paul, wie Felix über den Schulhof auf ihn zu gerannt kam. Da fand der Schmerz Paul, und es waren zwei verschiedene Arten von Schmerz, einer war stumpf und einer war stechend. Mit einem Mal war Paul von Schülern umringt, sie kamen wie die Motten aus allen Ecken, als wäre Pauls Blut das Licht. Felix manövrierte ihn zwischen den anderen Kindern hindurch, und dann waren sie im Sekretariat, und der Direktor wurde gerufen, und die Biologielehrerin wurde gerufen, weil sie etwas von Blut verstand. Sie warteten auf den Krankenwagen, und Felix hielt Pauls Hand, und Paul versuchte sich zu erinnern, wann ihn das letzte Mal jemand an der Hand gehalten hatte, im Kindergarten vielleicht, als sie in Paaren die Straße entlanglaufen mussten.

Felix entschuldigte sich, mehrmals, und als er Paul am nächsten Tag zuhause besuchte, da entschuldigte er sich noch immer, und Paul stellte sich vor, dass er sich die ganze Nacht hindurch flüsternd entschuldigt hatte. Wie unglücklich er aussah, so unglücklich, dass Paul sich schämte für seine Nase, die etwas vorzutäuschen schien, als sei die Schwellung bloß ein Trick, um sich mehr Aufmerksamkeit zu verschaffen.

Hiervon erzählt Paul Blixen nichts: Damals schon, als Felix neben ihm auf dem Bett saß und sich nach den Schmerzen erkundigte, damals verstand Paul, dass sich nie wieder jemand so um ihn sorgen würde. Gleichzeitig fiel es ihm schwer, Felix' Sorge zu trauen. Selbst Pauls Eltern sorgten sich nicht sonderlich. Auch Felix' Sorge, vermutete Paul, würde sich letzten Endes als Sorge um sich selbst entpuppen.

»Ich weiß, dass du das nicht mit Absicht gemacht hast«, sagte er darum zu Felix, als dieser ihn besuchte. »Das habe ich auch schon dem Direktor gesagt.« Kaum, dass er die Worte gesprochen hatte, schienen sie ihm wie ein Zauberspruch, mit dem er Felix freigegeben, ihn losgesagt hatte, von der Verantwortung und von der Sorge.

Doch Felix hörte nicht auf, sich zu sorgen. Und wenn er sich nach den Schmerzen, dem Schwindel, der Schwellung erkundigte, wenn er Paul ansah, als sei dieser eine komplizierte, leicht zerbrechliche, ja bereits angebrochene Apparatur, spürte Paul ein Kribbeln im Nacken, ein Schaudern, und es war, als stürze sich ein Rudel winziger hitziger Tiere seinen Rücken hinunter. Er dachte viel darüber nach, wie er Felix dazu bringen könnte, ihn noch einmal zu verletzen. Felix aber war zu vorsichtig, zu behutsam, als dass ihm weitere Missgeschicke unterlaufen wären. Würde es ausreichen, fragte sich Paul, wenn er sich nicht durch Felix' Schuld, sondern *irgendwie* verletzte?

Es folgte eine Zeit der Unfälle. Paul fiel, stürzte, schnitt sich, stieß sich. Nachmittag um Nachmittag fand er sich gemeinsam mit seiner verärgerten Mutter in den tristen Arztpraxen der Stadt wieder. Er wurde geröntgt, desinfiziert, genäht und gegipst. Seine Kratzer, seine Schnitte, seine blauen, grünen, braunen Flecken zeigte er Felix, als seien sie Errungenschaften, Verdienste.

Paul sieht auf seine Hand hinab, betrachtet die Narbe zwischen Daumen und Zeigefinger. Erst als er den Kopf hebt, bemerkt er, dass Blixen ihn noch immer aufmerksam ansieht. *Er weiß es*, denkt Paul, er weiß von den Schnitten, den Flecken, den Kratzern, er weiß von dem Kribbeln im Nacken, der Hitze, wie es sich anfühlte, neben Felix auf dem Bett zu sitzen, und dass dessen Sorge auf Pauls Haut brannte.

Minuten verstreichen, in denen keiner von beiden spricht,

und weil Paul die Stille nicht aushält, erzählt er von dem kopfüber hängenden Reiter in der Lucerna Passage. Er spricht von dem Schwindel, dem flauen Magen, dem Gefühl, das Pferd habe die Welt aus den Angeln gehoben und gekippt.

Blixen scheint Pauls verzagten Ton als Bewunderung auszulegen. »Wenn Ihnen der Reiter gefallen hat, dann müssen Sie sich die Miminkas ansehen«, sagt er.

»Ja, vielleicht«, antwortet Paul ausweichend und rutscht unruhig in seinem Sessel vor und zurück. Während er gesprochen hat, über den Unfall, über Felix, über sich, hat Blixen zugehört, aber selbst preisgegeben hat er noch nichts. Paul weiß kaum mehr über ihn als am Abend zuvor.

»Vielleicht könnten Sie mir diese Miminkas zeigen«, hört er sich sagen. »Ich kenne mich hier nicht besonders gut aus.«

Blixen schweigt, und je länger er schweigt, umso sicherer ist Paul, dass er den Vorschlag ablehnen wird. Pauls Muskel klopft verhalten in seiner Wange. Ihm wird heiß.

Dann stellt Blixen seine Tasse ab, lehnt sich zurück. »Freitag habe ich Zeit – vormittags treffe ich einen Auftraggeber. Aber nachmittags kann ich Ihnen die Miminkas zeigen.«

Paul reicht ihm die Hand.

»Dann sehen wir uns Freitag.« Er hat den Satz bestimmt sagen wollen, aber er klingt wie eine Frage.

»Freitag«, bestätigt Blixen.

Während Paul zurück zur Haltestelle läuft, während er sich in die Straßenbahn setzt und später, als er die Treppe hinauf zu Frists Wohnung steigt, folgt ihm Blixen wie ein Gespenst, wie ein Spuk, der sich in seinen Gedanken verheddert hat. Er denkt an Blixens Haar, dieses unnatürlich glänzende Schwarz, das nichts gemein hat mit Felix blonden Locken, er denkt an die Geschichtsbücher in dem Ofen, an den Knochenkronleuchter und

Blixens schlanke Hände, die akkuraten, konzentrierten Bewegungen, mit denen er den Tee in den Beutel gegeben hat. *Ich interessiere mich*, souffliert Blixen flüsternd in seine Gedanken. *Er interessiert sich*, es ist wahr; Paul hat das Interesse schließlich gespürt wie ein Magnetfeld, ein Tiefdruckgebiet, etwas, das in der Luft liegt und die Dinge, die sich darin befinden, beeinflusst. *Dass* er sich interessierte, *wie* er sich interessierte, wie er ihm zuhörte. Paul hätte ihm alles erzählen können, nicht bloß von dem Unfall und ihrer Schulzeit, sondern davon, wie Felix und er tatsächlich Freunde wurden. Er hätte sogar über jenen Nachmittag im Sommer sprechen können, der sich immer weiter in sich selbst verschachtelt hat, zu einem grausamen kleinen Origami-Kunstwerk, einer stachelbesetzten Kugel wurde, die in Pauls Brustkorb sitzt, zwischen Lunge und Magen, und manchmal vergisst er sie, die meiste Zeit aber, fast immer, spürt er sie. Die Vorstellung lässt ihn innehalten: Blixen hätte ihn bloß fragen, hätte bloß sagen müssen, *willst du mir noch etwas erzählen?*, und Paul hätte es getan. Vielleicht bloß, weil er ihn nicht kennt, nichts über ihn weiß – aber nein, es ist etwas anderes, das Gefühl, Blixen alles erzählen zu können, ohne dass dieser zurückschreckt, angewidert oder missbilligend. Es ist lange her, dass Paul so mit jemandem hat sprechen können. Nicht einmal mit Louise, sicher nicht mit Agnes ist es möglich gewesen. Aber mit Felix, flüstert eine Stimme. Erinnerst du dich? Mit Felix hast du so gesprochen, und er hat sich *interessiert*.

Weil Paul keine Lust hat, schon in Frists Wohnung zurückzukehren, setzt er sich in ein Café und versucht, eine Postkarte an Agnes zu schreiben. Seitdem er in Prag ist, hat er sich nur selten bei ihr gemeldet, drei oder vier SMS geschickt. In einem längeren Gespräch mit ihr würde er sich nur beschweren, über die Wohnung, deren Türen nie richtig schließen und durch deren dünne Wände er in manchen Nächten Frists Schnarchen hören kann, über die Stadt, die schönste Stadt der Welt mit ihren Golems und Friedhöfen, ihrer Burg und ihren geflügelten Rittern, über Frist mit seinen jovialen Witzen über Tschechen und Touristen und seiner Großzügigkeit, seiner elenden Großzügigkeit – gibt es etwas in Prag, nach dem sich Paul mehr sehnt, das er mehr verabscheut als die weißen Umschläge, die Frist ihm augenzwinkernd überreicht oder auf seinem Kopfkissen liegen lässt? Auch in einem Brief an Agnes, das weiß Paul, würde er nur undankbar klingen.

Während er hinaussieht, die Menschen beobachtet, die sich an den Fenstern vorbeischieben, fällt ihm eine Geschichte ein, an die er lange nicht mehr gedacht hat. Felix und er waren damals in der siebten Klasse – ungefähr ein Jahr war verstrichen, seitdem Felix Paul mit dem Fußball abgeschossen hatte. Ein Ausflug in den Freizeitpark stand an, in der Woche vor den Osterferien, und Paul hatte keine Lust. Er mochte keine Achterbahnen, keine Freefalltower, vor allem mochte er keine Geisterbahnen – nicht weil er sich vor ihnen fürchtete, sondern weil ihm die Menschen in ihren schlechten Verkleidungen peinlich waren, wie sie durch das Dunkel sprangen und so taten, als wollten sie ihn erschrecken.

Briefe an die Eltern waren verteilt worden, Briefe mit genauen Angaben zu anfallenden Kosten und den Zeiten, zu denen die Kinder gebracht und geholt werden sollten. Paul trug diesen Brief mit sich herum, von der Schule nach Hause und wieder zurück, aber er zeigte ihn seinen Eltern nicht. Ende der Woche war er das einzige Kind, das noch keinen unterschriebenen Zettel eingereicht hatte, und die Lehrerin rief ihn auf.

»Ich hoffe, deine Eltern haben den Zettel dieses Mal unterschrieben, Paul«, sagte sie. Und ohne dass es einen besonderen Plan, ein Vorhaben, einen mit Felix vereinbarten Witz oder eine

Wette gegeben hätte, öffnete Paul den Mund und hörte sich sagen:

»Meine Eltern sind tot.«

Im Klassenraum hielt alles an, sogar der Sekundenzeiger der großen Uhr über der Tür. Kein Schüler atmete, auch Felix neben ihm nicht. Paul starrte die Lehrerin an, und die Lehrerin starrte zurück, und die Sekunden dehnten sich wie prallgefüllte Luftballons, die bereits unheilvoll quietschten. Dann blinzelte die Lehrerin, und mit einem Knall, den niemand außer Paul hören konnte, platzten die Zeitballons. Die Schüler rutschten auf ihren Stühlen vor und zurück, stießen sich gegenseitig an, flüsterten verhalten. Die Lehrerin blinzelte weiter.

Auch heute denkt Paul nur ungern an den behaupteten Tod seiner Eltern. Er kann sich noch an das Gefühl erinnern, wie ihm die Worte zwischen den Lippen hindurchschlüpften, und es war, als ob nicht er selbst spräche, sondern etwas durch ihn hindurch. Er war nie ein guter Lügner gewesen, aber die Behauptung schien auch nicht wie eine Lüge, sondern im Gegenteil wie eine tiefere Wahrheit. Nachdem der Satz gesprochen worden war, sah er die Lehrerin an, erwartungsvoll, so als müsste der Tod seiner Eltern nun, da er ihn behauptet hatte, auch eintreten.

An das, was danach geschah, erinnert er sich weniger gut. Seine Eltern wurden noch am selben Tag über ihren angeblichen Tod in Kenntnis gesetzt. Plötzlich saß Paul im Zimmer des Direktors, und plötzlich saßen seine toten Eltern neben ihm, und plötzlich sagte er: »War bloß ein Witz«, und der Direktor und die Eltern glaubten ihm und schimpften. Die Lehrerin aber stand ein wenig abseits, an eines der Bücherregale gelehnt und beobachtete Paul schweigend. Anders als der Direktor und Pauls Eltern war sie im Klassenraum gewesen, hatte Pauls Stimme gehört, hatte ihm ins Gesicht gesehen, als er behauptete, seine Eltern seien tot.

Davon hätte er Blixen erzählen sollen, denkt er, er hätte ihm erzählen sollen, dass er aus einer Familie der Kämpfer kam, einer Familie, die sich im andauernden Kriegszustand mit sich selbst befand. Pauls Familie kämpfte um alles. Kämpfte darum, wer den Tisch deckte, und wer ihn abräumte, wer heimlich von den Tomaten gegessen hatte, oder warum eines der Kinder sich weigerte, Tomaten zu essen. Am häufigsten kämpften sie um das, was irgendwer zu irgendwem gesagt hatte. Sein Vater benutzte Worte wie eine Axt. Er schlug mit großer Wucht, mit entschiedenem Schwung, aber ohne besondere Geschicklichkeit zu. Die Kampftechnik seiner Mutter hingegen zeichnete sich durch Finesse aus, ihre Worte waren Nadeln, mit denen sie vermeintlich unschuldige Sätze und Fragen spickte. Das hatte sie von ihrer eigenen Mutter gelernt, von ihrer Tante und ihrer älteren Schwester, die sich nicht anders zu verständigen wussten.

Auch Paul und Jenny lernten früh die Nadelsprache, die wie jede Sprache ihre Tücken und Hürden hatte, eine besonders komplizierte Grammatik und vertrackte Aussprache. Wenn Pauls Mutter in Nadelsprache sprach, schlug sie einen besonders hellen, beinahe zwitschernden Tonfall an. »Schön, dass du es dir gemütlich gemacht hast«, zwitscherte sie etwa nach dem Abendessen aus der Küche, während sie unheilvoll mit schmutzigen Töpfen rumorte.

»Kannst du mich ein Mal in Ruhe lassen?«, brüllte Pauls Vater aus dem Wohnzimmer zurück.

Im selben Jahr, in dem Paul behauptete, seine Eltern seien tot, hatte er einen Traum: Er kam von der Schule nach Hause und fand seine Familie am Esstisch versammelt. Seine Tante, seine beiden Cousinen, sein Onkel und dessen Frau waren gekommen, und sie alle waren Wölfe.

»Schön, dass du da bist«, sagte seine Mutter in Nadelsprache. »Wir essen gerade deine Freunde.«

Statt sich zu seiner Wolfsfamilie an den Tisch zu setzen, versicherte er, dass eine Verwechslung vorliege, dass er nicht zu ihnen gehöre. »Ich bin das falsche Kind«, sagte er, aber seine Wolfsfamilie schien ihn nicht zu verstehen oder glaubte ihm nicht. Seine Tante lachte leise und zeigte Reißzähne. »Nun setz dich schon«, sagte sein Vater. Doch Paul wiederholte bloß atemlos den Satz: »Ich bin das falsche Kind.«

Nachdem Paul den Tod seiner Eltern verkündet hatte, musste er auf Anweisung des Schuldirektors Therapiestunden nehmen. Ergiebig waren die Sitzungen nicht. Paul hielt daran fest, »bloß einen Witz« gemacht zu haben, und erzählte dem Therapeuten nichts von seinem Traum. Um den Traum zu verstehen, brauchte er auch keinen Therapeuten. Seine Familie war eine Familie vom Kämpfern, von Wölfen, und er, Paul, war durch ein Versehen, einen Fehler hineingeboren worden. Er war das falsche Kind, zumindest für diese Familie.

Als er einmal bei den Hellers zum Abendbrot bleiben durfte, obwohl einer von Agnes' Kollegen eingeladen worden war, sagte Agnes, nachdem sie den Kollegen in die Küche geführt hatte:

»Das sind meine beiden Kinder, und das hier, das ist mein Adoptivsohn.«

Und Paul, der Adoptivsohn, lächelte, ließ sich von Felix in die Seite boxen und dachte: Meine Eltern sind Wölfe, meine Eltern sind Kämpfer, meine Eltern sind tot.

*

Zurück in der Wohnung, in seinem Bett sitzend, das Notebook auf den Knien, findet Paul heraus, dass das Wishbone Gabelbein oder auch Furcula genannt wird – und es sich um das bei Vögeln besonders ausgebildete Schlüsselbein handelt. Er schreibt eine E-Mail an Agnes, die er nicht abschickt, und denkt darüber nach, Louise anzurufen. Im Flur schleicht er so lange um das Telefon herum, bis Frist ihn polternd fragt, ob er einen Anruf erwarte.

Er geht früh zu Bett und kann nicht schlafen. Im Dunkeln lauscht er auf Frists und Katrins Stimmen im Nebenzimmer und denkt an Berlin. Wenn Louise wüsste, von dem Treffen heute und dem Treffen morgen, wenn sie wüsste von dem Verdacht und von den Möglichkeiten, sie würde sich noch am selben Tag in einen Zug nach Prag setzen und Paul zwingen, sie zu Blixen zu bringen. Schon in der Straßenbahn, spätestens beim Hinaufsteigen der Treppe zu Blixens Wohnung, kämen Paul Zweifel. Blixen würde ihnen die Tür öffnen, und Louise würde Paul entsetzt anstarren. »Er sieht ihm nicht einmal ähnlich«, würde sie sagen.

Und natürlich hätte sie recht.

DRITTES KAPITEL

Nimmersatt

Felix und Paul wurden Freunde wegen einer beinahe gebrochenen Nase, wegen eines Unfalls, wurden Freunde, als Felix einen Ball über den halben Schulhof kickte und der Ball Pauls Nase traf.

Es ist eine gute Geschichte. Eine Geschichte, die Paul schon oft erzählt hat.

Nur dass sie nicht stimmt.

Während Paul in Blixens spärlich eingerichteter Küche saß und von Blixens grün-schwarzem Tee trank, da dichtete er nichts hinzu, da erfand er nichts. Es war genauso passiert, wie er es Blixen erzählte: das Fußballspiel, der Ball, der Unfall, das Blut, die aufgeregten Stimmen, die anderen Kinder, die sich um sie herum versammelt hatten, nichts davon hatte Paul sich ausgedacht. Es stimmte sogar, dass Felix Paul ins Sekretariat gebracht hatte und ein Krankenwagen gerufen worden war. Auch, dass Felix Paul besucht, dass er sich entschuldigt, dass er sich um ihn gesorgt hatte, dieser Teil, *vor allem* dieser Teil, stimmte.

Aber Freunde wurden sie nicht. Es braucht mehr als einen Unfall, einen Ball und Blut. Eine Freundschaft ist ein kompliziertes Gebilde, eine prekäre Apparatur mit wenig durchschaubarer Funktionsweise.

Weil Paul und Felix in dieselbe Klasse gingen, sahen sie einander auch nach dem Unfall jeden Tag, sie nickten einander zu, manchmal begrüßten sie sich mit Handschlag, einmal lieh Felix Paul Geld, weil Paul seine Ausgabe von *Unterm Rad* nicht bezahlen konnte. Aber sie verabredeten sich nicht, sie verbrachten die Pausen nicht miteinander; Felix besuchte Paul nicht noch einmal zuhause, und er lud Paul auch nicht zu sich ein.

Paul schlich um Felix herum, er beobachtete ihn, nicht nur im Klassenraum, sondern auch auf den Fluren und dem Schulhof. Abends, wenn er im Bett lag und das Haus noch bis spät nachts voller Geräusche war – Jenny trampelte die Stufen hinauf, seine Mutter rief seinem Vater trällernd Vorwürfe zu, sein Vater brüllte zurück –, dann kroch er tief in den unendlich weiten Raum zwischen seinen Ohren, eine Art Tropfsteinhöhle, dunkel und still; hier war nichts mehr zu hören von seinen Eltern, von Jenny, hier hörte er bloß noch Felix und Felix' »Entschuldigung«. Er spulte dieses Wort ab, in einer Endlosschleife, in der spezifischen Klangfarbe, in dem besonderen Ton, der Felix und nur Felix gehörte. *Entschuldigung, Entschuldigung, Entschuldigung.* Immer wieder das eine Wort, bis er spürte, dass es sich abnutzte, zu leiern begann wie eine seiner TKKG-Kassetten, die er sich zu oft angehört hatte.

Die Geschichte, die Paul Blixen eigentlich hätte erzählen sollen, beginnt nicht auf dem Schulhof, sondern in der Bibliothek, einer Schulbibliothek mit orangefarbenen Tür- und Fensterrahmen, orangefarbenen Stühlen und einem braunen Raufaserteppich.

Dort herrschte der Bibliothekar, ein glatzköpfiger, hagerer Mann, der alle Schüler verachtete. Seine Verachtung war ein dunkles Energiefeld, das sich in pulsierenden Wellen über die Theke, durch die Sicherheitsschranken und die Glastüren bis nach draußen schob. An den Türen selbst hatte der Bibliothekar unzählige Zettel befestigt. Jeder begann mit den Worten: *Es ist den Kindern untersagt,*

Es ist den Kindern untersagt, in der Bibliothek zu essen oder zu trinken.

Es ist den Kindern untersagt, in der Bibliothek Ball zu spielen.

Es ist den Kindern untersagt, Bücher zu beschädigen!

Paul betrat die Bibliothek nur, wenn es einen konkreten Grund, einen Anlass dafür gab. Dieses Mal musste er für ein Referat ein Buch ausleihen. Er hatte den Bibliotheksbesuch bis nach der sechsten Stunde hinausgeschoben und machte sich erst auf den Weg, als sich die Gänge zwischen den Klassenräumen leerten. Auch der Bibliothekar war nirgendwo zu sehen.

Obwohl es im Eingangsbereich eine Reihe von Schließfächern gab, warfen die meisten Schüler ihre Rucksäcke auf den Boden oder auf einen Tisch gleich neben der Theke. An diesem Nachmittag lehnte bloß ein einziger Rucksack an der Wand. Dunkelblau mit grünem Logo – Felix' Rucksack. Weil Thomas Felix danach gefragt und Paul Felix' Antwort gehört hatte, wusste Paul, dass Felix' Mutter ihn während eines Urlaubs in Schweden für ihn gekauft hatte. Es war ein einfarbiger Rucksack, frei von lustigen Aufdrucken. Auf Pauls eigenem Rucksack befand sich eine idiotisch grinsende Maus (oder Ratte?), und Paul kämpfte seit gut einem Jahr mit seiner Mutter, weil er einen neuen haben wollte.

Felix' Rucksack gefiel Paul. So würde er es einmal, Jahre später zu Felix sagen, als der ihn wegschmeißen wollte. »Er hat mir gut gefallen!«, würde er sagen; würde es *entsetzt* sagen und Felix den Rucksack beinahe aus der Hand reißen. Aber stimmte es so? *Gefiel* er ihm bloß? Etwas an dem Wort passte nicht recht, klang lächerlich verlogen, ähnlich als würde man, nachdem man Tage nichts zu essen bekommen hatte, behaupten, man hätte *Appetit*.

Statt an der Theke vorbei zu den Bücherregalen zu gehen, kniete sich Paul neben Felix' Rucksack, legte eine Hand auf die gewachste Schicht, schloss die Augen, um das Blau besser zu *fühlen*, ließ den Zeigefinger über die silberglänzende Schnalle gleiten. Als er die Augen öffnete, war der Rucksack nicht länger geschlossen. Jemand hatte auf die Schnallen gedrückt, die Lasche umgeschlagen. Und Pauls Händen passierte es, dass sie in dem dunklen Innenraum umhertasteten, dass seine Finger die spitzen Kanten der Bücher entlangfuhren, über die Hefte strichen und etwas Weiches zu fassen bekamen: ein Federmäppchen, Felix' Federmäppchen aus hellbraunem, weichen Leder.

Pauls Finger krampften sich unkontrolliert um das Mäppchen, ihm wurde heiß, das Blut klopfte in seinem Hals oberhalb des Adamsapfels, sein Muskel zuckte. Es war ein Gefühl wie Hunger oder Durst, ein Gefühl, das einen eigenen Namen verdiente. Es sollte möglich sein, zu sagen: »Ich habe das Wollen«, denn zu sagen, dass man *etwas wollte,* traf es nicht. Das Wollen war wie eine Krankheit oder ein Anfall, nahm vollständig Besitz von Pauls Körper, es ließ keinen Platz für Gedanken, für Bedenken, für Skrupel. Paul war hungrig, er war durstig nach dem Mäppchen, nicht bloß seine suchenden Finger, seine zittrigen Hände, sondern sein ganzer Körper *wollte* es.

In der Nähe des Schulhofs gab es einen Park, vor dem die Eltern und Lehrer die ganze Klasse gewarnt hatten, der Park war bekannt für seine verdächtigen Gestalten, allen voran Kiffer-Karl, einen unauffälligen Mann, der unter den Jungen in Pauls Klasse einen mythischen Status eingenommen hatte. Sie nannten ihn Kiffer-Karl, weil ihn bereits die Jungen aus den vorherigen Jahrgängen so genannt hatten, und sie behielten den Namen auch bei, als sie verstanden, dass Kiffer-Karls Droge der Wahl nicht Gras war. Niemand hätte Paul vor dem Kiffer-Karl auf den Parkbänken, in den Büschen warnen müssen. Paul nahm kilometerlange Umwege in Kauf, um ihm nicht begegnen zu müssen. Ein einziges Mal, als er gemeinsam mit seiner Mutter und Jenny einkaufen gefahren war, sah er ihn aus der Nähe. »Hey, ist das nicht Kiffer-Karl?«, rief Jenny begeistert und deutete auf eine zusammengekauerte Gestalt neben den Einkaufswagen. Paul wäre beinahe gestolpert, vor Schreck und weil er gleichzeitig stehen bleiben und weiterlaufen wollte – im Kiffer-Karl erkannte er etwas wieder; hier war jemand, der dem Wollen vollständig erlegen, der sich irgendwann selbst abhandengekommen war; Kiffer-Karls Herz schlug im Takt des Wollens; Paul konnte das Wollen sehen als gespenstischen Glanz in Kiffer-Karls viel zu dunklen Pupillen.

Bedächtig zog Paul das Mäppchen aus dem Rucksack, klappte die Lasche zu und schloss die Schnallen. Er stand auf, und statt das Mäppchen gleich unter seiner Jacke verschwinden zu lassen, hielt er es in seinen Händen, wie ein Geschenk; keines, das man bekommen hatte, sondern eines, das man jemandem überreichen wollte. Er ging zu dem Tisch zurück, auf den er seinen eigenen Rucksack geworfen hatte; er sah der idiotisch grinsenden Ratte ins Auge; er hörte das Geräusch.

Ein Rascheln vielleicht oder ein Klappern, das hätte er nicht sagen können, aber er begriff, dass jemand hinter ihm stand, sich bewegte, das Gewicht von einem Bein aufs andere verlagerte, losging oder stehenblieb. Pauls erster Gedanke war, das Mäppchen fallen zu lassen, zurückzutreten, so schnell wie möglich Abstand zwischen sich und den verräterischen Gegenstand zu bringen. Aber er hielt es weiter fest, er konnte nicht anders, noch immer war das Leder weich, noch immer klopfte das Wollen sacht in seinen Fingerspitzen.

Er drehte sich um, und hinter ihm stand Felix.

»Ich wollte nur ...«, sagte Paul.

Mehr sagte er nicht; alles, was er hinzugefügt hätte, wäre eine Lüge gewesen. Hinter dem »nur« gab es nichts weiter, hinter dem »nur« durfte nichts kommen. Genau so war es richtig: Er dachte nichts, er fühlte nichts, er wollte nur.

Als Kind besaß Paul ein Buch, aus dem ihm seine Mutter oft vorlas. Das Buch hieß *Die kleine Raupe Nimmersatt*, und Paul hasste es. Trotzdem oder gerade deswegen wollte er immer wieder daraus vorgelesen bekommen, und eine Weile lang nannten ihn seine Eltern Nimmersatt. Er war sich nie sicher, ob sie von seiner Abneigung der Raupe gegenüber wussten.

»Weil er immer mehr will!«, erklärte seine Mutter lachend, wenn Freunde oder Verwandte sich verwundert nach Pauls Spitznamen erkundigten.

Und es stimmte: Paul wollte mehr, wollte immer mehr. War getrieben von dem ätzenden Gefühl, zu wenig zu haben, von allem, zu kurz zu kommen, immer.

Seine Eltern hörten irgendwann auf, ihn Nimmersatt zu nennen, aber Paul, Paul hörte nie auf, mehr zu wollen.

Warum war Felix ausgerechnet in dieser Minute von seinem Platz aufgestanden und zum Eingang der Bibliothek gelaufen? Hatte er etwas gespürt, während er über seinen Büchern saß? Hatte er Pauls Wollen gespürt als unheilvolle Vibration, in der Tischplatte unter seinen Fingern, im Raufaserteppich unter seinen Füßen?

Die beiden Jungen standen einander gegenüber, und Felix stellte Paul keine Fragen, er sah ihn bloß an. *Wie* sah er ihn an? Paul würde Wochen über Felix' Gesichtsausdruck nachdenken; er würde ihn immer wieder neu zusammensetzen, wie ein Puzzle, dessen Teile sich unterschiedlich kombinieren ließen. Hatte Felix ihn abfällig angesehen? Hatte er ihn verächtlich angesehen? Angewidert? Ratlos?

Nein, nichts davon passte.

Felix sah ihn abwartend an. Neugierig.

Ich wollte nur, sagte Paul. Und Felix nickte. Als sei das eine Erklärung, etwas, was man verstehen konnte.

Dann griff er nach seinem Rucksack und lief an Paul vorbei durch die Sicherheitsschranken.

»Du kannst es haben«, sagte er im Vorbeigehen.

Zuhause legte Paul das Mäppchen in einen Schuhkarton, der unter seinem Bett stand. Er würde es zurückgeben müssen, das wusste er. Aber solange er es noch *wollte*, war das nicht möglich.

Er wartete darauf, dass Felix jemandem von dem gestohlenen Mäppchen erzählte, einem Lehrer, einem Mitschüler, seinen Eltern, die dann wiederum Pauls Eltern anrufen würden. Aber niemand rief bei seinen Eltern an, niemand stellte ihn zur Rede, niemand sah ihn wissend an. Felix erzählte keinem von dem Mäppchen, und er verlangte es auch nicht zurück – und darüber konnte Paul nachdenken, bis ihm der Kopf heiß wurde, wieso ein Mensch etwas gab, ohne etwas anderes im Gegenzug zu verlangen.

Fast eine Woche verstrich, bevor Paul in die Bibliothek zurückkehrte. Alle wussten, dass Felix oft dort war, in den Pausen und auch nach Unterrichtsschluss. Niemand verstand, warum, aber es zog ihn auch keiner damit auf. Felix war niemand, den man aufzog; es bot sich nicht an.

Am Morgen hatte Paul das Mäppchen aus dem Schuhkarton geholt und es eingesteckt, um es Felix zurückzugeben. Als er aber Stunden später an den Schließfächern stand, den wachsamen Blick des Bibliothekars im Rücken spürte und ihm die Ratte auf seinem Rucksack hämisch zuzwinkerte, da wusste er, dass er es auch heute nicht zurückgeben würde.

Trotzdem ging er Felix suchen, fand ihn, an einer Tischgruppe neben den Regalen sitzend. Das Wollen hatte ihn hierhergeführt, das begriff Paul, in der Sekunde, als Felix den Kopf hob. Er hatte hierherkommen und Felix sehen wollen. Aber nun, da er hier war, gab es nichts für ihn zu tun; es war ja unmöglich,

Felix zu fragen, warum er niemandem von Pauls Diebstahl erzählt hatte. Vermutlich würde Paul nie wieder mit Felix über den Vorfall sprechen können. Nicht weil er etwas totschweigen, sondern weil er etwas *bewahren* wollte, einen Moment, der Felix und ihn verband und gleichzeitig für keinen von beiden dasselbe bedeuten konnte.

Paul zog das nächstbeste Buch aus einem der Regale, setzte sich Felix gegenüber und gab vor, sich in das komplizierte Diagramm eines Wurfgeschosses zu vertiefen.

»Kommst du morgen wieder?«, fragte Felix, als Paul nach einer halben Stunde aufstand, um sich aus der Bibliothek zu schleichen.

Paul nickte.

Wenn Paul durch die gläserne Doppeltür in die gedämpfte Stille der Bibliothek trat, fand er sich in einer wabernden Ratlosigkeit wieder. Er hätte nicht einmal sagen können, für welche Art Bücher er sich interessierte. Unsicher blätterte er in Klassikern, Jugend-, Detektiv- und Abenteuerromanen, mehrbändigen Fantasy-Epen und schmalen Gedichtbänden.

Felix las ausschließlich Geschichtsbücher. Am meisten interessierten ihn die Diktatoren, die grausamen Herrscher und willkürlichen Könige, und irgendwann begann Paul auf seinen Spuren zu lesen, las sich durch das Römische Reich, den Stalinismus und die Französische Revolution, folgte ihm vorbei an Scheiterhaufen, Streckbänken und Erschießungskommandos. Weil er jedes Wort gegen einen inneren Widerstand las, war er nicht besonders schnell. Im Grunde wollte er ja nichts wissen von verbrannter Haut und blutenden Wunden und Ratten und gezogenen Zähnen. Er wollte etwas wissen über Felix, der sich mit stoischer Konzentration durch unzählige Wälzer und tausende Seiten arbeitete. Er wollte etwas an Felix verstehen, das ihm unheimlich war. Felix' Interesse an Folter, Grauen und Tod war dringlicher, methodischer als reine Schaulust oder Neugier. Es schien, als suche er in den Büchern nach einer Erklärung, der Lösung für ein Problem, das ihn umtrieb. Vielleicht glaubte er, so viel Wissen wie möglich ansammeln zu müssen, jeden einzelnen Herrscher in jedem noch so entlegenen Land, jede ausgefallene oder übliche Foltermethode, jede bezeichnende Grausamkeit in jeder Epoche, in Deutschland, in Rom, in Frankreich, im Kongo kennen zu müssen, um etwas zu verstehen, von dem er hätte ahnen können, dass es sich ihm nie erschließen würde.

Sie wurden Freunde. Aber es passierte nicht in einem einzigen Augenblick, in dem Moment, in dem ein Ball Pauls Nase traf und das Blut hervorschoss, es passierte nicht innerhalb weniger Sekunden, Stunden oder Tage. Der Vorgang war ähnlich langwierig und schwierig zu beobachten wie das Verschieben tektonischer Platten oder die Gletscherschmelze: Nichts passierte, nichts passierte, und dann mit einem Mal war etwas passiert, es hatte sich verändert, es war eingetreten. Obwohl sie noch immer wenig miteinander sprachen, nicht Fußball oder Kicker miteinander spielten, sich nicht zulächelten oder sich mit einem besonderen Handschlag begrüßten, waren sie Freunde geworden.

Paul verstand, dass die Zeit in der Bibliothek eine Bewährungs-, eine Probezeit gewesen war, dass er etwas unter Beweis hatte stellen müssen. Die ganze Zeit über spürte er deutlich, dass er getestet wurde, doch erschloss sich ihm nie, worin der Test bestand. Felix stellte keine Fragen, er verlangte nicht, dass Paul etwas tat oder aufhörte, etwas zu tun. Er beobachtete schweigend, wie Paul an seinem Ende des Tisches saß und vorgab, aufmerksam in seinem Buch zu lesen. Zweimal versuchte Paul, Felix das Mäppchen zurückzugeben, behauptete zumindest, es zurückgeben zu wollen, er holte es sogar aus seinem Rucksack, er schob es über die Tischplatte Felix zu, aber als Felix den Kopf schüttelte, da steckte er es wieder ein und war erleichtert.

Irgendwann begannen sie, auch jenseits der gläsernen Doppeltüren Zeit miteinander zu verbringen. Vom Schulgebäude liefen sie zusammen zur Turnhalle und nach Unterrichtsschluss das kurze Stück gemeinsamen Weges nach Hause. Als sie den Klassenraum wechselten, setzte Felix sich neben Paul. Kurz vor den Sommerferien fragte er ihn, ob er mit zu ihm nach Hause kommen wolle.

Und Paul *wollte.*

*

An dem Tag, als Felix Paul zum ersten Mal mit in die Lehrstraße nahm, flimmerte die Luft zwischen den Autos; Pauls Herz pochte, der Muskel in seiner Wange zuckte, und er wollte etwas, so sehr, dass er kaum atmen konnte. Dabei hätte er nicht einmal sagen können, was es war, das er wollte. Konnte man eine Straße wollen, die Laternenpfähle, die Autos, sogar die Bordsteinkanten?

Genau wie Paul wohnte Felix in einem Reihenhaus. Doch die Reihenhäuser in der Lehrstraße hatten nichts gemeinsam mit jenen in Pauls Siedlung. Die Außenfassaden waren in unterschiedlichen Farben gehalten – gedeckten, dezenten Farben, die keinen übermäßig bunten Eindruck machten. Felix' Haus war weiß mit einem taubenblauen Erker.

Drinnen staunte Paul über das dunkelgrün gestrichene Wohnzimmer, den schwarz-weiß gekachelten Boden in der Küche, die Holzdielen in den übrigen Zimmern, die hohen Decken und großen Fenster. Vor allem staunte er über die unzähligen Dinge, die Felix' Eltern *besaßen,* Ölgemälde und Graphitzeichnungen, Fotografien und Regale voller Bücher, Bildbände, Lexika und Platten und CDs und kleiner Holzkisten, Schüsseln, Schachteln, Dosen, Mitbringsel aus Schweden, hölzerner Pferde und buntbemalter Tassen. Es gab eine freistehende Badewanne, einen Sekretär mit vierzehn Schubladen (Paul zählte sie), Teppiche mit gezackten, geografischen Mustern, einen dunkelrot lackierten Schrank mit Metallbeschlägen. »Das ist ein chinesischer Brautschrank«, erklärte ihm Agnes. »Das sind Kelimteppiche«, sagte sie, und Paul wünschte sich, dass sie ihn an die Hand nehmen, durch die Welt führen und den Dingen neue Namen geben würde. Bei seinem ersten Besuch kam ihm das Haus unaufgeräumt vor. Bücher quollen aus den Regalen, stapelten sich auf Fensterbänken, auf dem Boden neben der Couch und auf den Treppenstufen. Später verstand er, dass nichts beiläufig war an der Unordnung, dass Agnes sie sorgsam arrangiert hatte – von den aufgeschlagenen Bildbänden bis zu den Postkarten auf dem Küchentisch.

Als Paul durch die Haustür getreten war, hatte er eine unsichtbare Ländergrenze passiert: Nicht nur das Haus mit all seinen Dingen darin war ihm fremd, sondern auch die Menschen, die dort lebten, allen voran Felix' Mutter, waren es. Agnes sah nicht wie eine Mutter aus. Nicht wie Pauls Mutter oder sonst eine Mutter, mit ihrem weißblonden Haar, ihren kragenlosen, schlichten Blusen und dunklen Jacketts.

»Sie ist Professorin für Skandinavistik«, erklärte Felix. Paul konnte sich nichts darunter vorstellen. Er merkte sich, dass Agnes *an der Uni arbeitete*, und neben Deutsch vier weitere Sprachen beherrschte: Englisch, Norwegisch, Dänisch und Schwedisch. »Sowieso alles das Gleiche«, sagte sie über die letzten drei Sprachen. Auf ihrem Schreibtisch lagen bunte Vokabelkarten, mit deren Hilfe sie Isländisch lernte – die einzige Sprache, die sie als Herausforderung bezeichnete.

Beinahe so undurchschaubar wie Isländisch erschien Paul die Sprache, in der sich die Bewohner der Lehrstraße 11 unterhielten. Man redete leise, höflich, formell miteinander, man sagte »Bitte« und »Entschuldigung«; Agnes' Kinder nannten ihre Mutter beim Vornamen. Paul war überzeugt, dass sie nie miteinander stritten.

»Doch. Wenn kein Besuch da ist, dann schon«, behauptete Felix.

Paul glaubte ihm nicht, weil er es nicht konnte, weil in seiner eigenen Familie zwar ununterbrochen geschimpft, gebrüllt, geschrien und gezetert, gefaucht und geklagt wurde, es aber seine Vorstellungskraft überstieg, dass Menschen wie die Hellers laut wurden, dass sie Türen knallten und einander anschrien.

Paul vermied es, Felix zu sich nach Hause einzuladen. Seinen Eltern fiel das auf, sein Vater machte gerne Witze über Pauls häufige Abwesenheit. »Bald müssen wir den Hellers Unterhalt zahlen«, sagte er. Irgendwann begann er, so zu tun, als würde er Paul nicht wiedererkennen, wenn der das Haus betrat, und hörte zwei Jahre nicht mehr damit auf. »Den habe ich schon mal gesehen, glaube ich. Aber sicher bin ich nicht«, sagte er oft. Paul rechnete damit, dass seine Eltern ihm irgendwann verbieten würden, so viel Zeit in der Lehrstraße zu verbringen, aber sie verboten es nie.

Paul schämte sich für das Haus seiner Eltern, obwohl es dort wenig gab, für das er sich hätte schämen müssen. Es war ein durchschnittliches Haus voller durchschnittlicher Möbel und durchschnittlicher Menschen; ein aufgeräumtes Haus, zwar ohne freistehende Badewanne, Sekretär oder chinesischen Brautschrank, dafür aber auch ohne Porzellanfigürchen, Häkeldeckchen oder andere offensichtliche Peinlichkeiten. Und trotzdem schämte sich Paul – für den Laminatfußboden und die IKEA-Bilder (asiatischer Tempel und See mit Steg), er schämte sich für das Bücherregal seiner Eltern, in dem bis auf ein Lexikon und den Duden keine Bücher standen. Wenn Felix doch einmal zu Besuch gekommen war, lag Paul bis spät in die Nacht wach und versuchte sich genau zu erinnern, wer was zu wem gesagt hatte. Hatte Pauls Mutter in Nadelsprache mit Felix gesprochen? Hatte sein Vater einen Witz gemacht? Hatte Jenny Paul Nimmersatt genannt? Paul wusste es nicht mehr, wusste nur, dass es wichtig war, Felix so schnell nicht wieder einzuladen. Früher oder später würde Felix sonst etwas verstehen, eine tiefere Wahrheit über Paul, die er im Grunde schon längst, schon damals in der Bibliothek hätte erkennen müssen, als er Paul mit dem Mäppchen in der Hand gestellt hatte.

Wochen verstrichen, bevor Paul begriff, dass es neben Agnes, Louise und Felix einen vierten Bewohner der Lehrstraße 11 gab – Simon Kracht, Felix' Vater. Weil Paul Simon selten hörte und nie sah, stellte er ihn sich weniger als Mensch vor denn als griesgrämigen Geist, eine bedrückende, vage bedrohliche Anwesenheit, die ab und zu wahrgenommen, aber nie mit bloßem Auge erfasst werden konnte. Paul erlebte ihn vor allem als Ansammlung gedämpfter Geräusche: als Rascheln von Papier hinter der geschlossenen Tür zum Arbeitszimmer, als Schlurfen auf dem Gang, als Hüsteln. Simons Arbeitszimmer lag zwischen dem Bad und Louises Zimmer; die Tür war immer verschlossen, und da Simon den Raum nur selten verließ, vergaß Paul, auch nachdem er von ihm erfahren hatte, oft, dass es ihn gab, dass er tatsächlich existierte, und das nur wenige Meter von ihnen entfernt.

»Es wäre gut, wenn ihr in der oberen Etage leise sein könntet«, hatte Agnes gleich bei Pauls erstem Besuch zu ihnen gesagt, und Paul war die Bitte zum Gebot geworden. Wenn er Felix' Zimmer verließ, um ins Bad zu gehen, schlich er übertrieben auf Zehenspitzen – zum einen, weil er sich vor Simon fürchtete, zum anderen, weil er hoffte, von Agnes überrascht zu werden und sie mit seiner Gewissenhaftigkeit zu beindrucken. Paul schlich, Felix ging, Louise trampelte. Sie trampelte nicht mit Absicht oder um ihren Vater zu provozieren (genau wie Paul schien sie sich vor ihm zu fürchten), sondern weil es ihr nicht möglich war, sich leiser zu bewegen. Anders als Agnes und Felix war Louise laut – sie sprach laut und lachte laut, sie schlürfte ihre Suppe und knisterte abends vor dem Fernseher mit Chipstüten und Schokoladenpapier. Einmal, als Paul und Felix in Felix' Zimmer am Computer spielten, öffnete sich draußen auf dem Flur eine Tür, jemand trat heraus und ermahnte Louise mit einer Stimme, die gleichzeitig gereizt und träge klang, sie solle *die verdammte Musik leiser stellen*. Es war das erste Mal, dass Paul Simon hatte sprechen hören.

»Ist es eigentlich in Ordnung, wenn ich so oft hier bin?«, fragte Paul, nachdem sich die Tür zum Arbeitszimmer wieder geschlossen hatte. »Oder ist es deinem Vater gar nicht recht?«

Felix winkte ab. »Es ist ihm nicht mal recht, dass *wir* hier sind. Wenn er könnte, würde er als Erstes Louise verschenken.«

Einige Tage später, Paul war auf dem Weg vom Bad zurück zu Felix' Zimmer, bemerkte er, dass die Tür zu Simons Arbeitszimmer offen stand. Auf Zehenspitzen erstarrt, spürte er den Zug zweier entgegengesetzter Kräfte: Die erste war Angst, und sie schob ihn zurück in die Sicherheit von Felix' Zimmer, welches Simon nie zu betreten schien. Die zweite, stärkere, war Neugier, und sie zog ihn weiter der offenen Tür entgegen. Den Hals vorgeschoben, den Atem angehalten, warf er einen Blick hinein: Das Zimmer war zugestellt, dunkel und auf weniger anheimelnde Weise unaufgeräumt als die übrigen Räume. Es schien von einem anderen Haus in dieses gezaubert.

Als Paul sich umdrehte, stand Simon vor ihm. Er sah Felix ähnlich und gleichzeitig überhaupt nicht ähnlich, so wie es nur Familienmitglieder tun: Die Ähnlichkeiten lassen die Unterschiede umso deutlicher hervortreten. Simons Haar war lockig, genau wie Felix', jedoch eher rot als rotblond; seine Augenbrauen verliefen genau wie Felix' schräg abwärts der Nasenwurzel entgegen und ließen ihn ein wenig sorgenvoll aussehen. Aber sein Gesicht war gröber als Felix', die Haut war gröber und seine Gesichtszüge waren es auch, sein Mund hatte nichts mit Felix' Mund gemein, etwas Strenges, Verbissenes lag in den Mundwinkeln, der sehr geraden Linie, dort, wo Unter- auf Oberlippe traf. Er trug einen fleckigen blauen Wollpullover und eine locker sitzende, unförmige Hose – Kleidung, die zwar zu dem zugestellten Raum passte, den Paul durch den Türspalt gesehen hatte, aber nicht zu dem Haus, in dem sie sich befanden. Simon Kracht, beschloss Paul, der ganze Mensch – nicht bloß seine Kleidung – passte nicht in das Haus, nicht zu Agnes und zu dieser Familie.

Simon musterte Paul misstrauisch, so als wisse er, was Paul Sekunden zuvor im Badezimmer getan hatte. Vielleicht, dachte Paul, und der Muskel in seiner Wange zuckte wie elektrisiert, vielleicht gab es ein Loch in der Wand, vielleicht hatte Simon in seinem Arbeitszimmer gesessen und Paul dabei beobachtet, wie er sich die Hände mit Lavendelseife wusch, an Agnes' Parfum roch und anschließend eine kleine silberne Haarspange in seiner Hosentasche hatte verschwinden lassen.

»Ich bin ein Freund von Felix«, sagte Paul atemlos, weil es ihm wichtig schien, vor Simon etwas zu sagen. »Wir machen nur Hausaufgaben, heute Nachmittag. Ich bin Paul.«

Simon schob sich wortlos an Paul vorbei und zog die Tür des Arbeitszimmers hinter sich zu.

*

Als sie älter wurden, zog Felix Paul oft damit auf, dass er in Agnes verliebt sei. Es stimmte, dass Paul sich oft dabei ertappte, wie er Agnes anstarrte, oder vielmehr: dass *Felix* ihn dabei ertappte. Es stimmte auch, dass Paul den Namen von Agnes' Parfum kannte, dass er im Badezimmer heimlich an ihren Flakons roch und einige Tropfen auf einem Taschentuch verteilte. Es stimmte, dass er das Tuch mit zurück ins Wolfsland nahm und immer wieder daran roch, bis sich der Duft davongeschlichen hatte. Es stimmte, dass in dem Pappkarton unter seinem Bett drei silberne Haarspangen und eine Puderdose lagen, die Agnes gehörten. Nimmersatt hätte gerne mehr von Agnes besessen, einmal hätte er beinahe einen dunkelgrauen Kaschmirpullover gestohlen, weil er ihn *wollte*, weil er ihn so sehr wollte, dass seine Finger zitterten und er still im Raum stehen und schlucken musste. Doch in der Küche nebenan hatte er Felix mit den Müslischalen klappern hören, und die Vorstellung, dass Felix ihn ein weiteres Mal ertappen könnte, nicht mit einem Mäppchen, sondern mit dem Pullover seiner Mutter in der Hand, hatte ausgereicht, um Nimmersatts *Wollen* in Schach zu halten.

In Agnes verliebt aber war Paul nicht. Nicht so, wie die Jungen aus seiner Klasse in die Mädchen verliebt waren oder behaupteten, in sie verliebt zu sein. Er stellte sich nie vor, Agnes zu küssen. Er stellte sie sich nie nackt vor. Im Gegenteil, es war ja vor allem ihre Kleidung, die ihn starren ließ. Nie wäre es ihm eingefallen, heimlich in ihrer Unterwäsche zu wühlen – allein die Vorstellung sorgte für einen unangenehm metallischen Geschmack in seinem Mund.

Was Agnes anging, hatte Paul bloß eine einzige geheime Fantasie: Er stellte sich manchmal vor, dicht vor sie zu treten, das Gesicht, die Stirn in den Stoff ihres Pullovers zu pressen und vollständig zu verschwinden in den Kaschmirfasern, in ihrem Geruch. Wenn sie Paul über das Haar strich und er ihr Parfum roch und beiläufig den Ärmel ihres Pullovers berührte, dann liebte er sie, er war nicht verliebt, er liebte sie, er stellte sich vor, sie wäre seine Mutter, er stellte sich vor, er würde in dem grasgrünen, dem waldgrünen, dem taubenblauen Haus leben, im selben Zimmer wie Felix, im selben Bett schlafen, Rücken an Rücken, wie Brüder, wie Zwillinge.

VIERTES KAPITEL

Man nennt ihn auch Trauerschwan

Sie sind an einem Freitag verabredet – Pauls letztem Tag in Prag. Die Zugtickets zurück nach Berlin liegen auf seinem Nachttisch, Frist und Katrin sind bereits am Vortag abgereist.

Blixen und Paul treffen sich auf einer Brücke nur wenige Schritte von Frists Wohnung entfernt. Bevor sie sich auf den Weg zu den Miminkas machen, stehen sie einige Minuten an der Balustrade und schauen hinüber zur überfüllten Karlsbrücke.

»Sind Sie schon einmal drüben auf Kampa, der Halbinsel, gewesen?«, fragt Blixen.

»Ich habe noch immer kein gutes Gefühl für die Stadt, aber wahrscheinlich nicht. Ich habe mir bisher wenig angesehen«, gesteht Paul. Er hat es ja nicht einmal über die Karlsbrücke und bis ans andere Ufer geschafft, er ist nicht im Café Slavia gewesen, und auch die Astronomische Uhr in der Altstadt hat er nicht zur vollen Stunde schlagen hören, das Skelett nicht mit seinem Glöckchen läuten sehen.

Blixen nickt. »Es sind zu viele Menschen. Ich meide die Innenstadt nach Möglichkeit. Ich würde Ihnen sagen, dass es im Winter besser ist, aber es stimmt nicht. Auch im Winter kommen die Touristen.«

Blixen führt Paul über die Brücke und am Ufer entlang über die Halbinsel Kampa. In einem kleinen Park treffen sie auf eine Gruppe Schwäne, die auf etwas zu lauern scheinen. Paul, der von

Schwanenangriffen, Bissen und blauen Flecken gelesen hat, achtet darauf, Abstand zu halten.

»Aber das ist schon etwas Besonderes«, sagt Blixen und deutet auf einen schwarzen Schwan. »Man nennt ihn auch Trauerschwan. Haben Sie das gewusst?«

»Nein, aber sicher beißt er auch.«

»Der besonders.« Blixen lacht.

Die Zeit vor ihrem Treffen hat Paul genutzt, um herauszufinden, dass es sich bei Miminka um das tschechische Wort für Baby handelt, doch hat ihn seine Recherche nur unzureichend auf die nachtschwarzen, mannshohen Skulpturen vorbereitet, die sie kurz darauf erreichen. Die dunkel glänzenden Kleinkinder haben keine Nasen, Münder oder Augen, in der Mitte ihrer blanken Gesichter sitzen schmale Vertiefungen, Schlitze oder Ritzen, die Köpfe scheinen eingedrückt.

Weil Blixens wachsame Augen auf ihm ruhen, legt Paul eine Hand auf die glatte, kalte Oberfläche des vordersten Miminkas, tätschelt es unbeholfen und sieht ihm ins gesichtslose Gesicht. Das allein wird kaum durchgehen als ausreichende Begutachtung eines provokanten Kunstwerks, aber Paul ist zu müde, zu ungeduldig, um weiter so zu tun, als wolle er über Miminkas nachdenken.

»Ja, sehr interessant.« Beiläufig schlendert er fort von den Miminkas und einer Bank entgegen.

»Das sind nicht die einzigen Miminkas in Prag«, erklärt Blixen, nachdem er sich neben Paul auf die Bank gesetzt hat.

»Nein?«

»Nein, am Fernsehturm hat man ebenfalls welche angebracht. Man kann sie den Turm hinaufkriechen sehen. Eigentlich sollten sie nur kurze Zeit bleiben, aber inzwischen sind sie dauerhaft befestigt – sie sind sehr beliebt.«

»Beliebt?«

Blixen beginnt, in seiner Tasche zu wühlen. »Ich habe eine Broschüre«, sagt er und reicht Paul ein gefaltetes glänzendes Papier.

Paul studiert den Flyer. Die Miminkas erinnern weniger an Kleinkinder als an übergroße Ameisen. Der Fernsehturm, heißt es in dem Text unter dem Foto, sei das zweithässlichste Gebäude der Welt.

»Welches ist das hässlichste Gebäude der Welt?«, fragt Paul und gibt Blixen den Flyer zurück.

Blixen zuckt die Achseln.

Paul betrachtet sein Profil, die spitze, gerade Nase. Er versucht, sich an Felix' Nase zu erinnern, aber es gelingt ihm nicht. Wenn jemand verschwindet, das hat er in den letzten Jahren herausgefunden, macht es keinen Unterschied, dass man ihn eine Zeit lang jeden Tag sah, dass man einmal um jedes Muttermal und jeden Haarwirbel und jeden schiefstehenden Zahn wusste, denn nicht nur der Mensch selbst verschwindet, sondern alle Bilder, die zu ihm gehören, alle Sätze, alle Gesten, die Zeit trägt alles davon.

Einige Jahre glaubte er, sich noch genau an Felix' Gesicht erinnern zu können – bis ihm auffiel, dass es nur ein bestimmter Ausdruck war, ein bestimmtes Lächeln, das er sich vor Augen führen konnte. Es war gar nicht der tatsächliche Felix, an den er sich erinnerte, sondern der Felix auf einem Foto, das in Agnes' Wohnzimmer hing. Wenn er das Foto nur bei sich hätte, wenn er es hervorziehen und prüfend neben Blixen halten könnte. Ist diese Nase Felix' Nase? Ist dieser Mund Felix' Mund?

»Neulich Abend haben Sie gesagt, Ihr Name sei ein Künstlername«, sagt Paul und stolpert in seiner Bemühung um Beiläufigkeit. Es klingt ungeschickt, lauernd.

Blixen neben ihm knickt den Flyer. »Ihr Freund Felix, Sie haben ihn nicht einfach aus den Augen verloren, oder? Sie suchen nach ihm?«, fragt er, statt zu antworten. »Und jetzt glauben Sie, Sie hätten ihn gefunden.«

»Ich habe bloß nach Ihrem Namen gefragt«, murmelt Paul.

»Ich weiß, aber ich möchte Ihnen keine falschen Hoffnungen machen. Und genau das wird passieren, wenn ich Ihnen von meinem Namen erzähle.«

Paul dreht sich Blixen zu. »Warum?«, fragt er, und das Wort ist ein Gurgeln, ein Laut ohne Form.

Blixens Augen wandern hinüber zu Paul, werden glasig, sehen ins Nichts. Er wägt ab, denkt Paul. Er wägt ab, ob der Punkt gekommen ist zu gehen. Paul sitzt sehr still.

»Ich kenne meinen Namen nicht«, sagt Blixen zögernd.

Mit einem Mal hört Paul alle Geräusche mit großer Deutlichkeit: johlende Kinder, schnatternde Enten, raschelnde Blätter und bellende Hunde. Er hört den Fluss rauschen, ganz in der Nähe, oder vielleicht ist es auch sein Blut, das rauscht, durch den eigenen Körper.

»Mir fehlen einige Jahre – Jahrzehnte genau genommen. An einen Großteil meines Lebens kann ich mich nicht erinnern.«

Durch Pauls Körper geht ein Ruck. Ein Kind, das an ihrer Bank vorbeiläuft, dreht den Kopf und starrt ihn an.

»Ich habe gewusst, dass –«, setzt er an, als Blixen abwehrend die Hände hebt.

»Nein, sehen Sie, genau das meine ich.«

Bevor Blixen weitersprechen kann, greift Paul nach seinem Arm und zieht den Ärmel seines Trenchcoats zurück. Er drückt den Zeigefinger in die Haut neben dem Muttermal.

»Mein Freund Felix. Er hatte ein Muttermal. Das genauso aussah, an genau dieser Stelle.«

Behutsam befreit Blixen seinen Arm und zieht den Ärmel zurück.

»Ihr Freund, wann ist er verschwunden?«

»Vor zehn Jahren.«

»Und Sie können sich genau erinnern, an ein Muttermal, das Sie vor zehn Jahren das letzte Mal gesehen haben?«

Paul denkt an Felix' Gesicht, an das Foto-Felix-Gesicht.

»Es ist nicht bloß das Muttermal, es ist – in der Bar, da habe ich Sie erkannt. Das kommt doch nicht von nichts, dass ich jemanden sehe und denke, dass ... «

»Und ist es Ihnen zum ersten Mal passiert, dass Sie glauben, Sie hätten Ihren Freund wiedergefunden?«

»Ja«, sagt Paul, und wie er das Wort ausspricht, zu laut und zu schnell, ist es offensichtlich, dass er lügt, dass er in den letzten Jahren auf der ganzen Welt Felixe gefunden hat. Nicht bloß in Deutschland und Tschechien, sondern auch in Spanien, Österreich, Frankreich und einmal in New York. Dieses Mal aber ist es etwas anderes. Die vorherigen Doppelgänger, sie hatten das gleiche rotblonde Haar wie der tatsächliche Felix oder trugen einen dunkelblauen Pullover, wie Felix ihn besessen hatte. Bei genauerer Betrachtung aber verblasste die Ähnlichkeit. Dieses Mal, das will Paul Blixen erklären, ist es kein unwesentliches Detail wie die Farbe eines Pullovers, die Farbe des Haares, dieses Mal geht es um etwas weniger Greifbares und gleichzeitig unermesslich Größeres. Es bräuchte nicht einmal das sternförmige Muttermal, um Paul schwören zu lassen, hier und jetzt, dass er Felix gefunden hat.

Er öffnet den Mund, um Blixen davon zu erzählen, wie er Felix blind erkennen könnte, nicht an seinem Geruch, aber an etwas Ähnlichem, einem *Gefühl*, einer Spannung, die im Raum lag, wenn Felix ihn betrat, und es war diese Spannung, die Paul in der Lucerna Bar spürte, im Rückgrat; sie zog sich vom obersten Halswirbel hinunter bis ins Steißbein; auch jetzt spürt er sie, wenn Blixen den Kopf neigt, auf eine bestimmte Weise, ihn ansieht, auf eine bestimmte Weise.

»Ich –«, sagt Paul und weiter sagt er nichts.

Er erinnert sich an etwas, das Louise ihm über die Geduld beigebracht hat. Man muss sich einen Punkt in der Ferne suchen, hat sie gesagt, und sich ganz auf ihn konzentrieren, muss nachdenken über einen Baum, einen Mülleimer, ein Fenster, wie man noch nie nachgedacht hat über einen Baum, einen Mülleimer, ein Fenster.

Nahe dem Moldau-Ufer entdeckt Paul einen dunklen Fleck, der vielleicht ein schwarzer Schwan sein könnte, und er denkt darüber nach, ob die anderen Schwäne erkennen, dass der schwarze Schwan anders ist als sie, und ob der schwarze Schwan es selbst weiß, und wohin sich die Schwäne zurückziehen, um zu sterben, und wie es möglich ist, dass man nie Schwanenleichen findet, obwohl man doch so oft Schwäne sieht. Während er nachdenkt, verlangsamt sich das Tempo seiner Gedanken, fließen sie ruhiger, beiläufiger ineinander, und als er wieder spricht, klingt er – vielleicht zum ersten Mal an diesem Nachmittag – wie er selbst.

»Ich möchte nur Ihre Geschichte hören. Ich will nur zuhören. Das ist alles«, sagt er.

Blixen nickt.

Ira Blixens Geschichte beginnt vor fünf Jahren, und sie beginnt in dem Fluss, der die Stadt teilt.

Etwa auf Höhe von Heinrich Frists Wohnung zieht man einen Mann aus der Moldau. Bewusstlos, beinahe tot. Erst einige Tage später kommt er im Krankenhaus zu sich. Vergeblich hat man versucht, seine Identität zu ermitteln. Auch der Mann erinnert sich an nichts.

Es sei gut möglich, erklärt man ihm, dass er einige Tage brauche, vielleicht auch einige Wochen, um sich zu erholen, dass die Erinnerung erst dann langsam und in Fragmenten zu ihm zurückkehre. Es sei ebenfalls möglich, räumt man einige Tage später ein, als es noch immer still bleibt in Blixens Kopf, dass die Erinnerung nie wieder zurückkehre.

Und sie kehrt nicht zurück.

Man fotografiert ihn; in der ganzen Stadt hängt man die Bilder auf, an Häuserwänden und Telefonzellen. Jeder, der den Mann darauf erkenne, solle sich bei der Polizei melden.

Niemand meldet sich.

Es gibt Tests und Untersuchungen, aber kein Ergebnis.

Als er aufwacht, spricht Blixen Tschechisch mit starkem Akzent, Deutsch und sehr gutes Englisch. Er kann sich an *Verbrechen und Strafe* und *Mrs Dalloway* erinnern, aber nicht daran, wann und wo er diese Bücher gelesen hat. Er kann sich an vereinzelte Orte in Prag erinnern, aber nicht daran, wann und wo er sie besucht hat. Er ist sicher, schon einmal in Paris, Berlin, London gewesen zu sein, aber keiner der Städtenamen weckt ein Heimatgefühl. Er wartet vergeblich darauf, dass er eines Tages an einem Haus vorbeigeht oder in eine Straße einbiegt, dass etwas aufplatzt, eine Blase, und Erinnerungen hervorquellen, Bilder und Namen und Gefühle, die aus seinem Körper in die Welt strömen, bis ihn sein altes Leben wieder umgibt.

»Es ist hart gewesen«, sagt Blixen, »mit nichts anzufangen. Keine Freunde, keine Familie, keine Arbeit. Die Zeitung hat damals über meinen Fall berichtet. Niemand hat mich wiedererkannt, aber viele sind auf mich aufmerksam geworden und haben mir geholfen, mir Geld geliehen oder geschenkt, mich umsonst bei ihnen wohnen lassen. Die meisten, weil sie jemanden verloren hatten. Sie halfen mir, weil sie den Menschen, denen sie eigentlich helfen wollten, nicht mehr helfen konnten.

In dieser Zeit fand ich zu mir zurück, das heißt, ich konnte mich noch immer an nichts erinnern, aber in gewisser Hinsicht wusste ich, wer ich war – ein Künstler. Vielleicht habe ich in meinem alten Leben schon Kunst gemacht, wer weiß. Ich habe lange gehofft, dass ich eines Tages ein Bild, eine Skulptur finden und mich darin erkennen und mir so selbst auf die Spur kommen würde. Aber das ist nicht passiert.«

Während Blixen seine Geschichte erzählt hat, sind sie entlang der Moldau gelaufen und schließlich im Savoy, einem der vornehmeren Prager Cafés, eingekehrt. Obwohl ihre Tischnachbarn zur Rechten und zur Linken in eigene Gespräche vertieft sind, stört Paul, dass die Tische so eng beieinander stehen. Er fühlt sich belauscht, vielleicht bloß, weil Blixen seine Geschichte im Flüsterton vorträgt. Während er spricht, versucht Paul stillzusitzen, gelassen zu sein, ihm geduldig zuzuhören und sich an seine eigene Behauptung zu halten: Er will nur Blixens Geschichte hören, nichts weiter. Aber schon schlingt er das eine Bein ums andere, wippt, ruckt und ruckelt. Als Blixen ansetzt, weiterzusprechen, fällt er ihm ins Wort.

»Aber jetzt ist es so einfach«, sagt er. »Wir können so leicht feststellen, ob du – wir müssten nur –«

»Nein.« Blixen schüttelt den Kopf.

»Aber es braucht bloß einen Test, einen DNA-Nachweis und ... «

»Nein«, wiederholt Blixen.

Paul sieht auf; am Tisch gegenüber senkt eine Frau schnell den Blick. Auch der Kellner beäugt sie argwöhnisch. Paul beugt sich vor und spricht in Blixens Flüsterton weiter.

»Ich versuche nur zu verstehen ... wenn es so leicht wäre, endlich zu wissen ... «

»Was zu wissen? Dass ich einen Name trage, den ich nicht kenne? In ein Leben gehöre, von dem ich nichts weiß? Ich bin nicht die Person, nach der Sie suchen. Und ich werde sie nicht sein, bloß weil ein Test es behauptet. Ich habe mir ein Leben aufgebaut. Aus dem Nichts. Das sagt man doch so, nicht? Dass man sich ein Leben aus dem Nichts aufbaut. Aber die Menschen, die das behaupten, lügen. Ich, ich hatte wirklich nichts. Keine Familie, keinen Namen und keine Geschichte. Ich habe mir meinen Namen selbst gegeben. Ich habe meine Wohnung, meine Kunst, meine Freunde, ich brauche kein anderes Zuhause. Für mich gibt es bei alldem nichts zu gewinnen.«

»Aber wir, wir haben ein Recht darauf …«, setzt Paul an und verstummt. Hierum geht es. Nicht um Blixen, nicht um Felix. Es geht um ihn selbst und um Agnes und Louise, und darum, dass sie ein *Recht* darauf haben, Felix zu finden. Auch wenn er nicht gefunden werden möchte.

Paul steht auf – nicht so beiläufig, wie er es geplant hat, sondern mit einem Ruck, der die Tassen auf dem Tisch hüpfen lässt.

»Ich muss kurz …«, sagt er und bringt den Satz nicht zu Ende: Ich muss kurz *nicht hier sein, auf dem Boden sitzen, die Augen schließen*. Doch statt weiterzusprechen, dreht er sich um, eilt davon, zwischen den Tischen hindurch, vorbei an der Theke mit Gebäck und Kuchen, die Treppe hinunter zu den Toiletten. Im Untergeschoss läuft er an einer Glasscheibe vorbei, durch welche man in die Patisserie sehen kann. Dort bleibt er stehen, betrachtet den schwarz-weiß gekachelten Boden hinter dem Glas. Der Boden erinnert ihn an Agnes' Küche; und es ist der Boden, es ist der Gedanke an die Küche, an Agnes in der Küche, der ihn beinahe in die Knie gehen lässt. Aber da sind die Knochen – wie hat Blixen gesagt? Die Knochen als Schutz und Rüstung, die Knochen halten ihn aufrecht; sie tragen ihn weiter bis zu den Toiletten, bis in eine der Kabinen. Er schließt die Tür hinter sich, rutscht an ihr zu Boden. Eine Weile sitzt er so, denkt an die Küche, an Agnes, an Louise, an Felix, holt den kleinen silbernen Löffel hervor, den er oben eingesteckt hat, fragt sich, ob er aus echtem Silber ist. Nein, natürlich nicht. Ein gewöhnlicher Löffel, nicht einmal besonders verziert, und bestimmt wird dem

Kellner auffallen, dass er fehlt. Wird er Paul darauf ansprechen? Paul wird ihn wieder zurücklegen müssen, unauffällig, ohne dass Blixen es sieht. Aber noch darf er ihn behalten, noch sitzt er auf dem Boden in der Kabine und hält sich an dem Löffel fest, und der Löffel ist ihm wie ein Knochen außerhalb seines Körpers, etwas, das ihn stützen kann.

Bevor Paul die Kabine verlässt, legt er den Löffel auf dem Spülkasten ab. Er streckt die Hand aus, zieht sie wieder zurück, stellt sich vor, was Blixen denken, was er sagen würde, sollte der Kellner tatsächlich an ihren Tisch treten und sich nach dem Löffel erkundigen.

Was war es, das Paul damals, vor über zehn Jahren zu Felix sagte? *Ich habe nie das Gefühl, etwas falsch zu machen.* Etwas in der Art. Er war sechzehn oder siebzehn. Jahre waren verstrichen, seitdem Felix ihn mit dem Mäppchen in der Hand ertappt hatte. Es musste ihr erstes Gespräch über das *Wollen* gewesen sein. Lange Zeit hatte Felix Paul nie eine Frage zum *Wollen* gestellt, keine einzige, und als er schließlich fragte, eines Sommers in Dornheim, während sie auf den Liegestühlen saßen und Karten spielten, da blieb Paul nichts anderes, als zu antworten.

Wenn er sich etwas nahm, das ihm nicht gehörte, erklärte Paul Felix, dann fühlte es sich nie so an, als würde er ein Unrecht begehen, sondern im Gegenteil, als würde er eines *korrigieren.*

Alle anderen hatten so viel, Paul hatte so wenig.

»Du meinst Geld?«, fragte Felix ihn.

Nein. Paul schüttelte den Kopf. »Oder vielleicht doch.« Um Geld ging es auch, um Geld ging es vielleicht vor allem. Dahinter und darunter aber war noch etwas anderes, eine allgemeinere Ungerechtigkeit der Verteilung.

»Es ist einfach zu wenig«, sagte Paul zu Felix. Das Haus, in dem er mit seinen Eltern lebte, sein kleines Zimmer unter der

Dachschräge, sein Fahrrad und der betonierte Hinterhof, es war zu wenig, die Grillabende mit den Nachbarn waren zu wenig, die ganze Siedlung war zu wenig, sein Taschengeld, seine Eltern und Jenny und er selbst, sie waren zu wenig. Aber nicht einmal Felix konnte er das Gefühl erklären, um etwas betrogen worden zu sein. Ähnlich wie das *Wollen* scheute es die Worte, ähnlich wie das *Wollen* sickerte es in jede Stunde jeden Tages, es ließ ihn nachts aufwachen, ließ seinen Magen brennend gurgeln. Paul *wollte, wollte, wollte* mehr, konnte nicht aushalten, so wenig zu haben, so wenig zu sein.

Felix war der einzige Mensch, mit dem er über das *Wollen* sprach, der einzige Mensch, der von dem *Wollen* wusste. Hierin hatte ein Trost gelegen: Solange es jemanden gab, der das Schlimmste über ihn wusste, und solange dieser Jemand sein Freund war, vor dem Klassenraum auf ihn wartete, ihn mit zu sich nach Hause nahm und in seinem Zimmer schlafen ließ, so lange war nichts verloren, so lange war Paul nicht verloren.

Noch während Paul die Treppe hinaufläuft, ist er sicher, Blixens Platz bei seiner Rückkehr verlassen vorzufinden. Doch Blixen hat seine Abwesenheit nicht genutzt, um sich davonzustehlen.

Paul setzt sich, der Löffel in seiner Hosentasche bohrt sich in seinen Oberschenkel, und er bemüht sich, ruhig und überlegt zu sprechen.

»Ich verstehe Ihre Vorbehalte. Ich denke trotzdem, dass es einen Unterschied für Sie machen könnte, nach Berlin zu kommen. Vielleicht müssten Sie die Orte *sehen*, um sich an sie zu erinnern ...«

»Wenn Sie meine Vorbehalte verstehen, dann verstehen Sie sicher auch das: Ich kenne das alles bereits; die Polizei, die Psychologen, die Ärzte. Ich weiß, wie es ist, wenn man sich nicht mehr selbst gehört. Wenn jeder Fremde genauso viel über dich weiß wie du selbst – oder mehr. Die einen haben Mitleid mit dir, die anderen halten dich für einen Betrüger. Ich werde mich dem kein weiteres Mal aussetzen.«

»Aber was soll ich Felix' Schwester sagen? Wenn ich alleine nach Berlin zurückkomme, wie soll ich ihr das erklären?«

»Sie erklären ihr überhaupt nichts. Sie werden niemandem davon erzählen. Es wäre nichts damit gewonnen. Ich werde meine Meinung nicht ändern.«

Er klingt entschlossen, doch als Paul den Kopf hebt, meint er, eine Bewegung in Blixens Augen auszumachen, ein Funkeln im tiefenlosen Schwarz seiner Pupille. Er *will*, dass Paul noch etwas sagt, er wartet darauf. Aber Paul hat doch schon alles gesagt. Was bleibt, sind bloß Wiederholungen. Also wiederholt er. »Komm bitte mit mir«, sagt er und spürt es – nicht in sich selbst, sondern in dem Raum: eine Art Reißen, ein abrupter Einbruch der Spannung, als sei eine Verbindung gekappt, als sei etwas aus der Fassung gesprungen: Blixen entgleitet ihm.

In den nächsten Tagen wird er in Gedanken ins Savoy zurückkehren. Nicht bloß ein-, zwei-, drei- oder zehnmal, unzählige Male wird er sich wiederfinden in dem großen Raum unter dem Kronleuchter, und das Murmeln der anderen Gäste wird ihn wie ein Klangmeer umgeben, und in diesem Murmeln wird er selbst alles Mögliche sagen, alles Mögliche fragen. Er wird entweder ruhig und vernünftig sprechen oder laut und flehend, seine Stimme wird sonor oder hypnotisch oder beides sein, während er Blixen die ganze Geschichte erzählt, von dem Fußball und dem Federmäppchen, vom Wollen und seiner ersten Begegnung mit Simon Kracht vor der Badezimmertür, von Dornheim und dem Nachmittag draußen am See. Er wird von Agnes erzählen, von Louise und von sich selbst, er wird alles gestehen, und Blixen wird nachgeben, Blixen wird mit ihm gehen.

In Wahrheit aber spricht er weder sonor noch hypnotisch. In Wahrheit starrt er in seine Kaffeetasse und gibt den Moment ohne großen Widerstand aus den Händen, ein Strudel aus Gedanken und Fragen erfasst ihn. Er denkt: dass der Kaffee sehr stark gewesen ist. Dass er Magenschmerzen hat. Er denkt, dass es bereits dunkel geworden ist, und ob er den Weg zu Heinrich Frists Wohnung alleine zurückfinden wird. Er denkt, dass er Prag morgen schon verlassen wird, dass die Zeit schnell verflogen und langsam getröpfelt ist. Und zu guter Letzt denkt er, dass er viel zu müde ist, um Felix aus dem anderen Mann, aus Blixen hervorzulocken. Dass nicht *er* hier sein sollte. Sondern Agnes oder Louise.

Blixen besteht darauf, Paul noch zu Frists Wohnung zu begleiten. »Zumindest über die Most-Legií-Brücke komme ich noch mit«, sagt er.

Sie sind etwa in der Mitte der Brücke angelangt, als sich ein Regenschauer in einem einzigen, aufgebrachten Prasseln auf sie hinabstürzt. Blixen ruft Paul etwas Unverständliches zu, dann sprintet er los und Paul ihm hinterher, über die Brücke, bis zum anderen Ufer, wo sich zahlreiche Menschen dicht gedrängt in Hauseingängen untergestellt haben. Blixen bedeutet Paul, sich ebenfalls in einem Eingang auf der anderen Straßenseite unterzustellen, und gerade will Paul einer Frau über die Straße folgen, als sie von einem Auto erfasst wird.

Paul denkt nicht, dass die Frau tot ist, er denkt nicht, dass ihr jemand helfen muss, dass *sie* ihr helfen müssen; er fragt sich nicht, ob sie alleine unterwegs ist, ob ihre Kinder und ihr Mann noch auf dem Gehweg stehen, er denkt nicht an den Regen und nicht an den Fahrer, er denkt: Daran werde ich mich für den Rest meines Lebens erinnern, ich werde das nie mehr vergessen. Was vor Pauls Augen geschieht, in großer Nähe und noch größerer Geschwindigkeit, erinnert ihn an etwas, das er schon hunderte, schon tausende Mal gesehen hat. Auf Kinoleinwänden oder auf dem Bildschirm seines Fernsehers, in Horror- und Actionfilmen, in Thrillern: wie ein Körper plötzlich erfasst und emporgerissen wird, der dumpfe Laut des Aufpralls und das Quietschen der Bremsen. Und gerade deswegen scheint das, was geschieht, weniger wahr; nicht nur der Unfall, sondern auch Paul und Blixen scheinen weniger wahr, der Moment wird zur Szene, und sie selbst sind bloß noch Figuren, und all das könnte sich jemand ausgedacht haben.

Dann geht eine Woge durch die Straße, sie erfasst nicht nur die verunglückte Frau, sondern sie alle, und reißt sie von den Füßen, und nichts ist mehr vertraut, die Stadt nicht und die Nacht nicht und der Tod nicht.

In den Hauseingängen schreien die Menschen, das Auto steht still. Auch als die Ersten aus den Hauseingängen und durch den Regen auf die Straße eilen, rührt sich der Mann hinter dem Lenkrad nicht, er sitzt reglos wie eine Statue, etwas aus Holz, Stein oder Plastik. In der Ferne hupen die Autos; einige hundert Meter entfernt weiß noch niemand von dem Unfall.

Es müsste aufhören zu regnen, denkt Paul und wundert sich über den Regen, wie er unbeeindruckt ist von dem, was geschieht. Der Regen schert sich nicht um den Tod; das Wetter nimmt keine Rücksicht. Aber vom Wetter sprechen heißt Smalltalk halten: ein kleines Gespräch über etwas unvorstellbar Großes. Paul denkt nicht nur über das Wetter und Smalltalk nach, während die Frau auf dem nassen Asphalt aufhört zu atmen, er denkt auch darüber nach, dass er keine Platzreservierung für den Zug morgen hat, dass es kein Brot und keine Milch mehr gibt in Heinrich Frists Wohnung, er denkt an Felix und daran, wie sie beide, Paul und Felix, bei einem Fahrradwettrennen einmal ein geparktes Auto streiften und einen langen Kratzer im Lack hinterließen und er Felix überredete, einfach weiterzufahren. An all das denkt Paul, als seine Beine zu zittern beginnen, das Zittern die Knie gegeneinanderschlagen lässt, aufsteigt durch den Bauch, in die Rippen, die Schultern, bis in die Kiefer, und nun schlagen auch seine Zähne gegeneinander. Paul zittert im Regen, während sich die ersten Passanten niederknien und fühlen und lauschen, und einer von ihnen sacht den Kopf schüttelt. Als Paul das Kopfschütteln sieht, greift er nach Blixen, nach dem Ärmel seines Trenchcoats und hält sich daran fest, während seine Gedanken immer schneller kreisen: die Heimkehr, der leere Kühlschrank, der Regen, der Sommertag, der Winter, die Frau, der Unfall, der Tod, und Felix. Und Blixen.

Die Tür des Wagens öffnet sich, der Fahrer, ein älterer Mann, setzt einen Fuß auf den Asphalt, den anderen in eine Pfütze. Eine Traube hat sich bereits um die Frau gebildet, die Umstehenden beachten den Fahrer nicht, so als hätte er mit alldem nichts zu tun. Jemand ruft einen Krankenwagen, und sie warten. Niemand traut sich fortzugehen. Nur Paul weicht langsam zurück, bis er gegen die steinerne Balustrade in seinem Rücken stößt. Blixen tritt neben ihn. Die Moldau hinter ihnen nimmt den Regen auf, rauscht in die Stadt und durch sie hindurch und aus ihr heraus.

Der Krankenwagen kommt, kurz darauf die Polizei. Blixen, Paul und die meisten anderen auch werden fortgeschickt, und Paul versteht, dass sie keine Helfer sind, sondern bloß Schaulustige. Einige Passanten bleiben zurück, um Auskunft über den Verlauf des Unfalls zu geben. Ein Glück, denkt Paul, dass er nicht zu ihnen gehört. Was könnte er schon sagen, außer: Da war der Regen und die Frau und das Auto. Sie trafen aufeinander.

Erst als sie vor Frists Haus angelangt sind, bemerkt Paul, dass er sich noch immer an Blixens Ärmel festhält. Er lässt los.

»Ich«, setzt Paul an, aber was immer er zu Blixen hat sagen wollen, was immer er über Felix, über Louise, über Agnes und Deutschland hat sagen wollen, er findet nicht zu den Worten zurück, er kommt nicht hinter das Quietschen der Bremsen, hinter das Prasseln des Regens, hinter den Aufschlag. Es ist ein Abend, denkt er, an dem man nichts mehr sagen, ein Abend, an dem man still sein sollte.

Schweigend umarmt Blixen Paul. Und in dem Moment, da Paul sich festhält und gehalten wird, da er Blixens Knochen spürt, die Schulterblätter, das Rückgrat mit seinen feinen Wirbeln, da versteht er, was geschieht, was geschehen wird, dass er Felix gefunden, ihn tatsächlich gefunden hat und dass er ihn wieder verlieren wird.

FÜNFTES KAPITEL

Und über die Schwelle

Während Pauls Aufenthalt in Prag ist der Sommer in den Herbst gekippt. Und wie jeder Jahreszeitenwechsel scheint ihm auch dieser nicht ganz glaubwürdig. In den Tagen nach seiner Rückkehr läuft er in klammkalten T-Shirts durch die klammkalte Wohnung und wundert sich über die schnell hereinbrechende Dunkelheit, darüber, dass die Nächte den Tagen ein vorzeitiges Ende setzen und die kahlen Äste der Bäume wie aufdringliche Gäste am Küchenfenster kratzen.

Am Wochenende, drei Tage nachdem Paul aus Prag zurückgekehrt ist, beginnt er zu fiebern. Weil er sich vor Ärzten noch mehr als vor Krankheiten fürchtet, sucht er keinen auf, legt sich stattdessen auf die Couch, bewegt sich wenig, trinkt Tee und wartet darauf, dass die Krankheit vorüberzieht.

Sie zieht nicht vorüber. Sie setzt sich fest, legt sich auf ihn und um ihn wie ein feuchtes, warmes Tier, das ihn tiefer in die Polster drückt. Die Tage zerfasern in nutzlose Wiederholungen: Er setzt sich auf, er sinkt zurück, er setzt sich auf, er sinkt zurück. Alles an ihm klebt: das Haar an seiner Stirn, die Zunge an seinem Gaumen. Er würde gerne duschen gehen, vorher aber müsste er die Arme über den Kopf strecken, den Pullover ausziehen, sich aus seiner Hose befreien, sich bücken und die Socken abstreifen. Nichts davon ist denkbar, und er bleibt liegen.

Endlich sinkt das Fieber, Pauls Gedanken nehmen Fahrt auf, aber noch immer ist er zu schwach, um aufzustehen, sich eine

Suppe zu kochen oder einen Tee zu machen. Ratlos blinzelt er hinüber zum Fenster und versucht, daran zu glauben, dass hinter der Scheibe der Innenhof liegt, andere Häuser, Straßen, die ganze Welt. Gut möglich, dass er die Wohnung nie mehr verlassen wird. Draußen vor der Tür warten der ewige Regen, der kalte Herbstwind, heulende Kinder und hupende Autos und unfreundliche Kassierer. Und weil er nie wieder wach, schnell und stark genug sein wird für die Welt der Supermärkte und kalten Winde, wird er vermutlich in absehbarer Zeit verdursten oder verhungern.

Doch bevor es dazu kommen kann, taucht Louise auf und bringt Suppe. Auch Louise sieht kränklich aus, auch Louise scheint in letzter Zeit kaum geschlafen zu haben. Am Nachmittag ist sie in Berlin angekommen, die letzten Tage hat sie in Prag verbracht. Er hatte gewusst, dass er ihr die Fahrt nicht würde ausreden können, hatte es schon am Abend vor seiner Abreise aus Prag gewusst, als er alleine in Frists dunkler Wohnung stand, frierend in seiner durchnässten Jacke, und sich festhielt am Hörer, während er ihren Namen sagte, ein-, zweimal, während er noch immer Blixen im Regen vor sich sah und die reglose Frau auf dem Asphalt.

Auf dem Teppich vor der Couch sitzend erzählt sie ihm, wie sie tagelang vor Blixens Wohnung gelauert und vergeblich auf ihn gewartet hat. Paul putzt sich schweigend die Nase. Auch dass sie Blixen nicht finden würde, wusste er bereits. Denn als Blixen an jenem Abend im Regen verschwand, da wirkte er wie jemand, der immer weiter laufen würde, aus der Stadt hinaus, aus dem Land hinaus, an einen Ort, an dem ihn niemand finden könnte, nicht Paul und nicht Louise.

Louise erzählt weiter, von ihrer vergeblichen Suche, von einer Nachbarin Blixens, die sie zum Tee in ihre Wohnung einlud, und von ihrer Rückreise. Paul will ihr zuhören, aber noch immer sitzt ihm die Müdigkeit wie ein Geist im Schädel, der von hinten seine Augäpfel zu packen und langsam in den Kopf hineinzuziehen droht. Also sitzt er Louise aus, wirft heimliche Blicke auf die Uhr an der Wand und hofft, dass sie bald gehen und ihn alleine lassen wird, damit er sich endlich hinlegen, die Augen schließen und schlafen kann.

Doch Louise nimmt ihn weiter ins Verhör. Er soll es ihr erzählen, ein drittes, ein viertes, ein fünftes Mal. Louise ist gekommen, ihre Hühnerbrühe gegen seine Berichte einzutauschen: jeder Löffel ein Satz. Aber all das hat er ihr doch schon erzählt, von dem Atelier, den goldenen Knochen, wie er Blixen nicht überzeugen konnte, mit ihm zu kommen. Er spricht holpernd. Der Ritter, der Vogelritter, sagt er, das goldene Skelett und der Raum, tief unter der Erde, und der Reiter und die Frau im Regen.

Louise glaubt ihm nicht. Oder: Louise versteht ihn nicht. Oder: Louise kann sich unter alldem nichts vorstellen.

»Das hast du wohl lieber nicht getrunken«, sagt sie.

Als Paul sie stirnrunzelnd ansieht, wiederholt sie langsam und überdeutlich, so als spräche er eine andere Sprache:

»Das Fieber ist wohl nicht gesunken.«

Aber das Fieber *ist* gesunken, und dass Louise ihn nicht versteht, hat nichts mit Paul zu tun, sondern mit Prag und Blixen.

»So wie du ihn beschreibst, das hört sich nicht nach Felix an«, sagt sie. »Ich verstehe nicht, wieso du dir so sicher gewesen bist.«

Er zuckt die Achseln. »Ich war mir eben sicher.«

»Und jetzt?«

»Jetzt ... « Er reibt sich die juckende Nase, die juckenden Augen. Jetzt ist er sich nicht mehr sicher.

Nachdem Louise gegangen ist, sieht er sich eine Sendung über das Brutverhalten von Vögeln an. Obwohl er die Sendung interessant findet, kann er ihr nicht folgen, unsichtbare Finger drücken seine Lider nach unten. Während der Sprecher ernst über die geheimen Gräueltaten von Kuckuck und Sperling berichtet, driftet Paul immer wieder in einen unruhigen Schlaf.

Das Geräusch der Klingel lässt ihn hochfahren, und er weiß nicht, ob es Morgen, Mittag oder Abend ist. Obwohl er das Gefühl hat, Stunden geschlafen zu haben, gleiten noch immer dunkle Vögel über den Bildschirm. Der schrille Klingelton fährt ihm ein weiteres Mal in die Knochen, in den Schädel. Im Lauf der letzten Tage hat er gelernt, mit dem Schwindel umzugehen. Wenn er sich aufrichtet, verharrt er einige Sekunden reglos, bis die leuchtenden Würmchen und Spiralen verblassen und er den Raum wieder sieht. Noch immer zieht die Krankheit auf der Suche nach neuen Nischen durch seinen Körper. Nun ist sie in sein rechtes Ohr gekrochen, steckt dort wie eine glühende Stricknadel; er spürt sie bei jedem Schritt.

Während er durch den Flur trottet, prasselt der Regen gegen das Küchenfenster, und wieder muss er an den letzten heftigen Regen denken, an den Abend in Prag und die überfahrene Frau. Wahrscheinlich habe ich mich da schon erkältet, denkt er und wundert sich im gleichen Moment über den Gedanken. Schließlich war er bereits seit mehreren Tagen wieder in Deutschland, als er zu fiebern begann.

Er öffnet die Tür, er öffnet den Mund, er will »Hallo« sagen, aber dann sagt er nichts, dann lehnt er im Türrahmen, und der Regen klopft an alle Fenster, gegen die Wände und gegen das Dach, und in seinem Ohr sticht es, und vor ihm steht Blixen.

Er trägt nicht seinen Trenchcoat, sondern einen schwarzen Mantel mit einem geknoteten Stoffgurt um die Taille und einer breiten Kapuze, die wie ein Kragen auf seinen Schultern liegt. Neben seinen Füßen steht eine Reisetasche aus dunklem Leder. Blixens Mantel tropft, sein Haar kräuselt sich in der feuchten

Luft, einzelne Strähnen kleben an seiner Stirn. Paul hat ihn anders in Erinnerung; So sah er doch nicht aus, denkt er, ohne sagen zu können, worin der Unterschied besteht.

Er ist nicht so schön gewesen. Das ist es. Blixen im Regen, Blixen vor seiner Haustür, Blixen im schwarzen Mantel ist so schön, dass die Luft um ihn herum zerspringen müsste. Und das tut sie, sie splittert tatsächlich, zersetzt sich in unendlich viele Tropfen, die durch die Luft rasen und auf dem Pflaster aufschlagen, knallen und platzen.

»Wie«, fragt Paul, »wie hast du mich gefunden?«

»Telefonbuch.« Blixen lächelt, als sei ihm die einfache Erklärung peinlich.

»Du bist doch gekommen«, sagt Paul. Er tritt einen Schritt zur Seite, doch Blixen rührt sich nicht. Es scheint, als würde er auf etwas warten, als sei er, nachdem er bis hierher, bis vor Pauls Haustür gekommen ist, unsicher, ob man ihn willkommen heißt.

»Komm rein«, sagt Paul. »Bitte, komm rein.«

Blixen tritt aus dem Regen und über die Schwelle.

ZWEITER TEIL:
DER GLÜCKLICHE

ERSTES KAPITEL

Es war heiß. Es gab keine Cornflakes. Das ist alles

Der Sommer, in dem Louises Bruder verschwand, war so heiß, dass Louise abends Handtücher in kaltes Wasser tränkte und sie sich um Arme und Beine wickelte. Nachts geisterte sie stündlich zu den Fenstern, um sie probeweise aufzureißen und resigniert wieder zu schließen. Zwar sprach man im Fernsehen von einer »Hitzewelle« und davon, dass die Hitze »angerollt« käme, Louise aber schien es, als kröche sie aus dem Boden, aus der trockenen Erde, als sickere sie durch die Wände und Ritzen in die Häuser hinein.

In der ersten Woche der Sommerferien verließen sie die Stadt, Agnes und Felix, Louise und Paul, um nach Dornheim zu fahren. So war es schon immer gewesen, auch als Louises Vater noch zuhause gewohnt hatte, war er nicht mitgekommen – weil er die Bibliothek brauchte, weil er sich ohne die Kinder im Haus besser konzentrieren konnte – Erklärungen, die Louise eingeleuchtet hatten, denen sie aber dennoch nicht ganz getraut hatte. Ihr Vater hatte Dornheim nie gemocht, nicht das Haus, nicht den Garten, nicht den angrenzenden See.

Das Dorf, in dem Agnes aufgewachsen war, lag etwa anderthalb Stunden von Berlin entfernt. Es gab dort kein Kino, kein Einkaufszentrum und nur einen einzigen Supermarkt, es gab keine Bibliothek für Louises Vater. Aber es gab das Haus, einen weitläufigen, zum Wasser hin abfallenden Garten mit Kastanienbäumen und genug Platz, um Federball zu spielen; es gab eine

Terrasse mit weißen Liegen, einen Dachboden mit einem Schrank voll alter Kleider, mit Regalen voller Brettspiele in vergilbten Kartons und Fotos in dicken Alben mit Stoffeinband, es gab zehn großzügige Zimmer und ein Hinterhaus mit Speisekammer. Es gab einen mattgrünen See, in dem Louise schwamm und tauchte und lernte, sich nicht länger vor Fischen zu ängstigen.

Wie in jedem Jahr verkündete Agnes auf der Fahrt, dass sie das Haus im Herbst verkaufen und dieser ihr letzter Sommer in Dornheim sein werde. Obwohl Louise es für unwahrscheinlich hielt, dass Agnes ihre Drohung wahrmachen würde, wusste sie, dass die Sommer in Dornheim, wie sie alle sie kannten, ein Ende finden würden.

Louise war die Einzige, für die sich die kommenden Wochen noch bündeln und unter dem Begriff »Sommerferien« zusammenfassen ließen. Paul und Felix hatten die Abschlussprüfungen hinter sich gebracht, in drei Monaten würden sie mit dem Studium beginnen. So sehr, wie Louise sich in den Jahren zuvor gefürchtet hatte, dass ihr Vater es sich einmal anders überlegen und doch mitkommen würde, so sehr hatte sie sich in diesem Jahr gefürchtet, dass Paul es nicht tun würde.

»Kommt Paul dieses Jahr wieder mit?«, hatte sie Agnes einige Woche vor ihrer Abreise gefragt.

»Natürlich kommt Paul mit«, hatte Agnes geantwortet und die Stirn gerunzelt, als sei Louises Frage abwegig.

Das Frühjahr über hatten Paul und Felix wochenlang für die Abiturprüfungen gelernt, über ihren Heften und Aufzeichnungen gesessen, kryptische Graphen, lange Vokabellisten und Sammlungen historischer Daten und Schauplätze studiert. Felix, Paul und Louise gingen auf dieselbe Schule, und Anfang März beobachtete Louise, wie eine flimmernde Aufregung, ein Gefühl zeremonieller Erwartung durch die orange-braun gekachelte Schulaula waberte und sich in den Geruch der fettigen Cafeteria-Burger mischte.

In der Woche nach der letzten Prüfung erzählte Felix beiläufig beim Abendbrot, dass er sich bereits in drei unterschiedlichen Städten für Geschichtswissenschaft beworben habe.

Keine von ihnen war Berlin.

»Am besten würde mir Frankfurt gefallen«, sagte er, und Paul sah kurz auf, scheinbar unbeteiligt, doch Louise bemerkte das kurze Zucken in seiner rechten Wange und wie sich seine Hände den Bruchteil einer Sekunde anspannten.

Ob Paul Felix Frankfurt vorwarf? Sie weiß es bis heute nicht, weiß nicht, ob er fragte: »Bedeuteten wir dir nichts?«, oder: »Aber was ist mit uns?«, und ob Felix antwortete: »Ich muss meinen eigenen Weg gehen.« Aber vermutlich sprach man so nur in den Vorabendserien, die Louise sich zu Agnes' Kummer ansah, und vermutlich gab es keinen Streit, keine Vorwürfe, sondern bloß ein einziges, endloses Achselzucken, ein Aneinander-Vorbeistarren und gemurmelte Bemerkungen.

In den Wochen, bevor sie nach Dornheim gefahren waren, hatten die beiden Jungen die Tage im Schwimmbad oder im Garten verbracht, während Louise vormittags noch zur Schule musste. Nachmittags hatten sie Pingpong und manchmal Badminton gespielt. Louise, auf dem Rasen sitzend, hatte zugesehen, wie kleine weiße oder gelbe Bälle hin- und hergeflogen waren, und zu der alten Sicherheit zurückgefunden, dass sich nichts ändern würde, für keinen von ihnen. Es war ihr zunehmend unwahrscheinlich vorgekommen, dass es je einen Streit oder eine Unstimmigkeit gegeben, dass Paul Felix je mit zittriger Vorabendserienstimme gefragt hatte: »Und was ist mit uns?«

Auch in Dornheim schien es während ihrer ersten Woche, als sei die Zukunft mit allen möglichen Spannungen und Entscheidungen in Berlin geblieben, doch Anfang der zweiten Woche schlug die Stimmung um. Eines Mittags, nachdem Louise mit Agnes im Supermarkt gewesen war und die Einkäufe ausgepackt hatte, beobachtete sie durch das Küchenfenster die beiden Jungen unten am See. Paul stand mit dem Rücken zu ihr, Felix hatte ihr sein Gesicht zugewandt, und trotz der Entfernung konnte sie erkennen, wie sich eine Falte in die Haut zwischen seinen Augenbrauen grub, und die Falte war nicht bloß eine Falte, sondern ein Riss, der sich aufgetan hatte und unversöhnlich klaffte.

Später im Haus sprachen Felix und Paul höflich und knapp angebunden miteinander, so wie man es nach einem Streit oder Vorfall tut, den man gerne hinter sich lassen möchte. Wenn sie einander ansahen, war es, als ob sie den Blick nie lang genug auf dem anderen ruhen ließen, um ihn tatsächlich zu erfassen, und wenn sie miteinander sprachen, war es, als ob sie die Worte bloß ziellos in den Raum schickten, wo sie auch auf Agnes oder Louise trafen oder gänzlich ungehört aus dem Raum drifteten.

Das Haus in Dornheim war groß genug, um sich aus dem Weg zu gehen, und in den nächsten Tagen bewegten sich alle drei in einem genau bemessenen Abstand zueinander. Agnes hatte einen Tisch unter die Kastanie am Rand des Gartens gestellt. Dort sah Louise ihre Mutter den Großteil des Tages sitzen, einen Bleistift, Textmarker oder Kugelschreiber in der Hand, die Augen hinter einer rundglasigen Sonnenbrille verborgen, über Stunden vertieft in ihre Aufzeichnungen, scheinbar ohne den See, das Haus, den Garten wahrzunehmen. Gleich, wie heiß es war, Agnes mied das Wasser – das zumindest glaubte Louise, bis sie eines Morgens früher als gewöhnlich aufstand, ans Fenster trat und weit draußen im See einen hellen Punkt erspähte. Kurz darauf formte er sich aus, zu Agnes' Kopf, ihrem blonden Haar, ihren weißen Armen. Mit regelmäßigen, schnellen Zügen näherte sich ihre Mutter dem Ufer, stieg aus dem Wasser und an Land.

Sie trug einen schlichten schwarzen Badeanzug und schien Louise unverhältnismäßig in ihrer Schönheit; nicht nur zu der farblosen Welt, die sie umgab, dem ausgedörrten Gras, über das sie lief, sondern auch und vor allem zu ihrer Tochter stand Agnes' Schönheit in keinem Verhältnis. Louise, die Fingerspitzen auf das kühle Glas der Fensterscheibe gelegt, erinnerte sich an die Geschichten aus ihrer Kindheit, die Agnes vorgelesen oder erzählt hatte, Geschichten von Selkies, von Meerjungfrauen, Geschöpfen, die das Wasser verließen, obwohl sie nicht an Land gehörten.

*

Der 22. August ist der heißeste Tag des Jahres. Die Wetterberichte haben es vorausgesagt, und schon in den frühen Morgenstunden zeichnet sich ab, dass es stimmt. Anders als man erwarten könnte, ist der Himmel nicht strahlend blau, sondern diesig, staubig grau. In der kommenden Nacht wird es gewittern.

Obwohl Louise früh aufgestanden ist, um Agnes beim Schwimmen zu beobachten, geht sie erst um kurz nach elf hinunter in die Küche und isst gemeinsam mit Paul die letzten Cornflakes. Als Felix die Küche betritt, verlässt Paul sie beiläufig und so, als habe ihn eine geheime Strömung erfasst. Er lässt sich treiben, aus der Küche in das Wohnzimmer, weiter durch die geöffnete Glastür und hinaus auf die Terrasse. Dabei ist nichts zufällig an dieser Bewegung, die beiden Jungen gehen sich aus dem Weg, gezielt und strategisch. Wie zwei Magneten, die sich abstoßen: Minus Minus, Plus Plus, denkt Louise und schaut ihrem Bruder dabei zu, wie er träge die Schränke durchsucht.

»Wo sind die Cornflakes?«, fragt er.

»Alle«, gesteht Louise.

Felix runzelt die Stirn. Und Louise will etwas Albernes sagen: *Die Angelegenheit der nicht vorhandenen Cornflakes sollte ernst genommen werden*, gesprochen in dem Generalston, den Felix und sie für diese Art von Witzen verwenden. Sie öffnet den Mund und schließt ihn wieder. Wie schon vor einigen Tagen scheint Louise die Falte zwischen Felix' Augenbrauen weniger eine Falte denn ein Schnitt, eine klaffende Wunde. Etwas liegt in der Luft, mehr als nur die Hitze, mehr als die Schwere und der Druck, das Summen und Surren der Mücken, die das Land vom See her überschwemmen. Hiervon wird sie später nur Agnes und Paul, nicht aber der Polizei erzählen. Was sollte sie mit der Polizei auch über Magneten und Veränderungen der Luftschicht sprechen? Jedes Detail ist wichtig, sagt die Polizei, aber das stimmt nicht, es gibt Details, die für niemanden wichtig sind, außer für Louise.

In einem unachtsamen Moment wird sie Agnes gegenüber von *Vorahnung* sprechen, und Agnes wird verärgert den Kopf schütteln. »Im Nachhinein kann man sich alles einreden«, wird sie sagen und womöglich recht haben, denn vielleicht stimmt es nicht, dass Louise etwas spürt, während sie Felix ansieht, der sich abgewandt hat und hinaus auf den See starrt. Und vielleicht stimmt es auch nicht, dass sie, den Zuckergeschmack der Cornflakes noch im Mund, seinen Hinterkopf betrachtet und plötzlich das Gefühl hat, ihren Bruder nicht besonders gut zu kennen.

»Die Hälfte der Zeit habe ich keine Ahnung, wovon du redest«, wird Agnes später zu Louise sagen. »Du interpretierst alles Mögliche in diesen Tag hinein. Das stimmt doch alles nicht. Es war heiß, es gab keine Cornflakes. Das ist alles.«

Aber das ist nicht alles.

Und das muss auch Agnes wissen.

Denn nach dem Vormittag kommt der Nachmittag. Und die Hitze macht sie lustlos und gereizt. Träge schlagen Louise, Paul und Felix nach den Mücken. Zwei Stiche auf Louises Bein haben sich entzündet, ihre Schultern sind sonnenbrandrot, und

Wespen belagern ihren Eistee. Aber Louise hat sich vorgenommen, nicht unzufrieden zu sein. Sie will jeden Tag, jede Stunde vollständig erfassen. Nichts soll beiläufig und unbemerkt geschehen, die Zeit darf nicht tröpfeln, und sie darf nicht rauschen.

»Die jungen Menschen haben es gut, denn sie denken nie an den Tod«, sagte Louises Großmutter Astrid einmal; und Louise verstand, dass ihre Großmutter nicht immer und ausschließlich die Wahrheit sprach. Denn Louise denkt oft an ihren eigenen Tod, besonders abends, besonders, wenn niemand um sie herum Witze macht, sich beschwert, etwas erzählt oder fragt, wenn niemand in ihre Gedanken dazwischenredet. In den Sekunden kurz vor ihrem Tod, vermutet Louise, wird sie denken: Ich war doch gerade erst siebzehn, ich war doch gerade erst in Dornheim, das alles, es ist doch gerade erst passiert. In den Jahren, bevor Louises Großmutter starb, sprach sie oft von der Verwunderung darüber, plötzlich alt zu sein, und davon, wie man auch mit siebzig, achtzig, neunzig noch immer das Gefühl habe, siebzehn zu sein, dass der neue (alte) Körper einem bloß einen Streich spiele und man sich in einem vorübergehenden Zustand der Revolte befinde. Nie aber hat sie darüber gesprochen, dass es auch umgekehrt sein kann. Oft genug scheint es Louise, sie sei bereits sechzig, siebzig, achtzig, als sähe sie bloß mit einem Auge, während sie mit dem anderen bereits erinnerte. Sie hofft, dass irgendwer bald einen Apparat erfindet, mit dem es möglich ist, einen Moment, das Gefühl eines Moments, aufzunehmen wie Fotos oder Lieder und es immer wieder abzuspielen. Sie würde diesen Nachmittag festhalten, und sie vier, wie sie sind: Agnes an ihrem Tisch im Schatten der Kastanie, sie selbst mit dem Glas Eistee in der Hand und die beiden Jungen, schweigsam und träge auf ihren Liegestühlen.

Über die Ferien hat Agnes Louise den Roman einer schwedischen Autorin geliehen. Während Louise halbherzig die vergilbten Seiten umblättert, glaubt sie, Agnes' prüfende Augen auf sich ruhen zu spüren, aber immer, wenn sie aufschaut, ist Agnes in ihre Aufzeichnungen vertieft. Louise kann sich nicht konzentrieren; sie macht die Hitze, die Mücken, den Hunger verantwortlich, aber sie weiß selbst, dass es in ihrem Zimmer in Berlin, bei geschlossenen Fenstern, bei gemäßigter Temperatur, nicht anders wäre. Sprache ist Sprache ist Sprache. Louise gelingt es nicht, sich von Satz zu Satz zu hangeln, während die lärmende, pulsierende Welt vor ihr liegt; und diese Welt hat alles: den See mit seinen Fischen, das braungelbe Gras und die Flecken staubiger Erde dazwischen, ein metallenes Klirren irgendwo in der Ferne und Rufe, vielleicht von einer Baustelle. Die Welt lässt sich nicht vergessen oder ausklammern, sie drängt sich zwischen die spröden Worte, lärmt lauter, riecht strenger, macht ganze Abschnitte unleserlich, mit den Lichtstreifen und Schatten, die sie wirft. Ein Glück, dass Louises Augen hinter den dunklen Gläsern der Sonnenbrille verborgen sind, denn immer wieder wandert ihr Blick über den Rand des Buches hinweg, hinüber zu Paul, hinüber zu Felix, hinüber zu Agnes und weiter in die Bäume, nach den unsichtbaren Vögeln suchend, die Louise hören, aber nicht sehen kann, zu dem Wasser, das seine Farbe von Tag zu Tag, manchmal von Stunde zu Stunde ändert, von Grau zu Blau zu Grün. Und von dort weiter, denn jeder Ort, der ist, ruft hunderte Orte auf, die nicht mehr sind oder erst noch sein werden; und im Sommer denkt sie an den Winter, an die Kälte, an den Schnee, an Neujahr. Sie denkt sich weiter in das nächste Jahr, in die nächsten fünf Jahre; und weil die Vergangenheit und die Zukunft bereits wieder auf sie einstürzen, der Moment Louise entgleitet oder umgekehrt Louise dem Moment entgleitet, springt sie auf, reißt sich die Sonnenbrille vom Kopf, läuft bis zum See und hinein; mit schnellen Zügen entfernt sie sich vom Ufer. Hier draußen pocht etwas im Körper, ein Glück, das sie kennt, dem sie nicht ganz traut, weil es überschäumend und maßlos ist. Nie kann sie es länger als ein paar Sekunden im Körper halten; beinahe zum selben Zeitpunkt, da sie es begreift, verblasst es flimmernd, und Louise selbst bleibt erschöpft zurück, unsicher, warum sie geglaubt hat, glücklich zu sein.

Im See taucht sie tiefer ab, sie breitet die Arme und Beine aus. Hier unter Wasser sieht sie die Dinge nicht verschwommen, sondern in aller Deutlichkeit. Es wird nicht mehr lange dauern, bis sie hinter Felix und Paul hinaustritt, in den weiten Raum, der die Zukunft ist, und die Tage werden nicht länger in einer endlosen Reihe aufeinanderfolgen, gleichförmig und dröge sein wie die belegten Brötchen in der Schulcafeteria; die Tage werden schillern und knallen und platzen, werden so voll sein, dass sie sich dehnen, bis spät in den Abend, bis weit nach Mitternacht.

In den nächsten Jahren wird sie sich oft hieran erinnern, an sich selbst unter Wasser und wie sie zwischen Fischen schwebte. Sie wird zurückkehren zu diesem Moment und sich wünschen, dass ein Wesen, zu allmächtig und milde, als dass sie tatsächlich an es glauben könnte, die Sekunde stillgestellt, die Zeit angehalten und ihnen erlaubt hätte, für immer in diesem Nachmittag zu bleiben, in dem Garten an diesem Nachmittag, den sie für den Rest ihres Lebens nicht wieder hätten verlassen müssen.

Nachdem Louise zum Ufer zurückgeschwommen ist, läuft sie zu den anderen. Agnes hebt den Kopf, und Louise sieht sich durch die Augen ihrer Mutter: Ihr Badeanzug ist nicht schlicht und schwarz wie Agnes', sondern von einem aufdringlichen Blau. Die Innenseiten ihrer Oberschenkel sind nicht durch eine Handbreit Luft voneinander getrennt, sie berühren sich. Ob Agnes oft darüber nachdenkt, dass ihre Tochter ihr nicht ähnlich sieht?

Louise tritt vor die Liegestühle, zieht das nasse Haargummi

aus dem Zopf, schüttelt sich und lässt einen Tropfenschauer auf die beiden Jungen hinabgehen.

»Was soll das denn?«, ruft Felix und springt auf.

»Sie wollte doch nur«, sagt Paul, aber Felix hat sich bereits umgedreht, läuft davon, über die Terrasse und ins Haus.

Louise wringt ihr Haar aus und schämt sich.

»Mach dir nichts draus«, sagt Paul, und sie nickt unsicher. Es passiert nicht oft, dass sich ihr Bruder über etwas ärgert, und es passiert noch seltener, dass er sich über Louise ärgert.

»Gibt es auch keine Cola mehr?«, ruft Felix aus dem Haus und tritt wieder auf die Terrasse.

»Nein, haben wir alle gemacht«, ruft Louise zurück.

»Keine Cola und keine Cornflakes«, stellt Felix fest.

Agnes hebt den Kopf.

»Vielleicht gehst du welche holen«, schlägt sie vor.

»Ja, aber ich habe keine Lust, in den Supermarkt zu fahren«, antwortet Felix, »ich gehe zur Tanke.«

Dann sagt er: »Bis gleich.«

Hieran wird Louise sich später noch genau erinnern, anders als Paul und Agnes, die behaupten werden, sie seien nicht sicher, was er als Letztes gesagt habe, wahrscheinlich: »Tschüss.«

Aber nein, er sagt nicht »Tschüss«. Er sagt: »Bis gleich« und zieht die Glastür hinter sich zu. Er verlässt das Haus durch den Vordereingang; er schließt die Haustür hinter sich und läuft die wenig befahrene Landstraße entlang, bis er etwa zehn Minuten später die Tankstelle erreicht. Dort verkauft man ihm eine Cola. Man wird sich daran erinnern, dass er mit einem Zehn-Euro-Schein bezahlt hat, und man wird sich daran erinnern, dass er etwas über das Wetter, über die Hitze gesagt hat, aber was genau, das weiß man nicht mehr.

Er verlässt die Tankstelle, die 1,5-Liter-Flasche Cola unter den Arm geklemmt.

Vielleicht hat er das Wechselgeld in seine Hosentasche gesteckt, lose Münzen, die klimpern bei jedem Schritt. Vielleicht ist ihm heiß, während er an der Waschanlage vorbeigeht, und vielleicht juckt ihn der dünne Film Schweiß auf seinem Gesicht, und vielleicht streicht er sich das Haar aus der Stirn, und vielleicht fuchtelt er mit der Hand durch die Luft, um die Mücken zu vertreiben, die ihm wie ein Schwarm hingebungsvoller Anhänger folgen. Vielleicht läuft er im Schatten der Bäume die Landstraße entlang, und vielleicht sieht er bereits das Haus, und vielleicht hört er das metallene Klirren einer Baustelle. Vielleicht bleibt er nicht stehen, als er das Haus erreicht hat, sondern läuft weiter. Oder vielleicht nähert sich ein Auto, und vielleicht hält es am Straßenrand, und vielleicht kurbelt der Fahrer das Fenster herunter, und vielleicht sagt er etwas zu Felix.

Es könnte so gewesen sein.

Oder ein wenig anders.

Oder vollkommen anders.

Mit Sicherheit sagen kann das niemand, denn das letzte Mal wurde Felix Heller, 19 Jahre alt, an einer Tankstelle gesehen. Er trug ein dunkelblaues Polohemd, eine Shorts und weiße Asics-Turnschuhe mit blauen und roten Streifen. Die Polizei nimmt sachdienliche Hinweise entgegen.

ZWEITES KAPITEL

In Zeiten des Weltuntergangs findet das Reisen unter erschwerten Bedingungen statt

Louises Herz schlägt überall, in den Fingerspitzen, den Schläfen, den Schultern, dem Nacken, den Ohren. Auch außerhalb ihres Körpers vibriert und pulsiert es, im Asphalt unter ihren Füßen, in den Ampeln an den Kreuzungen, in den Straßenlaternen.

Durch ein breites offenstehendes Tor tritt sie in einen Hinterhof. Genau in der Mitte, eingebettet zwischen zwei hohen Kastanien und noch höheren Altbauten steht ein zweistöckiges Haus, ein kompakter Quader, der zwischen seinen hochaufgeschossenen Nachbarn geduckt und bescheiden scheint. Das Haus gehört einem älteren, mit Agnes befreundeten Paar, das sich nur selten in der Stadt aufhält. Dank eines durch Agnes eingefädelten fragwürdigen Abkommens – Paul gießt die Pflanzen und kümmert sich um eine Katze, die vor einigen Monaten davongelaufen und nie wieder aufgetaucht ist – lebt Paul nahezu mietfrei in der unteren Etage.

Louise öffnet das kniehohe Zaungatter und läuft durch den Vorgarten. Der Kiesweg fühlt sich nicht kiesig, sondern wattig an, genau wie der Klingelknopf, genau wie sie selbst. Ihre Hände zittern, als sie auf den Watteknopf drückt. Einige Sekunden verstreichen, Louise zählt stumm mit, sieben, acht, neun, dann öffnet Paul die Tür und blinzelt ihr konspirativ zu, so als hätten sie eine Vereinbarung getroffen. Sie gleitet hinter ihm durch den Flur, ohne zu spüren, wie sich ihre Beine bewegen, wie die Sohlen ihrer Schuhe klappernd auf den Holzdielen aufsetzen, vorbei an der Küche, hinein in den Wohnraum. Hier ist der Esstisch, hier ist der weiße IKEA-Sessel, hier ist der Kelim-Teppich, den Agnes Paul geschenkt hat, hier ist die Couch, und hier ist ein Mann auf der Couch; sie hat ihn noch nie gesehen. Sie betrachtet ihn, und etwas lenkt sie ab, ein Stechen im Magen, in der Kehle. Hat sie sich verschluckt? Hat sie zu schwer gegessen? Aber sie hat ja nichts gegessen, den ganzen Nachmittag nicht. Und trotzdem fühlt sie ein unwahrscheinliches Gewicht, als staple sich ein Turm Steine vom Magen die Speiseröhre hinauf und bis in die Kehle.

Etwas zu abrupt geben ihre Beine nach; sie landet hart in Pauls Sessel, und der Schmerz schießt vom Steißbein die Wirbelsäule hinauf. Wie eine ziellose Mücke irrt Paul durch das Wohnzimmer, bis er hinter der Couch zum Stillstand kommt.

Louise mustert den Fremden. Ihr fällt ein, dass sie ihn noch nicht begrüßt hat; sie streckt ihm die Hand entgegen, und er ergreift sie. Seine Haut ist nicht verschwitzt, nicht feucht, sondern kühl und trocken. Trotzdem kann sie es nicht abwarten, die langen weißen Finger wieder loszulassen.

»Hatten Sie eine gute Reise?«, fragt sie und wundert sich über ihre Stimme, den förmlich-blechernen Ton.

Der Mann nickt. Sein Gesicht ist hager, der Kiefer schmal; sein breiter Mund scheint aus der Haut zu brechen, was ihn hungrig aussehen lässt oder so, als hätte man ihn geprügelt. Nicht nur, dass der Fremde Felix nicht ähnelt, er sieht aus wie sein Gegenteil, seine Umkehrung: Sein Haar ist nicht rotblond und gelockt, sondern schwarz glänzend und fedrig glatt; sein Teint ist nicht gebräunt, sondern bleich; seine Augen sind nicht hellbraun, sondern so dunkel, dass sich die Iriden kaum von den Pupillen unterscheiden.

»Wie lange sind Sie schon in Deutschland?«, fragt Louise.

Blixen räuspert sich.

»Seit drei Tagen«, antwortet er.

»Und wie gefällt Ihnen Berlin?«

»Gut.«

Seine Worte sind raukantig, angebrochen und verfremdet durch einen sonderbaren Akzent, den Louise weder auf Anhieb noch nach längerem Nachdenken zuordnen kann. Der Mann auf der Couch spricht nicht hell und klar wie ihr Bruder, seine Worte ziehen eine kratzige Schleppe nach sich.

Louise sieht auf die Uhr. Noch keine fünf Minuten sind verstrichen, aber sie will nichts über Blixen wissen, und sie will mit ihm nicht über Felix sprechen. Ob Paul ihm viel von Felix erzählt hat? Während sie zusammensaßen in Prager Cafés, haben sie da über ihren Bruder gesprochen? Sie verflicht die Finger, vermeidet es, Paul anzusehen, schluckt Kiesel und größere Steine. Ihre Knöchel färben sich gelblich. Aus den Augenwinkeln sieht sie Paul unruhig vor- und zurückwippen. Blixen hat die Hände gefaltet; genau wie Louise scheint er das Gespräch aussitzen zu wollen.

»Na dann«, sagt Louise und steht mit einem Ruck auf.

Sie rennt nicht aus dem Raum, aber sie geht in dem entschlossen Tempo jener Frauen, die sie manchmal mit Walkingstöcken durch den Park marschieren sieht. Hinter sich hört sie Paul ihren Namen rufen und seine Schritte, die ihr durchs Wohnzimmer und in den Flur folgen. Erst draußen im Vorgarten bleibt sie stehen. Als Paul ins Freie tritt, schlägt sie ihm mit beiden Fäusten gegen die Brust, so heftig, dass er zurückstolpert.

»Sag mal, spinnst du? Bist du irre? Deswegen schleppst du mich hierher? Deswegen das ganze Theater? Deswegen bin ich nach Prag gefahren, Paul, deswegen!«

Sie ist nach Prag gefahren. Die Erinnerung fällt sie an wie ein Tier, das ihren Schädel mit zwei Pranken umfasst und zudrückt.

Sie sieht sich selbst: Wie sie mehrere Stunden mit dem Zug fährt, und in der Stadt weiter mit dem Taxi zu der Adresse, die Paul ihr gegeben hat. Wie sie klingelt und niemand öffnet, und sie weiter klingelt und wartet und wiederkommt, am nächsten Tag, um zu klingeln, um zu warten. Nachts schläft sie in der Wohnung eines Mädchens, das sie noch aus dem Germanistikstudium kennt, aber nein, sie schläft nicht, sie liegt wach auf einer Isomatte und starrt an die Decke. Drei Tage verstreichen, und nie öffnet sich die Tür, und Blixen taucht nicht auf. Am vierten Tag hämmert sie gegen die Wohnungstür und versteht, dass sie nicht damit aufhören wird, so lange, bis Holz splittert oder die Polizei kommt. Doch da tritt eine Frau aus der Nachbarwohnung in den Flur. Während der letzten Tage ist sie der herumlungernden, auf den Treppenstufen kauernden Louise wiederholt begegnet und scheint zu wissen, dass Louise auf der Suche nach Blixen ist.

»He's left«, sagt die Frau, auf die Tür deutend. »For good.«

Da erst fängt Louise an zu weinen, und sie weint weiter, während die Frau sie in ihre Wohnung führt und ihr süßen Tee in kleinen blumigen Tassen anbietet.

In Pauls Vorgarten stehend, erinnert sie sich an das verblasste Rosenmuster auf den Tassen und an das Gefühl, wie ihr alles entglitt, sie den Halt verlor und fürchtete, eine Rosentasse in der Hand, verrückt zu werden. Es war alles umsonst gewesen. Sie hätte nicht gegen die Tür hämmern, sie hätte nicht weinend süßen Früchtetee trinken und sich vor dem Wahnsinn fürchten müssen, denn der Mann hinter der Tür war nie Felix gewesen.

Als Paul die Hand nach ihr ausstreckt, schlägt sie nach ihm.

»Bleib bloß weg. Fass mich nicht an«, sagt sie.

Alles an Paul sackt ab: Seine Mundwinkel, seine Schultern, das Kinn. Niemand kann traurig sein wie Paul, niemand kann sein Gesicht schwer, seine Augen groß und wässrig werden lassen wie Paul. In diesem Moment, vielleicht zum ersten Mal überhaupt, ist es ihr gleich.

»Ich will dich in den nächsten Tagen nicht sehen, und ich will auch nicht, dass du mich anrufst. Vor allem brauchst du dich nicht zu melden, solange der noch hier ist. Verstanden?«

Ohne Pauls Antwort abzuwarten, läuft sie aus dem Garten, aus dem Hinterhof, durch das Tor und hinaus auf die Straße.

*

Schon seit ihrer Kindheit träumt Louise von Weltuntergängen. Obwohl sie immer selbst Teil des Geschehens ist, sieht sie die Ereignisse wie auf großer Kinoleinwand und aus weiter Entfernung: in sich zusammenstürzende Häuser, brennende Städte, schwarz-rote Wolken über einem aufgewühlten Meer. Louise spaltet sich, schaut auf die brennende Welt hinab, wie ein Vogel, wie Gott, und weiß, dass sie sich gleichzeitig dort unten befindet, ein winziger Körper zwischen Trümmern, mörderischen Horden und Explosionen. Stets versucht sie, zu Agnes und Paul zu gelangen. In Zeiten des Weltuntergangs aber findet das Reisen unter erschwerten Bedingungen statt: Die Busse sind überfüllt, die Schiffe nehmen nur noch eine begrenzte Anzahl an Passagieren auf, die Flugzeuge stehen längst in Flammen.

In der Nacht, nachdem sie Blixen zum ersten Mal begegnet ist, träumt Louise nicht von Weltuntergängen, sondern von Blixen. Er sitzt auf einer Couch, dicht neben ihr. Paul hat ihnen Tee in geblümten Tassen gebracht. Früchtetee, denkt Louise, aber als sie den ersten Schluck nimmt, schmeckt der Tee unangenehm bitter. Diskret beugt sie sich zur Seite und leert die Tasse in eine Zimmerpflanze. Als sie sich Blixen wieder zuwendet, hat er den Mund geöffnet. Stumm schiebt er die Kiefer Millimeter um Millimeter auseinander. Er wird schreien, denkt Louise, aber Blixen schreit nicht; lediglich ein Knacksen, ein Krachen ertönt, und Blixens Unterkiefer hängt lose im Schädel. Sein Schlund ist mit spitzen Zähnen gespickt, und als er ein tiefes Gurren von sich gibt, erkennt Louise, dass er von ihr gefüttert werden will. Aber womit? Was isst jemand wie Blixen?

Hastig sieht sie sich um, doch der Raum zersetzt sich bereits, Tisch und Teppich, Sessel und Teetassen verblassen, und dann ist es dunkel, und Louise liegt in ihrem Bett. Sie setzt sich auf und stöhnt; ihr Körper fühlt sich an, als hätte ihn ein Betrunkener am Abend zuvor auseinandergebaut und notdürftig wieder zusammengeschraubt. Während sie durch den Flur und in die Küche tappt, meint sie zu spüren, wie ihre Knochen in den Gelenken reiben. Es knirscht und knackt, als sie sich auf einen Stuhl fallen lässt.

Ihre Mitbewohner, Clara und Tilo, schlafen noch. Louises Zimmer liegt gleich neben der Küche, und am Vorabend hat sie die beiden bis weit in die Nacht tuscheln und kichern hören. Auf dem Esstisch stehen Bierflaschen. Louise räumt sie unter die Spüle, um sie nach kurzem Zögern wieder hervorzuholen und zurückzustellen.

Als Clara schließlich auftaucht, ist sie verkatert und wortkarg. In ihrem blonden Haar hängt eine Schlafmaske; sie trägt ein weites T-Shirt, das vermutlich Tilo gehört und aus dem ihre Arme und Beine spindeldürr hervorlugen. Schweigend stellt sie die Kaffeemaschine an, sieht der hellbraunen Flüssigkeit beim Tröpfeln zu und stellt dann eine Tasse vor Louise ab. Louise nippt verhalten, Claras Kaffee ist immer zu stark. In der Küche selbst ist es still, durch die Wände hören sie ihren Nachbarn in seiner Wohnung mehrmals niesen. Weil sie nichts anderes über ihn wissen, als dass er oft und laut niest, nennen sie ihn den Nieser.

Gestern habe ich einen Mann getroffen, der behauptet, mein Bruder zu sein, sagt Louise unvermittelt – nur dass sie die Worte nicht tatsächlich, sondern bloß für sich selbst, im eigenen Kopf spricht. Schon während der letzten Tage ist es so gewesen: Sie hat niemandem von Pauls Anruf oder von ihrer Reise nach Prag erzählt. Manchmal spürt sie die Worte auf der Zungenspitze, ein erstes Kribbeln, ein Kitzeln, dann schließt sie die Lippen fest und konzentriert sich auf einen Gegenstand, ein Geräusch, eine Erinnerung oder einen Gedanken, der nichts mit Paul, Prag oder Felix zu tun hat. Als sie vorgestern an der geöffneten Küchentür vorbeilief und Tilo und Clara am kleinen Tisch sitzen sah, leise lachend, den Kopf schüttelnd über eine unwahrscheinliche Geschichte, schien es plötzlich möglich einzutreten, sich zu ihnen zu setzen und zu sagen: »Paul hat mich neulich angerufen.« Aber der Moment verstrich, und Louise lief weiter durch den Flur, zurück in ihr Zimmer, und Paul und Prag gehörten noch immer ihr allein. Geheimnisse – man trägt sie weniger in sich als um sich herum, wie eine Mauer, wie einen unsichtbaren Wall, der sich stückweise selbst errichtet.

Am späten Vormittag verlässt sie die Wohnung, um einkaufen zu gehen. Kalt ist es geworden. Der Herbst, der oft beides in sich trägt, den Sommer und den Winter, scheint sich entschieden zu haben. Soll sie noch einmal zurückgehen und sich einen Schal holen? Hinter ihr öffnet sich die Haustür, der Nieser tritt heraus, schiebt sich an ihr vorbei und hustet.

»Gesundheit«, murmelt Louise überrumpelt, weicht dem irritierten Blick des Niesers aus und sieht Blixen.

Er steht neben ihrem Fahrrad, an den Fahrradständer gelehnt. Hier draußen im trüben Tageslicht wirkt er noch auffälliger, noch weniger zu seiner Umgebung passend als in Pauls Wohnung. Auch der Nieser hält kurz inne, sieht genauer hin, bevor er an Blixen vorbei und weiter die Straße hinuntereilt. Wie einer der Goths, die eine Etage über ihr wohnen, denkt Louise kurz, aber die Ähnlichkeit liegt nur in dem Kontrast von bleicher Haut und schwarzem Haar. Blixen ist nicht extravagant frisiert oder geschminkt.

Sie sehen einander an, und er hebt die Hände, wie um zu zeigen, dass er unbewaffnet ist.

»Ich bin nur gekommen, um mich für gestern zu entschuldigen«, sagt er.

Louise gibt einen verunglückten Laut von sich, ein Geräusch zwischen Fauchen und Ächzen, das ihr selbst peinlich ist.

»Ich verstehe, dass –«, setzt Blixen an und stockt. Sein Blick verhakt sich an einem Punkt zwischen ihren Schlüsselbeinen.

Unsicher tastet Louise nach ihrer Kehle und bekommt ihr Medaillon zu fassen. Gewöhnlich ist es unter Pullovern oder Shirts verborgen, heute aber liegt es gut sichtbar auf dem Stoff.

»Der Anhänger«, sagt Blixen. »Ich dachte gerade ...« Er schüttelt den Kopf, zieht kurz Luft ein. »In der rechten Seite ist ein Bild Ihrer Mutter und in der linken ein Bild Ihrer Großmutter? Stimmt das?«

Louises Hände wandern an der schmalen Silberkette hinunter zu dem Anhänger und umschließen ihn. Hinter ihr raschelt etwas in der Hecke, hinter ihr läuft jemand durch das Treppenhaus, scheppert mit einer Briefkastentür. Langsam schüttelt sie den Kopf. Ohne Blixen aus den Augen zu lassen, klappt sie das Medaillon auf. Er tritt näher heran, beugt sich vor und betrachtet die Fotografien. In der rechten Hälfte befindet sich das Bild eines braunhaarigen, sommersprossigen Mädchens – Louise mit 14 Jahren –, in der linken Hälfte die kaum noch erkennbare, blasse Fotografie eines blonden Jungen.

»Das tut mir leid«, sagt Blixen. »Ich weiß nicht, warum ich gedacht habe ...«

Louise klappt das Medaillon zu und hält es wieder mit der Faust umschlossen. Hat Paul Blixen von dem Medaillon erzählt?

Hat Paul überhaupt je gewusst, welche Bilder sich einmal darin befanden? Sie saugt ihre Unterlippe ein und fährt mit den Zähnen über die dünne Haut. Sie sollte den Mann fortschicken, jetzt. Es ist ein Fehler, sich auf ihn einzulassen. Und sie muss die Worte nur noch einmal sprechen, das spürt sie, damit sie ihn los ist. *Ich will nicht mit Ihnen sprechen. Sie müssen verschwinden.* Doch hinter diesen, ihren eigenen Worten, die sie sprechen könnte, die sie sprechen *sollte*, hört sie andere, in tschechisch gefärbtem, schleppendem Englisch: He's left. For good. Und will sie das und wird es wirklich gut sein, wenn er jetzt verschwindet, und für was wird es gut sein, und woher weiß er von dem Medaillon?

Sie sieht sich um, hält nach einem Zeichen, einem Anhaltspunkt Ausschau, etwas, das ihr verrät, wie sie sich verhalten sollte, aber alles, was sie sieht, ist der Postbote, der sich schwankend auf seinem schwerbeladenen Fahrrad nähert.

»Meinetwegen, kommen Sie mit hoch«, sagt sie, und ihre Stimme klingt kehlig. »Dann sprechen wir über das Medaillon.«

In der Wohnung achtet sie darauf, Blixen möglichst lautlos an Claras und Tilos geschlossenen Türen vorbeizumanövrieren. Sie macht neuen Kaffee, obwohl ihr noch der bittere Geschmack des alten im Mund hängt. Blixen wartet in ihrem Zimmer.

Louise besitzt keine Couch und keinen Sessel. Sie selbst, Clara und Paul sitzen meist auf dem Boden, Blixen aber hat auf ihrem Bett Platz genommen. Er sitzt mit sehr geradem Rücken und unnatürlich aufrecht. Wie ein Roboter, denkt Louise. Oder eine Puppe aus Holz. Wenn er den Arm hebt, müsste es knirschen. Verstohlen stopft Louise ihr ausgeleiertes Schlaf-Shirt unter ihr Kopfkissen und lässt sich neben ihm nieder: Die Matratze quietscht, Louise errötet. Warum hat sie ihn mit in die Wohnung genommen? Sie hätten sich doch auch vor der Haustür unterhalten können. Jetzt, da sie neben ihm sitzt, will sie auch nicht mehr über das Medaillon sprechen und nicht über ihre Mutter oder ihre Großmutter und sicher nicht über Felix. Sie will stumm neben ihm sitzen und versuchen, sich in dem Moment zurechtzufinden. Doch neben Blixen entfaltet sich die Stille schneller als gewöhnlich, jede noch so kleine Bewegung, jedes Luftholen scheint auffällig und formell.

»Als ich sechzehn wurde«, sagt sie darum, ohne Blixen anzusehen, »hat mir mein Bruder das Medaillon zum Geburtstag geschenkt. Er sagte, er habe es auf einem Trödelmarkt gefunden. Er interessierte sich eigentlich nicht für Trödelmärkte oder Schmuck. Er muss extra dorthin gegangen sein, weil er wusste, dass mir diese Dinge gefallen. Damals war in der einen Hälfte ein Bild meiner Mutter und in der anderen ein Bild meiner Großmutter – vor ein paar Jahren habe ich die Bilder ausgetauscht.«

Blixen führt die Tasse zum Mund, als wolle er trinken, stellt sie dann aber wieder ab.

»Ich habe bloß geraten. Es bedeutet wahrscheinlich nichts«, sagt er.

»Ja, natürlich haben Sie bloß geraten«, schnappt Louise.

Sie starrt ihr Bücherregal an. Mit den Zähnen greift sie Splitter ihrer brüchigen Fingernägel und zieht. Um klar zu denken, muss sie etwas reißen, zerbeißen, zerbröckeln, kaputt machen. Der Mann neben ihr ist nicht ihr Bruder, das muss ihr keiner erzählen, am wenigsten er selbst. Aber wie kann er *erraten* haben, was sich in dem Medaillon befand? Plapperpaul das Plappermaul, denkt sie, während sich eine dünne Blutspur um das Nagelbett des rechten Daumens legt.

»Sie lesen wohl gerne«, sagt Blixen und zeigt auf ihr Bücherregal.

»Ja, sehr«, lügt Louise. Dann räumt sie ein: »Das meiste sind Kochbücher. Ich backe Cupcakes.«

Blixen nickt höflich und beäugt seinen Kaffee; er trinkt in kleinen argwöhnischen Schlucken, so als sei ihm der Geschmack oder die Konsistenz nicht geheuer.

»Als Ihr Freund Paul mich überreden wollte, ihn nach Deutschland zu begleiten«, sagt er schließlich, »habe ich ihm erklärt, dass ich nicht mitkommen könne. *Sie* glauben nicht, dass ich Ihr Bruder bin. Und ich glaube es auch nicht.«

»Aber Sie sind trotzdem gekommen.«

»Nachdem Paul abgereist war, ging es mir nicht gut. Ich war unruhig, sehr nervös und konnte nicht mehr arbeiten. Er hat Ihnen sicher von dem Unfall erzählt, den wir an unserem letzten gemeinsamen Abend in Prag gesehen haben.«

Ein Unfall? Hatte Paul einen Unfall? Oder einen verursacht? Möglich, dass die Geschichte untergegangen ist im Chaos von Pauls Rückreise, seiner Krankheit und Blixens Auftauchen. Trotzdem macht sie etwas daran stutzig. Ohne Blixen anzusehen, nickt sie.

»In der Zeit danach«, fährt Blixen fort, »konnte ich nicht aufhören, an den Unfall zu denken. Und an alles, was Paul zu mir gesagt hatte. Ich schlief kaum noch. Auch tagsüber, wenn ich wach war und durch die Stadt lief, hatte ich Albträume – oder Visionen. Ich weiß nicht, wie Sie es nennen würden. Wenn ich größere Straßen überquerte, meinte ich, die quietschenden Bremsen zu hören, den Aufprall; manchmal sah ich die Frau auf dem Boden und den Fahrer, der noch im Auto saß. Es wurde von Tag zu Tag schlimmer. Bald traute ich mich kaum noch, das Haus zu verlassen. Ich musste fort aus Prag und beschloss, Freunde in Wien zu besuchen. Auch in Wien dachte ich ununterbrochen an das, was Paul zu mir gesagt hatte: dass es vielleicht einen Unterschied machen würde, in Deutschland zu sein, all die Dinge und Orte und Menschen zu sehen, die Teil meines Lebens gewesen sein könnten.«

»Sie hatten gute Gründe, nicht nach Deutschland kommen zu wollen. Paul hat mir davon erzählt.«

»Ja, ich habe sie immer noch. Und ich glaube nach wie vor nicht, dass ich Ihr Bruder bin. Aber seitdem ich denken kann, seitdem ich ich bin, trage ich ein anderes Leben bei mir, wie ein Geheimnis in einer verschlossenen Truhe. Bei jedem Schritt höre ich es klappern. Manchmal denke ich, dass ich den Schlüssel gefunden habe – ein bestimmtes Bild oder Gefühl – aber er passt nie.« Blixen greift nach den obersten Knöpfen seines Hemds und öffnet sie. Unterhalb seines rechten Schlüsselbeins befindet sich eine blasse Narbe. »Ich habe Narben an meinem Körper, über die ich nichts weiß. Stellen Sie sich vor, dass Ihre eigene Haut Ihnen fremd ist. Wie ein Kleidungsstück, das Ihnen jemand heimlich übergezogen hat, während Sie schliefen. Wenn ich zu lange darüber nachdenke, habe ich Angst, verrückt zu werden. Deswegen musste ich kommen. Um nicht verrückt zu werden, um nicht den Rest meines Lebens zu denken, dass es einen Schlüssel gibt, dass er hier ist, und ich zu feige gewesen bin, um ihn zu suchen.«

Jedes Wort, das er spricht, klingt wahr. So redet niemand, der lügt. Aber nur weil der Mann neben ihr nicht lügt, ist er nicht ihr Bruder. Sie haben keinen Vater, keine Mutter, kein Leben gemeinsam, sondern bloß den Umstand, dass ihnen etwas abhandengekommen ist und sich über den Verlust nichts weiter sagen lässt, als dass er unvorstellbar ist.

Um Zeit zu gewinnen, und weil sie nicht weiß, was sie sagen könnte, hebt sie die Kaffeetasse zum Mund. Im selben Moment bewegt sich auch Blixen; ihre Ellbogen stoßen gegeneinander, und Kaffee schwappt aus der Tasse auf Louises T-Shirt und ihren Rock.

»Entschuldigung«, sagt Blixen.

Das Wort, weder laut noch scharf gesprochen, fährt ihr in die Knochen wie ein schriller Ton, das Heulen einer Sirene, das Läuten einer Alarmglocke. Dieses Timbre, diese Färbung, diese Resonanz, sie lassen sie schaudern, und das Schaudern erfasst ihren ganzen Körper. Sie muss an sich halten, um sich nicht zu schütteln, um nicht wie irre zu kichern, während sie denkt: Als hättest du einen Geist gehört.

Sie starrt Blixen an, und etwas verschiebt sich. Obwohl sie reglos sitzt, den Kopf nicht neigt oder dreht, sieht sie Blixen aus einem anderen Winkel; sie sieht seine Ohren, die spitz zulaufen, genau wie Felix' Ohren, und seine Augenbrauen, die auffällig gerade sind und sorgenvoll schräg stehen, genau wie Felix' Augenbrauen.

»Ich komme gleich wieder«, sagt sie, und ihr Mund ist so trocken, dass sich ihre Lippen mit einem schmatzenden Klicken trennen, als sie spricht. Sie deutet auf den Kaffeefleck in der Mitte ihres T-Shirts, steht auf und geht aus dem Zimmer.

Im Badezimmer zieht sie die Tür hinter sich zu und schließt ab. Sie hat es nicht geglaubt. Nicht, als Paul sie anrief, nicht, als sie in Prag gegen eine Tür hämmerte, nicht einmal da hat sie es geglaubt, auch wenn sie zu diesem Zeitpunkt etwas anderes behauptet hätte. Ich habe mir Hoffnungen gemacht, hätte sie vielleicht gesagt, und gedacht, sich Hoffnungen zu machen, sei ungefähr dasselbe, wie etwas zu glauben. Aber das stimmt nicht, denn der Glaube ist wie der unerwartete Einschlag eines Meteoriten, der Glaube bewegt sich mit Überschallgeschwindigkeit, er detoniert, und mit einer ohrenbetäubenden, staubverwirbelnden, glaszerschmetternden Druckwelle fegt er über Louise hinweg und durch sie hindurch; die Welle erfasst nicht bloß das Badezimmer, nicht bloß das Haus, sondern Louises gesamtes bisheriges Leben, die elende Welt, in der sie sich tagein, tagaus bewegt.

Sie versucht, nicht an den Mann in ihrem Zimmer zu denken, wie er sitzt und wartet und sich wundert, wo sie bleibt.

Schnell streift sie ihre Kleider ab, bindet sich das Haar zu einem Knoten, steigt in die Badewanne und dreht das kalte Wasser auf. Die ersten eisigen Sprenkel treffen sie auf der Brust und den Schultern. Sie zieht die Beine an. Man kann an einem Schock sterben, das hat sie gelesen, aber damit ist etwas Körperliches gemeint und sicher nicht das hier, jetzt. Oder doch? Stirbt Louise gerade? Ihre Arme und Beine sind taub, ihr Griff um den Duschkopf ist locker. Im Abfluss sammeln sich Claras blonde Haare, und Louise denkt an Blixens Haar. Wie anders er aussähe, ohne das künstliche Schwarz. Aber genau das ist es: Das Schwarz ist künstlich. Unmöglich zu sagen, welche Farbe sein Haar eigentlich hätte – schmutzblond, aschgrau. Golden. Sie denkt an sein kantiges, ausgemergeltes Gesicht und daran, welchen Unterschied ein paar Kilo mehr machen würden. Seine Wangenknochen stünden weniger spitz hervor, auch sein Mund würde sich anders in sein Gesicht einfügen. Er sähe aus wie ein anderer Mensch.

Sie dreht den Wasserhahn zu, dann steht sie auf, trocknet sich ab und kleidet sich an. In den letzten Jahren hat sie sich Techniken, Strategien und Verfahrensweisen angeeignet, um sich durch die Stunden zu navigieren, ohne verrückt zu werden. Es gibt eine innere Tür, die man schließen, einen Riegel, den man vorschieben kann. Zwar hört man noch die Gedanken, wie sie dahinter toben und brüllen; der Lärm, den sie verursachen, aber ist gedämpft und erträglich. Für eine Weile zumindest kann man ihn übergehen wie ein Schlafwandler oder Roboter, wie ein schlafwandelnder Roboter durch die Welt laufen.

Louise kehrt in ihr Zimmer zurück. Wie immer, wenn die innere Tür geschlossen ist, hat sie Probleme mit dem Gleichgewicht; sie läuft langsam und mit leicht abgespreizten Armen.

Statt sich wieder zu Blixen zu setzen, bleibt sie vor ihm stehen. »Ich muss noch einmal los. Einkaufen«, sagt sie. Blixen steht auf und lässt sich von ihr zur Tür bringen. Zum Abschied drückt sie ihm einen Zettel mit ihrer Nummer darauf in die Hand und sagt: »Rufen Sie mich an. Vielleicht morgen.« Unterdessen achtet sie darauf, ihm nicht in die Augen zu sehen, denn diese gleichen den rotierenden Spiralen, die hypnotisierend dreinblickenden Comicfiguren im Kopf sitzen: Louise würde in ihnen jeden Halt verlieren.

Nachdem er gegangen ist, stellt sie sich in ihrem Zimmer ans Fenster, um ihn zu beobachten, während er das Haus verlässt und die Straße hinuntergeht. Und statt darüber nachzudenken, dass Felix niemals einen schwarzen Trenchcoat und teure mattglänzende Stiefeletten tragen würde, betrachtet sie seinen langen Rücken. Er *geht* wie Felix; wie hat es ihr nicht auffallen können, wie hat Paul etwas, das ihr verborgen geblieben ist, so selbstverständlich, so ohne Mühen sehen können? Da draußen läuft mein Bruder über die Straße, denkt Louise, und mit einem ohrenbetäubenden Getöse setzt das Denken wieder ein.

DRITTES KAPITEL

Dieses Sprudeln, dieses Prickeln, dieses schnelle Blitzen

Die ersten beiden Tage, nachdem Blixen vor Pauls Tür gestanden hatte, unterschieden sich kaum von jenen Fieberträumen, unter denen Paul kurz zuvor gelitten hatte. Wann immer er sich nicht im gleichen Zimmer mit Blixen befand, kamen ihm Zweifel daran, dass Blixen tatsächlich gekommen und geblieben war.

»Erhol dich, dann sehen wir weiter«, hatte Blixen gleich an seinem ersten Abend in Pauls Wohnung gesagt, und Paul hatte die Sorge in seiner Stimme gehört, und ihm war ein wenig schwindelig geworden, wegen des Fiebers und der Müdigkeit, vermutete er.

Ein Tag verstrich und ein zweiter, und Paul war noch zu schwach, zu müde und an den Nachmittagen zu fiebrig, als dass er Blixen die Stadt, das Viertel oder auch nur die Straße vor dem Haus hätte zeigen können. Aber dafür war noch genug Zeit. Zumindest hoffte Paul das. Wie lange würde Blixen bleiben? Schon beim Aufwachen lag Paul die Frage auf der Zunge, und er trug sie hinter fest verschlossenen Lippen durch den Tag. Aber er stellte sie nicht, weil er fürchtete, dass überhaupt erst die Frage Blixen an sein Zuhause erinnern, ihn aufspringen und verwundert ausrufen lassen würde, dass er sich längst hätte auf den Weg machen sollen.

Paul schlief, schluckte Ibuprofen, trank Tee. Blixen wartete. Paul sah ihn nie telefonieren, SMS oder E-Mails schreiben.

Es war, als hätte Blixen niemanden in Prag zurückgelassen, als gäbe es dort keinen, der sich wunderte und wartete. Genauso wenig wie Blixen sich für sein altes Leben in Prag interessierte, so wenig schien er sich für sein neues (wahres?) Leben in Berlin zu interessieren, und Paul wartete vergeblich darauf, dass Blixen nach Agnes und Louise fragen, dass er sie würde sehen und mit ihnen sprechen wollen. Aber Blixen fragte nicht einmal nach Fotos von Felix, und als Paul vorschlug, in die Lehrstraße oder an ihre alte Schule zu fahren, antwortete Blixen ausweichend. Ja, sobald es Paul wieder besser gehe, sicher, zunächst aber müsse er ohnehin erst einmal ankommen, sich an die Stadt gewöhnen.

Wenn Louise in diesen ersten Tagen anrief, dann sprach Paul leise im Flur mit ihr; das Fieber sei zwar gesunken, sie solle aber lieber noch nicht vorbeikommen, er sei noch sehr erschöpft. Er erzählte ihr nichts von Blixen. Sie würde bloß angerauscht kommen – so stellte er sie sich vor: Louise, *anrauschend* – nicht wie ein einzelner Mensch, sondern wie eine ganze Heerschar, wie ein unaufhaltsamer Wind, ein Schwarm schnatternder, lärmender Vögel.

Während Paul Louise auf Abstand hielt, während er heimlich den Schuhkarton unter seinem Bett hervorholte, sich alte Fotos von Felix ansah und das restliche Geld Frists zählte, während er Agnes, die wegen eines Lehrauftrags für einige Monate in Frankfurt lebte, nichtssagende SMS schickte und darauf wartete, dass Blixen ihn nach Felix fragen würde, erholte er sich allmählich von dem Fieber. Jeden Abend untersuchte er sich im Spiegel. Sein Haar sah matt und ungewaschen aus, seine Augen saßen tiefer als gewöhnlich in den Höhlen, als hätte sie jemand mit sanftem Druck hineingeschoben. Paul gefiel sein prekärer Zustand; der Schwindel gefiel ihm und die Gefahr, jederzeit zu Boden gehen zu können. Wenn er taumelte, war Blixen an seiner

Seite, legte ihm eine Hand auf den Rücken oder die Schulter. Paul stand dann sehr still.

*

Louise rauscht an. Louise rauscht an und verpasst Paul einen Stoß, der ihn rücklings gegen die Hauswand taumeln lässt.

Nachdem sie gegangen ist, sprechen Paul und Blixen zunächst nicht über ihren Besuch. Abends stellt Blixen eine teuer aussehende Rotweinflasche auf den Tisch. »Ein Gastgeschenk«, sagt er. »Ich dachte, heute können wir es brauchen.«

Paul, der keine Weingläser besitzt, holt zwei fleckige Wassergläser aus der Küche und sieht gebannt zu, wie Blixen mit der Geschicklichkeit eines routinierten Zauberkünstlers die Flasche entkorkt, einschenkt und das Glas sanft schwenkt, bevor er es Paul reicht. Vor dem Wein ekelt es Paul leicht: In den gerillten Gläsern sieht er dunkel, beinahe schwarz aus und lässt Paul an Blut und Teer denken.

»Wow«, sagt Paul unsicher, nachdem er den ersten Schluck getrunken hat. Der Wein schmeckt nach Gift, oder zumindest so, wie Paul sich den Geschmack von Gift vorstellt: bitter und leicht ätzend im Abgang.

Er schiebt das Glas von sich, doch in der nächsten Stunde bemerkt er immer wieder, dass sich seine Hand wie eine hinterlistige, fünfbeinige Spinne über die Tischplatte stiehlt. Während er an seinem Wein nippt, fühlt er sich beschäftigt und souverän.

Lange vor Mitternacht haben sie die Flasche geleert, und am nächsten Morgen kann Paul sich nicht erinnern, worüber sie gesprochen haben. Ist es möglich, dass er Blixen von dem Federmäppchen, von dem *Wollen* erzählt hat? Blixen aber verliert kein Wort über den Vorabend, und als Paul beiläufig erwähnt, dass er noch immer dasselbe Federmäppchen benutzt wie als Schüler, schenkt er ihm bloß ein verunsichertes Lächeln.

Sie entwickeln eine Routine oder vielleicht: ein Ritual. Abend für Abend verschwindet Blixen, um aus einem scheinbar unerschöpflichen Vorrat an Weinflaschen eine neue hervorzuholen. Bedeutungsvoll und so, als erwarte er Pauls Zustimmung, liest er den Namen auf dem Etikett vor. Auch Paul schaut bedeutungsvoll, dabei macht es für ihn keinen Unterschied, ob es sich um einen französischen, italienischen oder australischen Wein handelt. Blixens Wein schmeckt immer gleich.

Ende der Woche trifft ein kompaktes Paket ein. Es ist an Blixen adressiert, aber als Paul es an ihn weitergeben will, winkt er ab.

»Mach es auf«, sagt er.

In dem Paket befinden sich zwei Weingläser und eine Rechnung, die Blixen ihm aus der Hand nimmt, bevor Paul genaue Zahlen erkennen kann.

»Aber«, protestiert Paul unsicher. Geschenke lassen ihn erröten und verstummen, machen ihn verlegen, sodass er ins Stottern und Stammeln gerät. Vielleicht, weil er keine besondere Übung mit ihnen hat. Nachdem Jenny und er das Grundschulalter erreicht hatten, gab es zu Weihnachten und zum Geburtstag nur noch übersichtliche Geldsummen in diskreten weißen Umschlägen – Umschlägen, die jenen, die Frist ihm Jahre später überreichte, bedenklich ähnlich waren. Teure Geschenke hat Paul bisher immer nur von den Hellers bekommen – aufwendig verpackte Kleidung, Pullover, Jacken und dicke Socken von Louise. Teure Möbel, Teppiche und Schränke, die er sich selbst nicht leisten könnte, von Agnes. Seine erste eigene Kamera schenkte ihm Felix zum achtzehnten Geburtstag – eine Canon EOS-1v.

»Du hast doch schon den Wein ...«, murmelt er.

»Ich wohne hier seit gut einer Woche, und ich möchte mich bedanken. Wirklich«, antwortet Blixen. Er nimmt Paul bei den Schultern, und jener unerklärliche chemische Prozess vollzieht sich, der – ausgelöst allein durch Blixens Berührung – dafür sorgt, dass sich alle Worte in Pauls Schädel zersetzen.

Er stellt das Paket auf den Küchentisch, räuspert sich, schaut auf seine Hände herab.

Paul weiß, worum Blixen ihn nun bitten wird, und der Muskel in seiner Wange zuckt, und obwohl es nicht besonders warm in dem Raum ist, wird ihm heiß. Blixen wird ihn nach Felix fragen. *Erzähl mir von ihm,* wird er sagen. Oder: *Zeig mir das Haus.*

»Es geht um ... um meine Kunst«, sagt Blixen stattdessen, und Paul sieht überrascht auf. »Sie fehlt mir. Zuhause in Prag habe ich jeden Tag gearbeitet, aber hier ... es deprimiert mich, wenn ich nicht arbeiten kann. Ich brauche auch nicht viel, bloß etwas Platz.«

Paul wippt vor und zurück. Blixens *Kunst,* die goldenen Knochen, die Schädel, die Röntgenbilder an den Wänden, das ganze Atelier, es ist nicht verblasst, sondern verdunkelt, zu etwas Schatten-Schemenhaftem geworden. Das Vergessen ist wohl nichts, das ihm widerfährt, sondern etwas, das er herbeiführt, um das er sich bemüht: Er blendet das Atelier aus und Blixens Kunst, weil sie nicht passt, weil er sie nicht in Einklang bringen kann mit Felix, mit der Person, die er gekannt hat. Sie gehört in eine Welt, in der Paul nichts verloren hat.

Blixen sieht ihn abwartend an. »Wenn es dir nicht recht ist ...«

»Doch, natürlich. Du kannst im Schlafzimmer arbeiten. Wir stellen den Tisch aus der Küche neben den Schrank.«

»Ja, ich brauche nicht viel Platz«, sagt Blixen. »Ich werde an einem neuen Projekt arbeiten. Es wird der ›Spinnenbaum‹ heißen. Ich habe eine ungefähre Vorstellung von der Form, aber sie muss langsam wachsen. Die wenigsten Dinge offenbaren ihre endgültige Form auf den ersten Blick. Ein paar Materialien habe ich aus Prag mitgebracht, aber für dieses Projekt finde ich das meiste sicher draußen im Park und auf den Straßen. Der Herbst ist eine gute Zeit.«

Paul lächelt, statt zu widersprechen. Der Herbst ist eine gute Zeit? Soweit Paul es beurteilen kann, stirbt die Welt draußen, verrottet und verfällt.

Auch an den kommenden Abenden verabreicht Blixen Paul geheimnisvoll bemessene Mengen Wein wie Medizin. Ein Gefühl steigt dann in Paul auf, in kleinen Blasen passiert es Brustkorb und Hals, um in den feinen Härchen, die seinen Nacken bedecken, zu zerplatzen. Paul könnte für immer reglos sitzen, in diesem Sprudeln, diesem Prickeln, diesem schnellen Blitzen. Während ihm ein Unsichtbarer sanft mit Scheuerpapier über den Nacken zu reiben scheint, erinnert er sich an die Zeit, in der er sich oft verletzte, in der er stürzte und stolperte, vom Fahrrad fiel und gegen Wände lief, und daran, wie er Felix jede Narbe, jeden gelben, grünen, dunkelblauen und schwarzen Fleck zeigte und wie Felix sich um ihn sorgte.

Während ihrer Abende sprechen sie zunächst wenig. Noch immer stellt Blixen keine Fragen zu Felix. Auch von seinem Leben in Prag erzählt er nichts. Er scheint dort nichts zu vermissen, nicht seine Freunde, nicht seine Arbeit.

»Es ruft nie jemand an«, stellt er Anfang der zweiten Woche fest, und Paul nickt mitfühlend.

»Außer Louise natürlich«, setzt Blixen nach.

Paul stutzt. Warum sollte Louise Blixen anrufen? Da erst begreift er, dass Blixen nicht von sich selbst, sondern von ihm, Paul, gesprochen hat. Betreten sieht er auf seine Hände hinab, die im Licht der Wohnzimmerlampe nicht bloß bleich, sondern gelblich wirken.

»Ich habe nicht besonders viele Freunde«, gesteht er. »Ein paar von der Uni, aber es fällt mir nicht leicht ... Früher oder später verliert sich meist der Kontakt.«

»Und keine Freundin?«

»Nein, nein, niemand«, antwortet Paul.

Er fühlt sich ertappt, so als hätte Blixen eine besonders spitzfindige Frage gestellt, als sei er etwas auf der Spur. Pauls Einsamkeit vermutlich. Dabei, und das weiß auch Paul, muss man kein Detektiv sein, um sie zu entdecken. Pauls Einsamkeit hängt an den Garderobenhaken gleich neben seinem Parka, sie liegt in dem spärlich gefüllten Kühlschrank zwischen fauligen Zucchini und eingetrocknetem Ingwer; sie findet sich wieder in den Eigenarten, um die er weiß, die er aber nicht ablegen kann: Das Leergut etwa stellt er in einer langen Reihe entlang der Hauswand auf; Briefe, in denen er Rechnungen vermutet, legt er einige Tage in den Schuhschrank, bevor er sie hervorholt und öffnet; aus Münzen baut er kleine Türme, die sich auf dem Spülkasten der Toilette stapeln.

»Eigentlich habe ich nach Felix nie wieder einen richtigen Freund gehabt«, sagt er. Blixens Wein macht ihm die Zunge nicht schwer, sondern besonders leicht, sodass ihm die Gedanken aus dem Kopf stürzen, noch bevor er sie in fein säuberliche Wortpäckchen hat schnüren können.

»Während der letzten Jahre habe ich mich vor allem auf mein Studium konzentriert. Ich habe viel gearbeitet, auch an der Uni. Tutorien gegeben. Die letzten vier Jahre war ich wissenschaftlicher Mitarbeiter.«

Blixen deutet auf das Bücherregal hinter Paul.

»Ich weiß, wie das ist, sich einer Sache ganz zu verschreiben.« Er führt das Weinglas zum Mund, legt es an die Oberlippe, trinkt aber nicht. »Die Welt außen vor zu lassen. Nicht allen tut das gut, aber natürlich liegt eine große Sicherheit darin, genau zu wissen, wer man ist, was einen antreibt, wer man sein will.«

Aber so ist es nicht, denkt Paul, noch während er Blixen zustimmt. So ist es genau nicht, Paul hat schließlich nie gewusst, wer er *sein* will, sondern immer nur, was er *haben* will. Schon immer hat er das gewollt, was Felix und Louise hatten. Er wollte in einem Haus wie ihrem leben, wollte ihre Kleidung, ihre Familie, er wollte Agnes als Mutter, er wollte Dornheim, einen Ort, an den er zurückkehren konnte. Noch ist er nicht betrunken genug, um Blixen davon zu erzählen – oder von dem Pappkarton unter seinem Bett, in dem sich neben Fotos von Felix unzählige andere Dinge befinden: Felix' altes Federmäppchen, der Teelöffel aus dem Savoy, Agnes' Puderdose, drei silberne Haarspangen und vieles mehr.

»Zurzeit hänge ich ein wenig«, sagt er stattdessen. »Seitdem ich fertig bin mit dem Studium, weiß ich nicht genau ... Ich hoffe, dass ich einen Platz in einem Graduiertenkolleg bekomme, aber es ist schwierig. Obwohl ich gute Kontakte an der Uni habe ... Vielleicht werde ich wegziehen müssen aus Berlin, das möchte ich nicht unbedingt. Manchmal bin ich nicht einmal sicher ...« Er bricht ab.

Manchmal ist er sich nicht einmal sicher, ob er sich überhaupt je für sein Studium interessiert hat. Er liest gerne. Und während er liest, stellt er sich vor, wie er mit Agnes über das Buch sprechen, wie er ihr davon erzählen wird. Er liest gerne, weil das Lesen selbst ihn an Agnes erinnert und an Felix, an die Sommer in Dornheim und wie sie draußen im Garten träge eine Seite nach der anderen umblätterten. Aber er könnte kein einziges Buch benennen, das einen besonderen Eindruck auf ihn gemacht, das ihm die Welt in einem neuen Licht gezeigt hat. Auf der Abschlussfeier, als seine Professorin ihn umarmte, als er eine Auszeichnung für seine Arbeit über W. G. Sebald erhielt, da verstand er, dass seine große Ambition, anders als er es gedacht hatte, nie das summa cum laude gewesen war. Er wollte es, aber er *wollte* es nicht. Er *wollte* der Mensch werden, den Agnes in ihm sah, dieser Mensch, der Louise nie werden würde und zu dem Felix nicht hatte werden können.

Wenn Paul auf eine Hausarbeit oder Prüfung eine besonders gute Note erhielt, schrieb er Agnes eine Nachricht, meist noch in derselben Minute, in der er von dem Ergebnis erfuhr. In der Nachricht erwähnte er die Note stets beiläufig, spätestens im P. S.: »Doch nicht so schlecht gelaufen, 1.0!;)« – Wenn er jetzt an diese Nachrichten denkt, das geheuchelt Bescheidene daran, die anbiedernd zwinkernden Emoticons, kommt die Scham wie ein Schock, als hätte ihm jemand mit dem Finger gegen die Stirn geschnalzt.

Die Wahrheit, das verstand er, als er die Urkunde für seine Arbeit entgegennahm, als er mit der betreuenden Professorin über ein mögliches Dissertationsthema und Fördermittel sprach, die Wahrheit war, dass er sich für alles hätte begeistern können, für Käfer, für Fußball oder französische Küche, wenn er geglaubt hätte, dass es das sei, was Agnes von ihm erwartete.

Blixen öffnet eine neue Flasche Wein und schenkt Paul nach. Im Nachhinein wird Paul sich nicht daran erinnern können, dass Blixen ihn nach Felix gefragt hat. Und trotzdem, irgendwann hört er sich von Felix erzählen.

»Es war der heißeste Tag des Jahres«, sagt er, und es klingt wie ein Märchen, der Anfang eines Märchens, und vielleicht ist es auch genau das: der Anfang einer irren, unglaubwürdigen Geschichte.

»Vom Haus bis zur Tankstelle braucht man vielleicht zehn Minuten. Aber die erste Stunde fiel uns nicht einmal auf, dass er nicht zurückkam. Und als es uns dann auffiel, haben wir uns auch nichts weiter gedacht. Er hätte ja noch weiter ins Dorf gegangen sein können oder zum Supermarkt.«

Der Nachmittag ging bereits in den Abend über, erinnert sich Paul, als Agnes unruhig wurde. Sie lief zur Tankstelle und kam kurz darauf zurück. Man hatte ihr erzählt, dass Felix bereits vor Stunden da gewesen und wieder gegangen sei.

»Und dann?«, fragt Blixen.

»Agnes meinte, es sei noch zu früh, die Polizei zu rufen, weil die ohnehin nichts unternehmen würde. Aber wahrscheinlich schob sie den Anruf aus einem anderen Grund hinaus. Ähnlich wie wenn man nicht zum Arzt gehen will, weil man Angst hat, dass es etwas Ernstes ist – als sei die Katastrophe noch nicht eingetreten, solange niemand sie ausspricht, als hätte sie nicht schon längst ihren Lauf genommen, auch ohne dass jemand sie offiziell feststellt. Aber so ist es mit der Polizei, oder? Niemand ruft sie zum Spaß. Wenn man anruft, dann weil es einen Grund gibt.«

Keiner von ihnen schlief in dieser Nacht. Paul lauschte auf die Grillen, das Rascheln und Knacken der umtriebigen Tiere draußen vor seinem Fenster und lauerte auf ein größeres Geräusch zwischen den kleinen, leisen: das Zuschlagen der Haustür, aufgeregte Stimmen von unten, Agnes' Schimpfen. Er glaubte und glaubte gleichzeitig nicht, dass Felix ihnen einen Streich spielte.

Früh am Morgen schlich er die Treppe hinunter und fand Agnes im Flur. Sie hatte den Ohrensessel ihres Vaters aus dem Wohnzimmer und in den Flur gewuchtet, um dort Wache zu halten und auf Felix zu warten.

Aber Felix war nicht gekommen.

Nachdem sie die Polizei gerufen, nachdem sie Zettel aufgehängt und mehrmals mit den Leuten von der Tankstelle gesprochen hatten, glaubte Paul nach wie vor, dass Felix zurückkommen würde. Erst in Berlin hörte er auf, stündlich mit seiner Rückkehr zu rechnen. In jenem Spätsommer waren alle Geräusche gedämpft, und alle Farben waren es auch. Tagsüber lag er im stickigen Dachzimmer in seinem Bett. Es war noch immer heiß; der Sommer, unbeeindruckt von Felix' Verschwinden, in vollem Gange. Das Licht der Sonne fiel durch das schräge Dachfenster und legte sich in leuchtenden Formen, Quadraten und Rechtecken auf Pauls T-Shirt, aber er stand nicht auf, um die Jalousie herunterzuziehen; manchmal hielt er seine Hand ins Sonnenlicht, als erwarte er, dass sich die Haut in Flöckchen lösen oder langsam verblassen und die Beschaffenheit von Luft annehmen müsse. Er kam sich so wenig körperlich und konkret vor, so wenig wie eine tatsächliche Person, dass es ihn nicht weiter verwundert hätte. Tagsüber, wenn seine Eltern arbeiteten, war er allein, aber auch abends, wenn sie im Wohnzimmer wüteten, am Wochenende, wenn sie versuchten, ihn aus dem Zimmer zu locken, wenn Jenny den Kopf zur Tür hereinsteckte und mit unüblicher Fürsorge fragte, ob sie ihm etwas zu essen oder zu trinken bringen könne, war er allein. Paul, der Geist, der Schatten, erkannte, dass er sich als Mensch vor allem durch sein Verhältnis zu einem anderen Menschen definiert hatte. Wenn er nicht Felix' bester Freund war, vermutete er, war er niemand.

Er wusste nicht, ob er die Hellers anrufen sollte. (*Sie* riefen nicht an.) Sein Handy lag auf der Kommode neben dem Bett; immer wieder griff er danach, um es einige Sekunden in den Händen zu halten und anschließend wieder zurückzulegen. Es war möglich, begriff er, während die aufgebrachten Stimmen seiner Eltern aus dem Wohnzimmer zu ihm hinaufdrangen, es war möglich, dass er das Haus der Hellers nie wieder betreten, dass er nie wieder mit Louise oder Agnes sprechen würde.

Er weinte nicht in seinem Bett, in seinem Dachgeschosszimmer, aber er krampfte – sein ganzer Körper krampfte: von den Zehen die durchgedrückten Beine hinauf, die straffgezogenen Arme entlang bis zu den zusammengeballten Fäusten.

Zwei Wochen verstrichen, bevor er in die Lehrstraße fuhr. Er war sicher, dass er sich nicht trauen würde, tatsächlich zu klingeln, aber er wollte sehen, ob das Haus noch stand, ob es noch dasselbe Haus war. In dieser Zeit schien es ihm unwahrscheinlich, dass sich irgendetwas, ein Gebäude, ein Tier, ein Mensch, dem brutalen Zug der Veränderung widersetzen könnte.

Vor dem Haus angekommen, tippte er sacht mit dem Finger auf den Klingelkopf. Zunächst öffnete niemand, doch gerade als er zurück zum Fahrrad gehen wollte, hörte er Agnes' Schritte hinter der Tür.

Sie umarmte ihn, wortlos zunächst, und dann sagte sie etwas, dicht an seinem Ohr, aber obwohl er genau hinhörte, verstand er sie nicht. Es klang ein wenig wie: »Dass ich wieder auftauche«, aber das ergab keinen Sinn, schließlich war es nicht Agnes selbst, die wieder auftauchen musste, sondern Felix.

»Auch heute denke ich noch manchmal, dass es gar nicht passiert ist, nichts davon«, sagt Paul zu Blixen. »Weil es nicht möglich ist, dass so etwas passiert, jemand mitten am Tag verschwindet und nicht zurückkommt und es keine Erklärung gibt.«

»Es gibt aber natürlich eine Erklärung«, wirft Blixen ein. »Es gibt immer für alles eine Erklärung. Nur wenn wir sie nicht sehen können, sagen wir, dass es keine gibt.«

»Dann ist es eben das«, sagt Paul ungeduldig. »Damit leben zu müssen, dass es eine Erklärung gibt und man sie nie erfahren wird.«

Entschuldigend hebt Blixen die Hände. »Ich wollte nicht … ich habe wohl eher von mir selbst gesprochen. Das Schlimmste in den letzten Jahren war, zu wissen, dass es auf all meine Fragen Antworten gibt. Manchmal höre ich sie wie ein Flüstern, aber nie laut genug, um sie zu verstehen.«

Paul fährt betreten mit dem Finger über den Rand seines Glases. »Nein, mir tut es leid. Ich habe nicht daran gedacht ...« Ratlos verstummt er. Gespräche mit Blixen erinnern ihn an das M. C.-Escher-Bild, das über dem Behandlungsstuhl seines Zahnarztes hängt. Die Erklärung, die Blixen sucht, ist dieselbe, die auch Paul sucht. Wenn sie verstehen, warum Blixen aufgetaucht ist, werden sie verstehen, warum Felix verschwunden ist. Und umgekehrt. Jedes Gespräch gestaltet sich somit als kompliziertes Denkrätsel, als undurchschaubare Gleichung, in der eine besondere Komponente zu berücksichtigen ist:

X = Y.

Felix' Geschichte ist Blixens Geschichte.

Paul würde gerne etwas Überraschendes sagen, eine elegante, komplex elaborierte Lösung für die Eschersituation, in der sie sich befinden, zum Besten geben. Aber das Einzige, was ihm einfällt, sind Phrasen.

»Wir können nichts anderes tun, als zu hoffen, dass die Erinnerung zurückkommt«, murmelt er und nimmt schnell einen großen Schluck Wein.

Blixen nickt unverbindlich.

*

In der Buchhandlung, in der Paul an zwei Nachmittagen in der Woche arbeitet, ist er nach wie vor krankgemeldet. Das Haus verlässt er nur, wenn es nicht anders geht. Ihm wird schwindelig, wenn er die Haustür hinter sich schließt, schlecht, wenn er den Hinterhof überquert – es macht ihn schon unruhig, nicht im selben Zimmer wie Blixen zu sein. Manchmal berührt er ihn mit leichten Fingern, streicht beiläufig über den Rücken seines schwarzen Blazers oder pflückt einen unsichtbaren Fussel vom Ärmel seines Pullovers. Es kommt vor, dass er mitten in Gespräch und ohne besonderen Anlass rot wird. Nicht aus Scham, sondern aus einer plötzlich aufkochenden, überschäumenden, Blasen werfenden Aufregung. Der Gedanke, den er zu jeder Zeit im Kopf trägt, ist dann nicht länger ein Flüstern, sondern ein Brüllen: Es passiert tatsächlich, es passiert; hier ist Felix, er ist zu dir zurückgekommen.

Am Tag nach ihrem Gespräch ruft die Buchhandlung an: ein Notfall, jemand sei krank geworden, ob Paul einspringen könne?

Es mache ihm nichts aus, den Nachmittag allein zu sein, versichert Blixen auf Pauls besorgte Nachfrage hin. Er könne sich gut alleine beschäftigen, er würde die Zeit nutzen, um am Spinnenbaum zu arbeiten.

In den letzten Tagen hat Blixen sich immer wieder zurückgezogen, um an seinem Projekt zu arbeiten. Paul, der Blixen sein Bett überlassen hat und das Schlafzimmer nur noch morgens betritt, um sich neue Kleidung zu holen, achtet darauf, die Skulptur nie direkt anzusehen – obwohl Blixen nicht einmal im Raum ist, möchte er nicht unangemessen neugierig wirken. Aber auch aus den Augenwinkeln sieht er genug: Es handelt sich tatsächlich um eine Art Baum. Blixen hat ihn aus Zweigen geformt, die er draußen im Hinterhof und im nahgelegenen Park gefunden haben muss. Gebündelt ergeben sie einen schmalen Stamm, der dank einer metallenen Halterung aufrecht auf der Kommode steht. Das obere Ende mündet in eine künstliche Krone; die einzelnen Zweige scheinen sich in den Raum zu recken, sich mit dürren Fingern entlang der Decke zu tasten und ein Schattengespinst auf die helle Bettwäsche zu zeichnen.

Obwohl Paul weiß, dass Blixen genug mit seiner Skulptur zu tun hat, verlässt er die Wohnung nur widerwillig. In der Buchhandlung kann er sich nicht konzentrieren; er vertut sich mit dem Wechselgeld, reagiert nicht, wenn er angesprochen wird, und als er ein bestelltes Buch aus dem Lager holen will, stellt er auf halber Strecke fest, dass er den Namen der Kundin vergessen hat.

Kurz nach sieben verlässt er die Buchhandlung. Als er eine halbe Stunde später die Wohnung betritt, sieht er gleich, dass Blixens Mantel nicht an der Garderobe hängt. Auch seine Schuhe sind nirgendwo zu sehen. Statt zu überprüfen, ob sich Blixens dunkle Reisetasche noch im Schlafzimmer befindet, macht er den Abwasch, spielt ein Computerspiel, in dem bunte Bälle gegeneinander fliegen und explodieren, und spricht auf Louises Mailbox.

Er ist bereits kurz nach zehn, als Blixen plötzlich auf der Couch sitzt und in einer Fernsehzeitschrift blättert, so als sei er nie fortgewesen.

»Warst du ... weg?«, fragt Paul unsicher.

Blixen sieht auf.

»Ja, ein wenig spazieren, mich umsehen nach Dingen, die ich für den Spinnenbaum brauchen kann.« Er lächelt, verhalten, als befremde ihn Pauls Frage. Und die Frage hat ja auch etwas Übergriffiges, denkt Paul. Als Nächstes wird er sich noch erkundigen, wann Blixen das letzte Mal geduscht hat und welche Unterwäsche er trägt. Blixen, ermahnt sich Paul selbst, ist kein Gefangener – wenn er die Wohnung verlassen will, muss er nicht um Erlaubnis fragen.

*

Die Welt verlangt Paul zurück: Er muss an die Universität, muss in die Buchhandlung, muss in die Stadt. Und jedes Mal, wenn er die Wohnung verlässt, macht Blixen sich seine Abwesenheit zunutze, wartet wie bei einem besonders kindischen Trick darauf, dass Paul ihm den Rücken zukehrt und zaubert sich davon. Er hinterlässt keine Post-Its mit Nachrichten oder Erklärungen. In der einen Sekunde ist er da, in der nächsten ist er es nicht mehr. Jeden Abend nimmt Paul sich vor, Blixen auf sein Verschwinden anzusprechen, mit einem versöhnlich vernünftigen Einstieg, aber schon wenn er die mögliche Aussprache in Gedanken führt, stiehlt sich ein hysterischer Ton in die vernünftige Versöhnlichkeit. Und während er durch die Wohnung schleicht, während er leise murmelt und gestikulierend die Vernunft erprobt, spürt er, dass ihm etwas entgleitet, ihm jedes Mal, wenn er die verlassene Wohnung betritt, ein kleines Stück weiter aus den Händen rutscht.

Nachdem er bis zum frühen Nachmittag in der Buchhandlung gearbeitet hat, kehrt Paul in die Wohnung zurück. Schon beim Betreten weiß er, dass er allein ist. Die Luft ist unbewegt, sogar die Orangen in der Schüssel sehen einsam aus. In den letzten Tagen ist es immer dasselbe: Ohne Blixen als Vermittler scheint es, als würden sich selbst die Dinge im Raum, der Couchtisch, der Plattenspieler und die Lexika schämen, mit Paul allein gelassen worden zu sein. Weil er nichts anderes zu tun weiß, als angespannt auf Blixens Rückkehr zu warten, sitzt er meist ratlos auf der Couch, versucht sich in Smalltalk mit den Geistern und Schallplatten, der unbewegten Stehlampe und dem gezackten Muster des Teppichs.

Im Flur liegt ein einzelner Handschuh auf dem Schuhschrank; Blixens Abwesenheit ist bis in die schlaffen braunen Lederfinger gekrochen. Paul streicht über die feinen Risse im Leder, und sein unruhiger Muskel kratzt mahnend an der Innenseite seiner Wange. Stunden können verstreichen, bis Blixen zurückkehrt. Mit einem Ruck dreht er sich um, streift sich seine Jacke wieder über und verlässt die Wohnung. Statt herumzusitzen kann er die Zeit auch nutzen, um in den Supermarkt zu gehen. Es ist ja gut möglich, dass Blixen bei seiner Rückkehr – aber er will nicht an Blixen denken, noch nicht, also denkt er an Louise, die ihm nach wie vor aus dem Weg geht, seine E-Mails unbeantwortet lässt und nicht abhebt, wenn er anruft. Vielleicht, wenn er ihr eine Postkarte schreibt, mit bloß einem einzigen Satz darauf oder besser noch einem Witz oder besser noch einer Zeile aus einem Lied. Er könnte – jemand ruft seinen Namen. *Louise*, denkt er, obwohl die Stimme viel zu hoch ist, und hält nach ihr Ausschau.

Seine Augen schweifen großzügig über die blonde Frau hinweg, die auf ihn zugeeilt kommt. Aber sie ist es, die nach ihm gerufen hat, das versteht er erst, als sie vor ihm steht, die rechte Hand vor seinem Gesicht wie einen Scheibenwischer von einer Seite zur anderen bewegend. Gut zwei Monate sind vergangen, seit er Anna zum letzten Mal gesehen hat. Weil Anna immer Geld hat und Paul nie welches, liest Paul gegen geringe Bezahlung ihre wirre Masterarbeit über Heidegger Korrektur.

»Hey, wo bist du denn?«, fragt sie. »Ich rufe dir seit fünf Minuten hinterher.«

»Wohl kaum seit fünf –« Paul verstummt, als ihm Anna mit der Hand durchs Haar fährt. Sie ist einer der Menschen, die einen ununterbrochen anfassen müssen, die Hand auf die Schulter oder den Unterarm legen, übers Haar streichen oder am Jackenärmel zupfen. Selbst an guten Tagen, an Tagen, an denen er sich wach und klar fühlt, strengt sie ihn an.

Und plötzlich fällt ihm die Arbeit wieder ein, die elende Heidegger-Arbeit, an die er seit Wochen nicht mehr gedacht hat. Sein Muskel begehrt unruhig auf. Er hebt abwehrend die Hände, bevor sie ihn danach fragen kann.

»Tut mir leid, ich war krank. Ich habe in den letzten beiden Wochen überhaupt nicht gearbeitet«, sagt er.

Anna nickt, winkt ab, legt ihre Hand auf seinen Unterarm.

»Ja, ich weiß, hat mir dein Freund erzählt«, sagt sie.

»Mein Freund?« Sie meint Blixen. Sie muss Blixen meinen. Das versteht er und versteht es gleichzeitig nicht. Sie hat mit Blixen geredet?

»Ich habe ein paarmal angerufen und mit ihm gesprochen«, sagt Anna, legt den Kopf schief und mustert Paul. »Er hat gesagt, dass es dir nicht gut geht und du dich meldest, wenn du wieder fit bist. Du ... du bist doch krank gewesen?«

»Doch, ja. Ich wundere mich nur – er hat mir nichts von einem Anruf erzählt.«

»Vielleicht hat er es vergessen«, sagt Anna und fährt Paul erneut durchs Haar. »Jedenfalls siehst du aus wie ein Gespenst. Und abgenommen hast du. Ich meine ... wie lange bist du krank gewesen? Was hattest du überhaupt?«

Er duckt sich leicht, weicht einen Schritt zurück, sodass sich ihre Finger aus seinem Haar lösen.

»Fieber. Bloß Fieber. Ich war verreist, wahrscheinlich habe ich mich irgendwo angesteckt.«

»Ja, hat Louise gerade erzählt. Prag, oder?«

Er würde sich gerne setzen. Aber vor und hinter ihm liegt die Straße; keine Bänke, keine Bushaltestellen, bloß die Häuser und das Pflaster. Er weicht einen Schritt zurück, bis er sich zumindest an einer Hauswand anlehnen kann.

»Du hast mit Louise gesprochen?«, fragt er.

»Ja. Ich dachte, ihr wärt verabredet. Sie sitzt im Café Albert, gleich um die Ecke.«

»Stimmt«, sagt Paul. Wie seltsam er klingt. Als spräche er mit einem Mund voller Murmeln oder sei betrunken. »Café Albert. Da muss ich hin.«

Anna öffnet den Mund, um etwas zu sagen, und Paul drückt geschäftig ihren Oberarm. Er sucht nach einer Floskel, mit der er sich schnell verabschieden kann, etwas mit »Zeit« und »Eile«.

»Wie die Zeit verfliegt, wenn man Spaß hat!«, sagt er dann, und eilt winkend davon, bevor sie ihm zum Abschied die Wange tätscheln oder über den Kopf streichen kann.

Es *ist* Louise. Er erkennt sie gleich, obwohl er sich dem Café auf der gegenüberliegenden Straßenseite nähert. Es ist Louise, eine Tasse Milchkaffee in den Händen, ein Bein über das andere geschlagen, sie lacht, sie führt die Tasse zum Mund, beugt sich vor und – ihr gegenüber sitzt Blixen.

Paul bleibt auf dem Gehweg stehen. Wie Blixen und Louise unmittelbar hinter der großen Glasscheibe sitzen, erinnern sie an zwei Schauspieler, das Kaffeetrinken wird zur Performance, aufgeführt eigens für ihn, Paul, den einzigen Zuschauer. Als Bewegung in Blixens Schultern kommt, er Anstalten macht, den Kopf zu drehen, duckt Paul sich hinter eines der geparkten Autos. Die Arme um die Knie geschlungen, eine unsichere Balance bewahrend, kauert er zwischen Hundehaufen und Reifen und erinnert sich an Blixens Worte: Es gibt immer eine Erklärung. Auch für das hier, auch für Louise und Blixen, die sich heimlich treffen, in einem Café nur wenige Minuten von Pauls Wohnung entfernt. Langsam schiebt er sich an dem Auto hoch und späht durch die Seitenfenster. Die beiden sind in ihre Unterhaltung vertieft, und er entfernt sich schnellen Schrittes von dem Auto und dem Café.

Nach seiner Rückkehr öffnet Paul eine von Blixens Weinflaschen. An die Spüle gelehnt schaut er in den dämmrigen Vorgarten hinaus und lauscht den Geräuschen zweier kämpfender Katzen. Zunächst kommt es ihm mit jedem Schluck unwahrscheinlicher vor, dass er Louise und Blixen gesehen hat, doch nach dem zweiten Glas schlagen die Zweifel um; natürlich hat er sie gesehen.

Er setzt sich ins Wohnzimmer und wartet im Halbdunkel auf Blixen. Eine weitere halbe Stunde verstreicht, bevor er ihn über den Hof laufen sieht. Paul hört den Schlüssel, Schritte im Flur, ein Rascheln, als Blixen seinen Trenchcoat abstreift; dann taucht er im Türrahmen auf. Sein Blick fällt auf Paul und die halbleere Weinflasche. Er öffnet den Mund, wie um eine Frage zu stellen, und schließt ihn wieder. Obwohl er weiter Paul ansieht, nicht nach rechts oder links schaut, ist Bewegung in seinen Augen; er gleicht ab, was er sieht, mit dem, was er weiß. Im schnellen Wechsel stellen sich die Pupillen scharf und werden glasig. Der geheime Prozess in Blixens Augen, wie er die Entscheidung nicht zu treffen, sondern auszurechnen scheint, lässt Paul an einen Supercomputer denken oder – im Gegenteil – an ein besonders gerissenes Tier.

»Ich habe mich gerade mit Louise getroffen«, sagt er.

Der Satz, das Berechnende des Satzes lässt Paul beinahe grinsen. Blixen *weiß*, dass Paul ihn zusammen mit Louise gesehen hat. Es ist der einzige Grund, aus dem er ihm davon erzählt.

»Und trefft ihr euch öfter?«

»Louise hat vorgeschlagen, dass wir – nein, eigentlich dachten wir beide, es sei besser so. Wir wollten nicht, dass du dir ... zu große Hoffnungen machst. Wir wollten uns kennenlernen, ohne all die Erwartungen und Annahmen.«

»Louise hat vorgeschlagen«, wiederholt Paul.

Draußen schleudern Regen und Wind vereinzelte Äste gegen das Küchenfenster, und Paul muss an seinen letzten Abend in Prag denken, an den starken Regen, die sterbende Frau und dass der Moment wie ein unsichtbarer Raum war, der Blixen und ihn umgab, gerade groß genug, dass sie eng beieinander stehen und flach atmen konnten.

»Paul ...« Blixen schüttelt den Kopf, schüttelt *kummervoll* den Kopf. Paul kennt dieses Kopfschütteln, kennt es von sich selbst. Er sollte etwas sagen, ist aber nicht mehr sicher, wie Sprache funktioniert, wie man Sätze bildet, die Sinn ergeben.

»Es tut mir leid«, sagt Blixen und klingt fern, als stehe er hinter einer verschlossenen Tür oder einem Fenster. »Ich hätte dir von unseren Treffen erzählen sollen. Aber Paul, weißt du, dass ich jeden Morgen aufwache und denke, ich sollte meine Tasche packen und Deutschland verlassen? Was, wenn ich nicht Felix Heller bin? Je länger ich hierbleibe, je mehr wir uns aneinander gewöhnen, umso schwerer wird es, einzusehen, dass wir uns geirrt haben. Möglich, dass ich falsch liege, aber ich glaube, dich würde es am härtesten treffen. Vielleicht weil ... weil Louise und ich, weil wir weniger daran glauben, weil deine Hoffnungen größer sind. Und deswegen machen wir uns Sorgen. Deswegen mache ich mir Sorgen. Ich mache mir Sorgen um dich, Paul.«

»Du hättest mir das sagen müssen«, sagt Paul und klingt heiser.

Blixen setzt sich neben ihn, nimmt seine Hand und hält sie. Er riecht nach Regen und einem Parfum, das Paul bekannt vorkommt, dieser Geruch, er erinnert ihn an – an Zuhause. Nicht an das Haus seiner Wolfseltern, sondern an die Lehrstraße. Oder ist es gar kein Geruch, der von Blixen ausgeht, sondern etwas anderes, eine feine Veränderung der Luftschichten, so als stiege die Temperatur oder der Sauerstoffgehalt, eine Verschiebung auf molekularer Ebene? Felix, erinnert sich Paul, war umgeben von diesem unmöglichen physikalischen Feld, in dem die Dinge leichter schienen, nicht standen oder lagen, sondern schwebten. Und wenn Paul sich ihm näherte, dann schwebte auch er.

Neben Blixen auf der Couch spürt Paul, wie er den Kontakt zu der Sitzfläche verliert, wie er sich löst, sich selbst enthoben wird. Er fährt sich mit der Zunge über den trockenen Gaumen und versucht, gegen etwas anzuarbeiten, das sich in den Tiefen aufbaut, aber es ist bereits in seinen Knochen, im Schlag seines Herzens, im Zucken seines Muskels. In den dunklen Ecken des Wohnzimmers sieht Paul die Wände des unsichtbaren Raumes glitzern. Und dieser Raum, weiß Paul, hat keine Tür, er hat keine Fenster; niemand tritt aus ihm heraus, niemand verlässt ihn.

VIERTES KAPITEL

Words Words Words

Wenn Louise Blixen gegenübersitzt, dann lockert sich etwas, hinten im Gaumen, vorne in der Zungenspitze. Methodisch und langsam spricht sie sich durch ihr bisheriges Leben. Sie erzählt von Paul, von Agnes, von ihrem Vater in seinem Arbeitszimmer. Dass er ihr kaum mehr war als eine Stimme hinter einer geschlossenen Tür und manchmal ein aufgebrachtes Hämmern gegen die Wand, wenn sie wieder einmal nicht leise genug gewesen war.

»Er wurde immer weniger«, sagt sie achselzuckend zu Blixen. »Bevor wir in die Lehrstraße zogen, hatte er kein eigenes Arbeitszimmer und saß meist auf dem Balkon oder an einem kleinen Tisch im Wohnzimmer – da war ich vielleicht fünf oder sechs. Sobald wir umgezogen waren und er einen Raum für sich hatte, sahen wir ihn tagsüber kaum noch. Nur zum Abendbrot kam er noch heraus. Irgendwann hörte er damit auf, weil er behauptete, sich abends besonders gut konzentrieren zu können. Als meine Eltern sich endlich trennten, als er auszog, machte es kaum noch einen Unterschied. In den ersten Wochen habe ich immer wieder vergessen, dass er nicht mehr da war – und wenn es mir einfiel, war ich erleichtert. Wir hatten nicht unbedingt ... eine starke Verbindung. Solange er noch in Berlin wohnte, mussten wir ihn einmal im Monat besuchen. Agnes war das wichtig. Ich weiß nicht, warum. Sie war die Einzige, der es etwas bedeutete. Felix und ich hassten es, die Wochenenden bei ihm zu verbringen, und für meinen Vater war es ... ein Ärgernis. Ungefähr ein

Jahr nachdem mein … nachdem Felix verschwand, zog mein Vater nach Island. Seitdem habe ich ihn nicht mehr gesehen, ein paarmal haben wir telefoniert, aber wir hatten einander eigentlich nichts zu sagen.«

Blixen hebt überrascht eine Augenbraue, aber er hinterfragt ihre Worte nicht.

»Ich weiß, wie es klingt«, sagt Louise. »Aber so war es. Nichts war meinem Vater so wichtig wie seine Bücher, seine Arbeit. Alles andere war bloß Ablenkung.«

Sie wartet auf das unweigerliche Erstaunen, die Nachfragen, aber sie bleiben aus. Also spricht sie weiter von Clara und Tilo, ihren Freunden, ihren einzigen Freunden außer Paul. Sie erzählt Blixen von Felix und den Jahren nach seinem Verschwinden, wie sie durch die Oberstufenzeit trieb, ein bewusstloser oder schlafender Körper in der schnellen Strömung der vorbeirauschenden Monate: Oktober und November und Dezember und Januar und so weiter und wieder von vorn. Wie sie darauf wartete, zufällig von Felix' neuem Leben zu erfahren, in einer Zeitschrift, einer Zeitung oder Fernsehsendung auf sein Bild zu stoßen. Mit Paul und Agnes sprach sie nie über Felix' neues Leben; sie glaubte an ein unausgesprochenes Einverständnis, eine Überzeugung, die sie miteinander teilten, ohne sie benennen zu müssen: Felix strauchelte auf Ab- und Irrwegen durch die Welt auf der Suche nach sich selbst oder etwas anderem, und wenn er es gefunden hätte, würde er zu ihnen zurückkehren.

Dass es kein unausgesprochenes Einverständnis gab, verstand Louise erst, als sie Agnes eines Nachmittags dabei überraschte, wie sie Felix' Zimmer ausräumte.

»Aber was, wenn er zurückkommt?«, fragte Louise.

Agnes, ein Mikroskop in der einen Hand, einen aufgeklappten Karton in der anderen, sah ihre Tochter an.

»Wenn er *zurückkommt?*«, fragte sie.

Louise erinnert sich genau an den Abend, als ihr zum ersten Mal der Gedanke kam, ihr Bruder sei tot. Nur dass der Gedanke nicht *kam*, er sprang aus einer dunklen Zimmerecke und in ihren Schädel hinein.

Freunde von Agnes waren zu Besuch gekommen; Louise hatte gekocht, Schellfisch und Salzkartoffeln und Mangold; das Essen stand auf dem Tisch, und die Freunde sprachen von dem überraschenden Erfolg der Millennium-Trilogie, als Louise dachte: Vielleicht ist mein Bruder tot.

Als sie einmal angefangen hatte, Felix' Tod für möglich zu halten, konnte sie nicht aufhören, über sein Sterben nachzudenken. Sie malte sich Felix' letzte Minuten aus, immer in einem dunklen Raum, einem Keller mit bröckeligen Mauern und Wurzeln, die sich aus den Wänden streckten. Sie stellte sich seine letzten Gedanken, seine letzten Fragen und Hoffnungen so lange vor, bis eine winzige komplizierte Apparatur hinter ihren Augäpfeln Funken zu schlagen schien.

Als Louise am Tag ihrer ersten Abiturprüfung durch den Haupteingang in die Schule trat, als sie die Plakate sah, *du schaffst das, viel Glück*, fühlte sie, dass es eine Anmaßung war, zu atmen, einen Fuß vor den anderen zu setzen, die Bäume zu sehen und die Vögel und das Pflaster und die Zigarettenstummel auf dem Pflaster. Es war eine Anmaßung, morgens ein Brötchen zu essen, und eine Anmaßung, den Bus zur Schule zu nehmen. Und dass sie den Mund öffnete und sprach, dass sie Lieder laut auf ihrem iPod hörte, dass sie Filme im Kino sah, all das war eine Anmaßung.

Nach jeder ihrer vier Prüfungen übergab Louise sich auf der Schultoilette. Nachdem man ihr feierlich das Abiturzeugnis überreicht hatte, wurde sie krank. Tagelang konnte sie nichts bei sich behalten, sie erbrach den Haferbrei, den Agnes kochte, die zerdrückten Bananen und Suppe mit Reis.

»Eine Magen-Darm-Grippe. Vielleicht«, mutmaßte ein ratloser Arzt.

Zwei Wochen lag Louise im Bett, und ihr war schlecht, ununterbrochen, niemand konnte ihr helfen – nicht Agnes mit ihren Suppen, nicht der Arzt mit seinen Antibiotika. Sie verlor immer mehr Gewicht, lag still, die Hände auf den hervorstehenden Beckenknochen, bald zu schwach, um aufzustehen. Und die ganze Zeit über war sie erleichtert, weil sie wusste, dass sie sterben würde. Darin, dachte die neunzehnjährige Louise, lag Symmetrie und Gerechtigkeit.

Aber sie starb nicht.

Die Übelkeit wich, und Louise wurde gesund.

Wäre es nach ihr gegangen, hätte sie das Bett trotzdem nicht verlassen, sondern reglos darauf gewartet, dass die Uhren rückwärts zu ticken begännen. Doch weil all ihre Freunde verreisten, und weil Agnes zu erwarten schien, dass auch Louise verreiste, unternahm sie gemeinsam mit Paul einen Kurztrip nach London, auf dem sie sich betrank und versuchte, Paul zu küssen.

(Von dem Kuss erzählt Louise Blixen nichts. Auch mit Paul hat sie nie über den Vorfall gesprochen, nicht in Andeutungen, nicht in Witzen.)

Dass Louise studieren würde, stand fest, ohne dass sie darüber geredet hätten. In Louises Familie hatte niemand *nicht* studiert. Sogar Agnes' Großmutter war zur Universität gegangen, in einer Zeit, in der dies für Frauen nicht üblich war.

»Du solltest das studieren, wofür du dich am meisten interessierst«, riet Paul Louise, und sie lächelte nichtssagend.

Wie hätte sie ihm auch erklären können, dass sie sich für alles in etwa gleich interessierte, oder aber: in etwa gleich *nicht* interessierte. Words, words, words. Alles nur Wörter, was machte es da schon für einen Unterschied, ob die Wörter etwas mit der Liebe, mit den Wissenschaften, mit der Politik zu tun hatten. Immer waren es bloß spinnengliedrige, sich selbst verrenkende Zeichenordnungen, die sich nicht zusammenfügen wollten, zu einem Raum, einem Gefühl.

Weil Paul Germanistik studierte, schrieb sie sich für Germanistik ein. Zumindest würden sie so etwas gemeinsam haben, würden ernste Gespräche und hitzige Diskussionen führen können. Aber sie interessierte sich für keinen der Autoren, für keine der Epochen, interessierte sich nicht für Romantik, Sturm und Drang oder die Moderne, nicht für Romane und nicht für Kurzgeschichten. Sie hätte weder hitzige Diskussionen noch lauwarmen Smalltalk mit ihm führen können.

In ihrem ersten Semester lernte sie Clara kennen, und gemeinsam langweilten sie sich durch sämtliche Einführungskurse. Im zweiten Semester versuchte Louise, eine Hausarbeit über Effie Briest zu schreiben, und scheiterte. Effie Briest war keine tatsächliche Person, Effie Briest war: words, words, words. Trotzdem schrieb Louise über die Langeweile und den Feminismus, spekulierte, warum Effie so handelte, wie sie handelte, und so dachte, wie sie dachte. Aber Effie handelte und dachte ja überhaupt nicht, und während Louise an einem großen Tisch in der Bibliothek saß, musste sie wiederholt den Stift beiseitelegen und leise kichern. In der wirklichen Welt gab es wirkliche Menschen, denen wirkliche Dinge passierten. Über diese Menschen könnte Wahres gesprochen werden, vermutete Louise. Aber doch nicht über Menschen, die es nicht gab. Was interessierte Louise Effies Liebe und Effies Langeweile, wenn es sich bei Effie selbst bloß um das Gedankengespenst eines Mannes handelte, der bereits vor langer Zeit gestorben war.

»Das alles ist so tot«, sagte Clara einmal.

Louise nickte, obwohl sie im Grunde nicht zustimmte. Tot konnte nur sein, was einmal gelebt hatte, und words, words, words hatten nie gelebt.

Clara und Louise brachen ihr Studium im gleichen Semester ab. Clara wollte Schauspielerin werden. Louise wollte nicht Schauspielerin werden und auch sonst nichts.

Sie erzählte Agnes, dass sie keine Vorlesungen und Seminare mehr besuchte, verschwieg aber, dass sie in den letzten drei Semestern genau eine Hausarbeit geschrieben und sie mit den Worten beendet hatte: »Meines Erachtens handelt es sich bei Effie Briest nicht wirklich um einen Menschen.«

Probeweise und ohne sich tatsächlich einzuschreiben, setzte sie sich in einige Psychologie-Vorlesungen. Aber auch hier begegneten ihr keine tatsächlichen Menschen, sondern komplizierte Formeln und undurchsichtige Graphen und endlose Berechnungen.

»Das war auch nicht das Richtige«, gestand sie Agnes. »Ich wollte irgendwas mit Menschen machen. Helfen. Ihnen sagen, was sie tun sollen.«

»Dann solltest du vielleicht Horoskope schreiben«, empfahl Agnes.

Kurz vor ihrem dreiundzwanzigsten Geburtstag zog Louise ein ernüchterndes Resümee: Ihre Mutter glaubte, dass sie Horoskope schreiben sollte. Sie hatte ihren besten Freund vor einigen Jahren geküsst und nie über diesen Kuss gesprochen, aber oft an ihn gedacht. Ihr Bruder war vor sechs Jahren verschwunden. Nach seinem Verschwinden war kein einziger Tag mehr richtig gewesen, das spürte sie schon beim Aufwachen, spürte es in den Lungen, wenn sie die falsche Luft einatmete, und in den Knochen, die sie durch die falsche Welt trug.

»Wie kam es zu den Cupcakes?«, will Blixen von ihr wissen.

»Nachdem klar war, dass ich nicht weiter studieren würde, habe ich mich eine Zeitlang mit Gelegenheitsjobs über Wasser gehalten und sogar eine Ausbildung zur Heilpraktikerin angefangen. Vor zwei Jahren dann habe ich auf einer Party eine von Claras Freundinnen kennengelernt – Caroline, sie war gerade dabei, eine Suppenbar aufzumachen. Ich hatte ein paar Cupcakes für die Party gebacken, und sie fragte mich, ob ich mir vorstellen könne, sie in ihrer Suppenbar zu verkaufen.«

Immer haftet den Cupcakes etwas Lächerliches an. Sie spürt es ja selbst. Louise entstammt einer Reihe von Frauen, denen das Zubereiten von Mahlzeiten als lästige Zeitverschwendung erschien. Über ihre Jahre als Hausfrau und Mutter sagte Louises Großmutter Astrid: »Man macht und macht und macht, und dann kommt die Familie, schlingt alles herunter, und das Ganze geht wieder von vorne los.« Als Louise in der neunten Klasse das erste Mal von Sisyphos hörte, war es ihre Großmutter, die sie vor sich sah. Auch Louises Mutter konnte sich nie überwinden, ihre volle Aufmerksamkeit einer Packung Nudeln, einem Sack Kartoffeln oder einem Fisch zu schenken. Wenn sie kochte, dann an den Herd gelehnt, ein Buch, ein Essay, eine zu korrigierende Hausarbeit in der Hand. Ihr Fleisch war immer angebrannt, ihr Gemüse so weich, dass es zerfiel.

Blixen lacht nicht, als sie ihm von den Cupcakes erzählt. Und weil er sie ernst mustert, wie ein Arzt, der einer Patientin bei der Schilderung obskurer Symptome zuhört, fügt sie rasch hinzu: »Ich war selbst überrascht, dass die Lösung meiner existenziellen Krise Cupcakes sein würden.«

»Louise, ich mache mich nicht lustig über das, was du tust, und du solltest es auch nicht. Es ist genauso, wie du sagst: Du verdienst Geld mit deinen Cupcakes. Daran ist nichts lächerlich.«

Überrascht sieht sie ihn an.

»Nein, ich weiß, ich denke nur oft, im Vergleich zu Paul ...« Sie schluckt, und es ist nicht leicht zu schlucken, und es ist nicht leicht zu sprechen, und in ihrem Magen schlingt sich ein Knäuel galliger Gefühle enger zusammen.

»Soweit ich es mitbekommen habe«, wirft Blixen ein, »verdient auch Paul sein Geld mit Gelegenheitsjobs.«

»Ja, aber nur, bis er promoviert. Bei Paul ist alles bloß ein Übergang.«

»Noch ist er ja nicht angenommen an einem Graduiertenkolleg.«

»Nein, aber das wird er. Er hat eine sehr gute Abschlussarbeit geschrieben. Agnes sagt, dass er auf jeden Fall ein Kolleg finden und ein Stipendium bekommen wird. Und bis dahin bringt sie ihn irgendwie durch.«

»Ein Glück für Paul, dass er Agnes hat. Dass er euch beide hat.«

»Ja«, stimmt Louise zu. »Ein Glück für uns alle, dass wir einander haben.«

Sie hat gewusst, dass Paul früher oder später auftauchen würde, aber als sie ihn bei ihrer Rückkehr auf dem Treppchen vor der Haustür vorfindet, erschrickt sie. Seine Haut sieht fahl und gelblich aus, seine Augen scheinen furchtsam weit in die Höhlen zurückgekrochen. Trotz Parka und Schal zittert er.

»Paul?«, fragt sie vorsichtig.

Er schaut irritiert auf, als habe sie ihn bei einer wichtigen Überlegung gestört.

»Ich habe ungefähr hundertmal versucht, dich anzurufen«, sagt er, statt sie zu begrüßen.

Louise fasst den Hausschlüssel in ihrer rechten Hand unwillkürlich fester. Der Schlüsselanhänger, eine kleine Figur mit buntem Haarschopf und vertrauensvollem Koboldgesicht, bohrt sich in ihre Handinnenfläche. Sie erinnert sich an ihre letzte Begegnung, als Paul ihr Blixen präsentierte wie eine Entdeckung oder ein Geschenk und sie so wütend war, dass sie ihm mit beiden Fäusten einen Schlag verpasste. Sie weiß noch um den Schlag, und sie weiß noch um die Wut, aber das Gefühl scheint weit von ihr abgerückt.

»Ich hätte mich auch noch bei dir gemeldet. Kommst du mit hoch? Dann reden wir in der Wohnung?«

Er nickt, aber es geschieht zögernd, so als überlege er noch, ob es sich bei ihrem Angebot tatsächlich um ein Angebot und nicht um eine Falle handelt.

In der Wohnung führt sie ihn in die Küche. Paul sieht sich um und zieht ein übertrieben angewidertes Gesicht.

»Was ist das für ein Geruch?«, fragt er.

Louise deutet auf einen unauffällig sandfarbenen Kuchen, der auf dem Esstisch steht. Obwohl sie ihn rechtzeitig aus dem Ofen genommen hat, hängt seit dem Vorabend der aufdringliche Geruch von Verbranntem in der Luft.

»Schmeckt aber normal«, behauptet sie und schneidet ein Stück ab. Als Paul keine Anstalten macht, es ihr abzunehmen, stellt sie es auf den Esstisch vor ihn.

»Louise, ich will nichts von deinem komischen Kuchen; ich will wissen, was los ist.«

»Was los ist?«

»Blixen hat mir alles erzählt«, sagt er. Es zuckt nicht nur in seiner rechten Wange, sondern auch in den Mundwinkeln, in den Nasenflügeln.

»Blixen hat dir was erzählt?«, fragt Louise.

»Von euren Treffen.«

»Von unseren Treffen?«

»Du brauchst nicht alles zu wiederholen, was ich sage.«

»Wir haben uns bloß ein paarmal getroffen«, sagt sie. »Paul, du hattest recht mit allem. Das hätte ich dir früher sagen sollen, und ich hätte auch anrufen müssen.« Weil sie nicht sicher ist, ob er verstanden hat, wiederholt sie es: »Du hattest recht mit allem. Mit ... Blixen.« Notgedrungen hat sie beschlossen, ihn genau wie Paul *Blixen* zu nennen. Alles andere (Ira? Felix?) klänge übertrieben, lächerlich oder schlicht falsch.

Paul zieht den Teller zu sich heran und stochert in seinem Kuchenstück.

»Du wolltest dich melden, aber du hast es nicht gemacht«, sagt er.

»Ich dachte, es wäre keine gute Idee. Ich war überfordert und ich, ich konnte nicht klar denken … ich war so beschäftigt mit …« Es gab noch einen anderen Grund, das weiß sie, aber jetzt, wo Paul in ihrer Küche sitzt und ihren Kuchen malträtiert, hat sie Schwierigkeiten, sich an ihn zu erinnern. Pauls Kiefer mahlen unzufrieden, und Louise fühlt sich, als hätte sie einen Gegenstand verlegt, als versuche sie vergeblich herauszufinden, wo und wann sie ihn das letzte Mal gesehen hat. Es ist dasselbe geistige Herumkramen in abgelegten Bildern, in vertrauten Abläufen – als ich die Haustür abschloss, vielleicht; als ich die Einkaufstüte auf den Tisch stellte, vielleicht.

Und dann fällt es ihr wieder ein.

»Es war Blixens Vorschlag. Als wir uns das zweite Mal getroffen haben, hat er mir erzählt, dass es dir nicht gut geht – ich wusste ja selbst, wie krank du warst. Er sagte, es sei klüger, dich aus allem herauszuhalten, bis du dich erholt hast.«

Sie nimmt sich vor, Blixen bei ihrem nächsten Treffen noch einmal hierzu zu befragen. Doch noch während sie den Plan fasst, bröckelt und zersetzt er sich.

Vermutlich, um Zeit zu gewinnen, steckt sich Paul ein Stück Kuchen in den Mund. Er verzieht das Gesicht.

»Normal schmeckt der aber nicht«, sagt er und legt die Gabel beiseite. »Blixen hat mir die Geschichte anders erzählt.«

»Welche ›Geschichte‹?«

»Er hat gesagt, es sei deine Idee gewesen, mir nichts von euren Treffen zu sagen. Dir sei es lieber so.«

»Paul, warum sollte es mir lieber sein?«

Mit zusammengezogenen Augenbrauen mustert Paul erst das Kuchenstück, dann Louise.

»Paul, kann es sein, dass du Blixen nicht richtig verstanden hast? Dass ihr euch missverstanden habt? Blixen hat erzählt, dass du in letzter Zeit abends viel getrunken hast.«

Paul lässt die Gabel fallen. »Dass *ich* in letzter Zeit abends viel getrunken habe?«

»Nein, entschuldige, dass ihr beide viel getrunken habt. Paul, hör zu, ich hätte mich melden sollen, es stimmt. Aber darauf kommt es nicht mehr an, oder? Du hast recht gehabt mit allem, und ich hatte unrecht.«

Paul blinzelt die Tischplatte an, als gälte es, winzige Hieroglyphen in der Holzmaserung zu entziffern.

»Ich schlafe zu wenig«, sagt er. »Ich bin immer müde und ich habe Schwierigkeiten ... Schwierigkeiten, mich zu konzentrieren.«

Es stimmt, man kann es ihm ansehen: Seine geröteten Augen tränen, seine Haut scheint wächsern. Sie weiß um seine absurde Angst vor Ärzten und dass sie ihn kaum wird überreden können, einen aufzusuchen, aber genau das müsste passieren: Jemand sollte einen Blick in Pauls Schädel, in sein Blut werfen.

»Paul, es ist gut, dass du gekommen bist, das ist es wirklich. Ich wollte mich nicht bloß bei dir entschuldigen. Ich wollte mich auch bedanken, dass du Blixen gesagt hast, wo er mich finden kann.«

Paul, der den Mund für ein Gähnen geöffnet hat, schließt ihn auf halber Strecke.

»Ich habe ihm nicht gesagt, wo du wohnst.«

Bedächtig fährt Louise mit dem Finger über die Tischplatte. Ihre Adresse steht nicht im Internet und nicht im Telefonbuch. Es gibt nur eine Möglichkeit, wie Blixen sie in einer fremden

Stadt hat finden können: weil Paul ihm verraten hat, wo er suchen soll. Wie Paul dort sitzt, die Kuchengabel in der Faust, die Augen misstrauisch und schmal, da sieht er kindlich aus, nein, *kindisch*. Und auch seine Lüge ist eine kindische, eine unnötige. Natürlich hat er Blixen verraten, wo sie wohnt. Warum streitet er es ab? Sie öffnet den Mund und schließt ihn wieder. Er würde bloß weiter daran festhalten, Blixen nicht ihre Adresse gegeben zu haben. Deswegen, denkt sie plötzlich, ist er gekommen. Um sich zu streiten. Die Art, wie er die Gabel hält, verrät es, seine schmalen Augen, und als er betont widerwillig einen weiteren Bissen nimmt, klingt sogar sein Kauen feindselig. Dabei sind sie quitt, es gibt eine Balance, ein Gleichgewicht der Missetaten: Paul hat Louise nicht verraten, dass Blixen bereits in Berlin war, Louise hat Paul nicht verraten, dass sie sich mit Blixen traf. Und beide haben sich entschuldigt. Trotzdem: Etwas hängt noch immer in der Luft zwischen ihnen, unangenehm und schwierig zu übergehen wie der Geruch nach Verbranntem in der Küche.

»Vergessen wir es einfach. Alles«, sagt sie und streckt ihm die Hand über den Tisch entgegen. Er starrt ihre Finger an, als wüsste er nicht, was sie von ihm erwartet. Dann greift er ihre Hand, schüttelt sie, steif und aufgesetzt, bevor er die Gabel wieder aufnimmt und den Kuchen in immer kleinere Stücke zerteilt.

Als er kurz darauf die Wohnung verlässt, ist sie erleichtert, die Tür hinter ihm schließen zu können.

FÜNFTES KAPITEL

In deinen Knochen, in deinem Blut

Es muss eine jener Vorahnungen sein, über die sich ihre Mutter lustig machen würde, und Louise beschließt, sie zu ignorieren.

»Wenn du willst, kannst du noch mit in die Wohnung kommen«, sagt sie an diesem Nachmittag zu Blixen, weil weder Tilo noch Clara zuhause sein dürften. Tilo hat ein Seminar, Clara wird frühestens um sechs aus dem Café zurückkommen, in dem sie kellnert. Doch bereits während Louise vor Blixen die Treppe hinaufstapft, hat sie das sichere Gefühl, einen Fehler gemacht zu haben, ein unnötiges Risiko eingegangen zu sein.

Das Gefühl verschwindet, als sie neben Blixen auf ihrem Bett sitzt. Sie vergisst Clara, vergisst Tilo, während sie mit Blixen über sein neues Projekt spricht. *Ein Baum*, sagt Blixen, und obwohl Louise vermutet, dass er nicht von einer tatsächlichen Pflanze spricht, stellt sie sich den Baum leuchtend grün vor, wie die Birkenfeige, die sie Agnes letztes Jahr zum Geburtstag geschenkt hat.

Sie hört die Haustür nicht und auch nicht, dass jemand durch den Flur läuft, aber als sie und Blixen wenig später das Zimmer verlassen, steht Clara im Flur.

Sie starren einander an, alle drei, verfangen in einem unübersichtlichen Geflecht der Blicke. Claras Augen weiten sich leicht, während sie Blixen mustert: seine glänzenden Stiefeletten, die dunkle enganliegende Hose, den Blazer mit dem schmalen Revers. Blixen steht zwischen Tilos Turnschuhen und dem Karton mit Altpapier wie ein ratloser Schauspieler, der versehentlich von einem Filmset in ein anderes gestolpert ist: Er gehört in eine große, weiße Halle mit teuren Bildern an den Wänden und eleganten, umherflanierenden Kunstverstehern, in einen Salon, ein Foyer, eine Welt voller Menschen mit Geld und Geschmack. Aber ist es wirklich Blixens Eleganz, die Clara starren lässt? Louise versucht, sich an ihre erste Begegnung mit Blixen zu erinnern. Sein Rabenhaar ... sein Gesicht, das nicht von Haut, sondern einer glatten Emaille-Schicht überzogen schien. Verstohlen betrachtet sie ihn von der Seite.

»Clara, Blixen. Blixen, Clara«, murmelt sie. »Blixen ist ein Freund. Von früher.«

»Du bist Clara«, sagt Blixen. Gleich mehrere Worte scheinen ungewöhnlich betont; vielleicht das *Du*, vielleicht das *Clara*. Es wirkt, als habe der Satz eine zweite, geheime Bedeutung.

»Ja, das bin ich. Alle Gerüchte sind wahr«, sagt Clara und lacht. »Und du bist hier zu Besuch, in Berlin?«

Blixen nickt.

»Unser Mitbewohner Tilo hat morgen Geburtstag. Wir feiern. Eine WG-Party, komm doch vorbei.«

Wachsam richtet sich Louise auf. Die Vorstellung, gemeinsam mit Blixen umringt von Clara, Tilo und Tilos Freunden auf der fleckigen Couch im Wohnzimmer zu sitzen, löst ein mulmiges Gefühl in ihr aus, eine Art Schwindel, der sie unsicher nach der Wand in ihrem Rücken tasten lässt.

»Vielleicht mache ich das«, sagt Blixen gedehnt zu Clara, aber auch in diese Worte schleicht sich ein Missklang, die unausgesprochene Andeutung, dass Blixen gerne mehr und anderes sagen würde.

Louise nutzt die Gelegenheit, greift nach Blixens Oberarm und lenkt ihn an Clara vorbei, Richtung Wohnungstür.

»Ich bringe dich schnell nach unten«, sagt sie, und schiebt Blixen beinahe aus der Wohnung.

Draußen vor der Haustür wippt Blixen unschlüssig in seinen glänzenden Stiefeletten vor und zurück. Er hat die Hände in den Taschen seines Trenchcoats vergraben und sieht die Häuserfassade hinauf.

»Louise?«, sagt er. »Ich erwarte nicht, dass du mich deinen Freunden als deinen Bruder vorstellst. Das weißt du, oder?«

»Ja, natürlich.«

»Ich frage mich nur, warum dir so wichtig gewesen ist, dass ich ihnen nicht begegne.«

Statt zu antworten, mustert sie ebenfalls die Fassade. Der Efeu soll bald entfernt werden. Niemand im Haus möchte das, alle schätzen den Efeu, aber die Hausverwaltung hat es ihnen erklärt: Er kriecht ja bereits in die Ritzen, er frisst sich ins Mauerwerk.

»Weißt du, dass ich nach der Schule den Kontakt zu allen abgebrochen habe?«, fragt Louise Blixen, den Kopf in den Nacken gelegt. »Meine Mutter und ich sind uns nicht besonders ähnlich, das weißt du ja schon. In einem aber ähneln wir uns sehr: Wir behalten die Dinge gerne für uns. Nachdem Felix verschwunden war, erzählte ich niemandem an meiner Schule davon. Aber natürlich wussten trotzdem alle Bescheid. Wie albern, niemandem davon zu erzählen, dass du einmal einen Lippenstift geklaut hast oder heimlich in den Mathematikreferendar verliebt zu sein glaubst, wenn alle über dich wissen, dass dein Bruder verschwunden ist. Das Beste an der Uni war, dass niemand etwas über mich wusste. Aber ich erinnere mich, wie ich irgendwann dachte: Wer mich jetzt kennenlernt, kennt mich überhaupt nicht. Und dass ich nie wieder einen anderen Freund als Paul haben würde. Das hat mir Angst gemacht.«

Blixen zieht die Schultern hoch. »Aber vielleicht hast du mit deiner Befürchtung nicht ganz falsch gelegen. Ich meine, Clara ...«

»Clara?«

Er macht eine wegwerfende Handbewegung. Wie alle beiläufigen Gesten Blixens wirkt auch diese besonders formell.

»Ein Gefühl. Nichts von Bedeutung. Sie schien mir nicht besonders vertrauenswürdig.«

»Du hast gerade einmal drei Sätze mit ihr gewechselt«, sagt Louise erstaunt.

»Natürlich, ja, du hast recht.«

Scheinbar unentschieden, ob er noch etwas hinzufügen oder sich umdrehen und gehen soll, schaukelt Blixen weiter vor und zurück. Die Sohlen seiner Stiefeletten geben beim Aufsetzen auf dem Pflaster ein helles Klacken von sich.

»Louise, eines noch«, sagt er. »Falls etwas passieren sollte, auf der Party. Falls irgendetwas ist. Du weißt, dass du mich anrufen kannst.«

Er spricht mit übertriebenen Ernst und sieht sie feierlich an; es ist die Art Feierlichkeit, mit der man sich von jemandem verabschiedet, der zu einer großen Expedition mit unklarem Ausgang aufbricht.

»Es ist bloß eine WG-Party«, sagt Louise.

Doch Blixen sieht sie weiter erwartungsvoll an. »Falls etwas passieren sollte«, echot sie.

Am nächsten Morgen erzählt Louise Clara von Blixen. Vielleicht gerade wegen der übertriebenen Ernsthaftigkeit, mit der er ihr davon abgeraten hat. Vielleicht auch wegen Claras Blick, der die Dinge verändert, der alles wichtig macht, Louises Geschichten und Louise selbst. Ich habe meinen Bruder gefunden, will Louise unter diesem Blick sagen. Sie will die ganze unglaubliche Geschichte nicht bloß erzählen – sie will sie sich erzählen *hören*; womöglich werden sie sich dann zusammenfügen, die beiden Versionen der Wirklichkeit, die bei jedem Gedanken aneinanderreiben, mit rauen Kanten und lautem Knirschen: Ihr Bruder ist zurückgekehrt/Ein Fremder hat sich in ihr Leben geschoben.

Also erzählt sie. Von Pauls Anruf und Pauls Bericht, wie er Blixen zufällig entdeckte, wie Blixen abstritt, Felix zu sein, und wie Paul ihm nicht glaubte. Wie Paul aus Prag zurückkehrte, ohne Blixen, und wie sie selbst nach Prag fuhr.

»Du bist in Prag gewesen?«, fragt Clara ungläubig.

»Ja, als ich damals gesagt habe, ich hätte Agnes in Frankfurt besucht.«

»Aber –«, Clara stockt, hält inne, bevor sie einen Fächer möglicher Abers entfaltet: Aber denkt Paul etwa auch, der Mann sei Louises Bruder? Aber was sagt Agnes zu dem Ganzen? Aber haben sie ihn einen DNA-Test machen lassen? Aber warum haben sie ihn keinen DNA-Test machen lassen?

»Eine Zeitlang musste er diese Tests andauernd machen«, antwortet Louise. »Wir können uns ja nicht vorstellen, wie es sich anfühlt, ständig untersucht und überprüft zu werden; wie das ist, wenn jemand anderes versucht, in deinen Knochen, in deinem Blut eine tiefere Wahrheit über dich herauszufinden.«

»Aber«, sagt Clara. Es ist das gewichtigste *Aber*, Louise hört es schon an ihrem Ton. »Aber Louise, er sieht überhaupt nicht aus wie dein Bruder. Er sieht ihm nicht mal ähnlich.«

Louise reißt eine Schublade auf, lässt das Besteck mit aufgebrachtem Klirren hüpfen. Sie wünscht sich einen Sprechradierer, ein handliches Objekt, mit dem sich Worte ungesagt machen lassen.

»Er hat seine Haarfarbe geändert und seine Frisur. Er zieht sich anders an. Das ist alles«, murmelt sie, ohne Clara anzusehen. »Glaubst du ernsthaft, du kannst meinen Bruder wiedererkennen, und ich kann es nicht?«

Bevor Clara Zeit hat, etwas zu entgegnen, dreht Louise ihr den Rücken zu und verlässt die Küche.

Am nächsten Vormittag backt Louise Cupcakes für Tilos Party. Obwohl sie weder ein anderes Rezept noch ein neues Gewürz als sonst verwendet, hinterlassen die kleinen Kuchen eine bittere Spur auf der Zunge. Das pinkfarbene Topping ist zu dunkel geraten, der Farbton lässt Louise an Blut und Innereien denken.

Während der Nachmittag sich in den Abend schleppt, treffen Tilos Freunde ein. Sie kommen vereinzelt und in kleinen Gruppen, sie kauern auf Fensterbänken oder dem Boden, stapeln sich auf der Couch und dem einzigen Wohnzimmersessel. Irgendwann füllt sich die bescheidene Tanzfläche, und Louise bleibt allein auf dem Sofa zurück. Ein Junge setzt sich neben sie. Louise vermutet, dass Clara ihn geschickt hat. Sein Name sei Max, er sei ein Freund Claras. Er spricht leise und sieht eigentümlich monochrom aus: Sein Haar, sein Pullover und seine Haut sind sandfarben. Auch seine Stimme, vermutet Louise, wäre sandfarben, hätten Stimmen Farben. Sie hat den Verdacht, dass er versucht, mit ihr zu flirten, aber sie ist nicht sicher, es fällt ihr schwer, sich auf ihn zu konzentrieren. Aber sie stellt es sich vor, für einen kurzen Moment: Es könnte anders sein als mit den Jungen bisher, die auftauchten und die Nacht blieben und wieder verschwanden und ihr schon wenige Tage später wie ein Spuk vorkamen. Als Max ihr seine Nummer auf einen Zettel schreibt, faltet sie ihn bedächtig. Die Anzahl der möglichen Faltungen ist begrenzt, weiß Louise, egal wie groß der Zettel ist. Dafür gibt es ein physikalisches Gesetz, eine Erklärung, die etwas mit Dicke oder Dichte und Widerstand zu tun hat.

»Ich melde mich«, behauptet sie, aber die Wahrheit ist, dass man eine Vorstellung (gleich wie groß sie ist) nur so und so oft falten kann, dafür gibt es ein physikalisches Gesetz, das hat etwas mit Dichte zu tun und Widerstand.

Mit der Vorstellung von Max, von Max und ihr selbst, ist es so:

In der ersten Faltung erzählt sie ihm von Dornheim, von dem See, der hellbraun gekachelten Küche und wie ihre Kindheit, ihre Jugend aus nichts weiter als diesen heißen Sommern in einem Dorf am Ende der Welt zu bestehen schien.

In der zweiten Faltung stellt sie ihm Paul vor. »Das ist mein bester Freund«, sagt sie.

In der dritten Faltung verschweigt sie ihm den Kuss und dass sie eine Zeitlang glaubte, in Paul verliebt zu sein, und es auch jetzt manchmal noch denkt, sich aber nicht sicher ist, ob sie Liebe nicht bloß verwechselt mit dem Wunsch, an allem festzuhalten, was in das Davor gehört.

In der vierten Faltung erzählt sie Max von Felix.

In der fünften Faltung erzählt sie ihm von dem heißesten Tag des Jahres, dem 22. August.

In der sechsten Faltung stellt sie ihm Blixen vor.

In der siebten versucht sie ihm zu erklären, dass Blixen ihr Bruder ist.

Und in der achten, ja in der unmöglichen achten Faltung, da kennt Max, der Sandfarbene, Louises Bruder, und Louises Bruder kennt Max, und vielleicht werden sie einmal nach Dornheim fahren und gemeinsam an dem See sitzen, so als hätte es nie andere Sommer gegeben.

Louise erinnert sich an ihr letztes Gespräch mit Blixen und fühlt sich müde, so wie man es nach einer großen Anstrengung ist, nachdem man sich eine unlösbare Aufgabe selbst gestellt und sie nicht gemeistert hat. Die Party ist zu laut; Gesprächsfetzen driften an Louise vorbei; immer wieder glaubt sie, ihren eigenen Namen zu hören.

»... und dass sie immer das Gleiche ...«, hört sie jemanden sagen.

»Aber bitte, da ist sie auch selbst schuld«, antwortet jemand anderes.

Der gefaltete Zettel liegt in ihrer Hand wie ein kleiner harter Würfel. Unschlüssig lässt sie ihn in der Seitentasche ihres Rocks verschwinden.

»Ich muss mal ins Bett. Kopfschmerzen«, sagt sie, und Max nickt verständnisvoll.

Tilo und Clara lehnen an der Wand; sie sehen betrunken und zufrieden aus. Als Louise versucht, sich unauffällig aus dem Wohnzimmer zu schleichen, passt Tilo sie ab. Er drückt ihr sein Weinglas in die Hand.

»Trink mal lieber, die Party geht doch gerade erst los.«

»Nein, danke.« Louise sieht sich nach einer Abstellfläche um. »Ich treffe mich morgen mit meinem – ich treffe mich mit Blixen«, sagt sie und sieht Clara an. »Wir sind zum Frühstück verabredet.«

»Ah, der ›Bruder‹?«, sagt Tilo. Bei dem Wort »Bruder« hebt er die Hände und knickt Zeige- und Mittelfinger ein, um unsichtbare Anführungsstriche in den Raum zu setzen.

Louise sieht von Tilo zu Clara und wieder zurück. Obwohl die Musik weiterläuft, die Leute um sie herum lachen und reden, entspinnt sich zwischen ihnen dreien die Stille wie ein Netz. Clara hat die Unterlippe eingesogen und sieht betreten zu Boden. Angestrengt versucht Louise, Sinn in die Ansammlung sinnloser Elemente zu bringen: die Anführungszeichen in der Luft, Tilos Worte und Claras betretener Gesichtsausdruck.

»Louise, das ist jetzt nicht …«, sagt Clara. »Wir haben bloß über dich gesprochen, und ich habe erwähnt, dass …«

Tilo und Clara sehen verschmitzt aus, wie zwei Komplizen, wie besorgte Verwandte oder Freunde, wie zwei, die beschlossen haben, dass Louise nicht ganz bei Trost ist, dass Louise ein Problem mit der Realität hat, dass Louise ein wenig verrückt geworden sein muss, in den letzten Wochen. Dabei, denkt Louise, ist Tilo Blixen nie begegnet; dabei hat sie nie mit ihm über Felix gesprochen. Noch immer hält sie das Weinglas fest; mit der einen Hand umklammert sie den Stiel, mit der anderen den bauchigen Hohlraum. Und dann kippt Louise, sie schmilzt, sie sickert ins Laminat. Das letzte Mal wurde Louise Heller gesehen, als sie im Wohnzimmer zwischen Esstisch und Couch stand und ein Weinglas in der Hand hielt.

Tilo öffnet die Lippen mit einem schmatzenden Ploppen.

»Sorry«, sagt er. »Habe vergessen, dass wir nicht über den Bruder sprechen. Ich dachte ja, dass –«

Louise wirft das Weinglas.

Ein Fehler, das weiß sie, kaum dass ihre Finger sich von dem Glas lösen. Aber ein unvermeidlicher: Würde sie das Glas nicht werfen, müsste sie schreien, so laut, dass alle Gläser im Raum zersprängen und den Menschen Trommelfelle und Augäpfel platzten. Das Glas trifft Tilo mitten auf die Brust, fällt zu Boden und zerspringt, der Wein lässt einen rostroten Fleck auf seinem weißen Hemd zurück.

»Scheiße«, ruft Tilo und starrt Louise an. Er lacht laut und betastet den feuchten Stoff. Dann hört er so unvermittelt auf zu lachen, wie er angefangen hat.

»Du bist ja irre«, sagt er. »Du bist ja vollkommen verrückt.«

Nicht alle haben den Vorfall bemerkt; die Tanzenden tanzen weiter, die Trinkenden trinken weiter. Auch Max, der Sandfarbene, unterhält sich mit einem Mädchen.

»Sag mal, Louise …«, setzt Clara an.

Entschuldigung, will Louise sagen, Entschuldigung *soll* Louise sagen, aber sie sagt nichts; sie schüttelt stumm den Kopf, steigt behutsam über die Scherben und verlässt den Raum.

Sie will bloß ihre Zahnbürste einpacken, ein Nachthemd und Wäsche, doch dann hört sie nicht mehr auf zu packen. Sie packt T-Shirts für den nächsten Tag, den übernächsten Tag und die ganze Woche, Pullover und Röcke, ihren Laptop, drei Rezeptbücher, ihr Handyladegerät, ihren Fön.

Draußen in der Wohnung rumort die Party weiter, und Louise wartet auf das Klopfen an der Tür, Claras gedämpfte Stimme, ein fragendes »Louise?«. Aber niemand klopft, weder Clara noch Tilo, und um kurz nach eins schleicht sich Louise aus der Wohnung.

»Was ist denn passiert?«, fragt Paul, nachdem er ihr die Tür geöffnet hat.

Sie schiebt sich an Paul und Blixen vorbei und lässt sich im Flur an der Wand hinuntergleiten. Schon in dem schwankenden Bus ist ihr schlecht geworden.

»Ich muss bloß kurz hier sitzen«, sagt sie.

Die beiden Männer sehen wie besorgte Sanitäter auf sie herab.

»Wir sollten jemanden anrufen«, sagt Paul, aber sein Ton verrät, dass er selbst nicht weiß, wen er anrufen möchte: einen Krankenwagen? Die Polizei? Agnes?

Blixen setzt sich neben Louise auf den Boden.

»Keine Sorge, wir kümmern uns um dich. Du bleibst erst einmal hier und schläfst dich aus.«

»Ja, aber«, protestiert Paul, »wo soll sie denn schlafen?«

»Auf der Couch«, antwortet Blixen. »Dein Bett ist groß genug für uns beide. Wir finden schon eine Lösung. Das ist jetzt sicher das geringste Problem.«

Er streicht Louise über das Haar, und während sie ihren Kopf auf seine Schulter legt, während er sanft mit ihr spricht und Paul sich mit gerunzelter Stirn aufmacht, um nach frischer Bettwäsche zu suchen, währenddessen glaubt sie ihm: Sie muss sich keine Sorgen machen. Er wird eine Lösung finden.

Felix hat das gekonnt, denkt sie und lässt sich schwerer gegen Blixens Schulter sinken, Felix hat das gekonnt. Er hat gesagt, dass es keinen Grund gebe, sich Sorgen zu machen. Und dann gab es auch keinen mehr.

*

Louise schläft bis in den späten Vormittag, dann wartet sie auf Nachricht von Tilo oder Clara. Keiner von beiden meldet sich.

»Vielleicht warten sie darauf, dass *du* dich entschuldigst«, schlägt Paul vor. An die Spüle gelehnt, trinkt er seinen Kaffee und mustert Louise über den Rand seiner Tasse hinweg.

»Ich?«

»Du hast doch ein Weinglas nach Tilo geworfen.«

Statt zu antworten, öffnet Louise den Kühlschrank und sieht einige Sekunden hinein.

»Ihr habt nichts im Kühlschrank. Wovon lebt ihr überhaupt?«

»Wein«, antwortet Paul.

Schweigend trinken sie ihren Kaffee.

»Und jetzt?«, fragt Paul nach einer Weile.

»Gar nichts jetzt.«

»Ja, aber ich meine ... Sollen wir dich zur Wohnung zurückbringen?«

»Zur Wohnung zurückbringen? Du glaubst doch nicht, dass ich nach gestern Abend wieder dahin zurückgehe? Bestimmt nicht.«

»Nein, natürlich nicht«, sagt Blixen und legt ihr seine Hand auf die Schulter. »Nachher holen wir deine restlichen Sachen.«

Paul stößt sich von der Spüle ab.

»Aber das ist doch keine dauerhafte Lösung. Die Wohnung ist nicht groß genug für drei Leute«, sagt er.

»Du klingst gerade wie dein Vater, weißt du das?«, sagt Louise.

Pauls Mund öffnet sich leicht, die Kaffeemaschine gurgelt, und Louise schämt sich: Sie weiß so gut wie nichts über Pauls Vater, außer dass er ein kleinlicher Familiendespot ist, mit dem Paul nur alle paar Monate telefoniert, wenn es sich nicht vermeiden lässt.

»Entschuldige, das kam falsch rüber«, murmelt sie.

Blixen tritt zwischen Paul und Louise.

»Es ist ja auch keine dauerhafte Lösung. Nur vorübergehend, bis sich die Lage mit Louises Freunden wieder beruhigt hat.«

Louise nickt langsam, ohne Paul aus den Augen zu lassen.

Auch Paul nickt. Aber er sieht unzufrieden aus, wie ein widerwilliger Gastgeber, der sich selbst bedauert, weil man ihm Umstände bereitet. Dabei ist er in den letzten Jahren doch selbst öfter Gast als Gastgeber gewesen; dabei verdankt er die Wohnung, in der nun zu wenig Platz für Louise ist, Louises Mutter.

»Wenn es Paul nicht zu viele Umstände bereitet«, sagt Louise gedehnt.

Paul dreht ihr den Rücken zu, um sich eine weitere Tasse Kaffee einzuschenken.

»Sicher. Wird schon irgendwie gehen«, murmelt er.

Abends, nachdem sie gegessen haben, erheben sich die beiden Männer wie auf Absprache. Paul holt zwei Gläser aus dem Küchenschrank und stellt sie auf den Esstisch. Als sein Blick über Louise stolpert, setzt er sich missmutig in Bewegung, um ein drittes Glas zu holen. Blixen verschwindet in der Abstellkammer und kehrt mit einer Flasche Rotwein zurück. Mit ernster Miene liest er den Namen auf dem Etikett vor und sieht Paul fragend an.

»Paul kennt sich mit Wein überhaupt nicht aus«, sagt Louise lachend und verstummt, als sie Pauls Gesichtsausdruck bemerkt.

Blixen entkorkt den Wein, schenkt ein, schwenkt das Glas und reicht es Paul. Während Paul einen ersten Schluck nimmt und anerkennend das Glas hebt, spürt Louise ein Kribbeln in den Mundwinkeln, ein Grinsen, das sich bereit macht, aber unschlüssig in den Muskeln stecken bleibt. Der Ernst, mit dem die Männer ihre routinierten, stummen Bewegungen ausführen, ist nicht ausschließlich lustig.

Obwohl sie nicht gerne Wein trinkt, lässt sie es geschehen, als Blixen ihr einschenkt – sie möchte nicht unhöflich erscheinen. Sie nippt an ihrem Glas, bemüht um einen unbewegten Gesichtsausdruck. Der Wein schmeckt wie ihre misslungenen Cupcakes: süß und gleichzeitig bitter. Es ist die Sorte, von der man Kopfschmerzen bekommt, von der einem übel wird, und sie nimmt sich vor, nicht mehr als ein Glas zu trinken.

»Und jetzt«, sagt Blixen, »erzähl uns noch einmal von der Party.«

Also erzählt sie von der Party, von Max, dem Sandfarbenen, von Claras Verrat, von dem Glas Wein. Paul hört ihr stirnrunzelnd zu, so als habe er Schwierigkeiten, ihr zu folgen, als rede sie zu schnell oder zu leise.

Blixen schenkt ihr nach, ein zweites und ein drittes Mal; schneller als gedacht hat Louise sich an den bitteren Geschmack gewöhnt. Allmählich breitet sich Wärme in ihr aus, leuchtend pulst sie hinter ihren Augäpfeln und fließt hinaus in die Welt, wo sie alles überzieht, auch Paul und Blixen golden schimmern lässt. Ihr fällt auf, dass Paul immer wieder innehält, dass ein Stocken durch ihn hindurchgeht und er zu Blixen sieht, verstohlen und konzentriert, als suche er nach etwas in Blixens Gesicht, einem Zeichen, einem geheimen Marker, einem Tattoo oder einer Narbe. Die Art, wie er Blixen mustert, gefällt ihr nicht. *Lass es*, will sie ihm zuflüstern, *lass es gut sein*. Stattdessen trinkt sie weiter, in kleinen, aber schnell aufeinanderfolgenden Schlucken. Auch Paul führt sein Glas im Minutentakt zum Mund. Kurz nachdem sie die erste Flasche geleert haben, verflüchtigt sich die Spannung aus seinen Zügen. Und als er ihr zuprostet, als er lacht über etwas, das Blixen gesagt hat, und ihn sanft anstößt, da kann sie sehen, dass es ihm nicht anders geht als ihr: Auch Paul ist glücklich.

DRITTER TEIL

DER SCHWARZE HUND

ERSTES KAPITEL

Alles wird gut

Auf dem Tisch zwischen Kleiderschrank und Gardine wächst der Spinnenbaum. Wie das möglich ist, weiß Paul nicht. Er sieht Blixen nie daran arbeiten, doch Abend für Abend scheint sich die Skulptur weiter verändert zu haben. An den Ästen mit Bändern und Fäden befestigt, baumeln Fundstücke von der Straße, Weinkorken, Kaugummipapiere, Bierflaschenetiketten, aber auch kleine Figuren, die Blixen selbst angefertigt hat, Spinnen mit kompakten schwarzen Körpern und Beinen aus Draht. Nicht nur Müll und Drahtspinnen hat Blixen in dem Baum verarbeitet, sondern auch seinen Knochenschmuck, filigrane Gabelbeinanhänger aus Echtgold, die er aus Prag mit nach Deutschland gebracht haben muss. Es glitzert und funkelt in dem Gewirr aus Ästen, toten Blättern und Staubflusen. Paul will die Zweige und spröden, trockenen Blätter nicht berühren, aber etwas zieht ihn immer wieder und jedes Mal näher zu dem Baum, bis er mit der Nasenspitze an erste Staubflusen stößt und niesen muss. Tief im Inneren, in der Nähe der künstlichen Krone, glaubt er eine der silbernen Haarspangen zu erkennen, die er vor über fünfzehn Jahren das erste Mal sah, in Agnes' Badezimmer auf der Ablage neben der Seifenschale. Hastig und nachdem er sich vergewissert hat, dass weder Blixen noch Louise in der Nähe sind, zieht er seinen Pappkarton unter dem Bett hervor und sieht nach: Die Spange liegt dort, wo sie die letzten Jahre gelegen hat, in Felix' altem Federmäppchen, auf dem Boden des Kartons.

Nachts, wenn Paul nicht schlafen kann, stellt er sich vor, wie er sich aus dem Bett schleicht, sich zu dem Baum stiehlt, die Zweige zur Seite biegt und mit spitzen Fingern die silbernen Spangen hervorklaubt.

Paul fürchtet sich vor dem Zubettgehen. Sobald er das Schlafzimmer betritt, bewegt er sich ungelenk, stößt gegen den Kleiderschrank oder das Bett, spricht gestelzt und formell. »Soll ich dir noch etwas zu trinken bringen? Soll ich das Fenster öffnen?«, fragt er Blixen mit belegter Stimme und ist sich selbst peinlich in seinem ausgebleichten T-Shirt mit dem *Ghostbusters*-Aufdruck. Blixens schlanker Körper ist angemessen verborgen unter einem langärmeligen Shirt und einer langbeinigen Trainingshose. Trotzdem – oder gerade deswegen – denkt Paul ununterbrochen an Blixens blasse Haut, fragt sich, ob seine Rippen und Schulterblätter sich unter dieser abzeichnen, ob die Anordnung seiner Rückgratwirbel klar und deutlich zu erkennen ist. Tagsüber und auch abends, während er zwischen Louise und Blixen auf der Couch sitzt, kann er noch so müde sein, sobald er neben Blixen im Bett liegt, ist er hellwach. Er würde gerne aufspringen, durch die Wohnung oder die Straßen rennen, doch neben ihm schläft ja Blixen, und so versucht Paul, sich so wenig wie möglich zu bewegen, verbietet sich nervöses Rascheln und Umherwälzen. Er starrt an die Decke und lauert auf den Schlaf, der unruhig und launisch ist, wenn er endlich kommt. Er ist es nicht gewohnt, dass nachts jemand neben ihm liegt. Immer schlafen Paul und Blixen einander zugewandt, und wenn Paul aufwacht – zwei-, dreimal pro Nacht – ist es Blixens Gesicht, das er sieht. Die Augen geschlossen, der Mund entspannt. Im Schlaf sieht Blixen weniger aus wie er selbst; im Schlaf ist die Ähnlichkeit zu Felix hervorgehoben, unterstrichen. Sie begründet sich vor allem in der Nase. Genau deswegen würden die meisten Menschen die

Ähnlichkeit gar nicht sehen. Sie würden über seine Augen sprechen und über seinen Mund, wie *vollkommen anders* sie aussähen. Wenn man sich aber entscheidet, auf etwas anderes zu achten, das Kinn, die Nase, die Ohren, dann entdeckt man Felix sofort und ohne jeden Zweifel. Dieser Tage ist Paul sich mit Louise kaum noch über etwas einig, hierin aber stimmen sie einander zu: Felix versteckt sich in den Details.

Wenn Paul wach ist und Blixen nicht, wenn Blixen neben ihm liegt, vielleicht eine Armlänge entfernt, dann braucht es Pauls ganze Zurückhaltung, um nicht die Hand auszustrecken, seine Wange zu berühren oder sein Haar. Dann schließt er die Augen und rückt ab von Blixen, weiter hinüber auf seine Seite des Bettes.

Louise wohnt seit etwa einer Woche in Pauls Wohnung, als Blixen Paul beiseitenimmt. Er muss den Moment sorgfältig abgepasst, gewartet haben, bis Louise mit einem Karton zitronengelber Cupcakes das Haus verlassen hat. Als Paul sich an ihm vorbei Richtung Kaffeemaschine schieben will, legt Blixen ihm eine Hand auf die Schulter.

»Ist alles in Ordnung mit dir, Paul?«, fragt er.

Paul will die Hand abschütteln, er hat keine Lust auf ein vertrauliches Küchengespräch, die Zeit der vertraulichen Gespräche, in der Küche oder im Wohnzimmer, mit Wein oder ohne, ist vorbei. Blixen hat selbst dafür gesorgt, als er Louise einlud zu bleiben. Doch als Blixen die Hand tatsächlich von seiner Schulter nimmt, da jault etwas auf, da empört sich etwas in Paul, da will er die Hand zurück, das Gefühl, das Gewicht der Hand auf seiner Schulter.

»Es passt dir nicht, dass sie hier wohnt«, sagt Blixen zögernd.

»Ich weiß nicht, was du meinst«, behauptet Paul. Es klingt so offensichtlich unaufrichtig, dass er hinzufügt: »Ihr ganzes Zeug steht hier herum. Das geht mir auf die Nerven.«

Sie betrachten die mehlverstaubte Ablage, auf der sich Louises Cupcake-Utensilien stapeln, ihr Rührgerät, ihre Digitalwaage, Spritzhauben und Schüsseln.

»Ordentlich ist sie nicht, nein«, sagt Blixen und zeichnet mit dem Zeigefinger ein Muster in die Mehlschicht. »Ich dachte, es ginge dir vielleicht um Geld«, fügt er hinzu.

»Geld?«

»Wir lassen uns schließlich von dir aushalten. Wahrscheinlich sollten wir etwas beisteuern, und du weißt, dass ich jederzeit ins Hotel –«

»Nein, darum geht es überhaupt nicht.« Paul beginnt, Louises Schüsseln in die Spüle zu räumen.

»Ich meine nur, für mich wäre es kein Problem. In Prag habe ich genug Geld verdient, um über die Runden zu kommen. Ich möchte niemandem zur Last fallen. Mit Louise ist es wahrscheinlich anders. Dass sie überhaupt leben kann von ihren kleinen Torten ...«

»Sie lebt doch nicht von ihren Cupcakes.« Paul spuckt die Worte fast, speit sie aus, schmeckt bereits die Galle und weiß, dass er sofort aufhören sollte, über Louise und ihre Cupcakes zu sprechen. Aber er will nicht aufhören, er *will* weiterreden, und anders als sonst fühlt er das *Wollen* nicht in den Fingerspitzen, sondern in der Zunge, im entschiedenen Schlag der Zunge gegen den Gaumen und die Zähne. Er *will, will, will* Blixen von Louises albernen Cupcakes erzählen.

»Mit ihren Cupcakes verdient sie fünfzig Euro die Woche – wenn es gut läuft. Agnes bezahlt alles. Sie überweist ihr jeden Monat Geld.«

»Ich habe mich schon gewundert, wie sie es anstellt. Du musst dich mit allen möglichen Nebenjobs durchhangeln – die Sache in Prag, dein Job in der Buchhandlung, diese Masterarbeit.«

»Seitdem sie ein paar Monate als Aushilfe in einem Supermarkt gearbeitet hat, glaubt sie, dass sie weiß, was es heißt, auf Nebenjobs angewiesen zu sein. Dabei bezahlt sie nicht einmal ihr WG-Zimmer selbst.«

»Umso erstaunlicher«, murmelt Blixen.

»Was denn?«

Wieder zeichnet Blixen komplizierte Muster in die Mehlschicht. »Gestern, als wir im Supermarkt waren«, sagt er stockend. »*Du* hast den Einkauf bezahlt.«

»Wir wechseln uns oft mit dem Bezahlen ab. Daran ist ja auch nichts Besonderes.«

»Nein, vielleicht nicht. Aber wenn man bedenkt, dass wir die ganze Zeit hier wohnen. Irgendwie muss man sich ... revanchieren.«

Und dann legt er Paul erneut seine Hand auf die Schulter, und dieses Mal bleibt sie dort. Paul spürt sie, er spürt sie *in den Knochen* – ihr Gespräch in Blixens Atelier fällt ihm wieder ein, wie sie in seinem Wohnraum standen, und Blixen über Knochen sprach, über sein Interesse an Knochen. Es war einfacher, damals in Prag, als es noch nicht um Louise ging.

»Du bist ein guter Freund«, sagt Blixen. »Ich hoffe, Louise weiß das auch.«

Im Nebenzimmer klingelt das Telefon. Vermutlich Agnes. Vielleicht Clara. Paul lässt es klingeln. Paul steht still und fühlt Blixens Hand auf seiner Schulter.

*

An den Abenden sehen sie sich Horrorfilme an, Filme aus den 80ern und 90ern, die ein Sender nach 22 Uhr wiederholt. Meist ist Louise zu betrunken, um den Filmen zu folgen. Ihre Gedanken sind überall, nur nicht bei den Ereignissen auf dem Bildschirm. Während sie Schulter an Schulter sitzen, fühlt Louise sich gefasst und gehalten. In der Zeit nach Felix' Verschwinden schien es ihr, als hätten sich unsichtbare Schrauben in ihrem Körper gelockert, als sei das Rückgrat kaum mehr mit dem Becken verbunden, als hätten sich alle Gelenke gelockert, als befänden sich die Knochen nur noch in loser Verbindung miteinander. Seit Blixens Auftauchen aber fühlt sich ihr Körper an, als habe man ihn neu zusammengebaut. Ihre Bewegungen sind geschmeidiger; sie tänzelt und springt und hüpft, statt zu gehen.

Um ihren neuen Körper zu bewegen, sucht sie sich eine Laufstrecke im nahegelegenen Park. Der Park ist mehr ein waldiger Hügel als ein Park; gewundene Pfade führen hinauf oder hinunter, und während der ersten Runden ist Louise schnell außer Atem. Unter den Sohlen ihrer Laufschuhe hängt nasse, schwere Erde, der Regen nieselt oder prasselt auf sie hinab, auf ihrer Haut liegt ein kalter Film, und anders als die leicht bekleideten Läufer, die ihr entgegenkommen, friert Louise. Trotzdem schnürt sie am nächsten Morgen wieder die Laufschuhe. Sie mag es, wenn die kalte Luft sie umgibt und durchdringt, mag den schlammigen Grund unter ihren Füßen, das Knacken der dünnen Zweige. Abends ist sie so erschöpft, dass sie während der Filme einschläft und erst wieder zu sich kommt, wenn Blixen und Paul aufstehen, um die Gläser und leeren Weinflaschen zurück in die Küche zu bringen.

Nachts träumt sie nicht von Weltuntergängen. Sie träumt von überhaupt nichts, dämmert auch nicht in den Schlaf hinein oder hinaus, sondern kippt von einer Sekunde auf die nächste in die Dunkelheit hinter den Lidern. Genauso unvermittelt, wie sie einschläft, kommt sie morgens zu sich. Obwohl sie früh aufsteht, ist Blixen immer vor ihr wach. Meist steht er in der Küche und sieht zum Fenster hinaus, als würde er auf jemanden warten. Paul hingegen schläft bis weit in den Vormittag, und wenn er endlich auftaucht, sieht er aus, als hätte er eine Prügelei oder einen schweren Unfall hinter sich: Sein Gesicht ist rotfleckig und verquollen. Bevor er nicht zur Kaffeemaschine gewankt ist und sich eine erste Tasse eingeschenkt hat, spricht er kein Wort. Er scheint aufgeladen mit Unzufriedenheit, an manchen Tagen glaubt Louise sie hören zu können, und sie klingt wie das Knistern ihres alten Föns, kurz bevor er Funken sprühend in ihren Händen kaputtging. Stundenlang schweigt Paul, und wenn er schließlich spricht, dann in kryptischen Bemerkungen und vagen Anklagen. Immer wieder fragt er sie nach Clara. Immer wieder erklärt er ihr, die Küche sei zu unaufgeräumt, die Ablagefläche zu dreckig, das Badezimmer mit ihren Sachen zugestellt. Oft spricht er über Geld. Im Supermarkt behauptet er einmal, sein Portemonnaie vergessen zu haben. Als sie ihn darauf aufmerksam macht, dass es aus seiner Jackentasche hervorlugt, starrt er anklagend das Netz Zucchini an, das sie aufs Warenband gelegt hat, und nuschelt, *sie könne ruhig auch mal etwas bezahlen.*

Wenn Paul nicht murrt und nuschelt, wenn er nicht vor sich hin schimpft oder Louise nach ihren Plänen für die Zukunft fragt, ist er auf der Suche. Er sucht von morgens bis abends, nach einem bestimmten Buch, einem bestimmten Stift, nach Feuerzeugen und Taschenkalendern und Notizzetteln. Durch das Wohnzimmer irrend, hebt er Kissen, Zeitschriften und Louises Pullover an; er lugt unter das Sofa oder die Schränke. Louise erinnert das Ganze an Slapstick, und sie belächelt Paul. Zumindest so lange, bis er sie beschuldigt, sein Notizheft gestohlen zu haben.

»Ich habe es gestern Abend auf meinen Schreibtisch gelegt. Ich lege es immer auf meinen Schreibtisch. Wenn es da nicht liegt, dann nur, weil es jemand weggenommen hat.«

»Und was genau will ich mit deinem Notizbuch?«

»Ich habe keine Ahnung, was du mit meinem Notizbuch willst. Ich habe aber auch keine Ahnung, warum du meine Wohnung zumüllst und nicht mehr mit deiner besten Freundin sprichst. Oder wie du dir das alles vorstellst. Willst du die nächsten Monate hier wohnen? Oder Jahre?«

Blixen wendet sich diskret ab, um konzentriert Trockentücher zu falten. Paul und sie, denkt Louise, könnten eines dieser Ehepaare sein, die sich ständig streiten, die sich vor den eigenen Kindern kindisch benehmen.

»Können wir uns kurz woanders unterhalten?«, fragt sie Paul. Ohne seine Antwort abzuwarten, geht sie nach draußen. Eine neue Art von Kälte hängt in der Luft, liegt in der frostigen Schicht auf den Mülltonnen und stiehlt sich in Sekundenschnelle in Louises Hände. »Hummerscheren«, sagte Louises Großmutter Astrid zu kälteroten Händen – jahrelang dachte Louise, Hummer würden rot, wenn ihnen kalt sei. Sie bewegt die Hände wie zwei Scheren, hält in der albernen Bewegung inne, als Paul in der Haustür auftaucht, und verschränkt die Arme.

»Ich kann Agnes fragen, ob ich fürs Erste in der Lehrstraße wohnen darf.«

»Darum geht es doch gar nicht. Es geht mir bloß um ...« Er blinzelt. Sein Blick wirkt unfokussiert, und ihr fällt das Fieber wieder ein – das *Prager Fieber,* wie sie es manchmal nannten, so als sei es eine berüchtigte Krankheit, eine Art europäische Malaria, an der Paul erkrankt war.

»Ich will mich nicht wegen jeder Kleinigkeit mit dir streiten«, sie senkt die Stimme. »Und erst recht nicht vor Blixen.«

Paul kaut auf seiner Unterlippe.

»Irgendetwas fühlt sich nicht richtig an, Louise. Und ich weiß nicht ...«

Sie weiß, was er meint, für den Bruchteil einer Sekunde weiß sie es. Dann entgleitet es ihr, oder vielleicht gibt sie es bewusst aus den Händen. Was bleibt, ist ein Nachgeschmack oder eine Vorahnung, die verdünnte Spur von etwas Eigentlichem, bereits

Gewesenem oder noch Kommendem. Sie starren einander an, und ihr Atem steigt in weißen, dünn verästelten Gespinsten auf.

»Paul, der letzte Monat ist viel gewesen. Erst das Fieber und dann … dann Felix.«

Er sieht sie zweifelnd an, und sie drückt die Absätze ihrer Schuhe fest in den Boden. Er muss damit aufhören, jetzt, hier auf der Stelle. Spürt er es, sieht er es nicht selbst? Ihr neues Leben, das sie sorgsam um Blixen herum errichtet haben, ist nicht aus Beton, nicht aus Zement, nicht einmal aus Holz gefertigt. Es umgibt sie wie eine gläserne Kugel, ein fragiles Gebilde. Es toleriert keine Zweifel, keine Fragen; wie Sprünge würden sie sich in Sekundenschnelle hindurchfressen. Wenn sie zu lange nachdenkt, kann sie es bereits hören, das Knirschen, die erste Ahnung möglichen Splitterns. Dann tasten ihre Hände nach dem Medaillon, umfassen das silberne Oval und halten es einige Sekunden umschlossen.

»Wir haben uns die letzten Jahre jeden Tag gefragt, wo Felix sein könnte. Nun ist er hier. Und wir müssen das irgendwie verstehen«, sagt sie.

»Ich habe nur manchmal … dann kommt es mir so vor …«

Schnell greift sie nach seiner Hand, hält sie eine Spur zu fest.

»Alles wird gut, Paul«, sagt sie. »Das können wir jetzt glauben. Wir haben nur keine Übung darin. Wir wissen nicht mehr, wie es geht.«

Die Haustür öffnet sich, und Blixen tritt zu ihnen hinaus. Fragend legt er den Kopf schief.

»Lass uns wieder reingehen«, sagt Louise und läuft an Paul vorbei. Paul bleibt noch einige Sekunden im Hinterhof stehen, bevor er ihnen ins Innere folgt.

ZWEITES KAPITEL

Halb Monster, halb Maschine

Der Spinnenbaum ist inzwischen so groß, dass die dürren Äste in Pauls Blickfeld ragen, wenn er auf dem Bett liegt und schräg zur Decke aufschaut. Sie scheinen sich aus der Ecke in den Raum hinein- und Paul entgegenzustrecken. Gewisperte Worte und unterdrücktes Rascheln lassen ihn immer wieder aufschrecken, doch wenn er herumfährt, liegt Blixen stets totenstill auf seiner Seite des Bettes. Etwas an seinem schlafenden Gesicht stört Paul. Es kommt ihm so vor, als hätte Blixen die Augen erst Sekunden zuvor geschlossen. Ohne sagen zu können, ob Blixens Züge zu angespannt oder im Gegenteil zu entspannt sind, ist er sicher: Dies ist nicht das Gesicht von jemandem, der schläft. Es ist das Gesicht von jemandem, der sich schlafend stellt.

Paul träumt.

In seinem Traum passiert wenig; niemand spricht, niemand tut etwas, auch Paul bewegt sich nicht. Er liegt in seinem Bett, ein Arm schlingt sich um seinen Oberkörper, ein Arm, der glänzt, schwarz wie der Panzer eines Käfers, wie poliertes dunkles Metall. Der Arm gehört keinem Menschen und auch keinem Tier, sondern einem Nachtschattengewächs, halb Monster, halb Maschine.

Paul darf sich nicht bewegen, er darf nicht sprechen, darf nicht schreien. Aber er muss, er *muss* sich bewegen, und der Drang ist ähnlich wie das Wollen; es ist sinnlos, dagegen anzukämpfen. Etwas huscht durch seinen Körper, ein kleines wendiges Geschöpf mit spitzen Zähnen. Paul schüttelt sich, er zuckt, er ruckelt, versucht, auf der Matratze nach unten zu rutschen, doch der Arm zieht sich enger, zerdrückt seine Rippen, zerquetscht seine Lunge. Hilfe, will Paul rufen, aber er bringt nur ein Gurgeln zustande; dann rauscht es in seinen Ohren, dann birst sein Brustkorb; dann spürt er nichts mehr.

Die Umrisse des Schlafzimmers zeichnen sich in die Dunkelheit: Schrank, Fenster, Vorhänge und Stehlampe. Pauls Mund ist trocken. Er braucht Wasser, ein Glas kaltes Wasser aus der Küche; er will sich aufsetzen, will aufstehen, die Arme und Beine auszuschütteln. Da bemerkt er den Arm. Er liegt über seiner Schulter und seinem Brustkorb, nicht glänzend schwarz, sondern perlmuttfarben schimmernd weiß. Paul atmet ein. Und aus. Atmet flach und starrt geradeaus, hinüber zum Schlafzimmerfenster. Im oberen Drittel hängt der Mond, sein Licht ist aufdringlich – als hätte jemand im All eine grelle Taschenlampe auf Paul und Blixen gerichtet. Und Paul versteht, dass er etwas mitgeschleppt hat aus seinem Traum und in die tatsächliche Welt, eine bestimmte Form der Angst; sie gehört in seine Kindheit, als die Grenzen zwischen Albtraum und Wirklichkeit noch durchlässig waren, als er nachts allein in seinem Zimmer lag und sich fürchtete vor dem Monster unter dem Bett, vor dem Dieb in der Nacht.

Vorsichtig dreht er den Kopf, sein Haar streicht knisternd über das Kissen. Hinter ihm rührt sich nichts, hinter ihm wartet kein Monster und keine Maschine, sondern Blixen. Seine Augen sind geschlossen. Paul lauscht auf seinen Atem. Wie atmen Schlafende noch einmal? Besonders tief oder besonders flach? Er kann sich nicht erinnern, ohnehin macht es keinen Unterschied: Blixen atmet weder tief noch flach; Blixen scheint überhaupt nicht zu atmen.

Sollte er ihn wecken, seinen Arm packen und abstreifen? Paul hebt die Hand und lässt sie wieder sinken. Blixen würde sich entschuldigen, sicher, dann säßen sie einander gegenüber, und Paul wäre sich seines albernen T-Shirts bewusst, seines leichten Schweißgeruchs, er würde sich schämen. Also bleibt er liegen, also atmet er gegen Blixens mageren weißen Arm, also rührt er sich nicht und denkt: nicht bewegen, nicht sprechen, nicht schreien; der Taschenlampenmond leuchtet sie weiter an, und Paul wartet auf das Ende der Nacht.

Als er das nächste Mal die Augen öffnet, fällt unentschiedenes Herbstlicht in den Raum. Aus der Küche hört er Stimmen, Louises Lachen und klapperndes Geschirr. Er hat Kopfschmerzen, genauer: *Schädel*schmerzen, sie sammeln sich in der Kuhle, dort, wo der Hinterkopf in den Nacken übergeht. Weil er etwas erwartet, ein Zeichen, einen Beweis, untersucht er seine Arme und Beine auf Spuren der Nacht und findet nichts, keinen einzigen blauen Flecken, keine roten Striemen. Einige Minuten bleibt er auf dem Bett sitzen, die Knie angewinkelt, die Ellbogen aufgestützt. Ist es möglich, dass er nicht nur die Monstermaschine, sondern auch Blixens Umklammerung geträumt hat?

Vorsichtig steht er auf, tastet sich seinen Weg am Bett entlang, öffnet leise die Schlafzimmertür und tritt hinaus in den Flur. Louise und Blixen haben aufgehört zu lachen und zu scheppern. Stattdessen dringt ernstes, unterdrücktes Flüstern aus der Küche. Paul bleibt stehen. Nicht, weil er sie belauschen will, weil er den *Plan* fasst, sie zu belauschen. Es geschieht vielmehr von selbst, dass seine Füße innehalten, dass er sich gegen die Wand lehnt, dass er Blixen sagen hört:

»Geld ist ihm eben wichtiger als dir oder mir. Er ist anders aufgewachsen als du.«

»Ja, aber das ist alles so ...«

»Kleinlich. Ich weiß.«

Paul schluckt, spürt einen galligen Knoten wie ein Geschwür genau im Kehlkopf.

»Und es kommt mir so albern vor«, sagt Louise. »Soll ich ihm etwa Miete zahlen, weil er mich ein paar Nächte hier wohnen lässt?«

»Du könntest ihm ja anbieten, im Gegenzug auf die Katze aufzupassen.«

Sie lachen. Nein, sie *kichern*, es ist ein gehässiges, kindisches Geräusch, und Paul schleicht zurück ins Schlafzimmer.

*

In der ersten Woche, nachdem sie bei Paul eingezogen ist, trägt Louise ihr Mobiltelefon von morgens bis abends bei sich. Sollte jemand anrufen oder eine Nachricht schicken, würde das Display aufleuchten und der Vibrationsalarm das Gerät hüpfen lassen. Trotzdem kontrolliert sie immer wieder, ob sie nicht eine Nachricht von Tilo oder Clara verpasst hat. Vier Tage verstreichen, in denen Louise vergeblich wartet. Und dann am fünften Tag, gerade als Louise vergisst, regelmäßig ihr Handy und ihr E-Mail-Postfach zu kontrollieren, taucht Clara auf. Sie steht auf der Straße vor dem Hoftor, lehnt an einem der Autos, müde sieht sie aus, *ausgeblichen*, als hätte sie in den letzten Tagen Farbe und Substanz verloren. Sie ist nicht gekommen, um sich zu entschuldigen; die zusammengezogenen Brauen verraten es und die Spannung in ihrem Kiefer. Sie ist wütend, oder zumindest ist Wut ein Teil des Gemischs. Die anderen Komponenten kann Louise nicht sicher bestimmen.

Schon immer hat sich Claras Schönheit in dem Ausgezehrten, dem Aufgeriebenen begründet, heute aber scheinen die Kanten in ihrem Gesicht, die Wangenknochen, das Kinn, noch schärfer gezeichnet, so als hätte jemand den Bleistift gespitzt und nachgezogen. Sie sieht aus wie Agnes an schlechten Tagen, wie jemand, der sich bis auf die Knochen zurückzieht.

Clara hebt den Kopf, als Louise ihren Namen sagt. Ihr Blick bleibt nur kurz bei Louise, bevor er an ihr vorbei zum Torbogen wandert.

»Ich komme nicht zurück«, sagt Louise. »Die Sache ist nun einmal passiert, selbst wenn ihr euch jetzt entschuldigt, ändert das nichts –«

»Du musst mit deinem Freund reden«, fällt Clara ihr ins Wort.

»Mit meinem Freund?«

»Deinem Freund. Du weißt genau, wen ich meine.«

»Blixen?«

»Er muss aufhören, uns anzurufen.«

Louise lacht auf. Das Lachen kommt wie ein Niesen oder Gähnen, reflexartig und zu schnell, als dass sie es aufhalten könnte.

»Blixen ruft dich an?«

»Jede Nacht. Seitdem du weg bist, ruft er jede Nacht bei uns an. Das muss aufhören.«

»Warum sollte er?«, fragt Louise. *Er mag dich nicht einmal.* Sie schluckt den Satz. Und trotzdem klingt er nach, in den Pausen zwischen den Worten, wie sie abrupt abschließen.

»Er erzählt uns Geschichten«, sagt Clara.

»Was denn für Geschichten?«

Clara schüttelt den Kopf.

»Ich will das nicht mehr hören, Louise. Er muss damit aufhören; ich kann nicht mehr schlafen. Und Tilo ... wir wissen nicht. Du musst mit ihm reden.«

Ihre Stimme bricht ein. Ungläubig zwirbelt Louise die Silberkette ihres Medaillons. Clara wird gleich weinen, nein, sie weint bereits, lehnt an dem Auto, redet Unsinn und weint. Und es tut Louise nicht bloß leid, es beunruhigt sie, so wie sie sonst nur ihre Weltuntergangsträume beunruhigen, es ist derselbe dumpfe Druck auf ihren Rippen, in ihrem Brustbein; so fühlt es sich an, wenn die ersten Raumschiffe landen, die ersten Feuer ausbrechen, erste Nachrichten der plündernden Horden sie erreichen: Etwas stimmt nicht, etwas stimmt nicht. Etwas gerät aus den Fugen, denkt Louise und sieht Clara an und kann nicht aufhören zu grinsen. Als Clara Louises Grinsen bemerkt, geht ein Ruck durch sie, sie versteift sich, nein, sie *reißt* sich zusammen, Louise kann ihr das Zusammenreißen ansehen, wie sie die kleinen und die großen Muskeln straff zieht.

»Rede mit ihm«, sagt Clara und richtet einen Finger auf Louise. »Das ist mein Ernst.«

Sie kehrt Louise den Rücken zu und läuft die Straße hinunter, ohne sich noch einmal nach ihr umzudrehen. Louise sieht ihr nach, bis sie um die nächste Ecke verschwindet.

DRITTES KAPITEL

Das Wasser steigt

In keinem Herbst, glaubt Paul, hat es so viel geregnet wie in diesem. Zu dritt sitzen sie vor dem Fernseher und sehen sich Berichte über geflutete Städte und untergegangene Häuser an. Autos schwimmen im grauen Meer; in einer Kleinstadt im Osten Deutschlands werden Menschen zwangsevakuiert. Die Bewohner haben dort die letzten dreißig, vierzig oder fünfzig Jahre gelebt, und sie wollten nicht gehen. Ein Feuerwehrmann erklärt, warum es unverantwortlich wäre, sie in den Häusern bleiben zu lassen. Das Wasser steigt, während Paul, Louise und Blixen noch einmal in Louises Wohnung fahren, um drei weitere Taschen mit ihren Sachen zu packen. Sie begegnen weder Tilo noch Clara, und Louise behauptet, erleichtert zu sein. Paul glaubt ihr nicht. Obwohl Louise die Geschichte ihres Streits in den letzten Tagen oft genug erzählt hat, versteht er noch immer nicht, was zwischen ihr und Clara vorgefallen ist.

Abends, nachdem Louise den Inhalt ihrer Reisetaschen in Pauls Wohnzimmer verstreut hat, gehen sie in eine Kneipe.

»Ist doch nett, mal was anderes zu machen. Was zu unternehmen«, sagt Paul, als er Blixen und Louise die Kneipentür aufhält. Er hat genug davon, Abend für Abend Blixens Wein zu trinken. Es ekelt ihm vor der schwärzlichen Farbe, dem bitteren Nachgeschmack und davor, dass er, wenn er erst einmal angefangen hat zu trinken, nicht mehr damit aufhören kann.

Sie setzen sich an einen hohen, schmalen Tisch, Paul auf die eine, Blixen und Louise auf die andere Seite. Blixen spielt mit seiner Bierflasche, ritzt mit dem Daumennagel Muster in das goldglänzende Etikett, bevor er sie von sich schiebt, gerade weit genug, um zu zeigen, dass er nicht vorhat zu trinken.

»Eigentlich mag ich kein Bier«, gesteht er achselzuckend.

Während die Lautstärke um sie herum zunimmt, wird es stiller an ihrem Tisch. Paul muss darauf achten, Louise und Blixen nicht anzustarren. Wenn er später den Tisch verlässt, neues Bier holt oder auf Toilette geht, werden sie dann die Zeit nutzen, um wieder zu flüstern und zu kichern? Erneut wandern Pauls Hände zu dem Schälchen mit Erdnüssen.

Blixen zupft sanft am Ärmel von Louises Pullover.

»Beeil dich lieber«, sagt er, »sonst isst Nimmersatt dir noch die ganzen Erdnüsse weg.«

Paul starrt Blixen an, den salzigen Geschmack der Erdnüsse auf der Zunge. Was hast du gesagt, wie hast du mich genannt?, will er fragen. Aber er bleibt stumm, nimmt die Hand aus dem Schälchen und fixiert Blixen. Blixens Lächeln ist freundlich, der Ausdruck in seinen Augen ist es auch.

»Wisst ihr, wen ich neulich gesehen habe?«, fragt Paul langsam.

Louise schüttelt träge den Kopf. »Nein. Wen, Paul?«

»Die Katze. Ihr wisst schon, die Katze meiner Vermieterin. Die ich eigentlich füttern soll.«

Er sieht sie prüfend an.

Das Licht in der Bar ist gedimmt, doch scheint es Paul, als hätten sich Louises Wangen leicht gerötet, als sei ihr Blick unsicher geworden. Presst sie ihren Oberschenkel gegen Blixens? Gibt sie ihm ein geheimes Zeichen? Weiß sie, dass Paul weiß, dass sie sich über ihn lustig gemacht haben?

»Ich habe sie gefüttert«, sagt Paul.

»Aha.« Louise zuckt die Achseln.

Blixen lehnt sich auf seinem Hocker vor. Seine Wangen sind

bleich wie immer, und sein Blick ist auch nicht unsicher. Er versteht nicht, worum es Paul geht. Oder es ist ihm gleich.

»In Prag«, sagt Blixen, »hatte ich einen Nachbarn, den alle im Haus den Katzenmann nannten. Die Kinder im Haus hatten ihm diesen Namen gegeben. Als ich einzog, hatte er sieben Katzen, irgendwann waren es nur noch sechs, dann fünf, dann vier. Und so weiter.«

Louise lächelt verhalten. Paul lächelt nicht. Er hat die Schale mit den Erdnüssen von sich weggeschoben.

»Bald hatte er keine einzige Katze mehr«, fährt Blixen fort. »Ich dachte, sie wären ihm alle fortgelaufen oder überfahren worden. Aber eines der Kinder, ein Junge aus dem ersten Stock, erzählte mir, dass der Katzenmann den Kindern verraten hatte, was mit den Katzen passiert war. Er hatte sie gegessen. Alle sieben.«

Louise lächelt noch immer, aber Paul kann sehen, dass es sie anstrengt.

»Und? Soll das lustig sein?«, fragt Paul.

Bedächtig zieht Blixen das goldene Etikett von der Bierflasche, faltet es, steckt es ein.

»Was ist lustig daran?«, fragt Paul. »Du hattest einen Nachbarn, der seine Katzen isst? Und das erzählst du uns jetzt einfach so?«

Louise windet sich auf ihrem Hocker, zwirbelt die Kette ihres Medaillons, sie lächelt nicht mehr, sondern schaut von Blixen zu Paul und wieder zurück.

»Paul, lass gut sein«, sagt sie.

»Nimm dir lieber noch eine Nuss.« Mit einem präzisen Schnalzen seines Zeigefingers befördert Blixen das Schälchen über den Tisch und auf Paul zu.

Louise hält sich noch immer an ihrem Medaillon fest. »Können wir nicht einfach ...« Sie stockt. »Können wir nicht einfach einen schönen Abend haben? Muss es jetzt immer so ... wir können doch einfach …« Ihre Worte verebben im Rauschen, im Stimmengewirr, das sie umgibt. Sie knittert die Stirn, ein Ausdruck, den Paul gut kennt, der ihn an Louise als Kind denken lässt: So hat sie ausgesehen, damals schon, in Gesprächen mit Agnes, wenn sie sich bemühte, etwas zu verstehen, eine subtile Vorhaltung Agnes', einen nicht ganz fairen Vergleich. Sie wendet sich Blixen zu.

»Kann es sein, dass du mit Clara gesprochen hast?«, fragt sie.

»Mit Clara? Deiner Clara, mit der du zusammen wohnst?«

»Sie hat behauptet, du würdest bei ihnen anrufen, in der WG.«

»Warum sollte ich …« Erstaunt sieht Blixen sie an, schüttelt leicht den Kopf. »Ich habe nicht einmal ihre Nummer. Worüber sollten wir denn sprechen?«

Nun ist es an Paul, überrascht Louise anzusehen. »Du hast dich mit Clara getroffen? Davon hast du nichts erzählt.«

Louise schaut auf, als hätte sie vergessen, dass Paul mit ihnen am Tisch sitzt.

»Sie stand plötzlich vor dem Hoftor und hat irgendwelche Geschichten erzählt. Sie wirkte vollkommen verrückt.«

»Und hast du mit ihr darüber gesprochen, wie es weitergehen soll?«

»Hast du gehört, was ich gerade gesagt habe? Sie hat nur Unsinn erzählt.«

»Aber irgendwann müsst ihr doch miteinander reden.«

»Ich muss gar nichts«, sagt Louise.

»Hast du schon mal darüber nachgedacht, dass sie sich bloß Sorgen um dich macht? Und Tilo deswegen von Blixen erzählt hat?«

»Du kennst Clara natürlich sehr gut, Paul. Deswegen weißt du auch, dass sie sich Sorgen gemacht hat und nicht bloß gerne Geschichten weitertratscht.«

»Ich wundere mich nur, dass du so schnell –«

»Ich weiß nicht, ob das hilft, Paul«, wirft Blixen ein.

»Wenn du dabei gewesen wärst, auf der Party. Wie sie mich angesehen haben ...« Was auch immer Louise Blixen zu seinen vermeintlichen Anrufen und Clara hat fragen wollen, sie scheint es vergessen zu haben und stürzt in einen mäandernden Monolog über die Party, über Tilo, über ihre Freundschaft mit Clara, die ohnehin nie eine tatsächliche Freundschaft gewesen sei. Blixen gibt besorgte Geräusche der Zustimmung von sich.

»Ich gehe mir noch ein Bier holen«, murmelt Paul und steht auf, ohne dass es einer der beiden zu bemerken scheint.

Obwohl er gleich bedient wird, bleibt er an der Theke stehen und sieht hinüber zu Blixen und Louise. Sie haben die Köpfe zusammengesteckt wie zwei Kinder, die tuschelnd Gerüchte und Geheimnisse austauschen. Soll er gehen? Einfach aus der Kneipe hinauslaufen? Vermutlich würde es ihnen nicht einmal auffallen. Aber seine Regenjacke liegt noch auf seinem Stuhl, und er weiß, dass er sich im Nachhinein albern vorkommen würde. Langsam bahnt er sich seinen Weg zu ihnen zurück.

VIERTES KAPITEL

Als würde es sprechen, als würde es schlafen und lachen und essen, als ob es uns kennt, als ob es hierhergehört

Früh in der Nacht, er kann nicht länger als ein, zwei Stunden geschlafen haben, schreckt Paul auf. Er ist sicher, dass ihn ein Geräusch geweckt hat, aber in dem Zimmer ist es still, und als er vorsichtig den Kopf dreht, sieht er, dass Blixen nicht neben ihm liegt. Wahrscheinlich hat er nicht schlafen können; auch Paul fühlt sich unruhig, seine Schulterblätter und Schlüsselbeine prickeln. Er steht auf und schleicht an der schlafenden Louise vorbei durch das Wohnzimmer. In der Küche lässt er sich ein Glas Leitungswasser einlaufen. Nirgendwo brennt Licht; Paul beugt sich über die Spüle, bringt das Gesicht näher an die Scheibe und fährt zusammen, als er Blixen sieht, der mit raschen Schritten an den Mülltonnen vorbeiläuft und durch das Tor des Vorderhauses verschwindet. Vielleicht ein Nachtspaziergang, denkt Paul, aber der Gedanke reibt sich an dem, was er beobachtet hat: Blixen ist nicht geschlendert und nicht spaziert, sondern entschlossen davongeeilt.

Paul trinkt sein Wasser, geht ins Schlafzimmer zurück und legt sich wieder ins Bett, die Augen auf die Digitaluhr gerichtet. Es ist kurz nach zwei; er fühlt sich wach, wach genug, um den Rest der Nacht nicht mehr zu schlafen. Doch eine Viertelstunde verstreicht, dann eine halbe, und bald verschwimmen die leuchtend grünen Zahlen, kippen in den dunklen Hintergrund, und nehmen den restlichen Raum mit sich.

Als Paul am nächsten Vormittag gegen halb zwölf aufsteht, sitzt Blixen auf der Couch. In seinem Schoß liegt ein Buch, das Agnes Paul vor Jahren geschenkt hat, als er Schwedisch lernen wollte – *Låt den rätte komma in*. Paul hat nie Schwedisch gelernt und auch das Buch nie gelesen; Blixen hingegen scheint bereits bei der Hälfte angelangt zu sein. Spricht er Schwedisch? Felix, das weiß Paul sicher, beherrschte keine der skandinavischen Sprachen.

»Louise ist schon weg«, sagt Blixen und klappt das Buch zu. »Sie muss mit ihrer Chefin sprechen. Irgendetwas stimmt nicht mit ihren Cupcakes.«

Paul nickt knapp. Er hat keine Lust, sich über Louise zu unterhalten und erst recht nicht über ihre Cupcakes.

»Wo warst du eigentlich gestern Nacht?«, fragt er, gähnt und streckt sich.

»Wann?«

»Gestern Nacht«, wiederholt Paul.

Blixen runzelt die Stirn. »Im Bett?«, schlägt er unsicher vor.

»Nein, ich meine, als du rausgegangen bist.«

»Rausgegangen.«

»Ich hab dich durchs Küchenfenster gesehen«, sagt Paul ungeduldig.

Etwas streift Blixens Gesicht. Paul ist nicht sicher, was. Ein Anflug von Belustigung, Irritation, Überraschung?

»Paul, ich habe die ganze Nacht neben dir im Bett gelegen. Wo hätte ich denn hingehen sollen? Ich kenne hier doch niemanden.«

Blixens Züge rücken sich gerade; was bleibt, ist eine Höflichkeit, eine formelle Distanz. Geduldig scheint er darauf zu warten, dass Paul sich entschuldigt.

Dann muss ich mich wohl geirrt ... Die Worte formen sich bereits in Pauls Kopf, aber er drängt sie zurück. Er weiß ja, dass er sich nicht irrt, er *hat* Blixen draußen auf dem Hof gesehen.

»Ich habe … «, setzt er an.

»Vielleicht war ich kurz auf der Toilette.«

»Nein, du …«

»Oder vielleicht«, schlägt Blixen vor, »hattest du einen Albtraum. Du träumst viel in letzter Zeit. Und oft spricht du.«

Sachte nimmt Blixen das Buch aus seinem Schoß und legt es neben sich. Eine behutsame Geste – Paul aber erinnert sie an die Schläger und schmierigen Antagonisten, die in Serien und Filmen ihre Knöchel knacken lassen oder ihren Siegelring beiseitelegen, bevor sie zur Tat schreiten.

»Ich finde es gut, dass wir offen reden«, sagt Blixen. »Es gefällt mir, dass wir die Dinge benennen. Du fragst mich, warum ich nachts aus dem Haus schleiche, ich frage dich, was in dem Pappkarton unter deinem Bett ist. Du weißt schon, der, in dem du deine Fotos von Felix aufhebst.« Das leuchtende Weiß seiner auffällig kleinen Nagetierzähne wirkt gespenstisch.

Paul starrt Blixen an. Sein Gesicht ist unbewegt. Die Worte fallen ihm aus dem Mund, als hätten sie nichts mit ihm zu tun, als sprächen sie sich selbst, nein, als spräche jemand durch Blixen, jemand, der sich verborgen hält, über den Paul nichts weiter weiß, als dass er lügt, als dass er Paul Nimmersatt nennt, heimlich mit Louise lacht und nachts durchs Haus schleicht. Das ist keine tatsächliche Person, denkt Paul plötzlich über Blixen. Das, was dort sitzt, ist keine tatsächliche Person, sondern etwas, das tut, als sei es eine Person. Es tut so, als würde es sprechen, es tut so, als würde es schlafen und lachen und essen, es tut so, als ob es uns kennt, als ob es hierhergehört, aber nichts davon stimmt, es hat uns hereingelegt.

»Ist dir nicht gut?«, fragt Blixen und runzelt die Stirn. »Du schläfst viel zu wenig. Du solltest dich hinlegen.«

»Ja, vielleicht mache ich das«, sagt Paul.

Weil er sich nicht weiter lächerlich machen will, dreht er Blixen widerwillig den Rücken zu. Kaum, dass er ihn aus den Augen gelassen hat, verliert der Boden unter seinen Füßen die Festigkeit. Der Raum und Paul stürzen ineinander; es gibt keine Grenzen zwischen ihm und der flackernden Welt. Paul stolpert gegen das Regal und über eine von Louises Taschen, bevor er die Schlafzimmertür erreicht, den Rahmen zu fassen bekommt.

»Pass auf dich auf, Paul. Du musst dich wirklich schonen«, ruft Blixen ihm hinterher.

Paul sitzt auf seinem Bett; seine Hände zittern und sein Muskel zuckt. Es ist kurz nach zwölf; in der nächsten halben Stunde sollte Louise aus dem Suppenladen zurückkehren.

Hol dich an der Haltestelle ab, tippt er in sein Handy. Weil der Satz drohend klingt, fügt er ein versöhnliches Smiley hinzu. Er schleicht durch das Schlafzimmer und presst sein Ohr gegen die Tür. Stille. Steht Blixen auf der anderen Seite? Hat auch er sein Ohr gegen das Holz gepresst? Einige Sekunden horcht Paul konzentriert. Nichts. Er schleicht zum Bett zurück und öffnet das Schlafzimmerfenster, hievt sich über den Sims hinaus ins Gartenbeet. Blixen gegenüber wird er später in Erklärungsnot geraten, aber das ist ihm jetzt gleich. Während er über den Hinterhof hastet, rechnet er damit, dass sich die Tür hinter ihm öffnen, sich eine Hand auf seine Schulter legen, Blixen seinen Namen rufen wird. Doch er erreicht das Tor und tritt hindurch. Einen Moment bleibt er stehen, beugt sich vor, stützt die Hände auf die Oberschenkel und atmet schnell, in rauen Stößen. Er kann sich nicht erinnern, wann er das letzte Mal gerannt ist, den ganzen Körper als Klopfen, Pochen, Rauschen gefühlt hat. Die Knie seiner Jeans sind mit lehmig feuchter Erde beschmiert, und das Gefühl, Blixen entkommen zu sein, lässt ihn einen albernen Sprung vollführen. Alles scheint möglich. Vielleicht kann er Louise überreden, mit ihm in ein Café zu gehen. Er weiß bereits, was er ihr erzählen wird. Er wird ihr davon erzählen, dass Blixen in den letzten Wochen oft nicht die Wahrheit gesagt hat, dass es bei seinen Lügen immer um Kleinigkeiten geht, belanglose Details, aber gerade das macht sie so unheimlich. Blixen hat keinen Grund zu lügen; er lügt, weil es ihm Spaß macht. Er wird ihr davon erzählen, dass er ihr Gespräch in der Küche belauscht hat, und er wird ihr keinen Vorwurf machen. *Darum geht es überhaupt nicht, Louise,* wird er sagen, und dass sie aufhören müssen, sich wegen etwas so Albernem wie Geld zu streiten, dass sie aufhören müssen – doch während Paul seinen Weg um Pfützen herummanövriert, unter kahlen Baumgerippen an einem Supermarkt vorbeiläuft und einem angeleinten Dobermann ausweicht, währenddessen merkt er, dass ihm das Gespräch zerfasert. Er fängt neu an: *Wir müssen über Blixen reden.* Und dann? Und weiter? Was hat er während ihrer Aussprache auf dem Hof zu Louise gesagt? *Irgendetwas stimmt nicht.* Das ist es also: *Wir müssen über Blixen reden. Irgendetwas stimmt nicht.* Sein Schritt verlangsamt sich. Vor dem nächsten Zebrastreifen bleibt er stehen. Er weiß, was er zu Louise sagen will. Sagen muss. Aber er weiß auch, dass sich die Worte unmöglich sprechen lassen, weder verhaspelt, hysterisch noch ruhig und besonnen. *Wir müssen über Blixen reden. Irgendetwas stimmt nicht. Was, wenn wir uns geirrt haben?* Louise wird ihn ansehen, so wie damals, als sie in seinem Vorgarten standen, vielleicht wird sie ihn wieder von sich stoßen, vielleicht wird sie ihn stehen lassen, an ihm vorbeigehen, zurück zum Haus und gemeinsam mit Blixen in der Küche kichern.

Gerade will er umdrehen, als er Louise rufen hört. Nachdem sie ihn umarmt hat, berichtet sie aufgeregt vom Tadel der Suppenladenbesitzerin – Paul, der Louises Cupcakes noch nie gemocht hat, auch nicht, als sie schmeckten, wie sie schmecken sollten, macht ein unbestimmtes Geräusch und fröstelt.

»Im Oktober war es schon so kalt wie im November; und im November ist es so kalt wie im Dezember«, sagt er.

»Aber wenn es so weitergeht, kommt auch der Frühling früher. Dann haben wir Märzwetter im Februar.«

Paul gibt ein unbestimmtes Geräusch von sich. Er hat keine Lust zu widersprechen, aber er glaubt, dass sich der Prozess mit dem Jahreswechsel umkehren wird: Januarwetter im Februar, Februarwetter im März, Schnee bis in den April. Wahrscheinlich wird es nie wieder Sommer; irgendwo hat er gelesen, dass eine kleine Eiszeit bevorsteht.

»Hör mal«, sagt Louise und zupft ihn am Ärmel. »Ich habe eine Idee. Und sag nicht gleich Nein. Wir könnten morgen in die Lehrstraße fahren.«

»Und dann?«

»Wir erzählen Blixen, dass wir einen Ausflug machen. Wir behaupten einfach, dass ich euch den Suppenladen zeigen will. Wenn er nicht unter Druck steht, sondern einfach durch die Straße läuft und alles auf sich wirken lässt, vielleicht fällt es ihm dann leichter, sich zu erinnern. Was meinst du?«

Paul meint nichts. Zumindest nicht gleich. In den letzten Tagen hat er so viel über Blixen nachgedacht, dass er Felix vergessen hat. Dass die beiden Männer überhaupt etwas miteinander zu tun haben sollen; er hat es vergessen.

»Ich glaube nicht, dass Agnes einverstanden wäre.«

»Ja, aber Agnes ist nicht in der Stadt, und wir werden ihr nichts davon erzählen.«

Louise schwingt die Arme vor und zurück. Sie läuft fröhlich, spricht fröhlich, und wie so oft in den letzten Tagen stößt Paul ihre Fröhlichkeit auf: Sie passt nicht zu Louise.

»Louise, ich weiß nicht ...«

Sie bleibt stehen.

»Du willst doch auch, dass er sich erinnert. Oder nicht?«

Paul kaut auf dem Bändel seines Parkas. »Doch ja. Wenn es etwas zu erinnern gibt.«

»Bitte?«

Paul gibt den Bändel frei.

»Gar nichts. Ich rede bloß vor mich hin.«

Tatsächlich schließt der Satz an einen Gedanken an, der Paul seit Tagen nicht *durch* den Kopf geistert, sondern um diesen herum. In einem bestimmten Licht hat Paul ihn sehen können, wie eine Staubfluse, eine Schneeflocke, nach der man die Hand ausstreckt und immer wieder ins Leere greift. Der Gedanke beginnt mit: Was, wenn –

Was, wenn es nichts zu erinnern gibt?

Was, wenn wir uns irren?

Was, wenn wir Agnes aus einem guten Grund nicht anrufen?

Aber Paul schluckt die gesammelten *Was, wenns*. An diese Form der Magie glaubt auch Paul: dass die Dinge erst wahr werden, wenn man sie spricht, dass sie unter und hinter der Sprache noch nicht tatsächlich in der Welt sind, sondern bloß Möglichkeiten, unwahrscheinliche Szenarien, aber keine Realitäten.

»Wir müssen uns beeilen«, sagt er, bevor Louise etwas entgegnen kann, und deutet in den betongrauen Himmel, »sonst kommen wir in einen Guss.«

*

Nachdem Louise am nächsten Nachmittag auffällig beiläufig vorgeschlagen hat, man könne einen Ausflug in den Suppenladen unternehmen, verlassen sie das Haus. Von den Regenrinnen tropft es in die Pfützen, die Erde im Vorgarten ist aufgeweicht, und jemand hat Schlammspuren auf dem Weg zu den Mülltonnen hinterlassen.

Kaum, dass sie draußen auf der Straße sind, setzt der Regen ein, so als hätte er nur darauf gewartet, sie auszutricksen.

Auf dem Weg zur Haltestelle läuft Blixen ihnen einige Meter voraus. Er trägt seinen Mantel mit dem breiten Kragen und enganliegende schwarze Jeans, die in dunkelgrünen Gummistiefeln stecken. Er könnte lächerlich aussehen, aber das tut er nicht; im Gegenteil, alles andere sieht lächerlich aus, die dick vermummten Männer und Frauen, die ihnen entgegenkommen, die ganze Stadt und alle Menschen darin; lächerlich neben Blixen, der Paul und Louise durch den Regen vorauseilt wie ein Tier, das sich in seinem Element befindet.

In den letzten Tagen hat Paul immer wieder gedacht, Blixen habe in der fahlen Wintersonne Farbe bekommen, doch im Licht der Straßenbahn scheint sein Teint unverändert hell – die Veränderung ist diffuser, in seiner Haut liegt ein Leuchten, ein Schimmern, etwas, das Agnes' Englisch sprechende Freunde als »the glow« bezeichnen, wenn sie von Schwangeren und Verliebten sprechen. Pauls Mundwinkel zucken.

»Du siehst aus, als ob du was Schlechtes gegessen hast«, stellt Louise fest.

Blixen fährt mit der Hand über die Fensterscheibe, zeichnet den Verlauf des Regens nach, der in zielstrebigen Schlieren und von unsichtbaren Kräften getrieben am Glas entlang an ihnen vorbeistrebt.

»Der Herbst ist die schönste Zeit des Jahres«, sagt er und lehnt seine Stirn gegen die Scheibe.

Als Paul das Geflecht der vertrauten Straßen betritt, in denen er seine Kindheit und Jugend verbracht hat, überrascht ihn die Zeit mit einem ihrer bekanntesten Tricks: Wie ein elastisches Gummiband, das man an zwei Enden auseinandergezogen und dann losgelassen hat, schnellt sie zusammen, die Jahre, die Monate, die Tage legen sich aufeinander, verschmelzen, bis sie ein einziger Tag sind, bis sie überhaupt nichts mehr sind. Paul ist elf; er schiebt sein Fahrrad vor sich her, läuft neben Felix an geparkten Autos und bellenden Hunden vorbei. Es ist der Nachmittag, an dem Felix ihn zum ersten Mal mit in die Lehrstraße nimmt. Gleich werden sie das Haus betreten. Die schwere Standuhr wird mit dem Westminsterschlag läuten und Paul erschrocken zusammenzucken. Agnes wird in den Flur treten und Paul sie für ein Hausmädchen oder ein Au-Pair halten, dabei sieht sie nicht wie ein Hausmädchen oder ein Au-Pair aus. Aber wie eine Mutter, wie irgendjemandes Mutter, sieht sie auch nicht aus. »Du musst Paul sein«, wird sie sagen, und Paul wird nicken, obwohl er sich mit einem Mal nicht mehr sicher ist, wer er ist. Wer er sein könnte.

Paul merkt erst, dass er stehengeblieben ist, als Louise sich zu ihm umdreht. Ihre Wangen sind gerötet, ihre Lippen aufgesprungen. Wie sie ihn ansieht, da würde er ihr gerne von der Zeit und dem Gummiband erzählen, er würde ihr gerne erzählen, dass die Luft flimmerte an dem Tag, als Felix neben ihm das Fahrrad über den Asphalt schob, dass sie überhaupt immer flimmerte, wenn Felix einen Raum betrat. Er denkt an seine Eltern, die nur drei Straßen entfernt wohnen, und dass ihm nie einfallen würde, sie zu besuchen, bloß weil er in der Gegend ist, dass Wochen vergangen sind, seitdem er das letzte Mal mit ihnen telefoniert hat, und dass er, wenn er von »zuhause« spricht, nicht das Haus seiner Eltern meint, sondern die Lehrstraße, Agnes und Louise. »Ich habe früher in der Lehrstraße gewohnt«, hat er im letzten Jahr zu einem Bekannten gesagt und seinen Fehler erst Stunden später bemerkt.

Er öffnet den Mund, aber hinter Louise steht Blixen, und er sieht aus wie jemand, der durch den Regen läuft, als könnte er ihn nicht spüren, wie jemand, der sich in nassen Büschen mit Zweigen voller Dornen versteckt und ausharrt. Ein Jäger, denkt Paul, ein Jäger, der durch den Wald schleicht in seinen wetterfesten Gummistiefeln, in seiner schützenden Gore-Tex-Haut. Alles, was ihm fehlt, ist ein Gewehr.

Während sie weiterlaufen, gibt die Straße sich unbeteiligt. Jedes Haus steht steinern an seinem Platz. Blixen eilt ihnen voraus, nach dem Suppenladen Ausschau haltend. Aber er kann doch unmöglich glauben, dass sich zwischen den Einfamilienhäusern ein Imbiss befindet. Vermutlich hat er sie längst durchschaut, sich genau über die Lehrstraße informiert. Ihm ist ein Foto oder die Adresse in die Hände gefallen, und jetzt wird er – doch Blixen läuft an Agnes' Haus vorbei. Er dreht nicht den Kopf, er wird nicht einmal langsamer.

Louises Schritte hinter Paul verstummen. Auch Paul bleibt stehen; Blixen läuft weiter zielstrebig die Straße hinunter. Louise hinter ihm gibt kein einziges Geräusch von sich. Bevor er sich zu ihr umdreht, stellt er sich vor, der Asphalt habe sie geschluckt, dass die Straße hinter ihm verlassen sei. Doch da steht sie, mitten auf dem Gehweg, die Augen zusammengekniffen, als versuche sie, eine unlesbar kleine Schrift zu entziffern. Mit den Händen greift sie ihren Schal und zieht ihn leicht nach unten, und er begreift, dass er ihr den Ausflug hätte ausreden müssen. Dass er nie hätte zustimmen dürfen, Blixen hierherzubringen.

»Louise«, sagt er. »Louise. Das muss noch nichts heißen.«

»Was ist los?«, fragt Blixen dicht neben Pauls Ohr. Paul zuckt unwillkürlich zurück.

»Ich dachte bloß ... wir dachten ...«, stammelt Louise.

»Louises Familie wohnt hier. Felix hat hier gewohnt«, sagt Paul.

Louise Hände lösen sich von dem Schal, wandern zu dem Medaillon darunter.

»Glaubst du, wenn du dir die Häuser ansiehst«, sagt sie zu Blixen, »hast du vielleicht das Gefühl ... kommt dir eines von ihnen bekannt vor?«

»Louise«, sagt Paul. »Er erkennt hier überhaupt nichts, das ist doch Blödsinn.«

Ein Nachbar tritt an seinen Zaun und winkt ihnen zu, seine Katze beobachtet sie misstrauisch durch das Küchenfenster, und Paul ist sicher, dass Blixen noch nie in dieser Straße gewesen ist. Mit übertrieben vorgerecktem Hals mustert er die Fassaden.

»Das bringt nichts, Louise«, murmelt Paul.

»Das Haus dort vorne«, sagt Blixen, »das mit dem blauen Erker, vielleicht.«

»Du erinnerst dich an das Haus mit dem blauen Erker?«, fragt Louise.

»Nicht erinnern. Eher ... Es fällt mir auf. Es löst etwas aus. Keine Erinnerung, bloß ... ein Gefühl.«

»Ein Gefühl«, echot Paul.

»Das ist das Haus«, sagt Louise und packt Blixen am Arm. »Das ist das Haus, in dem du aufgewachsen bist. Wir. Wir sind dort aufgewachsen.«

Blixen lächelt vage. »Ich wünschte, ich könnte mich erinnern, ich ...«

»Du hast das Haus erkannt. Das ist doch mehr, als wir erwarten konnten«, sagt Louise.

Paul presst eine Faust gegen seinen Bauch; seitdem sie aus der Straßenbahn gestiegen sind, tobt ein ätzender, nagender Hunger durch seinen Magen, gleichzeitig wird ihm schon beim Gedanken an Essen schlecht. »Für heute reicht es. Wir sollten wahrscheinlich wieder –«

»Nein!«, ruft Louise.

Nicht nur Blixen und Paul blicken überrascht auf, auch der Nachbar hinter dem Zaun schaut zu ihnen herüber.

Louise senkt die Stimme; sie bemüht sich um einen ruhigen Ton, aber Paul kann das unterdrückte Zittern hören, in ihren Worten, in ihrem Atem. »Wenn wir reingehen, dann erkennst du vielleicht noch mehr wieder«, sagt sie.

»Das ist keine gute Idee, Louise«, sagt Paul.

Auch Blixen hat sich wachsam aufgerichtet.

»Paul hat recht. Wir können nicht einfach in die Wohnung.«

»Doch, doch, ich habe einen Schlüssel dabei.«

»Louise, wir sollten wirklich vorher mit Agnes sprechen.«

Blixen nickt beipflichtend. Eine knappe, angespannte Bewegung. Alles, sieht Paul nun, alles an ihm ist angespannt; sein Kiefer, seine Schultern, seine ganze aufrechte Haltung: Er gibt nicht vor, ängstlich zu sein, er *ist* es.

Paul verlagert das Gewicht von einem Fuß auf den anderen. Warum will Blixen nicht in das Haus? Er hat Louise doch schon längst überzeugt. Was macht es für einen Unterschied, was dort geschieht oder nicht geschieht?

»Warum eigentlich nicht«, sagt Paul, ohne Blixen aus den Augen zu lassen. »Einen Versuch ist es wert.«

Während Louise aufgeregt in ihrem Beutel nach den Schlüsseln wühlt, scheint Blixen Millimeter um Millimeter in den Asphalt zu sinken.

»Ich kann doch nicht einfach in das Haus gehen, solange wir nicht mit deiner Mutter gesprochen haben«, sagt er.

Ein Grinsen stiehlt sich in Pauls Gesicht – er beschwört es nicht hervor, er lädt es nicht ein, er kann es sich nicht einmal erklären. Ähnlich, wie wenn er errötet oder sein Muskel zu zucken beginnt, kann Paul den Vorgang spüren, aber nichts gegen ihn tun: Er *ergrinst*.

»Eigentlich, je länger ich darüber nachdenke – ich glaube nicht, dass es Agnes etwas ausmachen würde.«

»Wir gehen bloß ins Wohnzimmer«, sagt Louise, »Und in

dein altes Zimmer. Es ist jetzt ein Gästezimmer. Agnes hat nichts so gelassen, wie es ist. Ich habe versucht, es ihr auszureden, aber ...«

Ihre Stimme ist zu hoch, zu hell, sie spricht zu schnell, und so plötzlich wie das Grinsen über Paul gekommen ist, verschwindet es wieder. Mit welchem Trick, durch welche Kunst schafft es Blixen, Paul dazu zu bringen, dass er alles bis auf Blixen vergisst? Agnes und Louise und sogar Felix und sogar sich selbst. Er erinnert sich an seinen Gedanken vom Vortag. Kein Mensch, denkt er auch jetzt, kein Mensch, der da aus der öligen Pfütze zu wachsen scheint, sondern eine hohlere, weniger greifbare Form, etwas, das bloß tut, als sei es ein Mensch.

»Ich möchte nicht in das Haus«, sagt Blixen.

Der Akzent, den er in Deutschland vollständig abgelegt zu haben schien, ist wieder deutlich zu hören, das kantige Scharren, der Dialekt der Raben, der Krähen, dunkler Vögel mit spitzen Schnäbeln. Er dreht er sich um und läuft zurück in die Richtung, aus der sie gekommen sind. Erst als er das Ende der Straße erreicht hat, bleibt er stehen. Er dreht sich nicht zu ihnen um.

Paul sollte jetzt nach Louises Hand greifen und mit ihr davonlaufen. Er streckt seine Hand nach ihrer aus, bekommt ihre Finger zu fassen, aber bevor er sie umschließen kann, macht Louise sich los. Mit gesenktem Kopf trottet sie die Straße entlang Blixen entgegen.

FÜNFTES KAPITEL

Es gehört in Märchen, Legenden, auf fremde Planeten

Obwohl es Anfang Dezember nicht mehr hell, sondern bloß für drei, vier Stunden weniger dunkel wird, geht Louise jeden Tag laufen. Während der verregneten Herbstvormittage bleibt der Park den Läufern und dick eingepackten Hundebesitzern überlassen. Oft gibt es bloß Louise, Louises dumpfe Schritte auf den schlammigen Wegen, ihren Atem, der in weißen Gespinsten zu den Baumkronen aufsteigt. Louise ist froh, wenn sie weder Menschen noch Hunden begegnet. Sie fürchtet sich vor Hunden, fürchtet die kleinen und die großen, die hellen und die dunklen. Wäre der Wahnsinn ein Tier, glaubt Louise, dann ein japsender, bellender, schwanzwedelnder, wild umherspringender Hund. Um ein Aufeinandertreffen mit ihnen zu vermeiden, nimmt sie lange Umwege in Kauf. Am Tag nach ihrem Ausflug in die Lehrstraße aber ist sie unaufmerksam. Sie sieht nicht den Weg vor sich, nicht das Gestrüpp und Gesträuch, sondern Paul, Blixens verschränkte Arme und den Nachbarn, dessen Name ihr nicht einfallen will; sie sieht seine gelangweilte Katze auf dem Fensterbrett zu ihnen hinausschauen, sie sieht

– den Hund.

Er steht in der Mitte des Weges, etwa fünfzig Meter entfernt, ein großer Hund mit glänzend schwarzem Fell und glänzend schwarzen Augen. Er sieht Louise an, als habe er auf sie gewartet.

Louise bleibt in einer Pfütze stehen. Hunde können Angst riechen, das weiß jeder, auch Louise. Nur hat sie nie verstanden, was sie mit dem Wissen anfangen soll. Ein Geschöpf, das Angst riechen kann, dessen Angriff sich nur abwehren lässt, indem man ihn nicht fürchtet, so ein Geschöpf gehört nicht in die tatsächliche Welt, es gehört in Märchen, Legenden, auf fremde Planeten.

Langsam nimmt sie die Kopfhörer aus den Ohren und sieht sich um. Wo ein Hund ist, ist immer auch ein Mensch, ein sorgloser, nachlässiger, sich nicht um die stinkende Angst anderer Menschen kümmernder Mensch.

Aber niemand ist zu sehen.

Das Wasser der Pfütze sickert in Louises Turnschuhe, durchnässt ihre Socken. Der Hund dreht den Kopf und lauscht einer geheimen Frequenz, die nur er hören kann. Dann läuft er los, mit seinem leicht wippenden Hundegang hält er auf Louise zu.

»Hey«, ruft Louise. »Hey.«

Der Hund wird schneller.

Auch Louise setzt sich in Bewegung; sie sprintet in das Waldstück, vorbei an einer Reihe dichtstehender Birken, eine kleine Anhöhe hinauf, durch das Unterholz einer stämmigen Buche entgegen. Louise ist nicht geschickt im Klettern, aber die Angst macht sie schnell, und weil die Buche sich zu einer Seite neigt, finden ihre Turnschuhe Halt in der Rinde. Sie erklimmt den Stamm, stürmt ihn mehr, als dass sie ihn erklettert, und zieht sich das letzte Stück in die breite Baumkrone hinauf. Ihre Oberarme zittern, ihre Handflächen brennen, ihr Atem geht in Stößen; gut zwei Meter unter ihr steht der Hund.

»Hilfe«, ruft Louise. »Hallo? Rufen Sie Ihren Hund zurück. Holen Sie Ihren verdammten Hund hier weg.«

Sie reckt den Hals, verlagert das Gewicht, dreht sich um die eigene Achse und späht in alle Richtungen. Ihr Brustkorb hebt und senkt sich, ihr Puls hämmert in ihrem Hals, ihrem Herz, ihren Fingern. Sie schließt die Augen, konzentriert sich auf ihren Atem: ein und aus und ein und aus. Sie denkt an einen Ozean, sie denkt an tiefes Blau, an einen Himmel ohne Wolken und ein ruhiges grünes Tal. Als der Hund ein Geräusch zwischen Knurren und Röcheln von sich gibt, schreckt sie auf. Das ist doch kein Hund, denkt sie. Er bellt ja nicht einmal. Und die Art, wie er sie ansieht, anders als ein Hund, eine Katze, irgendein Tier sie je angesehen hat. Louise glaubt nicht an Monster, nicht an dämonische Botschafter, aber hier in diesem Wald ist ein Hund nicht bloß ein Hund. Es mag an den Blättern liegen, die sich raschelnd von den Bäumen lösen und ergeben zu Boden trudeln, an den Schatten, denen hier draußen Reißzähne und Krallen wachsen, oder an den Vögeln, die keine Lieder, sondern geheime Botschaften und Warnungen singen.

»Du verdammter Scheißhund, hau ab, du Scheißhund!«, schreit Louise.

Der Hund rührt sich nicht. Sie zieht die Knie an, umschlingt sie mit ihren Armen und lehnt sich gegen die breiten Äste in ihrem Rücken. Sie kann hier ausharren, den restlichen Tag und auch die Nacht hindurch. Sie wird weder erfrieren noch verhungern oder verdursten, und es ist nur eine Frage der Zeit, bis Paul oder Blixen auffällt, dass sie nicht nach Hause gekommen ist. Sie starrt in den Wald, während die Hitze aus ihren Armen und Beinen in die kühle Luft sickert. Hinter dem Hund stakst ein Trupp Krähen durch das Laub; Louise sieht ihren ruckenden Köpfen nach, bis sie im Unterholz verschwinden, wo sie in einen Chor mehrstimmigen Krächzens einfallen. Sie schließt die Augen und lauscht. Bald meint sie, Worte und kryptische Sätze ausmachen zu können. Vielleicht wollen die Vögel ihr etwas mitteilen, eine Fluchtmöglichkeit. Je länger Louise auf das kehlige Krächzen horcht, umso mehrdeutiger werden die Ausrufe. Geb! Leg! Web!, fordern die Krähen.

Louise stützt den Kopf auf ihren Knien ab. Es zieht in ihrem Nacken, in ihren Schultern; sie muss sich einen Muskel gezerrt haben. Ihr linkes Bein schläft ein, dann ihr rechtes. Unter dem Krächzen, dem rauen Atem, dem trockenen Knistern, wenn der Wind mit unsichtbaren Fingern durch die Blätter raschelt, fließt die Zeit zäh. Eine Viertelstunde verstreicht oder vielleicht eine halbe oder vielleicht eine ganze, oder vielleicht sitzt Louise bereits ihr Leben lang in dieser Baumkrone und wartet. Da meint sie, hinter dem Rascheln, dem Knistern und Krächzen Stimmen zu hören. Sie hebt den Kopf, kein Zweifel, Fetzen eines Gesprächs driften zu ihr herüber. Sie lehnt sich vor, mit zu viel Schwung, sodass sie beinahe aus dem Baum fällt.

»Hallo, hallo. Hilfe!«, schreit sie. »Hier ist ein Hund. Bitte, können Sie helfen, hier ist ein Hund.«

Aber da ist kein Hund.

Unter dem Baum liegt ein Twix-Papier; ein grauer kleiner Vogel hüpft durch das Laub – von dem Hund ist nichts zu sehen. Louises Hände krampfen sich um die Äste, sie späht in den Wald. Ein älteres Paar tritt zwischen den Bäumen hervor, beide sind gut getarnt in beigefarbenen Mänteln und hellbraunen Hosen. Suchend sehen sie sich um, sie müssen Louises Rufen gehört haben. Die Krähen lärmen so laut, als versuchten sie, etwas heraufzubeschwören, und Louise wischt sich einen dünnen Film Angstschweiß und Schmutz aus dem Gesicht, bevor sie den Baum hinunterklettert.

Das beigefarbene Pärchen mustert Louise argwöhnisch. Zweige hängen in ihrem Haar, erdige Flecken bedecken ihre Kleidung.

»Waren Sie das? Haben Sie um Hilfe gerufen?«, fragt der Mann, die Augen hinter seiner schwarzgerandeten Brille streng und prüfend.

Louise schüttelt stumm den Kopf. Sie fühlt sich ertappt und lächerlich, wie bei ihrem letzten missglückten Klingelmännchen-Streich, der über zehn Jahre zurückliegt. Ohne ein weiteres Wort rennt sie davon.

Auf dem Heimweg, vor Kälte, vor Aufregung zitternd, malt sie sich aus, wie sie Paul und Blixen von dem Hund erzählen wird. Doch als sie die Wohnung betritt, ist niemand zuhause. Auf dem Esstisch liegt ein Zettel. *Bin in der Bibliothek. Brauche ein Buch,* steht dort in Pauls Kinderblockschrift. Unschlüssig mustert Louise den Zettel. Sie greift nach dem Telefon, aber ihr fällt niemand ein, den sie anrufen könnte. Nachdem sie ihre nasse Laufkleidung über die Heizung gehängt hat, stellt sie sich unter die Dusche, dreht das Wasser heiß auf und schließt die Augen. Schnell zerplatzen die aufgeregten Worte und mit ihnen die Bilder: keine Krähen, keine kahlen Äste, kein schwarzer Hund, sondern nur noch das freudlose Grau der Badezimmerkacheln.

Später macht sie sich einen Tee und trinkt ihn in der Küche, an die Spüle gelehnt. Sie ist müde, ihre Augen brennen, und erst nachdem sie eine Weile in den Hof gestarrt hat, bemerkt sie Blixen. Reglos steht er im Hoftor. Er trägt weder Mantel noch Trenchcoat, sondern bloß einen Blazer – je kälter es wird, umso leichter kleidet er sich. Weil er keine Anstalten macht, zum Haus zu laufen, hebt Louise die Hand, um gegen die Scheibe zu klopfen. Im selben Moment trabt der Hund in den Toreingang und bleibt vor Blixen stehen. Es ist *ihr* Hund, der Hund aus dem Park. Blixen geht in die Hocke; seine Lippen bewegen sich, so als würde er sprechen.

»Da ist kein Hund«, sagt Louise laut. Aber der Hund wird nicht blasser, und er zersetzt sich auch nicht. Die beiden schwarzen Gestalten, eingefasst durch das Rechteck des Hoftors, erinnern an einen präzisen Scherenschnitt.

Louise weicht vom Küchenfenster zurück. Was, wenn Blixen den Hund in die Wohnung bringt? Sie könnte sich im Bad oder im Schlafzimmer einschließen, sie könnte die Haustür von innen her absperren und den Schlüssel stecken lassen; um ganz sicherzugehen, könnte sie den Schuhschrank vor die Tür rücken.

Aber noch während sie über diese Möglichkeiten nachdenkt, tragen ihre Füße sie durch das Wohnzimmer und zur Couch. Sie setzt sich, legt die Hände auf die Oberschenkel und wartet.

Wenige Sekunden später hört sie die Haustür und Blixens Schritte im Flur – kein Hecheln, kein Knurren oder Tapsen. Als Blixen das Wohnzimmer betritt, ist er allein.

»Was war das für ein Hund?«, fragt Louise.

»Was für ein Hund?«

»Der Hund von gerade.«

»Ich weiß nicht, welchen Hund … «

»Der Hund, mit dem du eben gesprochen hast.«

»Gesprochen?« Blixen zieht eine Augenbraue hoch.

»Du weißt, was ich meine. Gerade, dort draußen, im Tor, da war doch ein schwarzer Hund.«

Blixen runzelt die Stirn.

»Ich weiß nicht, welchen Hund du meinst.«

»Das ist dein Ernst? Dir ist eben draußen im Toreingang kein Hund aufgefallen?«

»Nein, Louise.«

»Er war schwarz, derselbe Hund, den ich vorher im Baum gesehen habe.«

Blixen setzt sich und schlägt ein Bein über das andere. Er sieht aus wie ein Mann, der nicht glauben kann, dass er sich in einer albernen Wirklichkeit wie dieser wiedergefunden hat; er sollte über Vernissagen sprechen, Champagner und Bilder von Borremans.

»Du hast einen Hund in einem Baum gesehen?«

»Nein, ich war in dem Baum. Der Hund war … er war plötzlich da. Er ist auf mich zugelaufen, deswegen bin ich in den Baum geklettert. Und gerade eben stand er neben dir im Hoftor.«

»Louise, das tut mir wirklich leid, aber ich habe keinen Hund gesehen.«

»Doch, hast du«, zischt Louise. Sie wird rot. Blixen schaut sie auf die gleiche Weise an wie der beigegekleidete Mann draußen im Wald.

»Du hast dich wohl sehr erschreckt, als du diesen Hund im Park gesehen hast. Und wahrscheinlich hast du vorhin gedacht –«

»Ich habe mir den Hund nicht eingebildet. Ich weiß nicht, warum du so tust, als ob du ihn nicht gesehen hast.«

»Louise, ich glaube dir ja, dass du im Park einen Hund gesehen hast. Und anscheinend hat dich das sehr aufgeregt. Das tut mir leid. Aber ich habe nun einmal keinen Hund gesehen, und ich habe ganz sicher mit keinem *gesprochen.*«

Er weicht ihrem Blick nicht aus, errötet nicht, kichert nicht. Louises Handinnenflächen werden feucht. Sie spürt ein sanftes Ziehen im Schädel. Etwas gerät ins Rutschen, ins Kippen, und ihre Gedanken haben Schieflage. Hat sie den Hund gesehen? Vorhin dort draußen und heute Vormittag im Wald, hat sie ihn da tatsächlich gesehen?

Blixen legt ihr eine Hand auf die Schulter.

»Vielleicht ruhst du dich kurz aus. Was meinst du? Du siehst ziemlich erschöpft aus.«

»Ich will mich nicht hinlegen. Ich will mit dir über den Hund sprechen.«

»Aber ich will nicht mit dir über diesen Hund sprechen, solange du dich nicht beruhigt hast.«

Seine Hand liegt noch immer auf ihrer Schulter, und kurz hat sie das Gefühl, er versuche, sie auf das Sofa hinunterzudrücken. Mit einem Ruck fährt sie hoch.

»Ich muss noch duschen«, behauptet sie.

Im Bad setzt sie sich auf den Wannenrand und dreht das Wasser auf. Erst als sie einige Minuten später Pauls Stimme hört, dreht sie es wieder ab und öffnet vorsichtig die Tür.

»Louise hat ein kleines Abenteuer erlebt«, hört sie Blixen in der Küche zu Paul sagen, und es sind nicht die Worte selbst, es ist der abfällige Ton, in dem er sie spricht, der Louise im Flur innehalten lässt.

Erst am nächsten Morgen bemerkt Louise, dass sie ihr Medaillon nicht mehr trägt. Sie kann sich nicht erinnern, die Kette vor dem Laufen abgelegt zu haben, trotzdem leert sie den Inhalt ihres Kosmetiktäschchens aus, sucht hinter der Waschmaschine und im Wäschekorb. Während sie das Bettzeug durchwühlt und ihre Reisetasche ausräumt, spürt sie ein erstes Flattern zwischen Magen und Herz.

»Alles in Ordnung?«, fragt Blixen, der auf einem der Esstischstühle kauert und sie beobachtet.

»Ja.« Ihre Stimme klingt gepresst. Sie stülpt die Taschen ihrer Jeans um, schüttelt ihre Pullover aus, und das Flattern kriecht ihren Körper hinauf. Wenn einem schon ein ganzer Mensch abhandengekommen ist, wie kann man dann auch noch die letzten Dinge verlieren, die er zurückgelassen hat?

Der Stuhl knarrt, als Blixen aufsteht. Er kommt auf sie zu und bleibt dicht neben ihrer Reistasche stehen. Louise sieht nicht auf, konzentriert sich auf seine glänzenden Schuhspitzen.

»Suchst du etwas?«, fragt er.

»Ich kann mein Medaillon nicht finden.«

»Welches Medaillon?«

»Du weißt genau, welches Medaillon«, schnappt Louise. »Ich habe es an dem Tag getragen, als du mich zum ersten Mal besucht hast. Du hast mich darauf angesprochen.«

»Ah«, sagt Blixen gedehnt. »Hast du es denn verloren?«

»Danach sieht es aus, ja.«

Er zuckt die Achseln, schlendert zum Esstisch zurück. Sie ist erleichtert, dass er nicht vorschlägt, ihr bei der Suche zu helfen, und gleichzeitig wütend: Wer würde in dieser Situation nicht seine Hilfe anbieten?

Während ihrer Suche verstreut Louise den Inhalte ihrer Koffer auf dem Wohnzimmerboden. Nachdem Paul am späten Vormittag endlich aufgestanden ist, betrachtet er übertrieben lange die umherliegenden Pullover, Shirts und Röcke.

»Ich habe mein Medaillon verloren«, sagt Louise warnend.

Er kniet sich neben sie und tastet behutsam das Innenfutter ihres Trolleys ab.

»Das finden wir schon wieder«, sagt er, und Louise spürt eine klebrige Leimkugel im Hals. Sie schluckt. Es ist wichtig, nicht vor Blixen zu weinen. Nicht nach der Sache mit dem Hund.

Gemeinsam schütteln sie den Teppich aus, durchsuchen die Sofaritzen, lugen in die staubige Dunkelheit unter den Regalen, fördern aber nur Flusen und Brotkrümel zutage. Obwohl niemand in den letzten Tagen gesaugt hat, schneiden sie den braunen Staubsaugerbeutel auf und durchforsten niesend das Gewölle aus Staubflusen, Dreck, Haaren und Papierschnipseln.

»Kann es nicht sein, dass du die Kette gestern im Park verloren hast?«, fragt Paul. »Es sieht jedenfalls nicht so aus, als ob sie hier wäre.« Er spricht vorsichtig, besorgt, so wie er früher oft zu ihr gesprochen hat, vor diesem Herbst und vor Blixen.

Als sie nicht antwortet, sondern bloß weiter schluckt, langsam und konzentriert, umarmt er sie. Er riecht säuerlich, nach der Nacht, nach Schweiß, trotzdem hofft sie, dass er sie nicht loslassen wird. Ihr Ohr liegt dicht am weichen Stoff seines Pullovers. Als er spricht, hört sie seine Stimme gedämpft.

»Am wahrscheinlichsten ist es doch, dass du das Medaillon im Wald verloren hast. Du bist schließlich gerannt und einen Baum hinaufgeklettert. Wir sollten im Park nachsehen, solange es noch hell ist.«

»Paul hat recht, wir sollten uns beeilen«, sagt Blixen hinter ihr.

Louise dreht sich um, sieht, dass Blixen bereits seinen Mantel übergezogen hat, und versteift sich. Er darf nicht mitkommen; sie ist nicht sicher, warum, nur dass sie ihn nicht dabeihaben will. Vielleicht wegen der Stimmung am Morgen, vielleicht wegen des Hundes. Aber nein, es ist mehr: Sie ist sicher, dass sie das Medaillon nicht finden werden, wenn er mit ihnen kommt.

»Ich denke, es reicht, wenn Louise und ich gehen«, sagt Paul, und sie muss an sich halten, um ihn nicht zu umarmen.

Mit einem geschickten Hoch- und Zurückgleiten der Schultern streift Blixen seinen Mantel ab. Louise sucht nach einer Veränderung, einer Spur von Verärgerung oder Verwunderung in seinen Zügen, aber sein Gesicht bleibt ausdruckslos, und sie muss an etwas denken, das Paul vor einer Weile zu ihr gesagt hat: dass Blixen Gesichtsausdrücke nicht einfach passieren, dass jedes Erröten, jedes Stirnrunzeln, jedes Mundwinkelzucken geschieht, weil er es so entschieden hat.

Während sie sich dem Park nähern, will Louise mit Paul über den schwarzen Hund sprechen und über Blixen, aber die Sätze kleben ihr wie roher Teig zwischen den Zähnen, und sie schweigt.

»Den Hügel hinauf, das ist deine Laufstrecke?«, fragt Paul.

»Ja, aber das mit dem Hund ist weiter dort hinten passiert.«

Die Laufstrecke führt in einer Spirale den Hügel hinauf. Schon nach wenigen Schritten bleibt Louise stehen.

»Ich habe den Hund wirklich gesehen«, sagt sie.

»Ich weiß«, antwortet Paul.

Sie wartet darauf, dass er etwas hinzufügt, einwirft oder fragt, aber Paul sieht sie an und bleibt stumm.

»Das ist der Baum«, sagt Louise und streckt den Arm aus. »Die Buche dort vorne, die aussieht, als ob sie gleich umkippen würde.«

In der Nacht hat es Frost gegeben. Mit klammen Händen wühlen sie sich durch das nasse Laub. Nachdem sie den Boden unter der Buche abgetastet haben, untersuchen sie die Baumkrone und schütteln die Zweige aus. Die ganze Zeit über sieht Louise die Kette vor sich: wie eine dünne funkelnde Schlange, verborgen unter braunschwarzen, faulenden Blättern oder von einem Ast herabhängend. Doch während sich das Tageslicht verflüchtigt, bleibt die Kette verschwunden. Sie schlagen sich tiefer ins Dickicht, biegen dornige Äste beiseite, stolpern über Steine und Zweige. Obwohl Louise sich am Vortag sicher nicht so weit vom Gehweg entfernt hat, treibt ihr suchender Blick sie weiter; sie verliert sich in dem Untergrund, den Blättern, den Pilzen, den Bierflaschen, dem bleichen, zerbrechlichen Schädel eines Nagetiers. Tiefer geht es hinein in den Wald, in dem alles verfault und verfällt, in dem das Licht fahl und gelb zwischen den Bäumen hängt.

Erst als Paul ihren Namen ruft, bleibt sie stehen. Sie dreht sich zu ihm um; sein Gesicht ist gerötet, sein Haar klebt ihm an der verschwitzten Stirn.

»Deine Kette ist nicht hier, Louise«, sagt er und breitet die Arme aus. »Ich weiß, du willst das nicht hören, aber Blixen – er stiehlt Dinge.«

Sie öffnet den Mund, um zu widersprechen, und schließt ihn wieder. *Blixen stiehlt Dinge.* Hier draußen im Schwefellicht nehmen Pauls Worte eine besondere Färbung an. Hier draußen geht ihnen jede Hysterie ab und alles Unglaubwürdige: Blixen stiehlt Dinge. Natürlich, Paul hat recht.

»Und wenn wir ihn darauf ansprechen? Wenn wir ihn fragen, ob er das Medaillon hat?«

»Er wird es abstreiten.«

»Paul, ich weiß nicht ...«

»Er lügt, Louise. Du kannst mir nicht erzählen, dass dir das nicht aufgefallen ist.«

Louise denkt an Blixen und den Hund.

»Aber warum sollte er das tun, Sachen stehlen, lügen? Aus welchem Grund?«

»Aus überhaupt keinem. Er hat keinen Grund. Neulich nachts ist er aus dem Haus geschlichen, wahrscheinlich nur, um durch die Straßen zu laufen. Als ich ihn am nächsten Morgen darauf ansprach, tat er so, als wüsste er nicht, wovon ich rede. Glaubst du, dass es einen Grund dafür gibt? Ich nicht.«

Mit der Spitze seines Turnschuhs stochert Paul in dem nassen Laub. »Es tut mir leid, Louise, aber wenn er deine Kette hat, dann wird er sie dir nicht zurückgeben.«

Louise lehnt sich an einen Baum. Ihr ist schlecht und ihr schwindelt; sie hätte nicht zurückkommen dürfen, in diesen Park, diesen elenden Wald, in dem sich die Wirklichkeit umstülpt, in dem alles möglich ist, auch und vor allem das Schreckliche.

»Ich lasse mir etwas einfallen. Wir bekommen die Kette wieder. Versprochen«, sagt Paul, und Louise nickt, obwohl sie weiß, dass es Dinge gibt, die auch Paul nicht versprechen kann.

Am Abend scheint Paul ihre Unterhaltung vergessen zu haben. Kopflos räumt er die Wohnung auf. Louise sieht ihm zu, wie er leise schimpfend zwei große, blaue IKEA-Taschen mit leeren Weinflaschen füllt. Obwohl sie reglos auf der Couch sitzt, hat sie das Gefühl zu schaukeln. Die Wirklichkeit ist ein schwankendes Schiff und Louise ein ungläubiger Passagier. Standen sie nicht gerade noch im Park, sprach Paul nicht ruhig und vernünftig über Blixen?

»Wäre gut, wenn du mir hilfst, alles zum Altglascontainer zu bringen«, sagt Paul zu Blixen, nachdem er einen Großteil der Flaschen in den Tüten untergebracht hat.

»Und das muss jetzt sein?«, fragt Blixen. »Heute Abend?«

»Ja, jetzt. Die ganze Wohnung ist zugemüllt. Auch wenn das hier keinem außer mir auffällt.«

Ergeben erhebt sich Blixen von seinem Stuhl. Er verzieht das Gesicht zu einer gequälten Grimasse und rollt mit den Augen, bevor er Louise konspirativ zuzwinkert. Louise gibt vor, es nicht zu bemerken.

»Wenn es dir so wichtig ist, Paul«, sagt er.

Die beiden Männer gehen in den Flur und ziehen sich ihre Jacken über. Louise folgt ihnen unschlüssig. Erwartet Paul, dass sie mitkommt?

»Soll ich tragen helfen?«, fragt sie zögernd.

Paul schüttelt den Kopf, ohne sie anzusehen. Erst als er bereits in der Haustür steht und seine Augen kurz Louises suchen, bevor er sich abwendet und die Tür hinter sich zuzieht, versteht sie: Paul hat ihr zwanzig, vielleicht dreißig Minuten verschafft – sie ist allein mit Blixens Sachen.

In der Zeit nach dem Auszug ihres Vaters – Louise war etwa sechzehn – schlich sie sich wiederholt in sein altes Arbeitszimmer, wenn niemand im Haus war. Er hatte beinahe alles mitgenommen, einzig einen Rollschrank zurückgelassen. Zwar war Louise nicht einmal sicher, welche Geheimnisse oder Schätze sie darin zu finden glaubte, doch verbrachte sie Wochen damit, das Haus nach dem Schlüssel zu durchforsten, der den Schrank öffnen würde – vergeblich. Wenn sie das Arbeitszimmer unverrichteter Dinge verließ und durch den Flur zurückschlich, kam es ihr oft so vor, als ob selbst die Uhr, die Garderobe, die Vitrine sie misstrauisch musterten. Sie war eine Fremde im eigenen Haus.

Es ist dasselbe Gefühl, mit dem Louise jetzt durch Pauls Wohnung läuft. Im Schlafzimmer stolpert sie über einen Kleiderbügel und stürzt – erschrocken fährt sie herum, verharrt, die rechte Hand auf dem schmerzenden Knie, bevor sie das Schlafzimmerfenster wieder aus den Augen lässt und sich umsieht. Blixens Reisetasche ist nirgendwo zu entdecken, und obwohl Louise weiß, dass sich die Tasche in dem Raum befinden muss, und obwohl sie hierhergekommen ist, um sie zu finden, ist sie erleichtert. Draußen im Park, da hatten Pauls Worte einen besonderen Klang, ein besonderes Gewicht, hier, in der Wohnung kommt ihr das Ganze lächerlich vor.

»Ich gehe jetzt wieder«, sagt Louise drohend in den Raum.

Aber sie geht nicht.

Sie steht auf, umrundet das Bett und entdeckt, halb unter dem Bettgestell verborgen, Blixens Reisetasche. Louises Beine falten sich unter ihr zusammen. Sie zieht die Tasche zu sich heran. Das Leder schleift schabend über das Holz; der Reißverschluss surrt unverhältnismäßig laut. Vorsichtig erkundet sie das Innere. Pullover um Pullover, Hose um Hose. Die Kleidung stapelt sie auf dem Boden neben sich. Ganz zuunterst liegt Blixens Trenchcoat. Sie streicht über den steifen Stoff, schließt die Augen und öffnet sie erst, nachdem sie den Trenchcoat auseinandergefaltet hat.

In dem nachtblau glänzenden Innenfutter liegen verschiedene Gegenstände: ein Füllfederhalter, den Agnes Paul vor einigen Jahren geschenkt hat, Fotos von Louises letzter Geburtstagsfeier, eine Nagelschere, Louises Rundbürste, Pauls Moleskine-Kalender aus dem Vorjahr.

Louises Medaillon.

Mit spitzen Fingern greift sie nach der Kette und zieht sie zu sich heran. Ihre Hände zittern. Sie ekelt sich vor der Tasche, vor der feuchten Kälte in dem Raum, vor dem Gefühl der klammen, weichen Pullover unter ihren Fingern, vor der klaffenden Öffnung in Blixens Ledertasche, dem Glitzern der Metallzähne, vor den gestohlenen Dingen, die sie an ein Ritual, eine Opfergabe denken lassen. Ihre Handinnenflächen sind rutschig vor Schweiß, ihr Mund ist trocken. Sie muss das Medaillon zurücklegen. Blixen wird sonst sicher bemerken, dass es fehlt. Doch nachdem sie es einige Sekunden über der geöffneten Tasche hat baumeln lassen, steckt sie es ein. Sie stopft Blixens Kleidung wieder in die Tasche und schickt sie mit einem Tritt zurück unters Bett.

Im Wohnzimmer auf der Couch sitzend spürt Louise es deutlich: Etwas ist mit ihr im Raum. In den letzten Wochen hat sie es immer wieder gesehen, seine zarten Umrisse in der Luft, und manchmal streift es sie, manchmal nimmt es eine Gestalt an, dann kann sie es beinahe erkennen, beinahe sagen: Es ist ein Tier, ein Mensch, ein Geist. Aber immer zersetzt es sich in derselben Sekunde.

SECHSTES KAPITEL

Did he go and leave you all alone?

In den letzten Tagen ist Paul Blixens Tasche zur Besessenheit geworden. Sie lässt ihn an die verwunschenen Gegenstände in Märchen denken: Dies ist das Zimmer, das du nicht betreten, dies ist der Teller, von dem du nicht essen, dies die Tasche, in die du niemals hineinsehen darfst. Manchmal träumt er von ihr, und in seinen Träumen ist die Tasche bodenlos. Bis zu den Schultern versinkt er in ihr, wühlt sich durch Angora, durch Mohair, das sich anfühlt wie das nasse Fell einer toten Katze. Tagsüber aber macht er einen Bogen um die Tasche, würde sich nicht einmal trauen, das Leder zu berühren. Ihr entströmt jene Art moderiger Geruch, der im vergangenen Winter durch Pauls Wohnung kroch und erst nach Wochen auf einen feuchtflaumigen Schimmelfleck in der Wand hinter dem Kleiderschrank zurückgeführt werden konnte.

Ist es Feigheit gewesen, die ihn Louise auf die Tasche hat ansetzen lassen? Er weiß es selbst nicht, aber während er neben Blixen an den Containern steht, während sie durch den Nieselregen zurück zum Haus laufen, da ist er sicher, dass sie das Medaillon finden wird. Doch Louise gibt ihm nach seiner Rückkehr kein geheimes Zeichen. Sie zwinkert nicht verschwörerisch, und sie flüstert ihm auch nichts zu. Den restlichen Abend schaut sie mit glasigem Blick ins Leere und betrinkt sich mit ungewöhnlicher Zielstrebigkeit. Nach dem vierten Glas schläft sie ein, ihr Kopf sinkt gegen seine Schulter und bleibt dort liegen.

Um kurz nach neun hat auch Paul bereits drei Gläser geleert. Trotzdem beugt er sich behutsam vor, um ein weiteres Mal nach der Weinflasche zu greifen. Als er sich wieder zurücklehnt, stockt er: Aus dem Augenwinkel und nur für den Bruchteil einer Sekunde hat er geglaubt, am anderen Ende der Couch säße ein Fremder. Aber natürlich ist es Blixen, Blixens Rabenhaar, Blixens Katzenlächeln, Blixens dunkle Murmelaugen und spitze Ohren. Wäre da nicht – etwas eckt an, etwas reibt sich, ein Splitter, ein fremdes Element. Vielleicht ist es nur, dass er ein weißes Hemd trägt. Paul hat ihn noch nie in einer anderen Farbe als Schwarz gesehen. Wann hat er die Kleidung gewechselt? Das Wohnzimmer hat er nach ihrer Rückkehr sicher nicht noch einmal verlassen. Wie er dort sitzt, erinnert er Paul an jemanden, an den Mann, den er in Prag kennenlernte, den Mann, den er in der Lucerna Bar fand, der mit ihm über die Seele in den Knochen sprach, der mit ihm im Regen über eine Brücke lief, der mit ihm eine Frau sterben sah. *Weil es derselbe Mann ist,* ermahnt sich Paul und greift nach seinem Glas. Gewöhnlich macht ihn der Wein dumpf und beschwert, heute aber fühlt sich Paul aufgerieben und wach. Er sieht Blixen nach, wie er aufsteht, durch den Raum schlendert und vor dem Regal stehenbleibt. Mit einem Finger fährt er über die Staubschicht auf Pauls Plattenspieler. Dann klappt er ihn auf.

»Funktioniert der eigentlich?«, fragt er.

»Ja, Agnes hat ihn mir geschenkt, aber wir sollten jetzt wahrscheinlich nicht ...« Er deutet hinüber zur schlafenden Louise.

»Keine Sorge«, sagt Blixen. »Die wacht so schnell nicht auf.«

Während Blixen sich vor das Regal kauert, um Pauls Platten durchzusehen, befreit sich Paul von Louise und stellt sich neben ihn. Wenn Blixen ein besonderes Fundstück macht, lächelt er Paul an. Und Paul spürt es, unangenehm schleichend wie Hunger, Kälte oder Durst. Es kommt, es kommt, es ist schon fast da, das *Wollen* in Pauls Haut, nein, unter Pauls Haut, in den Muskeln, in dem Muskel, dem einen, der verräterisch zuckt. Das nicht, nicht das jetzt, aber es ist längst zu spät, und Paul starrt Blixen an, auf dem Boden kniend, mit seinem weißen Hemd und seiner weißen Haut und seinen weißen Zähnen.

»Du hast viele Platten«, sagt Blixen.

Paul kniet sich neben ihn. Auch die Platten sind ein Geschenk von Agnes. Sie stammen aus den 60ern, den 70ern und 80ern: Simon & Garfunkel, David Bowie und Bruce Springsteen.

»Darf ich?«, fragt Blixen. Ohne Pauls Antwort abzuwarten, nimmt er eine Springsteen-Platte aus ihrer Hülle und legt sie auf den Plattenspieler.

Paul zieht sich am Regal hoch und sieht sich nach Louise um. Erst in der Drehung merkt er, wie betrunken er ist. Der Raum scheint sich mit sanftem Druck näher an seinen Körper zu schieben, gegen seine Augäpfel und seinen Brustkorb zu drängen. Er muss sich festhalten, um nicht das Gleichgewicht zu verlieren; kurz schließt er die Augen.

»Alles in Ordnung?«, fragt Blixen besorgt und nimmt Paul bei den Schultern.

Paul nickt, obwohl er nicht das Gefühl hat, alles sei in Ordnung. Nachdem er tagelang gefroren hat, ist es ihm nun zu heiß. Er schaut zu den Fenstern hinüber. Man kann den Regen hören, aber nicht sehen; sein dumpfes Prasseln klingt einladend, und Paul stellt sich vor, wie er die Fenster aufreißt, vom Sims stürzt und kopfüber in den Regen taucht wie in ein Becken voll Wasser. Je länger Blixen ihn bei den Schultern hält, umso mehr scheint es ihm, als seien es Blixens Arme allein, die ihn aufrecht halten. Im Hintergrund singt Springsteen, und Blixen beginnt zu schwanken, nein, zu tänzeln, nein, zu tanzen. Er sieht Paul an auf die Weise, wie nur Blixen andere Menschen ansieht: als sende er den Blick nicht hinaus in die Welt, sondern zöge diese zu sich heran und in sich hinein. Paul steht still, er kann sich nicht drehen, nicht abwenden, er kann überhaupt nichts anderes tun, als zurückzuschauen. Blixens Augen scheinen dunkler, das Braun der Iriden hat sich dem Schwarz der Pupillen ganz angeglichen; und in dem Schwarz, in dem vollkommen ausgeformten Kreis meint Paul, etwas zu erkennen. Eine Spiegelung? Eine winzige Gestalt? Er muss sich nur ein Stück weiter vorbeugen und dann – Blixens Lippen berühren seine. Sie sind trocken und kühl, und bevor Paul zurückzucken kann, öffnen sie sich. Blixens Zunge schlüpft hindurch, wie ein kleines, aalglattes Tier, wie ein wendiger Fisch schlängelt sie sich an Pauls Zähnen vorbei. Blixen schmeckt nach der feuchten Erde draußen im Wald, nach den modernden, braunschwarz glänzenden Blättern und klammen Steinen in Kellergewölben, rau und bitter, so wie nichts Lebendes schmecken sollte. Seine Zunge tastet sich vor, bis in jeden Winkel von Pauls Mund, bis in Pauls Herz, seine Lungen, seinen Unterleib. Und dann, gerade als Paul denkt, der Kuss werde andauern, Minuten oder Stunden, schnellt Blixen zurück, so unvermittelt, dass Paul ins Taumeln gerät.

Er presst die Lippen zusammen. Blixens Speichel hat die Beschaffenheit von Kleister, er verklebt ihm die Zähne. Nicht schlucken, denkt Paul und unterdrückt ein Würgen, bloß nicht schlucken. Er braucht Mundspülung. Eine ganze Flasche, die er austrinken wird, bis sein Körper vollständig desinfiziert und ein einziges Brennen ist. Ohne Blixen aus den Augen zu lassen, weicht er zurück. Doch mit jedem Schritt, den er sich von ihm entfernt, kommt Blixen einen auf ihn zu, bis Paul gegen die Couch in seinem Rücken stößt.

»Es kommt alles zurück zu mir, Paul«, sagt Blixen. »Wie wir im Frühjahr für die Prüfungen gelernt haben, und dann dieser Sommer, dieser heiße Sommer in Dornheim, die Nachmittage am See – ich kann mich an immer mehr erinnern, Paul.«

Die Platte hat zu Ende gespielt; der Plattenspieler gibt ein Geräusch, ein Summen oder Klopfen von sich. Es klingt, als würde etwas im Raum brennen.

Paul tastet sich an der Rückseite der Couch entlang, bis er den Abschluss der Armlehne erreicht hat. Er verlässt das Zimmer, einen Fuß hinter den anderen setzend, noch immer ohne Blixen aus den Augen zu lassen. Erst im Flur dreht er sich um und hastet ins Badezimmer. Vor der Toilettenschüssel geht er in die Knie. Das Würgen packt ihn, wie eine Welle geht es durch seinen Körper, vom Bauchnabel die Rippen hinauf. Es wirft ihn nach vorne, und während er würgt, da sind es nicht bloß Wein und ein halb zersetztes Brötchen, das er ausspeit, sondern mikroskopische Spuren Blixens, den Moder, die Fäulnis, den kleinen Körper von etwas Totem.

*

Natürlich hat es Männer gegeben.

Nachtgestalten, deren Namen Paul sich nicht gemerkt hat, weil es ihm wichtig war, sie sich nicht zu merken. Paul hat die Männer nicht angesprochen, keinen von ihnen. Er hat sich ansprechen lassen. Meist an unauffälligen Orten. Die Bars, die Clubs meidet er. Niemand kann immerzu alleine sein, sagt Paul manchmal zu sich selbst, ohne den Satz tatsächlich zu glauben. Er glaubt an seine Großmutter, an das Gesicht seiner Großmutter. In dem Jahr, bevor sie starb, als sie mit jedem Tag, der verstrich, weiter in dem Gedanken-, Wort- und Erinnerungsdunst verschwand, in den ihr keiner folgen konnte, betrachtete sie ihre Enkelkinder oft missbilligend, schüttelte den Kopf und murmelte »schäbig«. Schäbig, denkt auch Paul bei jeder Umarmung, bei jedem Kuss. Schäbig, denkt er, während er sich morgens aus fremden Häusern durch fremde Straßen schleicht. Denn natürlich ist es möglich, immerzu allein zu sein. In Märchen warten Liebende hundert Jahre aufeinander, sie erklimmen Berge und klettern Türme hinauf, sie bekämpfen Drachen, Hexen, ganze Heere. Aber Paul ist kein Ritter und kein Prinz, und er wird keine hundert Jahre warten, auf seine Liebe, die eines Sommers verschwand und nicht wiederkam. Also bleibt nur das Schäbige, also bleiben nur die Männer, denen es immer an etwas mangelt, an denen immer etwas stört: Sie sprechen in langen, zähen Monologen über ihr Ingenieurstudium, ihre lauten Nachbarn oder ihre Mutter, sie fassen Paul zu grob an der Schulter, sie wissen nichts von dem Wollen in Paul, und Paul weiß, dass es unmöglich ist, ihnen davon zu erzählen. Und man kann sie nicht lieben, man kann sie nicht einmal mögen, vor allem aber kann man ihnen nicht verzeihen, dass sie nicht Felix sind. Man muss darauf achten, dass sie weder Agnes noch Louise je begegnen. Man schämt sich für sie – nicht weil sie Männer, sondern weil sie peinliche Doppelgänger Felix' sind, weil sich Pauls schäbige Versuche, den Verschwundenen durch unzureichende, fehlerhafte Kopien zu ersetzen, auf Anhieb offenbaren. Es ist schäbig, in einer Welt ohne Felix geliebt werden zu wollen.

SIEBTES KAPITEL

Bloß ein Brandloch im Himmel

Als Agnes und Louise nachmittags in den Supermarkt fahren, sind es zweiunddreißig Grad. Weil sich die Hitze nirgendwo anders als im Garten ertragen lässt, haben Paul und Felix ihre Handtücher auf dem Rasen unten am See ausgebreitet.

Paul liegt auf dem Bauch, unter ihm das kratzige Handtuch und unter dem Handtuch spärliches Gras, dürre Zweige und Steinchen, die sich in seine Rippen bohren. Während die Temperaturen steigen, driftet er in den Schlaf hinein und wieder aus ihm heraus. Felix neben ihm ist unruhig; nach wenigen Minuten springt er auf.

»Ich geh mal ins Wasser«, sagt er.

Obwohl Paul keine Lust hat zu schwimmen, folgt er ihm. Sie benetzen die Arme und Schultern. Felix macht einige vorsichtige Schritte auf dem steinigen Untergrund. Als ihm das Wasser bis zu den Oberschenkeln reicht, stößt er sich ab und taucht unter. Paul tut es ihm gleich.

Weil sie zu träge zum Schwimmen sind, lassen sie sich treiben. Paul blinzelt in den Himmel. Am Rand seines Blickfelds hängt die Sonne, ein wild blitzendes Licht.

»Wenn man dort hochschaut«, sagt Felix, »sieht der Himmel wie eine blaue Wand aus. Und die Sonne ist kein Planet, kein Körper, sondern bloß ein Brandloch im Himmel, und nur durch das Loch sehen wir die tatsächliche Welt hinter der Wand, und sie ist ein Inferno. Ein gleißendes Brennen.«

Statt zu antworten, zieht Paul die Arme durch das Wasser und bewegt sich langsam zurück Richtung Ufer. Immer öfter weiß er nichts zu erwidern auf die Dinge, die Felix sagt. Er hat gelernt, sich vor Momenten wie diesem zu fürchten, er hat gelernt, sie kommen zu sehen. Oder eher: sie kommen zu hören. In den unerwarteten Pausen, die Felix zwischen Sätzen macht, in der Art, wie er schneller spricht, mit unvorhersehbarer Betonung einzelner Worte und Silben, im atemlosen Singsang einer gehetzten Predigt. *Ein Inferno. Ein gleißendes Brennen.*

Wieder auf seinem Handtuch liest Paul in einem Roman, der Agnes gehört. Felix hat den Kopf zur Seite gedreht, die Augen geschlossen. Sein Buch liegt unangetastet auf der Wiese. Genau wie Agnes kann er ein Buch aufschlagen und in den Raum zwischen den Seiten fallen, für Stunden darin verschwinden, ohne hungrig oder durstig zu werden, ohne auf die Uhr zu sehen, zu zappeln oder sich unruhig umzusehen. In diesen Ferien aber liest er selten, und wenn er ein Buch zur Hand nimmt, dann nur, um es nach wenigen Sekunden wieder zurückzulegen und ins Leere zu starren. Mit den Gedanken ist er in Frankfurt, das weiß Paul, ohne dass Felix Frankfurt erwähnen müsste. Paul hingegen fällt es in Dornheim schwer, an Frankfurt zu glauben. Auch an Berlin kann er nicht recht glauben oder an sonst eine Stadt; hier draußen glaubt er an den See und das Haus und die Mücken in der Luft, auf der Haut.

Er betrachtet Felix' Gesicht, die geschlossenen Lider, den geöffneten Mund, und erinnert sich an den Abend vor fünf Wochen, als Felix beiläufig erzählte, dass er für sein Studium fortziehen würde.

»Am besten würde mir Frankfurt gefallen«, sagte er, und die Worte waren wie ein rascher entschiedener Schlag in Pauls Kniekehlen. Paul fand sich wieder in einem jener grausamen

Zeichentrickfilme, in denen hinterlistige Tiere anderen Tieren oder tumben Menschen eine Pfanne gegen den Kopf schlagen. Zwitschernde Vögel, funkelnde Sterne, ein Universum, das aus den Fugen geraten war.

»Weißt du denn schon, was *du* nach dem Abitur machen möchtest, Paul?«, fragte Agnes ihn, und er antwortete, monoton und ein wenig leiernd. Hinter der Stirn tobte der taubmachende Pfannenschmerz, und seine rechte Wange zuckte, und er grinste, ein idiotisches, schiefes Grinsen.

Später, als Louise und Agnes bereits schlafen gegangen waren, und er neben Felix auf der Couch saß, stahl sich das Grinsen zu ihm zurück. »Aber Frankfurt, das ist nicht dein Ernst, oder?«, fragte er grinsend.

»Na klar. Wieso nicht?«, antwortete Felix, ohne Paul anzusehen.

Das Gewicht, die Wucht und Aufschlagkraft der möglichen Antworten ließen Paul tiefer in die Couchpolster sacken. Warum sollte es nicht Felix' Ernst sein? Weil es grotesk lächerlich, grausam unnötig und willkürlich war, nach Frankfurt zu gehen. Weil alles hier in Berlin war. Felix' Familie, die ihn brauchte, und die Jahre, die sich gesammelt hatten, in dem Haus, in den Straßen. Und wenn sie nie darüber gesprochen hatten, was nach der Schule passieren würde, dann nur, weil es keinen Grund gegeben hatte, darüber zu sprechen.

»Hier ist doch alles gut«, sagte Paul und schämte sich für seine zittrige Stimme, seine zuckende Wange und wie er den Fernsehbildschirm, das Bücherregal, die Graphitzeichnung ansah, aber nicht Felix.

»Paul, es kann nicht immer alles so weitergehen.«

»Es ändert sich doch so genug«, sagte Paul, nachdem er eine Weile still das Etikett von seiner Bierflasche gekratzt hatte. »Das Studium wird anders sein als die Schule und ...«

»Das meine ich nicht«, unterbrach ihn Felix. »Du redest von irgendwelchen oberflächlichen Veränderungen, aber ich spreche vom Fundament. Unser Leben muss jetzt anfangen, in diesem Jahr. Und wenn es das nicht tut, wenn wir den Anfang verpassen, dann bleiben wir bloß in dieser Blase, dann hocken wir die nächsten zehn, zwanzig Jahre auf der Couch im Wohnzimmer meiner Mutter und sehen uns Horrorfilme mit Louise an. Ich brauche eine neue Stadt und neue Menschen.«

»Ich dachte, die alten wären dir genug«, sagte Paul und verstand, ein, zwei Sekunden zu spät, dass er den Mund hätte halten sollen. Nun blieb ihm nichts anderes, als darauf zu warten, dass Felix zurückrudern, beschwichtigen und sich entschuldigen würde.

Aber Felix ruderte, beschwichtigte, entschuldigte sich nicht.

»Ich bin die Stadt eben leid«, sagte er, und daran, wie er die Worte mehr aus dem Mundwinkel spuckte, als dass er sie sprach, erkannte Paul, dass er das Gespräch längst hinter sich gelassen hatte, und es auch für Paul an der Zeit war, aufzustehen und zu gehen.

Paul legt sein Buch zur Seite, stützt sich auf den Unterarm und sieht zu Felix hinüber. Felix schläft unruhig, seine Lider flattern, seine Mundwinkel zucken.

In den letzten Tagen hat Paul oft daran gedacht, dass Frankfurt über ihn gekommen ist wie eine Krankheit, etwas, von dem er sich hier in Dornheim erholen wird. Er braucht die Sonne, die Ruhe und viel Schlaf. Vielleicht braucht er sogar die Hitze, damit er Frankfurt ausschwitzen kann wie ein Fieber.

Gewöhnlich passt Paul auf, Momente wie diesen nicht ausfransen, nicht zerlaufen zu lassen, sie brauchen eine klare zeitliche Eingrenzung, nicht mehr als zehn Sekunden, besser fünf, aber heute, denkt er, heute kann er sich ein wenig mehr Zeit lassen, das *Wollen* ist ja kaum mehr als ein Prickeln, ein Knistern, etwas, das man möglicherweise nicht tatsächlich gehört, sondern sich bloß eingebildet hat. Er kann das aushalten, so wie er es aushalten kann, wenn sein Arm einschläft oder sein Bein. Felix' Haar ist golden und seine Haut ist es auch, von blasserem, hellerem Gold, Weißgold, weil er die Sonne gemieden hat, sich in den Schatten der Bäume, in den Zimmern des Hauses herumgedrückt und geschwiegen und geschlafen und von Frankfurt geträumt hat. Mager ist er geworden, die Knochen drängen von unten gegen seine Haut, und Paul besieht sich die genaue Anordnung der Wirbel. In ihnen erscheint eine geheime Botschaft, meint Paul, etwas, das man lesen kann, vielleicht nicht mit den Augen, sondern wenn man mit den Fingern darüberstreicht oder wenn man – und dann berühren seine Lippen die Haut, streifen sie und spüren den Widerstand der Knochen, und für den Bruchteil einer Sekunde versteht er die Botschaft tatsächlich, er kann sie hören, so deutlich, als hätte sie jemand gesprochen. Sie ist wie eine Antwort auf das *Wollen,* das schon lange kein Prickeln mehr ist, kein Knistern, sondern ein scheuerndes Reiben. Nach all den Jahren kann es ihn noch immer überraschen, ihn rücklings überrumpeln, sich ihm überstülpen, ihn umkrempeln und ausleeren; jeder einzelne Gedanke fällt aus Paul hinaus, Vernunft und Widerstand, Bedenken und Einwände, Paul bleibt nur noch das *Wollen,* Paul *ist* nur noch das *Wollen,* und Paul will nicht mehr, nein *es will in Paul,* das *Wollen* tobt durch ihn.

Später, in den Monaten und in den Jahren, die folgen, wird Paul sich zwar noch an das *Wollen* erinnern können, aber nicht mehr an die Botschaft. Immer wieder wird er versuchen, sie aufzuspüren in den Fetzen und Flecken, den diffusen Bildern, Knochen, Haut, Gold, im Raunen, den zerfließenden, verschwimmenden, vergehenden Minuten, aber dort, wo er sie gehört hat, nicht in den Ohren, nicht einmal im Kopf, sondern zwischen und hinter den Rippen, dort bleibt es still. Er wird sich ja nicht einmal mehr an das Danach erinnern können, an die unmittelbaren Sekunden nach dem Kuss. Sie sind ein einziges Aufschrecken, ein Aufspringen, ein Auseinanderstieben. Er glaubt, dass jemand sich entschuldigt, aber er könnte nicht sagen, ob er selbst oder Felix es gewesen ist. Was ihm bleibt, in großer Deutlichkeit, ist Felix' Blick. Denn dort draußen, am See, in der Hitze dieses langen Sommers sieht Felix Paul an, so als habe er Schwierigkeiten, ihn zuzuordnen, als könne er nicht sicher sagen, ob und woher er Paul kennt.

VIERTER TEIL:
MARE TRANQUILLITATIS

ERSTES KAPITEL

Komodowaran, das war der Name

Bevor sie das Café betritt, beobachtet sie Paul durch die Fenster. Etwas stimmt nicht. Er hat etwas ... verloren – Haare? Gewicht? Farbe? Er sitzt zu weit entfernt, als dass sie es sagen könnte. Während er stirnrunzelnd die Speisekarte studiert, scheint er leise mit sich selbst zu sprechen; verhalten gestikulierend nickt er sich zu.

Sie öffnet die gläserne Eingangstür, tritt ein, hält unter einem bimmelnden Glöckchen inne. Atmet. Es scheint klüger, sich Paul etappenweise zu nähern. Er bemerkt weder ihr Eintreten, noch dass sie langsam auf ihn zukommt, vor ihm stehen bleibt.

Sie ist froh, ihn zu sehen, sie ist immer froh, ihn zu sehen, gleichzeitig aber will sie nicht hier sein. Ihr Rücken schmerzt, vom Steißbein hinauf bis zum Nackenansatz. Das Gewicht von einem Bein aufs andere verlagernd, sieht sie auf Paul hinab. Er trägt das weiße Polohemd, das sie ihm vor einigen Jahren zum Geburtstag geschenkt hat. Sie erkennt es an dem gerippten Kragen, der unter seiner Jacke hervorlugt.

»Paul«, sagt sie.

Er hebt den Kopf. Manchmal, ganz plötzlich und ohne Vorwarnung, erinnert er sie an Simon. Gewöhnlich liegt die Ähnlichkeit in den Augen, derselben schläfrigen Abwesenheit; heute aber muss es etwas anderes sein. Er starrt sie an, nichts ist schläfrig an ihm, im Gegenteil.

»Du bist da, du bist gekommen«, sagt er.

Agnes setzt sich.

Während Paul spricht, mustert Agnes konzentriert die Tischplatte. Der Tisch ist quadratisch und aus hellem Birkenfurnier, weder Farbe, Form noch Musterung sind besonders interessant, aber Agnes muss sich auf etwas konzentrieren, um nicht weiter Paul anzustarren. Sein Gesicht wirkt fleckig – ein Ausschlag oder bloß eine schlechte Rasur?

»Paul, bist du krank?«, fragt sie vorsichtig,

Er winkt ab.

»Ein Fieber, ich hatte Fieber, aber das ist schon länger her.«

Der Kellner tritt an ihren Tisch und fragt Agnes nach ihrer Bestellung. Wenn sie mit Paul unterwegs ist, lauert sie immer darauf, dass irgendwer von ihrem Sohn sprechen, sie etwa fragen wird: »Und was möchte Ihr Sohn trinken?« Aber natürlich geschieht das nie, keiner würde das Risiko eingehen. Was weiß schon der Kellner? Paul könnte ihr jüngerer Liebhaber sein. Sie wüsste auch nicht, was sie tun würde, sollte irgendwer von Paul als ihrem Sohn sprechen, ob sie Paul konspirativ zulächeln oder ausrufen würde: »Nein, das ist überhaupt nicht mein Sohn!«

»Und Sie?«, fragt der Kellner an Paul gewandt.

»Kaffee, auch Kaffee«, antwortet Paul.

Ohne die Birkenfurnierplatte aus den Augen zu lassen, tastet Agnes nach ihrer Handtasche. Ihre Finger durchsuchen den Innenraum, bekommen ihr Handy, ihr Portemonnaie und schließlich die Karteikarte zu fassen.

Sie muss die Karte nicht hervorziehen; es reicht ihr zu wissen, dass sie da ist, im Notfall bereitliegt, um sie durch die Unterhaltung zu navigieren. Agnes benutzt Karteikarten wie andere Menschen Stadtpläne. Keine Straßen, sondern Sätze, Fragen, Einwände weisen ihr den Weg. Auf dieser Karte hat sie all das notiert, was sie glaubt, in dem wirren Telefongespräch mit Paul verstanden zu haben: Irgendwer war gefunden worden (oder aufgetaucht?!); Dinge waren aus dem Ruder gelaufen, es ging um

Diebstähle, einen Hund (?), eine Art Überfall auf Paul. Auch Louise war an allem beteiligt (natürlich). Auf der Rückseite steht ein einziger Satz mit neongrünem Marker umrahmt: Wir dachten, es sei Felix.

Sie wartet, bis der Kellner die Kaffeetassen auf den Tisch zwischen sie gestellt hat, bevor sie fragt: »Dieser Mann, von dem du am Telefon erzählt hast, seit wann ist er in Berlin?«

»Ich weiß nicht.« Paul trommelt mit den Fingern auf der Tischplatte. »Vielleicht vier, fünf Wochen?«

»Und wo wohnt er?«

»Bei mir.«

»Du lässt ihn bei dir wohnen?«

»Wir wussten ja nicht, wie lange er bleiben würde. Er stand plötzlich vor meiner Tür und ... was hätte ich denn machen sollen?«

»Ihn wieder wegschicken, Paul. Du hättest ihn wegschicken sollen.«

Sie presst den Rücken fest gegen die Stuhllehne, was nicht hilft. Im Gegenteil. Als sie ihre Schultern zurückrollt, knackt es.

»Du und Louise, ihr habt diesen Mann – Blixen – für Felix gehalten. Warum? Sieht er ihm ähnlich?«

»Nein. Ja. Damals kam uns das so vor.«

»Warum habt ihr mich nicht früher angerufen, Paul?«

»Wir ... wir wollten der Sache erst einmal selbst auf den Grund gehen.«

»Paul, was soll das denn bedeuten, ihr wolltet *der Sache auf den Grund gehen*?« Sie fühlt sich wie in einem ihrer Seminare, wenn schlecht vorbereitete Studenten wirre Referate halten. »Er muss einen DNA-Test machen, das ist alles. Wieso hat er noch keinen Test gemacht?«

»Er wollte nicht.«

»Er *will* den Test nicht machen? Und da habt ihr nicht … da habt ihr euch nicht gewundert?«

»Doch, natürlich, aber was sollten wir denn tun? Es war schwer genug, ihn dazu zu bringen, dass er überhaupt hierherkommt.«

»Paul, ich –«

Paul greift nach ihrer Hand.

»Wir brauchen Hilfe, Agnes. Deswegen habe ich angerufen, weil wir nicht weiterwissen.«

Obwohl sie keinen Zucker genommen hat, lässt sie ihren Löffel bedächtige Kreise in der Kaffeetasse ziehen.

Noch auf der Autobahn, im Auto sitzend und später, als sie parkte, als sie ausstieg, auf dem Weg ins Café, da hatte sie es sich aufgesagt wie ein Mantra: Ich werde mich nicht hineinziehen lassen. Gleich in der ersten Viertelstunde wollte sie Paul sagen, dass sie noch am nächsten Tag wieder nach Frankfurt fahren würde. *Ich kann nicht einfach meine Seminare ausfallen lassen. Ihr seid alt genug.* Etwas in der Art. Aber sie hat das Ganze nicht durchdacht, nicht tatsächlich, oder vielleicht hat sie es eher nicht durch*fühlt*, wie es sich also anfühlen würde, Paul gegenüberzusitzen, wie er das Polohemd tragen würde, das sie ihm einmal geschenkt hat, wie er die Schultern hängen lassen und trist in seinen Kaffee schauen würde. Es gibt nichts Traurigeres, das weiß sie doch, als Pauls Traurigkeit.

»Gut«, sagt sie und drückt kurz seine Hand. »Dann bring mich zu ihm.«

*

Sie hatte Pauls Hinterhof kleiner in Erinnerung und das Haus in seiner Mitte weniger verloren. Obwohl niemand zu sehen ist, fühlt sie sich beobachtet. Es mag an den vielen Fenstern liegen oder an den Krähen, die den Fahrradständer und die Mülltonnen belagern. Gerade als sie mit dem größten der Vögel Blickkontakt aufnimmt, tritt eine Frau aus Pauls Wohnung. Wüsste Agnes es nicht besser, würde sie die Frau auf Mitte, Ende dreißig schätzen. Sie trägt eine Jogginghose und einen grünen Pullover. Grün steht Louise nicht, und das hat Agnes ihr oft genug gesagt – wahrscheinlich trägt sie ihn genau deswegen. Sie sieht schlecht aus, aufgedunsen, gleichzeitig so, als hätte sie Gewicht verloren – *ein aufgedunsenes Gerippe*, denkt Agnes und erschrickt über sich selbst. Louise macht das, Louise löst das in Agnes aus, nur indem sie dort steht, in ihrem ausgeleierten grünen Pullover. Und schon denkt Agnes Dinge, für die sie sich im gleichen Moment schämt.

Kein Zweifel, Louise hat nicht mit ihr gerechnet. Sie scheint nicht einmal gewusst zu haben, dass Agnes in der Stadt ist. Warum hat Paul ihr nichts von dem Anruf erzählt? Irritiert will sich Agnes Paul zuwenden, Paul aber ist einen Schritt zurückgewichen, als ob er sich hinter ihr verstecken wollte.

»Hast du etwa meine Mutter angerufen?«, ruft Louise über den Hof. Sie hat die Arme vor der Brust verschränkt und sieht aus wie ein feindseliger Grashüpfer.

»Wir dachten, so sei es netter. Eine Überraschung«, behauptet Agnes.

Während sie den Hof und schließlich den Vorgarten durchquert, folgt Paul ihr Schritt für Schritt, darauf achtend, ihren schützenden Schatten nicht zu verlassen. Noch unentschieden, ob sie stöhnen oder die beiden auslachen soll, presst Agnes die Lippen aufeinander. Genauso hatte sie sich ihre Ankunft vorgestellt. Die planlose Hysterie, die Paul und Louise umgibt, ist wie Treibsand. Wenn man sich den beiden nähert, ist es immer nur eine Frage der Zeit, bis man in ihr versinkt.

»Lässt du mich herein?«, fragt sie Louise und gibt sich Mühe, besonders sanft zu sprechen, den Worten einen humorvollen

Klang zu verleihen, aber sie spürt ja selbst, dass ihr der Ton verrutscht, aus humorvoll gereizt wird, aus sanft resigniert. Und selbst wenn es ihr gelänge, den richtigen Ton zu halten: Sie könnte Louise nach dem Wetter fragen, und Louise würde entrüstet jede Verantwortung für den Regen zurückweisen.

Louise tritt zur Seite, gibt gerade genug Platz frei, damit Agnes sich an ihr vorbeischieben kann. Doch bevor es Agnes gelingt, auch nur einen Fuß ins Innere zu setzen, zieht Louise sie zu sich heran. Kurz fürchtet Agnes, von den Stufen und in die Luft gehoben zu werden. Alles, was Louise tut, tut sie mit zu viel Schwung. Schon als Kind fiel sie von Schaukeln, Trampolins und Stühlen, verschüttete und kleckerte und warf um.

»Louise, das ist zu fest«, sagt Agnes sanft gereizt, humorvoll resigniert. Louise gibt sie frei.

Als sie ihn sieht, ist ihr erstes Gefühl nicht Wut, es ist nicht Erleichterung und nicht Angst. Ihr erstes Gefühl ist Ekel. Ekel, so hochkonzentriert, als hätte man ihn über Tage eingekocht. Seit der Geburt ihrer Kinder, seit Felix' Verschwinden spätestens weiß Agnes, dass es von allen Gefühlen Abstufungen gibt, extrem genug, um das Gefühl selbst unkenntlich zu machen. Es gibt eine Stufe von Freude, von Angst, von Trauer, die zu hoch und schrill ist, sich in einer Frequenz abspielt, die man im Grunde nicht mehr erfassen kann.

Das Gleiche gilt für Ekel. Daran hat sie bisher nicht gedacht, es ist ihr nicht in den Sinn gekommen. Noch bevor sie ein einziges Wort mit ihm gewechselt hat, ekelt sie sich. Vor der Art, wie er im Türrahmen steht, wie er aus dem Becken zu kippen scheint, vor seinen Umrissen und dem Geruch, der von ihm ausgeht, vor seiner Anwesenheit in diesem Haus, zwischen den beiden Menschen, die sie nur für sich selbst, aber nie vor anderen als ihre Kinder bezeichnet. Plural.

Er lungert am anderen Ende des Flurs an der Wohnzimmertür, aber sie gibt vor, ihn nicht zu bemerken, wendet sich gerade so weit ab, dass er aus ihrem Sichtfeld gleitet. Während sie sich von Paul aus dem Mantel helfen lässt, achtet sie darauf, nichts an ihrer Ausrichtung zu ändern. Sorgfältig faltet sie Mütze und Handschuhe zusammen und legt sie ab, dann betrachtet sie ein Bild an der Wand, die Schwarz-Weiß-Fotografie einer Brücke gleich neben der Küchentür.

»Ist das neu?«, fragt sie.

»In Prag gemacht«, murmelt Paul und errötet, als habe sie ihn bei etwas ertappt.

»Hast du gestrichen?«, fragt sie. Sie weiß, dass er nicht gestrichen hat. Oder umgeräumt. Trotzdem: Die Wohnung wirkt grundlegend verändert.

»Nein«, sagt Paul.

Bei ihrem letzten Besuch, erinnert sich Agnes, war es Hochsommer, und die Räume schienen ihr angenehm kühl. Ist es nur das? Ein Wechsel von kühl zu klamm?

Sie steckt den Kopf zur Küche hinein. In der Spüle stapelt sich schmutziges Geschirr, in der Luft hängt ein säuerlicher Geruch nach ungewaschener Kleidung und dem überquellenden Biomüll. Sie atmet kurz ein, atmet den Ekel aus, strafft die Schultern, dreht sich um. Der Mann ist aus dem Türrahmen verschwunden, ohne auch nur ein einziges Geräusch verursacht zu haben. Sie hatte einmal einen Studenten, der sich ähnlich bewegte. Den Schleicher nannte sie ihn im Geheimen.

Als sie das Wohnzimmer betritt, sieht sie ihn nicht. Er sitzt auf keinem der Stühle und nicht auf der Couch. »Na, ist er davongelaufen?«, will sie zu Paul und Louise sagen, doch plötzlich ist er da, steht vor ihr, mitten im Raum, zwischen Stehlampe und Bücherregal, und sie errötet, fühlt sich ausgetrickst, so als sei sie auf eine alberne optische Täuschung hereingefallen. Und weil es ihm gelingt, sie zu überraschen, unterläuft ihr der Fehler: Ihr Blick stolpert in seinen, der Zusammenprall ist heftig und unangenehm wie ein Schlag gegen die Stirn, gegen die Brust. Sie wankt nicht, sie zuckt nicht zurück, aber ein Stocken geht durch ihren Körper; das Blut in den Adern hält an, die Luft in den Lungen; auch das Zwerchfell zieht sich nicht länger zusammen und auseinander.

Ah, denkt sie, so als würde sie ihn erkennen, aber es ist ja nicht *er*, den sie erkennt, sondern der Moment, die elende Situation wie ein gut geprobtes Szenario.

Louise und Paul geben vor, in die Betrachtung des Teppichs vertieft zu sein. Schuldbewusst sehen sie aus, als fühlten sie sich verantwortlich für den Mann im Raum – Blixen –, als hätten sie ihn, einem unsinnigen Impuls nachgebend, gebastelt, aus Ton, aus Federn und kleinen Tierknochen, ein unheimliches Kunstwerk, für das niemand die Verantwortung übernehmen will. Ach, denkt Agnes. Es ist ein gehauchtes, ein geseufztes Ach, ein Laut, der nur ihren beiden Kindern, vor allem aber Louise gehört. Und vielleicht ist der Laut kein Laut, sondern ein Gedanke, ein Gefühl. Ach Paul, ach Louise. Was jetzt schon wieder?

Sie setzt sich an den Esstisch, entfernt mit spitzen Fingern eine Fluse von ihrem Pullover und rückt das schmale Band ihrer Uhr zurecht. Dann sieht sie ihn an.

Schon im Flur ist ihr seine Verkleidung aufgefallen. Ein interessantes Kostüm, hat sie gedacht und denkt es auch jetzt und wundert sich: Er trägt doch gewöhnliche Kleidung, einen schwarzen Pullover, eine schwarze Hose, kein Make-up, kein Lippenstift, keine Wimperntusche, kein Lidschatten. Trotzdem, er sieht geschminkt aus. Vielleicht wegen der Wimpern, die, unnatürlich dunkel und dicht, an Insektenbeinchen oder Fühler erinnern, vielleicht wegen der Haut, die zu glatt, zu weiß, zu poliert scheint, vielleicht wegen der Augen, blankgeschrubbt und glänzend.

Während sie ihn betrachtet, hat er nicht ein einziges Mal geblinzelt, vollkommen stillgestanden, und sie zuckt zusammen, als er sich plötzlich in Bewegung setzt, durch den Raum geht und in dem Sessel ihr gegenüber Platz nimmt. Er erinnert sie an dieses Tier, das sie einmal im Zoo gesehen hat, Felix' Lieblingstier, der Name will ihr nicht einfallen, eine Riesenechse, die tagelang reglos in den Büschen ausharrt und dann unerwartet zum Angriff übergeht. Komodowaran, das war der Name.

Der Mann lehnt sich in seinem Sessel zurück, schlägt ein Bein über das andere. Wie großzügig er umgeht mit dem Raum, der ihm nicht gehört. Auch davor ekelt sie sich, vor seiner beiläufigen Raumnahme.

»Möchten Sie etwas trinken?«, fragt er. »Wir haben leider nur Wasser und Wein im Haus.«

Sie runzelt die Stirn. Wenn er wenigstens wie Felix sprechen würde. Aber nicht einmal das, er hat eine unangenehm scharrende Stimme. Paul achtet darauf, sie nicht anzusehen.

»Bringst du mir bitte einen Tee, Paul«, sagt sie.

Paul rührt sich nicht. Wartet er auf Erlaubnis? Offenen Widerspruch? Ein Verbot?

»Paul«, sagt Agnes, und er schleicht aus dem Raum.

Bis auf das Sprudeln des Wasserkochers dringt kein Laut aus der Küche zu ihnen herüber. Minuten verstreichen, bevor Paul zurückkehrt, furchtsam im Türrahmen auftaucht, eine Maus, denkt Agnes, in einem Raum voller Katzen.

»Wir haben bloß Kamillentee«, murmelt er, reicht Agnes eine Tasse und springt beinahe zwei Schritte zurück, um sich neben Louise zu platzieren.

Sie greift nach der Tasse, will einen ersten Schluck nehmen, aber die Keramik ist so heiß unter ihren Fingern, dass sie die Tasse schnell wieder absetzen muss.

»Sie sind ein Freund von Paul?«, fragt sie Blixen.

»Ja, ein Freund von Paul, das könnte man so sagen.«

»Aber Sie müssen ein guter Freund sein, sonst würde er Sie nicht so lange hier wohnen lassen. Seit wann sind Sie in Deutschland?«

»Oh, seit etwa einem Monat.«

»Und Sie kommen aus Tschechien?«

»Aus Prag. Dort habe ich die letzten Jahre gelebt. Ich würde nicht sagen, dass ich von dort komme.«

»Eine schöne Stadt. Auch wenn Paul sich dort unwohl gefühlt hat. Oder, Paul?«

Paul murmelt etwas Unverständliches.

»Und Sie sind Künstler?«

»Ja, ich mache Skulpturen und Schmuck.«

»Interessant.« Agnes nimmt einen Schluck Kamillentee und verbrennt sich die Zunge. »Ich bin Agnes, Louises Mutter«, sagt sie, als sei es eine Nebensächlichkeit und ihr gerade erst eingefallen.

Blixen nickt stumm. Gewöhnlich stolpern Menschen achtlos von einem Wort ins nächste, und man muss nicht mehr tun, als sich zurückzulehnen und abzuwarten, bis sie sich selbst in die Irre gesprochen haben. Mit ihm wird sie sich mehr einfallen lassen müssen. Sie schiebt die Tasse langsam über den Tisch, einer leeren Weinflasche entgegen.

»Ich fürchte, ich habe Ihren Namen vergessen, auch wenn Paul ihn mir verraten hat«, sagt sie.

»Blixen, meine Name ist Ira Blixen.«

»Blixen wie die Autorin?«

»Autorin?«, fragt Louise.

»Eine dänische Autorin. Sie schrieb unter verschiedenen

Pseudonymen – Isak Dinesen, Tania Blixen. Ihr tatsächlicher Name lautete Karen, Karen Blixen. Ich bin sicher, dass du sie kennst.«

»Ich kenne sie nicht.«

Ach Louise, seufzt es in Agnes.

»Dann schau einmal in das Bücherregal im Wohnzimmer, Louise. Es ist dir vielleicht schon aufgefallen, es steht seit zwanzig Jahren dort«, sagt Agnes humorvoll (aggressiv) und achtet darauf, Louise nicht anzusehen.

»Aber Sie sind wohl nicht mit ihr verwandt?«, fragt sie Blixen.

»Nein, nein.« Blixen lacht, ein kratziges, mehr geatmetes als gelachtes Lachen. »Blixen ist mein Künstlername. Ich dachte, Paul hätte Ihnen erzählt ...«

»Paul und ich hatten viel zu besprechen. Da sind Sie etwas kurz gekommen. Aber bitte, erzählen Sie uns, wie Sie zu Ihrem Namen gekommen sind.«

Statt gleich zu antworten, wechselt er umständlich den Überschlag seiner Beine. Er bewegt sich wie ein sehr viel älterer Mann: Behäbig, bedächtig. Aber Agnes traut dem Behäbigen nicht. Draußen im Flur, da war er schnell und leise, da lief er nicht, da glitt er.

»Meine Geschichte ist etwas ungewöhnlich. Paul hat Ihnen vielleicht erzählt, dass ich mich an die ersten zwanzig Jahre meines Lebens nicht erinnern kann – vor etwa zehn Jahren kam ich in einem Krankenhaus zu mir. Man hatte mich bewusstlos und unterkühlt aus der Moldau gezogen.

Zur Beobachtung blieb ich einige Zeit im Krankenhaus. Ich wusste nichts mit mir anzufangen. Meine Erinnerung kehrte nicht zurück, und ich bekam keinen Besuch. In dem Krankenhaus gab es keine Bibliothek, aber eine Art Büchertisch. Dort stieß ich auf einen Erzählband – Karen Blixens *Gespensterpferde*.

In der Zeit, in der ich die Geschichten las, befand ich mich in einem sonderbaren Zustand; ich war geschwächt, hatte Schmerzen und fühlte mich isoliert. Nachts schlief ich wenig, und tagsüber konnte ich die Augen kaum offenhalten. Vielleicht machten die Geschichten deswegen einen so starken Eindruck auf mich. Besonders die titelgebende – die *Gespensterpferde*.«

»Worum geht es in der Geschichte?«, fragt Louise.

»Um einen toten Jungen«, kommt Agnes Blixen zuvor. »Um einen toten Jungen, der die Lebenden heimsucht.«

Paul und Louise rucken nervös vor und zurück. Blixen lächelt sein Echsenlächeln, Agnes sieht aus dem Fenster. Ein Mann läuft vorbei, einen Karton mit hoch aufgestapeltem Papier vor sich hertragend. Alle paar Sekunden fällt ein Papierschnipsel zu Boden. Wie eine Spur, denkt Agnes. Sie sieht zu, während der Mann seinen Karton in die Altpapiertonne leert. Die Szene erinnert sie an etwas, sie ist sich nicht sicher, an was, sie müsste länger nachdenken, sie –

»Soll ich einen Kaffee machen?«, durchbricht Louise die Stille. »Ich mache einen Kaffee, ja?« In den hohen Tönen lauert ein hysterisches Trillern; Situationen wie diese hat Louise noch nie gut aushalten können. Dabei hat Agnes ihr einen Trick beigebracht: Man muss sich nur auf etwas konzentrieren, das nichts mit der Situation zu tun hat. Die Papierschnipsel draußen auf dem Hof, die Krähen, die aufgestoben und in die Äste geflohen sind.

»Trinken wir Kaffee«, sagt Agnes, an Louise gewandt. »Aber nicht hier. Paul und ich sind an dem Café vorbeigekommen, in dem sie diesen Baumkuchen anbieten – erinnerst du dich, Astrid hat ihn gerne gegessen. Sollen wir dorthin gehen?«

Blixen steht auf und tritt hinter den Sessel. Er hat eine Begabung dafür, mit kleinen Bewegungen und leisen Geräuschen die Aufmerksamkeit im Raum immer wieder auf sich zurückzuführen. Ist es Zufall oder Absicht, fragt sich Agnes, dass er sich stets an der dunkelsten Stelle im Raum aufhält?

»Ich verstehe, dass Sie Zeit mit Ihrer Tochter verbringen wollen«, sagt er. »Es wäre vielleicht trotzdem gut, wenn wir uns alle zusammen –«

»Vielleicht ein anderes Mal«, sagt Agnes. Louise ist bereits in den Flur geflohen, um sich ihre Regenjacke überzuziehen. Als Agnes ihr folgen will, macht Paul einen Ausfallschritt und blockiert die geöffnete Tür.

»Und du willst jetzt gehen?«, fragt er. »Du bist doch gerade erst gekommen. Wir haben doch noch gar nicht ...«

»Heute nicht, Paul«, sagt sie.

Er macht noch immer keine Anstalten, die Tür freizugeben, sie müsste sich an ihm vorbeischieben oder ihm einen kleinen Stoß verpassen. Stattdessen umarmt sie ihn.

»Wir sprechen uns«, sagt sie, und er flüstert ihr etwas zu, aber wie schon den ganzen Tag über spricht er zu leise und undeutlich, als dass sie ihn verstehen könnte. Es klingt nicht wie »Tschüss« oder »Bis bald«, und während sie sich von ihm löst, fürchtet sie, er werde ihr einen Zettel mit konspirativen Botschaften zustecken oder mit dem raschen Schlag seiner Lider ein SOS morsen.

»Ich hoffe, wir finden Zeit, uns in den nächsten Tagen ausführlicher zu unterhalten«, sagt Blixen.

Agnes nickt unbestimmt und tritt an Paul vorbei in den Flur.

»Wir bleiben«, meint sie Blixen sagen zu hören. Aber vermutlich hat sie auch ihn nicht richtig verstanden.

ZWEITES KAPITEL

Ruft einen Kammerjäger

Während Louise neben ihrer Mutter durch den Nieselregen läuft, sitzt ein gefährliches Glucksen in ihrer Kehle. Sie hat Angst, dass sie kichern, dass sie Agnes anstoßen und etwas Albernes sagen wird: »Hast du sein Gesicht gesehen?«

Ihre Stimmung kippt, als sie das Café betreten, das Glucksen in ihrer Kehle zersetzt sich, noch bevor sie ihre durchnässte Jacke an der Garderobe aufgehängt hat. Sie folgt ihrer Mutter zwischen enggestellten Tischen durch den dunklen, verwinkelten Raum. Während Agnes sich elegant und geräuschlos durch die Reihen manövriert, rempelt Louise jeden zweiten Gast an. Sie hat das Café noch nie gemocht, das fällt ihr erst jetzt wieder ein. Sie mag die runden, viel zu kleinen Tische nicht, die düstere Wandverkleidung und die klebrigen Torten. Und erst der alberne Baumkuchen. Möglich, dass ihre Mutter das Café genau aus diesem Grund so gerne besucht: weil sie sicher sein kann, dass Louise nichts essen wird.

Sie bestellen. Agnes ein großes Glas Wasser, Louise einen Tee. Agnes' wachsamen Blick übergehend, versenkt Louise mehrere braune Zuckerstücke in der Tasse. Sie sehen aus wie kleine Kostbarkeiten, Edelsteine, Juwelen. Eines von ihnen balanciert Louise auf ihrem Teelöffel, während sie darauf wartet, dass Agnes zu sprechen beginnt. Als sie aufbrachen, Paul bei Blixen zurückließen, da war sie froh – ein seltener Glücksfall, ihre Mutter ganz für sich zu haben. Aber jetzt fällt es ihr wieder ein: Sie brauchen Paul ja, als Puffer, als Wand, und wenn es gut geht, als

Tür, als Brücke. Sobald ihnen das Gespräch entgleitet, nimmt Paul die losen Fäden und verknüpft sie neu. Ohne ihn ist es immer nur eine Frage der Zeit, bis erste Vorwürfe ungebeten am Tisch Platz nehmen. Sie sprechen laut dazwischen, sind unhöflich und machen jede Unterhaltung unmöglich.

Behutsam setzt Louise das letzte Zuckerstück auf dem Boden der Tasse ab. Es wäre wohl das Klügste, vorsichtig in das Gespräch einzutauchen, Blixen zunächst vollständig zu umschiffen. Sie könnte sich nach Agnes' Seminaren erkundigen, nach Agnes' Freunden in Frankfurt und ihrem *Kollegen – Kollege,* denkt sie, und wenn sie das Wort schriebe, dann schriebe sie es kursiv oder vielleicht in Anführungsstrichen, denn sie hat verstanden, ohne dass Agnes es hat erklären müssen, dass *der Kollege* nicht bloß ein Kollege ist. Wenn Louise sich nur an seinen Namen erinnern könnte – Thomas? Thorsten? Doch bevor Louise sacht tauchen oder behutsam umschiffen kann, macht Agnes einen Hechtsprung vom Beckenrand.

»Louise, erklär mir, wie das passiert ist«, sagt sie.

»Keine Ahnung.« Louise klopft mit dem Teelöffel auf das Zuckerstück, bis es zerbricht.

»Louise, ich habe meine Seminare für die restliche Woche abgesagt, obwohl nach den Weihnachtsferien eine Klausur ansteht, und bin den halben Tag Auto gefahren. Du stellst dich gerne dumm, ich weiß, aber gerade ist kein guter Zeitpunkt dafür.«

»Oh, ich dachte, du seist bloß hier, weil *Paul* dich angerufen hat.«

»Ach, Louise.«

Louise beißt auf ihre Unterlippe. Meist weiß sie schon in den ersten fünf Minuten, ob ein Gespräch mit Agnes spektakulär oder bloß moderat scheitern wird.

»Ich kann dir sagen, wie das alles passiert ist: Paul hat einen Mann in Prag getroffen. Er hat den Mann für Felix gehalten.

Irgendwann habe ich das auch getan. Jetzt glauben wir, dass wir uns geirrt haben.«

Agnes hebt und senkt beschwichtigend die Hände. Sotto voce, Louise. Bei ihrem letzten Streit vor etwa zwei, drei Monaten (worum ging es? Um Cupcakes vermutlich) beendete Agnes das Telefongespräch mit den Worten: »Man kann sich nicht mit dir unterhalten. Jedes Gespräch endet in Tränen oder Wutanfällen.«

Die Worte trägt Louise noch immer bei sich; die traurige Wahrheit ist, dass sie nur lange genug über sie nachdenken muss, damit sie zu weinen beginnt oder einen Wutanfall bekommt. Sie verschachtelt die Hände und konzentriert sich auf das spartanische Blumenarrangement in der Mitte des Tisches: eine langstielige Tulpe, ein undefinierbarer Halm und ein Stab.

»Ich stelle mich nicht dumm, ich kann es dir bloß nicht erklären. Eine Zeitlang, ein paar Wochen waren wir uns sicher, dass Blixen Felix ist. Und sag nicht, dass er Felix nicht ähnlich sieht – ich weiß das, ich sehe es auch – trotzdem waren wir uns sicher. Wegen der kleinen Dinge, wie er sich bewegt, wie er manchmal lächelt, wie er manchmal spricht. Wir haben ihm wegen der kleinen Dinge geglaubt.«

»Und was ist jetzt mit den *kleinen Dingen?*«

Louise starrt in ihre Teetasse; die Zuckerstücke haben sich noch immer nicht aufgelöst. Auf der Untertasse liegt ein länglicher Butterkeks. Sie holt ihn aus seiner Plastikverpackung und zerbröckelt ihn.

»Er stiehlt, er lügt. Letzte Woche ist irgendetwas zwischen ihm und Paul passiert. Ich weiß nicht, was. Paul will nicht darüber reden, ich glaube, dass Blixen ihn angegriffen hat.«

»Aber Louise, was hat er überhaupt in der Wohnung zu suchen? Wieso lässt Paul ihn bei sich wohnen?«

»Warum fragst du nicht Paul?«

»Weil Paul nicht hier sitzt, sondern du.«

»Was, wenn es stimmt?«

»Louise.« Agnes legt die Hände flach gegeneinander, als ob sie beten wollte. Es ist das, was sie tut, glaubt Louise, wenn sie eigentlich gerne mit der Faust auf den Tisch schlagen würde. »Ich kann hier nur sitzen bleiben und weiter mit dir sprechen, wenn wir uns darauf einigen, dass dieser Mensch nicht dein Bruder ist. Das ist die Bedingung.«

»Ja, gut, ja.« Louise hält den Kopf gesenkt.

»Und noch etwas. Paul hat mir erzählt, dass ihr in der Lehrstraße wart. Ich möchte nicht, dass du diesen Mann noch einmal dorthin bringst, das ist wichtig, verstehst du?«

Louise nickt, schluckt konzentriert, schluckt gegen einen Widerstand. *Jedes Gespräch*, denkt sie, *Tränen oder Wutanfall.*

»Ihr müsst ihn wieder loswerden«, sagt Agnes. »So schnell wie möglich. Ruft einen Kammerjäger oder die Polizei. Sagt ihm, er muss einen DNA-Test machen.«

»Und wenn er den Test wirklich macht?«

»Er wird den Test nicht machen.«

»Aber wenn doch?«

»Louise, er wird den Test nicht machen, weil er genau weiß, was dabei herauskommt. Nach einem negativen Ergebnis nützen ihm *die kleinen Dinge*, die Geschichten, die er euch erzählt, nichts mehr.«

»Erinnerst du dich, wie wir manchmal im Garten gezeltet haben, Felix, Paul und ich? Gestern habe ich mich mit Blixen über das Zelt gestritten. Blixen meinte, es sei hellblau. Aber ich war sicher, dass es braun war.«

»Und?«

»Heute Morgen habe ich mir die Fotos angesehen. Hellblau, es war hellblau.«

»Wo?«, fragt Agnes.

»Wo was?«

»Wo hast du dir die Fotos angesehen?«

»Paul hat ein Album und –«

»Paul hat ein Album. In seiner Wohnung. Hältst du es für möglich, dass du nicht die Einzige gewesen bist, die sich die Fotos angesehen hat?«

»Ja, aber ... es geht doch nicht bloß um das Zelt. Andauernd passiert das, dass er sich an Sachen besser erinnern kann als ich.«

»Wenn du davon sprichst, klingt es nach Zauberei. Dabei gibt es genug Wege, sich zu informieren, über Felix und Dornheim, über uns. Vielleicht hat er mit Leuten gesprochen, die Felix von früher kannten. Ich traue ihm zu, dass er nach Dornheim gefahren und in das Haus eingebrochen ist. Außerdem haben wir keine Ahnung, was Paul ihm alles erzählt hat. So wie Paul mir ihre gemeinsame Zeit beschrieben hat, war er die Hälfte der Zeit betrunken. Es geht bei diesem Mann nicht um die Antworten, es geht bloß um die Fragen und wie lange du sie dir stellen willst. *Ob* du sie dir stellen willst.«

Ihre Mutter sieht auf ihre Armbanduhr, dabei können sie kaum länger als eine Viertelstunde in dem Café gewesen sein.

»Ich habe gedacht«, sagt Louise und streicht mit den Fingern bedächtig über die Tischplatte, »ob ich nicht vielleicht für ein paar Tage in meinem alten Zimmer schlafen könnte.«

Sie hält den Kopf noch immer gesenkt, sieht auf Agnes' Hände auf dem Tisch; sehr ruhig liegen sie, rechts und links neben der Tasse, und das hat Louise noch nie verstanden, wie jemand so wenig Unruhe in den Händen und Beinen, den Füßen, dem Kopf tragen kann; kein Zucken, kein Zappeln, bloß die Hände auf dem Tisch, und allein in den Händen, in der Anordnung der Hände kann Louise sehen, dass ihre Mutter sie nicht nach Hause kommen lassen wird. *Man muss die Suppe auslöffeln, die man sich eingebrockt hat; man muss in dem Bett liegen, das man sich bereitet hat*. Aber Agnes sagt nichts von Suppen und Betten, Agnes sagt bloß: »Ach, Louise.« Dann sagt sie eine Weile nichts, räuspert sich schließlich und spricht weiter, als wären die letzten zwei Minuten nicht passiert – Agnes kann Minuten oder Stunden, aber auch ganze Wochen, ja Jahre aus dem Stoff der Zeit heraustrennen, beiseitelegen und vorgeben, nichts von ihnen zu wissen. Das hat Louise bereits oft genug erlebt, es erstaunt sie trotzdem immer wieder.

»Wir müssen uns überlegen, wie es jetzt weitergeht«, fährt Agnes fort. »Als Erstes müsst ihr genau wissen, wer er ist. Was habt ihr bisher über ihn herausgefunden?«

»Herausgefunden?«

»Stimmen alle Teile seiner Geschichte? Wurde er tatsächlich aus der Moldau gezogen? Und konnte niemand ausfindig gemacht werden, der ihn kennt?«

»Woher soll ich denn wissen ...«

»Bitte sagt nicht, dass ihr nichts davon überprüft habt.«

»Wie ... wie hätten wir das denn *überprüfen* sollen? Wir sind doch keine Detektive.«

Sehr langsam faltet ihre Mutter die Getränkekarte zusammen, dann streicht sie die nicht vorhandene Tischdecke glatt. Anders als die meisten Menschen wird Agnes langsamer, gründlicher, leiser, wenn sie wütend ist.

»Man muss kein Detektiv sein, um etwas über jemanden herauszufinden. Er ist doch ein Künstler in Prag. Was habt ihr im Internet zu ihm gefunden?«

»Im Internet«, echot Louise.

»Du hast ihn nicht einmal gegoogelt?«

»Wieso überhaupt ich? Warum soll ich ihn googeln, warum soll ich Sachen herausfinden? Warum geht es bei allem immer nur um mich? Hast du es nicht mitbekommen? Paul hat ihn angeschleppt, Paul war das!«

Ihr Ton ist weinerlich, ihre Unterlippe zittert, fühlt sich dicker an. Sie merkt all das, ohne etwas daran ändern zu können.

»Ist das jetzt wichtig, Louise? Wer *schuld* ist, Paul oder du?«

»Mir ist es wichtig, ja. Wenn Paul etwas falsch macht, tut er dir leid, wenn ich etwas falsch mache, wirfst du es mir vor.«

Sachtes Heben und Senken der Hände; sotto voce, Louise.

»Paul ist nicht hier. *Du* bist hier. Ich spreche mit *dir*. Und davon abgesehen – soweit ich verstanden habe, ist Paul sehr krank gewesen.«

»Und?«

»Und vielleicht war er nicht in dem Zustand, Entscheidungen zu treffen.«

Louise starrt ihre Mutter an.

»In Prag, als er Blixen nach Deutschland eingeladen hat, da war er nicht krank. Er war nicht krank, als er mich angerufen hat, um mir zu sagen, dass er meinen Bruder gefunden hat.«

Mein Bruder. Zwei Worte, die sie nur selten spricht; Jahre können verstreichen, ohne dass Louise sie Agnes gegenüber in den Mund nimmt.

Agnes sitzt sehr gerade, so als hielte sie jemand fest. Eine Kellnerin, eine junge Frau ungefähr in Louises Alter, nähert sich ihnen, wirft einen Blick auf Agnes, auf Louise, und entfernt sich unauffällig wieder. Man kann es sehen, in der Luft zwischen ihnen, denkt Louise, die Spannung wie ein giftgrünes Glühen, das Flimmern über dem Asphalt an heißen Tagen.

Da nickt Agnes, ein kurzes, präzises Nicken, so als würde sie etwas mit dem Kinn antippen.

»Ja«, sagt sie. »Entschuldige.«

Louise errötet. Agnes' Entschuldigungen sind rar gesät, man sollte sie einstecken, aufbewahren, nur ab und zu hervorholen. Vor allem sollte man den Moment nicht gefährden, indem man weiterspricht. Aber sie spricht weiter, kann nicht anders, immer dann, wenn es wieder etwas zu verlieren gibt, prescht sie voran.

»Wirst du uns helfen?«, fragt sie.

»Helfen?«

»Ihn wieder loszuwerden«

»Aber Louise, wie soll ich euch denn helfen? Ihr seid erwachsen; er ist erwachsen. Ihr müsst ihm sagen, dass er gehen und nicht wiederkommen soll.«

»Wir ... wir können nicht.«

»Warum um Himmels willen nicht, Louise?«

Weil.

Sie hält das Wort zurück, bevor es ihr über die Lippen schießt, mit Agnes kollidiert und die nächste größere Erschütterung verursacht.

Weil er das Haus erkannt hat. In einer Straße voller Häuser hat er unseres erkannt. Weil er wusste, welche Bilder sich einmal in meinem Medaillon befanden.

Wegen der kleinen Dinge.

Weil wir uns so sicher waren.

Schweigend tastet Louise nach dem Medaillon um ihren Hals. Sie hätte sich keine Sorgen um Blixens Reaktion machen müssen, denn als er das Medaillon, am Tag nachdem sie es aus seiner Tasche hervorgeholt hatte, bemerkte, da blinzelte er sie freundlich an, sagte: »Oh, du hast es wiedergefunden«, und verließ den Raum, bevor sie ihm antworten konnte.

Sie lässt das glatte Silberoval los, greift nach dem Salzstreuer und dreht ihn in den Händen. Sie versteht nicht, wie man ihn bedient. Sie ist nicht einmal sicher, wo oben und wo unten ist. Erneut sieht Agnes auf ihre Uhr. Sie wird aufstehen, aufstehen und gehen, nach dem Portemonnaie greifen und – Agnes lehnt sich zurück.

»Ich habe heute an ein Märchen von Andersen denken müssen«, sagt sie.

Louise verschränkt die Arme. Sie hasst Agnes' Märchen, hat sie schon immer gehasst. Agnes gehört zu den Müttern, die glauben, auch kleinen Kindern seien Inzest, Vergewaltigung, Folter und Kannibalismus durchaus zuzumuten. Louise aber hatte sich immer bloß die Disney-Versionen gewünscht, mit bunten Vögeln, tanzenden Prinzessinnen und Happy Ends.

»Es heißt *Der Schatten*«, sagt Agnes. »Willst du es hören?«

»Wenn es sein muss.«

»Es muss nicht sein.«

»Erzähl mir das Märchen.«

»Ein Gelehrter ist zu Besuch in einem fremden, unerträglich heißen Land, als er eines Tages feststellt, dass sich sein Schatten davongemacht hat und im Nachbarshaus ein eigenes Leben führt. Da dem Gelehrten schon bald ein neuer Schatten wächst, kümmert er sich nicht weiter darum und lässt den Schatten Schatten sein. Er kehrt in seine Heimat zurück. Jahre verstreichen, und dann eines Tages steht ein abgemagerter Mann vor seiner Tür –«

»Sein Schatten.« Louise glaubt, sich an die Geschichte zu erinnern.

»Sein Schatten«, bestätigt Agnes. »Der nun selbst ein Mensch geworden ist. In den vergangenen Jahren ist es ihm gut ergangen – er hat sich sein Wissen über das Böse in der Welt zunutze gemacht und ist reich geworden. Der Gelehrte auf der anderen Seite schreibt über das Gute, das Wahre und das Schöne, und niemand interessiert sich für seine Schriften. Er ist kränklich und arm, und der Schatten bietet ihm an, ihn auf eine Reise mitzunehmen, damit er sich erholen kann – seine einzige Bedingung ist ein Rollentausch: Der Gelehrte muss sich als Schatten des Schattens ausgeben und darf niemandem dessen wahre Identität verraten.

Der Gelehrte zögert, willigt dann aber ein. Die beiden verreisen, und der Schatten lernt eine Königstochter kennen, mit der er sich vermählt. Erneut schlägt er dem Gelehrten einen Handel vor: Er wird ihn reich machen, dafür muss der Gelehrte von nun an aber als Schatten des Schattens leben, während sich der Schatten als Mensch ausgibt. Als der Gelehrte das Angebot ausschlägt, erzählt der Schatten der Königstochter, dass sein Schatten verrückt geworden sei und nun glaube, ein Mensch zu sein. Der Schatten und die Königstochter heiraten, und der Gelehrte wird für seine Behauptung, ein Mensch zu sein, hingerichtet.«

Louise stellt den Salzstreuer ab.

»Und? Ist das ein Rätsel?«

»Nein.« Agnes steht mit einem Seufzen auf. »Es ist ein Märchen.«

*

Abends wartet Louise, bis Blixen und Paul zu Bett gegangen sind, bevor sie ihr Notebook anschaltet. Auf Pauls Couch kauernd tippt sie »Ira Blixen« in das erwartungsvoll weiße Suchfeld der Startseite.

Keine Liste zuversichtlich blau gefärbter Ergebnisse, sondern ein Text in verdächtig einheitlichem Schwarz füllt den Bildschirm. Louise liest ihn langsam und genau, so als könnte sich im letzten Unterpunkt, im letzten Wort noch ein Hinweis, ein Rat verstecken.

Es wurden keine mit Ihrer Suchanfrage "Ira Blixen" übereinstimmenden Dokumente gefunden.

Vorschläge:

• Achten Sie darauf, dass alle Wörter richtig geschrieben sind.

• Probieren Sie es mit anderen Suchbegriffen.
• Probieren Sie es mit allgemeineren Suchbegriffen.

*

Während Paul Louise und Agnes nachsieht, muss er sich gegen den Türrahmen lehnen. Wenn er nicht aufpasst, wird er hinabgleiten, wie ein rückgratloses Weichtier. Was hat er sich von Blixens und Agnes' Aufeinandertreffen versprochen? Mehr Dramatik, mehr Geräusch, mehr Bewegung, den unumkehrbaren Anfang einer endgültigen Veränderung. Dabei hat er doch gewusst, dass weder Agnes noch Blixen zu den Menschen gehören, die schreien, weinen, die Fassung verlieren. An der Wand entlang schiebt er sich durch den Flur bis in die Küche. Blixen lehnt am Kühlschrank, und erst als Paul ihn sieht, begreift er, was sein Körper schon Sekunden zuvor im Türrahmen verstanden hat: Agnes wird wieder nach Frankfurt fahren und sie drei, Paul, Louise und Blixen, werden zurückbleiben. Niemand wird kommen, niemand wird ihnen helfen.

Blixen hält eine Tasse Tee in der Hand, Agnes' Kamillentee, den er vom Wohnzimmertisch mit in die Küche gebracht haben muss. Er nimmt einen Schluck, legt den Kopf zurück, gurgelt.

»Warum ist sie hier?«, fragt er, nachdem er die Tasse abgesetzt hat.

»Wer? Agnes?«

»Ich denke, sie wohnt in Frankfurt. Warum steht sie plötzlich vor der Tür?«

Als Paul nicht antwortet, legt Blixen einen Finger auf den Wasserhahn und folgt dem gebogenen Verlauf; die Reibung von Haut auf Metall verursacht ein gequältes Quietschen. Er muss das Zucken in Pauls Wange bemerkt haben, denn er wiederholt den Vorgang prüfend, fährt mit dem Finger vor und zurück.

Wenn Paul schnell wäre, könnte er Blixens Finger packen, ihn umbiegen, bis es knackt. Er *will* das, Blixens Finger brechen, das Wollen lässt seine Muskeln krampfen. Schnell dreht er sich um, konzentriert sich auf den Toaster, den Wasserkocher.

»Sie ist einfach vorbeigekommen«, sagt er. »Ein Überraschungsbesuch.«

»Sie ist sehr ...« Blixen lässt vom Wasserhahn ab und stellt sich neben Paul, »elegant.«

Anders als sonst befindet sich hinter dem Wort keine geheime Ausbuchtung, keine verborgene Höhle, in der sich seine wahre Bedeutung versteckt. Blixen meint, was er sagt.

»Aber Louise sieht sie nicht besonders ähnlich. Eigentlich überhaupt nicht«, setzt Blixen nach.

Fast meint Paul, etwas fallen zu hören, eine Nadel. Und wieso ist ihm das nicht früher aufgefallen? Blixen spricht Nadelsprache, so wie es sonst nur Pauls Mutter kann: akzentfrei und mit umfangreichem Vokabular.

»Das musst du Louise gegenüber nicht unbedingt erwähnen«, sagt er.

Blixen wendet sich ab und klopft mit den Knöcheln seiner Finger eine Melodie gegen die Scheibe.

Als Louise kurz darauf zurückkommt, überschlägt Blixen sich beinahe, um sie schnellstmöglich abzupassen. Während sie auf den Regen und die Kälte schimpft, sich das nasse Haar mit einem Handtuch trocknet, es vor- und zurückreißt, als wolle sie etwas abscheuern, schleicht Blixen durch den Raum auf sie zu.

»Deine Mutter und du, ihr seid euch überhaupt nicht ähnlich, aber wahrscheinlich hörst du das oft«, merkt er an.

Louise lässt das Handtuch sinken.

Paul atmet hörbar aus, ein verunglücktes Geräusch zwischen Schnaufen und Seufzen. Blixen dreht ihm den Kopf zu. Das Monster, der Feind in Film und Fernsehen ließe sich jetzt zu einem hämischen Lächeln, einem triumphalen Grinsen hinreißen, in Blixens Gesicht aber tut sich nichts. Er *glotzt*. Anteilnahmslos.

Die beiden Männer starren einander an, nicht besonders lange, ein paar Sekunden bloß, denkt Paul, aber als er aufsieht, ist Louise verschwunden. Lediglich das nasse Handtuch liegt noch auf ihrem Stuhl.

Am nächsten Tag stiehlt Blixen sich vormittags aus dem Haus. Sein Trenchcoat an der Garderobe verrät, dass er zurückkehren wird, trotzdem geht Paul ins Schlafzimmer, um nach seiner Tasche zu sehen. Es ist ein automatischer Vorgang, einer, den er sich nicht wieder abgewöhnen kann, obwohl er längst aufgehört hat, Blixens Verschwinden zu fürchten.

Die Tasche liegt neben dem Bett, der Spinnenbaum steht auf der Kommode, und davor auf dem Boden sitzt Louise. Andächtig sieht sie aus wie jemand, der vor einem Altar kniet. Sie sieht zu dem Spinnenbaum auf, scheint etwas im Gewirr der Zweige ergründen zu wollen.

»Ich hasse das Ding«, sagt sie, ohne sich umzudrehen.

»Zumindest musst du nicht jede Nacht im selben Zimmer mit ihm schlafen«, sagt er. Er hat die Worte leichthin sprechen wollen, aber sie klingen vorwurfsvoll, harsch.

Louise starrt weiter den Baum an. Paul setzt sich auf die Bettkante, räuspert sich.

»Es tut mir leid, dass ich Agnes angerufen habe. An diesem Abend ... ich stand neben mir. Am nächsten Morgen war ich mir nicht einmal mehr sicher, ob ich tatsächlich mit ihr gesprochen hatte.«

Noch immer dreht sich Louise nicht zu ihm um.

»Du entschuldigst dich, aber du weißt nicht einmal, wofür. Es ist ja nicht bloß, dass du sie angerufen hast. Wenn es um Blixen geht, triffst du alle Entscheidungen allein. Als du ihm in Prag begegnet bist, hast du mir erst Tage später davon erzählt. Als er in Berlin auftauchte, auch. Wir waren uns einig, vorerst nicht mit Agnes zu sprechen, und dann änderst du deine Meinung, dann rufst du sie an und erzählst mir nichts davon. Weißt du, wie dumm ich mir vorkam, als sie plötzlich im Hof stand?«

»Wahrscheinlich so dumm wie ich damals, als ich an einem Café vorbeilief und dich dort mit Blixen sitzen sah.«

Sie dreht den Kopf ein kleines Stück. Er hat sie überrascht. Und sich selbst. Seit Wochen hat er nicht mehr an ihre Treffen mit Blixen gedacht; sie gehören in eine andere Zeit, sind längst nicht mehr wichtig. Das zumindest hätte er bisher behauptet.

»Es ist nur ...«, sagt Louise. »Sie wäre nicht gekommen, wenn *ich* angerufen hätte.«

»Natürlich wäre sie –«

Louise schüttelt den Kopf. »Sie wäre nicht gekommen, Paul.«

Paul starrt ihren Hinterkopf an. Wenn sie sich doch nur umdrehen würde. Früher, da wusste er immer, wann sie darauf wartete, dass er sie berührte, sie umarmte. Doch inzwischen umarmen sie sich nicht einmal mehr zur Begrüßung, sondern heben die Hand zu einem angedeuteten, albernen High Five.

»Wir glauben nicht mehr, dass er Felix ist, oder?«, fragt Paul. »Wir sprechen nicht darüber, aber so ist es, keiner von uns beiden glaubt das noch.«

Louise antwortet nicht.

»In den ersten Wochen hatte ich solche Angst, dass er einfach wieder gehen würde«, fährt Paul fort. »Jetzt hoffe ich jedes Mal, wenn er das Haus verlässt, dass er nicht zurückkommt. Ich weiß nicht einmal, wann es sich geändert hat. Kannst du sagen, an welchem Tag? In welcher Woche?«

Louise schüttelt den Kopf. Endlich dreht sie sich zu ihm um. Ihre Finger tasten nach dem Medaillon um ihren Hals und zwirbeln die Silberkette.

»Wo genau hast du es eigentlich gefunden?«, fragt er. In der Wohnung, hat sie am Vortag zu ihm gesagt. Es sei doch die ganze Zeit über in der Wohnung gewesen. Mehr nicht. Jetzt winkt sie ab, als gäbe es zu dem Medaillon nichts weiter zu sagen.

»Ich habe ihn gestern gegoogelt«, sagt sie stattdessen.

»Und?«

»Man findet nichts, überhaupt nichts.«

Paul hat nichts anderes erwartet, wahrscheinlich hat er das Internet deswegen gar nicht erst nach Blixen durchforstet.

»Agnes hat gesagt, wenn ich über Blixen spreche, dann klingt es nach Zauberei«, sagt Louise.

»Weil es sich anfühlt wie Zauberei. Hast du ihr erzählt, dass er das Haus erkannt hat? Dass er das Wohnzimmer in Dornheim beschreiben kann?«

»Sie hält es für möglich, dass er nach Dornheim gefahren ist. Und dass er mit irgendwem gesprochen hat. Wer auch immer das gewesen sein soll. Als hätte Felix irgendwelche Freunde außer dir gehabt.«

»Na ja, er hatte schon –«, widerspricht Paul und bricht ab. Hatte Felix keine Freunde außer ihm? Er war der beliebteste Junge an der Schule, so hat Paul es Blixen erzählt, so würde er es jedem erzählen. Weil es stimmt. Aber gleichzeitig könnte er niemanden außer sich selbst nennen, keinen Jungen und kein Mädchen, mit dem Felix tatsächlich befreundet war. Niemanden, der ihn gut genug kannte, um Blixen etwas über Dornheim erzählen zu können oder über ein Medaillon, das Felix Louise zum sechzehnten Geburtstag geschenkt hatte. Paul stockt.

»Was, wenn … Wir sind die ganze Zeit davon ausgegangen, dass er sich *erinnert*«, sagt Paul. »Aber er erinnert sich nicht. Er erinnert sich nicht an die Lehrstraße und auch nicht an Dornheim. Er weiß, was Felix weiß, weil Felix ihm davon erzählt hat.«

»Paul, ich kann nicht ... « Sacht schüttelt Louise den Kopf. »Ich kann das nicht noch mal.«

»Du kannst was nicht noch mal?«

»Denken, dass wir Felix, dass wir ihn irgendwie zurückkriegen. Dass Blixen ihn uns irgendwie zurückgeben kann.«

»Nein, aber, Louise,«, Paul rutscht bis an den äußersten Rand der Bettkannte, »das ist kein Unsinn, das ist eine richtige Erklärung. Eine *gute* Erklärung. Sie müssen einander irgendwann in den letzten zehn Jahren begegnet sein. Vielleicht waren sie miteinander befreundet, sonst hätte Felix ihm nicht so viel von sich erzählt. Und es war auch kein Zufall, dass ich Blixen in Prag getroffen habe. Er muss auf der Suche nach uns gewesen sein.«

»Aber wozu denn? Er will doch nichts. Kein Geld oder ...«

»Noch nicht. Vielleicht lässt er sich Zeit.«

»Und das Muttermal? Deswegen hast du ihn doch überhaupt erst erkannt. Ich meine, wenn er bloß irgendwer ist, der einmal mit Felix gesprochen hat ...«

»Hast du es dir einmal genauer angesehen? Es könnte auch ein Tattoo sein.«

Alles ergibt einen Sinn, es fügt sich zusammen, klingt glatt, richtig. Das muss auch Louise hören.

»Und jetzt?«, fragt Louise. »Sollen wir ihn fragen, ob er Felix kennt?«

»Glaubst du etwa, er würde es uns verraten?«

»Wahrscheinlich nicht, nein.«

Sie dreht sich wieder um, sieht hinüber zum Spinnenbaum.

»Weißt du, was ich gerne machen würde?«, fragt sie.

»Was?«

»Das Ding loswerden.«

»Den Spinnenbaum? Jetzt?«

Louise steht auf. »Jetzt.«

Weil sie ihn bloß erwartungsvoll ansieht, durchquert Paul den Raum. Er packt die Skulptur am unteren Ende des Stammes und hebt sie von der Kommode. Die Zweige scharren an der Zimmerdecke entlang: Der Spinnenbaum muss inzwischen fast zwei Meter hoch sein. Während sie ihn aus dem Schlaf- und weiter ins Wohnzimmer tragen, hinterlassen sie eine Spur aus Müll und Schmuck, zerbröckelnden Blättern und Staubflusen. Im Hof angelangt, legen sie ihn ab, zwischen Vorgartenzaun und Mülltonnen. Paul sieht sich um, schaut hinauf zu den Fenstern der umliegenden Häuser. Niemand ist zu sehen.

»Wir zünden das Ding an, ja?«, sagt Louise.

»Louise, wir können nicht …«

Aber natürlich können sie. Louise hat recht, sie brauchen das, einen Moment wie diesen, Flammen und Rauch hier draußen auf dem Hof und das Wissen, dass sie etwas zerstört haben, das Blixen gehört.

»Stell dir vor, er kommt nach Hause und das Ding ist verschwunden«, sagt Paul.

»Und wenn er uns danach fragt …«

»Dann tun wir so, als wüssten wir nicht, wovon er redet. Als ob wir seinen komischen Spinnenbaum nie gesehen hätten.«

»Hast du ein Feuerzeug?«, fragt Louise.

Er nickt, zieht ein Feuerzeug aus seiner Hosentasche und kniet sich neben den Baum. Zündet ihn an. *Versucht,* ihn anzuzünden. Aber die Äste wollen kein Feuer fangen. Sie glänzen dunkel und feucht. Vielleicht hat Blixen sie mit etwas präpariert?

»Versuch es weiter unten«, sagt Louise.

Aber es macht keinen Unterschied. Die Flamme erlischt, sobald Paul den Daumen vom Feuerzeug löst.

»Aber wir bringen das Ding nicht in die Wohnung zurück«, sagt Louise entschieden.

Paul sieht ihr zu, wie sie an dem Baum zerrt, sich bemüht, ihn kopfüber in die Mülltonne zu wuchten. Der Baum ist ein gutes Stück größer als Louise. Paul sollte ihr helfen, aber er kann nicht, er kann bloß still stehen in der frostigen Luft und spüren, wie etwas zusammen mit der Dämmerung durch das Hoftor kriecht. Es formiert sich, nimmt Gestalt an, ein Vorhaben, ein Plan, eine Möglichkeit, von der er noch nicht sicher ist, ob er sich auf sie einlassen will.

*

Es ist Nacht, und Paul läuft durch das Goldene Gässchen. Touristen sind keine zu sehen, aber in einigen Häusern brennt Licht. Paul sollte nicht hier sein, alleine, mitten in der Nacht; er kann sich nicht einmal erinnern, Eintrittsgeld bezahlt zu haben.

Eine Bewegung am äußersten Rand seines Sichtfeldes lässt ihn schnell den Kopf drehen. Niemand ist zu sehen. Dann entdeckt er einen bleichen, verschwommenen Umriss hinter einer der Scheiben. Ein Gesicht. Jemand presst sein Gesicht gegen das milchige Glas, beobachtet Paul eindringlich aus Augen, die bloß als schwarz zerlaufene Ovale zu erkennen sind.

Schnell läuft Paul weiter, über das gefährlich unebene Kopfsteinpflaster. Jeder Schritt ist ein kleiner Sprung; es ist wichtig, nicht zu fallen, genauso wichtig, wie schnell zu sein. Auch in den nächsten Häusern drücken sich weiße Gesichter gegen die Scheiben. Bald wird sich die erste Tür öffnen, wird der erste heraustreten. Pauls Herz schlägt schneller, aber seine Bleifüße bewegen sich noch immer langsam, und jemand sagt dicht an seinem Ohr: »Paul, Paul.«

Die Lichter hinter den Fensterscheiben erlöschen, die Gesichter verschwinden. Paul schließt die Augen oder vielleicht öffnet er sie, und plötzlich sitzt Blixen neben ihm auf dem Bett und rüttelt an seinem Arm. Das Haar hängt ihm ins Gesicht, seine Haut und seine spitzen kleinen Zähne sehen im Mondlicht leicht bläulich aus.

»Paul, du musst aufwachen, Paul.«

Träge versucht Paul, sich wachzublinzeln. Er sieht den Kleiderschrank, den kleinen Tisch, die kahle Wand dort, wo sich bis zum Vortag der Spinnenbaum befand. Blixen hat das plötzliche Verschwinden seines Kunstwerks wortlos hingenommen, Paul und Louise den ganzen Nachmittag über keine einzige Frage gestellt.

»Weißt du, woran ich mich erinnere, Paul?«, fragt Blixen. »In dem Haus in Dornheim gab es einen hellblauen Sekretär, und gefrühstückt haben wir immer in der Küche. Sie war mit braunen Fliesen gekachelt. Und ich erinnere mich, dass wir abends, wenn wir ferngesehen haben, oft … «

»Ich will das jetzt nicht hören. Es ist mitten in der Nacht. Ich schlafe.«

Blixen, die Arme um die angezogenen Beine geschlungen, schaukelt auf der Matratze vor und zurück.

»Aber Paul, freust du dich gar nicht? Das sind doch gute Neuigkeiten?«

Mit dem Zeigefinger sticht er Paul in die Schulter. Es schmerzt, überraschend und unverhältnismäßig stark, so als hätte Blixen ihn mit einem deutlich spitzeren Gegenstand als bloß einem Finger attackiert. Paul schlägt nach seiner Hand. Blixen verlagert das Gewicht, sodass er über Paul zu hängen, zu schweben scheint.

»Miese-Paul«, gurrt er.

Paul könnte nach ihm schlagen, jetzt, mit der flachen Hand oder der Faust, in sein bleiches Gesicht, er könnte ihm einen Zahn ausschlagen, ihm die Nase brechen, ihn bluten lassen. Er will sich abwenden, versucht es zumindest, aber Blixen kommt ihm zuvor, federt sich ab, bewegt sich schnell, monstermaschinenschnell. Und dann sitzt er auf ihm. Die Muskeln seiner Oberschenkel spannen sich an, er hält Paul wie eine menschliche Greifzange; die Luft wird aus Pauls Körper gepresst; Paul reißt die Arme hoch und verpasst Blixen einen Stoß, der ihn vom Bett schleudert. Paul sieht den Aufschlag nicht, aber er hört ihn, wie Blixens Körper dumpf auf den Dielen auftrifft. Und dahinter ist ein weiteres Geräusch, ein Splittern oder Krachen. Paul hat ihm den Arm gebrochen! Den Arm oder ein Bein, vielleicht auch bloß ein paar Rippen; so oder so müssen sie jetzt ins Krankenhaus. Und das wird Blixen so schnell nicht vergessen. Auch Paul wird es nicht vergessen. Und was, wenn Louise davon erfährt? Ist er jetzt diese Art Mensch? Einer, der anderen die Knochen bricht? Aber er hat noch nie einen Menschen geschlagen, nicht einmal als Junge hat er sich geprügelt oder jemals –

Blixen lacht. Ein Lachen ohne Laut, im Grunde mehr ein schnelles Hecheln. Sein Arm fällt ihm über die Brust, in einem sonderbar falschen Winkel, so als hätte ein verrückter Wissenschaftler einen Fremdkörper an seiner Brust festgeschraubt.

»Hör auf«, zischt Paul. »Sei leise.«

»Das war wirklich, das war …«, sagt Blixen noch immer hechelnd. »Also Paul.« Er nickt anerkennend.

Vorsichtig, ohne den Arm zu belasten, steht er auf. Während er das Bett umrundet, schüttelt er seine Schultern aus, die rechte, dann die linke. Erneut knackt es, und Paul spürt den Laut im eigenen Körper, so als sei es nicht Blixens, sondern *seine* Schulter, die brutal zurecht gerückt würde. Ihm ist schlecht.

»Keine Sorge«, sagt Blixen und lässt sich auf der Matratze nieder. Es ist nicht möglich, weiß Paul, aber sein Arm scheint wieder fest im Schultergelenk zu sitzen. Langsam kriecht Blixen dichter an Paul heran. »Ich habe nichts dagegen, wenn du grob bist, Paul. Mir macht das nichts aus.«

Blixen schließt die Augen, bleibt liegen, nicht ganz auf seiner Seite des Bettes, sondern eher in der Mitte, aufdringlich nah bei Paul.

Paul rührt sich nicht, spürt die Spannung bis in die Haarspitzen, bis in die Fingernägel, dort, wo er eigentlich überhaupt nichts mehr spüren sollte, aber so ist es, er fühlt Blixen, Blixens Nähe, auch und vor allem in der toten Materie; dicht an, nein, *in* seinem Ohr hört er ein dumpfes Flattern, so als hätte sich ein dickes Insekt in seinem Gehörgang verfangen. Ist Blixen eingeschlafen? Soll Paul aufstehen, aus dem Zimmer fliehen? Oder soll er versuchen zu schlafen? *Kann* er versuchen zu schlafen? Wird er überhaupt je wieder schlafen können? Gerade als Paul vorsichtig den Kopf drehen will, spürt er Blixens Hand auf seinem Oberarm. Sacht streichen dessen Finger über seine Haut und den Stoff seines T-Shirts.

Mit einem Satz springt Paul aus dem Bett.

»Alles in Ordnung, Paul?«, fragt Blixen.

Ohne zu antworten, hastet Paul aus dem Schlafzimmer, vorbei an Louise auf der Couch, durch den Flur und in das Badezimmer. Er zieht die Tür hinter sich zu, schließt sie ab, setzt sich in die Badewanne, starrt die Kacheln an. Wartet.

DRITTES KAPITEL

Du hast doch keine Furcht vor dem Meere, mein stummes Kind

Den unteren Rücken auf einen Stapel Bücher gebettet, die Arme zu den Seiten ausgebreitet, liegt Agnes auf dem Wohnzimmerteppich. Der Schmerz knapp oberhalb ihres Kreuzbeins beißt nicht mehr mit hungrig, spitzbezahntem Maul, der Schmerz zieht nur noch mit trägen Pfoten an einzelnen Nervensträngen. Paul hat sie am Vortag versichert, sie kenne ein paar gute Dehn- und Streckübungen, um die Schmerzen in den Griff zu bekommen. Von dem Amadol hat sie ihm nichts erzählt.

Sie schließt die Augen, sie stellt sich staubig graue Weiten vor und ihren eigenen Körper, der von Sekunde zu Sekunde schwerer wird, der langsam absinkt, in diesem Wasser, das im Grunde kein Wasser ist, sondern verdichtete Luft, locker gewebte Gaze. Kein Meer also, sondern vielmehr der Geist des Meeres. Sie atmet ein. Und atmet aus. Lässt den Atem zum »sanften Rauschen« werden. Ihre Yoga-Lehrerin spricht von Ozeanatmung, und es ist vor allem der Name, der Agnes überzeugt: Wie sonst sollte sie im Meer der Ruhe atmen?

Das erste Mal hörte Agnes vom Meer der Ruhe, als sie vierzehn war und mit ihrer Mutter einen Bericht über die Mondlandung im Fernsehen ansah. Als Meer der Ruhe, erklärte der Moderator, bezeichne man das Gebiet, in dem die Apollo 11 gelandet sei, das Gebiet, in dem der erste Mensch beschwingte Schritte getan habe. Die Sendung beeindruckte Agnes, weniger wegen der erstaunlich agilen Marshmallow-Männer, die wie weiße, gut gepolsterte Insekten geschäftig eine Flagge hissten, sondern wegen des geheimnisvollen Gebietes, das sie sich erschlossen. In der Bibliothek fand Agnes heraus, dass es mehrere Mondmeere gab – Flächen, die von frühen Astronomen irrtümlich für tatsächliche Meere gehalten worden waren, da sie dunkler und weniger reflektierend erscheinen als die übrige Mondoberfläche. Agnes lernte die Namen der Mondmeere auswendig: Mare Frigoris, das Meer der Kälte, Mare Nubium, das Meer der Wolken, Oceanus Procellarum, Ozean der Stürme. Mare Tranquillitatis – Das Meer der Ruhe.

Es ist das Meer der Ruhe, das Agnes gerettet, das sie durch die letzten Jahre gebracht hat. Den Meditationskurs, den sie vor Jahren einmal besuchte, brach sie ab, sie geht nicht laufen, nicht schwimmen, entgegen der Empfehlung ihrer Nachbarin geht sie auch nicht zum Zumba-Tanz. Aber jeden zweiten Tag hebelt sie sich aus der Welt, aus der Zeit, schließt die Augen und schwebt durch ein geräuschloses, farbloses, geruchloses Zwischenreich. Das Meer der Ruhe ist der Erde fern, deswegen spielt es dort keine Rolle, was auf ihr vor sich geht. Man bleibt unberührt von Kriegen und Katastrophen, unberührt von persönlichen Tragödien wie Krankheit, Tod und Verlust.

Während sie driftet, weiter dem Grund entgegentreibt, denkt sie nicht an den kränklich aussehenden Paul, nicht an das Gespräch mit Louise und nicht an Blixen, vor allem an Blixen denkt sie nicht. Aber als es klingelt, da weiß sie, dass er es ist.

Tiefe Tauchgänge machen sie immer schläfrig. Sie blinzelt träge, während sie den Stapel Bücher unter ihrem Rücken hervorzieht und sich aufsetzt. Vielleicht sollte sie einfach nicht aufmachen; aber nein, er ist keiner, der sich so schnell umdreht und geht. Wahrscheinlich würde er sich neben der Haustür platzieren oder in der Hecke verstecken und darauf lauern, dass sie irgendwann das Haus verlässt.

Ihre Hüft- und Schultergelenke knacken, als sie auf alle Viere kommt und sich aufrichtet. Im Flur bleibt sie vor dem Garderobenspiegel stehen, bindet ihr Haar zusammen und betrachtet sich. Nach langen Autofahrten sieht sie noch Tage später wie ein Gespenst aus, hohlwangig und fahl. Agnes winkt ergeben in den Spiegel, das Gespenst winkt zurück. Es gefällt ihr nicht, Blixen mit plattgelegenem Haar und nur in Socken die Tür zu öffnen, doch scheint es ihr albern, sich die Schuhe anzuziehen. Sie stellt sich so hinter die Tür, dass er möglichst wenig von ihr zu sehen bekommt und drückt die Klinke herunter.

Er hat ihr den Rücken zugekehrt, so als habe er gerade gehen wollen. Ein unsicheres Lächeln im Gesicht, dreht er sich um, scheinbar überrascht, dass jemand öffnet. Agnes' Mundwinkel schlägt aus; es ist ein Zucken, kein Grinsen, aber beinahe wäre es zu einem geworden. Er steckt Arbeit in seine Vorstellung, in seine Auftritte, er ist – aufwendig durchtrieben. Sie muss aufpassen, wenn sie sich nicht anmerken lassen will, dass sie ihren Spaß daran hat. Ein Gedanke kommt ihr, schnell drängt sie ihn zurück: *Er ist interessant. Er interessiert mich.*

»Ich dachte, es wäre niemand da«, sagt er.

»Ich bin da.«

»Sie sind wahrscheinlich überrascht, mich zu sehen.«

»Nein.«

»Nein?«

»Soweit ich verstanden habe, hat meine Tochter Ihnen gezeigt, wo ich wohne.«

»Nun, ich –«

»Hören Sie, ich habe kein Interesse an Ihrer Geschichte.«

Aber es stimmt nicht. Agnes überführt sich beim Lügen stets selbst, sie spürt dann ein leichtes Ziehen in der Magengegend, den vagen, unverdaulichen Verdacht, nicht die Wahrheit gesprochen zu haben.

»Wenn Sie mich bloß kurz hereinlassen würden.«

Agnes zieht die Tür zu sich heran. »Ich möchte Sie nicht in meinem Haus haben.«

Er sieht sie an, auf eine unangenehme Weise. Forsch, hätte Agnes' Mutter gesagt; ein forscher junger Mann. Aufdringlich, würde Agnes sagen. Übergriffig. Als würden sich seine Augäpfel wie gierige kleine Hände aus dem Gesicht strecken und nach etwas greifen.

»Ich möchte über meinen Vater reden«, sagt er unvermittelt.

Agnes' Hand schließt sich fester um die Klinke. Bemerkt er das? Kann er sehen, wie sich die Muskeln in ihrem Arm anspannen?

»Das dürfte schwierig werden. Ich kenne Ihren Vater ja nicht.«

»Natürlich kennst du meinen Vater. Du hast ja zwei Kinder mit ihm.« Er leckt sich über die Lippen, und seine Zunge, flink und blassrosa, erinnert sie an einen Tentakel. Ihr Magen gibt einen langgezogenen Klagelaut von sich; der Ekel hat sie wieder im Griff.

»Ich schließe jetzt die Tür«, sagt sie. »Wenn Sie nicht verschwinden, dann rufe ich die Polizei. Das hätte schon längst passieren sollen.«

Scheinbar ohne eigenen Antrieb, so als ob ihn der Wind schaukeln würde, wippt Blixen vor und zurück.

»Ich weiß, dass du gelogen hast«, sagt er. »Damals in Dornheim, als sie dich nach Felix gefragt haben.«

Die Worte treffen, und als sie den Einschlag spürt, unmittelbar im Schädel, da verrät sie sich, da zuckt sie, da presst sie die Augen kurz zusammen und reißt sie umso weiter wieder auf. Sie fängt sich, in Sekundenschnelle, aber es ist zu spät.

»Und worüber habe ich gelogen?«, fragt sie.

Er schüttelt den Kopf, lacht.

»Nein. So nicht. Ich möchte mit dir sprechen. Es ist mir sehr wichtig. Ich glaube, du hast noch gar nicht verstanden, wie wichtig mir das ist.«

Sie hält sich an der Klinke fest, überlegt, wie sie Zeit gewinnen kann. Er blufft, er gräbt im Dunkeln, arbeitet mit Tricks, mit Finten, mit kleinen und großen Täuschungsmanövern, er macht sich die Dummheit und das Wissen der anderen zunutze. Nur weil Agnes den Trick nicht versteht, nicht begreift, wie er das Kaninchen aus dem Zylinder zieht, die schwarze Dame aus dem Stapel Karten fischt, nur deswegen sollte sie nicht in Versuchung geraten, ihn für einen Zauberer zu halten.

Und trotzdem, er hat recht: Sie *hat* gelogen. Sie erinnert sich an die Lüge, keine besonders große, keine folgenreiche, keine aufregende. Aber das ändert nichts daran, dass Agnes oft an sie denkt, dass sie ihr manchmal einfällt, mitten in der Nacht, und sie zum Hörer greifen, Paul anrufen und ihm davon erzählen will.

Blixen wippt weiter auf dem Treppchen vor und zurück. Sie weiß, was zu tun ist: Sie muss die Tür schließen, die Polizei rufen, aber vorher will sie verstehen, wie er es anstellt, sie will den Trick noch einmal sehen, den Zylinder, das Kaninchen, die schwarze Dame, sie möchte den Trick noch einmal sehen, und sie wird aufmerksamer sein als Paul und Louise, sie wird genauer hinschauen, wird nicht blinzeln, sich nicht ablenken lassen.

»In Ordnung«, hört sie sich sagen. »Wir unterhalten uns. Aber nicht hier. Und nur, wenn wir uns darauf einigen, dass Sie von meinem Mann nicht als Ihrem Vater, von meiner Tochter nicht als Ihrer Schwester und von mir nicht als Ihrer Mutter sprechen.«

Er nickt knapp. »Wohin gehen wir?«

»Spazieren«, antwortet sie. Wohin sie gehen, ist ihr gleich; nur im Haus will sie ihn nicht haben.

Agnes hat sich in der Temperatur geirrt, der Winter ist bereits in die Straßen Berlins eingezogen. Sie schließt den obersten Knopf ihres Wollmantels und zupft ihre dunkelgrauen Stulpen zurecht. Blixen scheint die Kälte nicht zu bemerken; er trägt einen dünnen Trenchcoat, darunter ein Shirt mit tiefem V-Ausschnitt. Man will ihn anziehen, ihm einen Schal und Handschuhe reichen. Schon am Vortag ist es ihr aufgefallen: Seine Kleidung ist unmerklich heruntergekommen. Die Spitzen seiner Lederstiefeletten sind abgestoßen, die Kanten seiner Trenchcoat-Ärmel ausgefranst. Zum ersten Mal, seitdem Paul sie angerufen hat, kommt ihr der Gedanke, dass es bei alldem um Geld gehen könnte.

»Können wir jetzt über Simon sprechen?«, fragt Blixen.

»Warum ausgerechnet über Simon?«

»Louise will nicht über ihn reden, Paul weiß nichts zu erzählen. Das wundert mich. Er interessiert mich. Außerdem tut es gut, über die Vergangenheit zu sprechen. Danach fühlt man sich befreiter.«

»Und wem erzählen Sie von Ihrer Vergangenheit, um sich zu befreien?«

»Ich? Aber ich habe doch gar keine Vergangenheit. Deswegen bin ich so ein guter Zuhörer.« Sie verlassen den Bürgersteig, überqueren die Straße. »Ich glaube, dass ich Felix besser verstehen kann, wenn ich mehr über Simon weiß.«

Agnes runzelt die Stirn.

»Felix und sein Vater waren sich nicht ähnlich, sie hatten nichts gemein.« Sie will nicht über Simon sprechen. Sie ist nicht gut darin, es strengt sie an; meist wählt sie ihre Worte mit so viel Bedacht, dass sie den eigentlichen Simon unkenntlich werden lassen. »Er war nie besonders zuverlässig«, hat sie einmal zu Torben gesagt, und nicht einmal ihre Beschreibung dessen, was Simon *nicht* war, ist treffend gewesen.

»Ich schlage Ihnen etwas vor. Einen Handel«, sagt sie zu Blixen.

Er bleibt stehen, lässt seine übergriffigen Augen an ihr hinabwandern.

»Ich erzähle Ihnen von Simon und mir«, sagt sie. »Und danach erzählen Sie mir etwas Wahres über sich.«

»Etwas Wahres?« Er lächelt sie an.

»Ja, mir ist gleich, was. Es muss nur wahr sein.«

»Das wirst du erkennen, ob es wahr ist oder nicht?«

»Ja«, behauptet sie.

»Und du vertraust mir? Dass ich mich an meinen Teil der Abmachung halte?«

»Ja.« Sie ertappt sich dabei, wie sie sich über die Rippen streicht.

»Abgemacht.« Er streckt ihr seine Hand entgegen. Vielleicht, weil ihn die Geste amüsiert, vielleicht weil ihm aufgefallen ist, dass sie bisher vermieden hat, ihn zu berühren. Zögernd nimmt sie seine Hand. Anders als sie es erwartet hat, fühlt sich seine Haut nicht kalt und verschwitzt an. Seine Finger greifen ihre und halten sie länger als nötig fest, doch als Agnes sich losmacht, gibt er sie widerstandslos frei.

Langsam schlendern sie weiter.

»Wo bist du Simon begegnet?«, fragt Blixen.

»An der Universität. Wir studierten beide am selben Institut, aber in den ersten Semestern hatten wir nichts miteinander zu tun. Simon interessierte sich ausschließlich für isländische Literatur. Mein Schwerpunkt waren schwedische und dänische Texte.«

Aber er war ihr auch so aufgefallen – bei den Weihnachtsfeiern und Sommerfesten des Instituts, zu denen er nur widerwillig kam, wahrscheinlich weil er hoffte, einen der Professoren abpassen und ihm Fragen zu einer neuen Arbeit, Entdeckung, Überzeugung oder Krise stellen zu können. Auch in der übersichtlichen Fachbibliothek und dem studentischen Café hatte Agnes Simon oft gesehen. Er war eine auffällige Erscheinung mit wirrem, rotblondem Haar und achtlos zusammengewürfelter Kleidung. Er besaß keinen Mantel, und auch im Winter, wenn die Temperaturen fielen, trug er ein braunes Cordjackett. Agnes entwickelte eine besondere Sensibilität für die Farbe, deren genaue Bezeichnung sie auf einer Palette im Baumarkt nachsah: Signalbraun.

Sie kann sich nicht mehr an den Namen des Seminars erinnern, in dem sie zum ersten Mal miteinander sprachen, aber sie weiß noch, dass sie den Raum betrat und ihn sah, in seinem signalbraunen Cordjackett, mit verschränkten Armen in einer Ecke sitzend, und sie dachte, *wie ein Fisch an Land*, und wie der Gedanke sie stocken ließ, denn für gewöhnlich war Agnes der einzige Fisch im Raum.

»Ich glaube nicht, dass er besonders viel von mir hielt«, sagt sie zu Blixen. »Nicht in der ersten Zeit.«

»Nein? Warum nicht?«

»Oh, wir hatten unterschiedliche Ansichten – unterschiedliche akademische Ausrichtungen, meine ich. Simon war sehr –«, und wieder stolpert sie, Wörter treffen Simon nie tatsächlich, man kann nur die nehmen, die ungefähr in seiner Nähe aufschlagen, »ernst. Konventionell. Er war der Meinung, nur Hochliteratur sei es wert, sich eingehend mit ihr zu beschäftigen. Das meiste, was mich interessierte, fand er trivial. Er behauptete gerne, dass ein Text ›nichts zu sagen habe‹, und ich erwiderte dann, dass so etwas nicht möglich sei. Sobald es ein Wort gibt, einen Satz, einen Inhalt, eine Struktur, wird etwas gesagt. Was Simon meinte, war, dass die Texte *ihm* nichts sagten. Darüber stritten wir oft. Er konnte sehr abfällig sein – viele der anderen Studenten mochten ihn deswegen nicht. Mich nannte er das Märchenmädchen.«

»Wieso?«

»Als wir uns kennenlernten, hatte ich gerade das Thema für meine Doktorarbeit gewählt. Fast alle meiner Kommilitonen schrieben über die Edda, die Werke Knut Hamsuns oder widersprüchliche Konzepte in der Nibelungenrezeption. Ich wollte über Märchen promovieren. Oder genauer: über Frauenfiguren in dänischen Märchen.«

Agnes hatte Märchen schon immer gemocht, sie mochte den Horror, mochte das unverstellte Grauen, die klar formulierte Albtraumhaftigkeit der Welt. Sie mochte das brutale Aufeinandertreffen von lieblichen Mädchen und romantischer Zuversicht und abgehackten Gliedmaßen und Herzen, die nicht gebrochen, sondern gleich gegessen wurden. Sie mochte Märchen, so wie sie als Jugendliche Horrorfilme gemocht hatte, die sie sich immer noch gerne ansah. Die Geister, das Blut, der Schmerz, die Angst – nichts davon schien ihr übertrieben, sondern schlicht angemessen, eine verständliche Sprache, um die Welt zu beschreiben, in der sie sich bewegte.

»Später, als wir schon verheiratet waren, hat Simon mir erzählt, dass ich ihm das erste Mal auffiel, als ich in dem Seminar ein Kapitel aus meiner Doktorarbeit vorstellte. Ich war mir zu diesem Zeitpunkt schon nicht mehr sicher, ob ich ihn kennenlernen wollte. Er interessierte mich, aber seine Arroganz war mir unangenehm.«

»Worum ging es in dem Kapitel?«, fragt Blixen.

Agnes vergräbt die Hände in den Taschen ihres Wintermantels. Es ist gefährlich, sich mit Blixen zu unterhalten; weil man ihn vergisst, weil man alleine in einem Keller steht, vor sich hin murmelt, die Geschichte bloß sich selbst, den Spinnen, den Kellerasseln erzählt. Er bringt einen dazu zu reden, indem er nichts tut, außer einen anzustupsen. Aber er sammelt ihre Worte, das hat sie bemerkt, sammelt sie, fängt sie auf und ein, verstaut sie.

Wenn sie wüsste, was er mit ihnen vorhat. Genau hinschauen, ermahnt sich Agnes. Lass die Hütchen, die Karten, den Zylinder nicht aus den Augen.

»Andersens kleine Meerjungfrau. Kennen Sie das Märchen?«, fragt sie.

»Jeder kennt das Märchen.«

»Jeder glaubt, das Märchen zu kennen. Aber das ist die Sache mit Märchen, oder? Wir wachsen mit ihnen auf und wachsen aus ihnen heraus und meinen, sie zu kennen, was meist nicht stimmt. Das Interessante, Widerständige, das, was wir nicht verstehen, vergessen wir, kaum dass wir das Buch zugeklappt haben.«

»Erzählen Sie mir das Märchen. Ich möchte es gerne hören.«

Sie haben einen kleinen Park erreicht. Die Wege und Bänke sind weitgehend verlassen, nur der ein oder andere Hundebesitzer schleicht mit hochgezogenen Schultern zwischen den Bäumen umher. Blixen bleibt neben einem Laubhaufen stehen und tippt ihn prüfend mit der Schuhspitze an. Die dunkel glänzenden Blätter lassen Agnes an Unterwassertiere denken, kleine Rochen oder Aale. Will er das Märchen tatsächlich hören, oder macht er sich über sie lustig? Unsicher betrachtet sie den Laubhaufen. Es passiert nicht oft, dass jemand sie auffordert, ein Märchen nachzuerzählen. Nicht einmal Torben teilt ihre Begeisterung für fliegende Koffer, wilde Schwäne und sprechende Fische.

»Die kleine Meerjungfrau«, beginnt Agnes zögernd, »lebt mit ihren Schwestern auf dem Grund des Meeres. Schon seit ihrer Kindheit sehnt sie sich nach dem Land und den Menschen, die, anders als das Meervolk, eine unsterbliche Seele haben. Das Meervolk verwandelt sich nach seinem Tod in Schaum auf den Wellen. Als die Meerjungfrau das erste Mal an die Wasseroberfläche aufsteigen darf, sieht sie, wie ein Schiff im Sturm kentert.

An Bord befindet sich ein Prinz, den sie vor dem Ertrinken rettet.«

»Natürlich«, sagt Blixen. »Es geht immer darum, zum richtigen Zeitpunkt am richtigen Ort zu sein.«

»Davon verstehen Sie etwas.«

Er schaut weiter geradeaus, als hätte er sie nicht gehört oder verstanden. Sie fährt fort.

»Als der Prinz am Strand erwacht, ist die Meerjungfrau geflohen, und er hält ein gewöhnliches Mädchen für seine Retterin. Die Meerjungfrau aber kann den Prinzen nach ihrer Heimkehr nicht vergessen. Sie sehnt sich mindestens so sehr nach ihm wie nach der Vorstellung, eine unsterbliche Seele zu besitzen. Schließlich geht sie einen Pakt mit der Meereshexe ein. Diese mischt ihr einen Trank, der ihr Beine wachsen lassen wird. Jeden Schritt wird die Meerjungfrau spüren, als bohre sich ein Messer in ihre Fußsohle. Außerdem muss sie einwilligen, nie wieder in ihre Heimat zurückzukehren. Sollte der Prinz eine andere heiraten, wird sie noch in derselben Nacht sterben und sich in Meeresschaum verwandeln – in diesem Fall verlöre sie nicht nur den Prinzen, sondern auch ihre Seele. Um eine Seele zu erhalten, reicht es nicht, zu lieben. Man muss geliebt werden.«

Blixen ist langsamer geworden, während Agnes gesprochen hat, jetzt bleibt er stehen, lehnt sich gegen einen Zaun und mustert sie – mustert sie *argwöhnisch*, glaubt Agnes, auch wenn Veränderungen in seiner Mimik minimal und schwierig festzumachen sind. Er sieht sie an, als hätte sie ihn herausgefordert, nicht bloß ein Märchen erzählt, sondern eine Geschichte, die unmittelbar etwas mit ihm zu tun hat. Hat sie das? Agnes denkt an Blixens Erzählung, den bewusstlosen Körper, träge im dunklen Wasser der Moldau treibend. Dann schreibt sie seine Erzählung selbst und anders weiter: Niemand hat ihn aus dem Fluss gezogen, er ist selbst hinausgekrochen, ans Ufer, mit triefender Kleidung und tropfendem Haar, ein Geschöpf auf der Suche nach einer Seele, nach einer Welt, die ihn aufnehmen wird, weil ihr nichts anderes übrig bleibt.

»Wie geht es weiter?«, fragt er.

»Als Gegenleistung für den Trank muss die Meerjungfrau der Hexe ihre Stimme überlassen. Sie könne den Prinzen ja immer noch mit ihrer schönen Gestalt erobern.«

»Und?«, fragt Blixen.

»Sie erobert ihn nicht.«

»Nein?«

»Nein. Der Prinz heiratet die Falsche, das Mädchen, das er für seine Retterin hält. Aber zumindest bekommt die Meerjungfrau ihre unsterbliche Seele. Ein interessanter Tausch – die Fähigkeit, sich schmerzfrei fortzubewegen, die eigene Stimme, die eigene Heimat und Vergangenheit im Austausch gegen die Aussicht auf Liebe.«

»Und auf eine Seele.«

»Ja. Das auch.«

Er ist an dem Zaun nach unten gerutscht, sodass sie beinahe auf ihn hinabschaut, seinen Scheitel sieht, die fischbauchweiße Haut zwischen akkurat geteilten Partien fettigen Haares. Sie lässt den Blick an ihm vorbei in den grauen Himmel wandern.

»Wie ging es weiter mit Simon und dir?«, fragt Blixen.

Sie zuckt die Achseln.

»Streitgespräche. Versöhnungen. Liebe. Ein gemeinsames Haus. Kinder. Das Übliche.«

Und mehr. Und anderes. Aber das Ende ihrer Ehe gehört ihr allein.

»Und wo ist er jetzt?«

»In Island. Er hat Berlin verlassen, kurz nachdem – er wollte schon immer fort aus Deutschland, aber solange die Kinder und ich noch …« Sie schnippt ein feuchtes braunes Blatt von ihrem Mantel. »Haben Sie ihn getroffen? Kennen Sie Simon?«

Blixen sieht zu ihr auf, und dieses Mal sieht sie es deutlich, nicht bloß in den Mundwinkeln, sondern auch in seinen Augen: Überraschung. Er ist überrascht.

»Nein, natürlich nicht.«

Dann, als hätte er Angst, etwas verraten zu haben, tippt er übertrieben mit dem Zeigefinger gegen sein Kinn. Seine Gesten, das Gestelzte, Überzeichnete daran, sie versteht es nicht – warum sich die Mühe machen, ein Schauspiel zu veranstalten, das sich im gleichen Zug selbst enttarnt?

»Vielleicht sollte ich ihn besuchen«, sagt er.

»Bitte, tun Sie das.« Ein Windstoß lässt die Blätter rascheln und trägt die Kälte dicht an Agnes heran, sodass sie ihr die Beine hinauf, die Arme entlang und in sie hinein bis in den Bauch kriecht.

»Können wir in einem Café weitersprechen?«, fragt sie.

Blixen nickt, stößt sich vom Zaun ab, geht an ihr vorbei. Eine Spur zu dicht. Schon während sie nebeneinander hergingen, schien es, als wolle er sich an sie anschmiegen. Möglich, dass er versucht, sie aus der Ruhe zu bringen. Möglich, dass er es nicht einmal selbst bemerkt und tatsächlich bloß versucht, ihr nahe zu sein.

Obwohl Agnes einen Tisch dicht neben der Heizung ausgewählt hat, fröstelt sie. Blixen wartet, bis der Kellner vor ihnen steht, bevor er die Speisekarte aufklappt und eindringlich studiert.

»Haben Sie auch Cupcakes?«, fragt er, stirnrunzelnd zu dem Kellner aufsehend.

»Leider nein.« Der Kellner schüttelt den Kopf.

»Dann bloß ein Glas Mineralwasser.«

Blixen sieht sie an, als wolle er ihr zuzwinkern. Schnell schaut sie zur Tischplatte hinab. Fast wäre es passiert, fast hätte sie gegrinst, gerade so, als hielte sie seine Bösartigkeit für kumpelhafte Frotzelei.

»Erzähl mir von Felix' Verschwinden«, sagt er.

»Sie wissen doch schon alles. Von Paul und Louise.«

»Aber nicht von dir. Wie es für dich gewesen ist, das weiß ich nicht.«

»Wie es für mich gewesen ist«, wiederholt Agnes.

Es gibt keinen guten Grund, Blixen etwas über diese Zeit zu erzählen. Im Gegenteil: Es gibt unzählige Gründe, es nicht zu tun. Das weiß sie, genauso wie sie gewusst hat, dass sie ihm nicht die Tür öffnen, dass sie sich auf kein Gespräch mit ihm hätte einlassen sollen. War es ähnlich für Louise und Paul, war es auch für sie, als ob etwas in ihnen übernähme, hörten sie sich selbst sprechen und waren sie erschrocken?

»Etwas passierte mit mir, in Dornheim«, sagt sie. »Ich verstand erst nach einigen Tagen, dass mein Sohn nicht zurückkommen würde. Etwas war in mir wie ein Schatten oder etwas Lebendes – ich weiß nicht, wie ich darüber sprechen soll –, aber ich wurde abgedrängt, aus dem Leben oder aus mir selbst, daran erinnere ich mich sehr deutlich: In meiner Haut war kein Platz mehr für mich.

Obwohl ich nicht vorhatte, mich umzubringen, war ich sicher, dass ich sterben würde. Dass unser Leben weitergehen würde, schien mir nicht möglich, ich konnte nicht daran glauben: morgens aufzustehen, Kaffee zu machen, ihn zu trinken, mich mit anderen Menschen zu unterhalten, Fragen zu stellen und sie zu beantworten, an Dinge zu denken, Saft und Butter einzukaufen, Hausarbeiten zu benoten, die Spülmaschine auszuräumen. All diese Dinge, Butter, Hausarbeiten, Spülmaschine, sie waren keine tatsächlichen Dinge mehr, sondern abstrakte Konzepte, und ich hatte Schwierigkeiten, sie zu verstehen. Ich machte weiter, ich kaufte Butter, benotete Hausarbeiten, räumte die Spülmaschine aus, und die ganze Zeit wartete ich darauf, dass ich sterben würde.«

Nachdem Paul von seinen Eltern und Louise von Agnes' Cousine abgeholt worden war, nachdem alle von irgendwem abgeholt worden waren, blieb Agnes zurück und kroch. Sie kroch durch das Haus, über den Teppich und die Treppenstufen hinauf und durch das Wohnzimmer und wäre gerne liegen geblieben, aber da war der elende, verräterische Körper, der immer etwas wollte, zur Toilette geschleppt, in die Küche gebracht werden. Essen wollte er und trinken, und dafür schämte sie sich, dass ihr Körper noch etwas wollte, dass ihr Körper nicht genug Anstand hatte, um sich aufzugeben.

Zurück in Berlin, sprach Agnes mit der Polizei, sie sprach mit Nachbarn und Freunden; aber wenn sie mit niemandem sprach, wenn sie alleine zuhause war, dann kroch sie weiter, und manchmal bäumte sich ihr Körper auf, als würde etwas Fremdes darin leben, und sie schrie nicht, sie riss bloß den Mund auf, und ihr Brustkorb wölbte sich, und ihre Hände spreizten sich. Wie eine Besessene, als ob etwas in sie eingefahren sei, ein Geist, ein Dämon, dabei war es doch genau andersherum – nichts war zu ihr gekommen, sondern ihr war etwas genommen worden.

Eine Weile gestand man Agnes ihren Dämon zu, dann schickte man einen Exorzisten; er brachte kein Kreuz und kein Weihwasser, sondern Sertralin, und Agnes ging unter, versank im Meer der Ruhe. Sie kann sich weder an diese Wochen erinnern noch daran, wie sie schließlich auftauchte, aber sie muss aufgetaucht sein, denn irgendwann saß sie wieder in einem Auto, fuhr wieder einkaufen, bestrich Brote und räumte die Spülmaschine aus; sie hielt Vorträge, und sie sprach über Felix und sein Verschwinden, als sei dies etwas, über das man sprechen könnte, als sei es angemessen und glaubhaft, mit ruhiger Stimme über ihn zu sprechen, statt weiter und für den Rest des Lebens über den Boden zu kriechen und zu schreien.

»Es ergibt überhaupt kein Bild«, sagt Blixen, und sie schreckt auf.

»Nein?«

»Nein. Paul hat erzählt, dass Felix nach der Schule fortgehen wollte.«

»Ja.« Sie sieht aus dem Fenster. Draußen ist es dunkel geworden, Stunden müssen vergangen sein, seitdem Blixen an ihrer Tür geklingelt hat. »Es ist wichtig, irgendwann fortzugehen. Nicht immer am selben Ort zu bleiben. Für das eigene Reifen.«

»Und deswegen wollte er gehen? Um zu reifen?«

Ihr fällt wieder ein, dass sie ihn nicht mag. Wie sehr sie ihn nicht mag. Weiße Hasen und Zylinder und Karten und Hütchen, sie hat ihn aus den Augen verloren.

»Was glauben Sie, was passiert ist?«, fragt sie und erschrickt über sich selbst, weil sie seine Antwort tatsächlich hören will, weil ihr wichtig ist zu wissen, was er glaubt.

»Ich glaube, dass er losgelaufen ist und nicht aufhören konnte zu laufen«, sagt er.

Sie wünscht sich, dass er grinst, wünscht sich das gerissen Listige in seine Züge. Es würde ihr verraten, dass er es nicht ernst meint, dass er sie bloß herausfordern will. Aber es ist nicht da, nicht in seinem Gesicht, nicht in seinen Händen, die auf den Armlehnen seines Stuhls ruhen, nicht einmal in seiner Stimme.

»Mein Sohn, Felix«, sagt sie, »er hatte einen grauen Pullover, ein Strickpullover, der einmal seinem Großvater gehörte. Er hing sehr an diesem Pullover. Und er hatte ein Buch, ein schwarzes Notizbuch voller Aufzeichnungen. Er schrieb alles Mögliche dort hinein, Beobachtungen, Zusammenfassungen, Fragen aus seinen Geschichtsbüchern. Und eine alte Schultasche aus Leder, die besaß er auch, ich hatte sie ihm zum Abitur gekauft. Eine solche Tasche wollte er unbedingt für sein Studium haben.« Ihre Hände tasten nach ihren Stulpen, streichen über die Wolle. »Er hat nichts davon mitgenommen. Nicht den Pullover, nicht das Notizbuch, nicht die Tasche. Er hat all diese Dinge zurückgelassen.«

Und seinen besten Freund.

Und seine Schwester.

Mich, denkt sie. Er hat mich zurückgelassen, seine Mutter hat er zurückgelassen.

»Es gab keinen Grund, verstehen Sie? Es gab keinen Grund, nichts mitzunehmen von all den Dingen, an denen er hing, die ihm etwas bedeuteten. Es gab keinen Grund, keine Nachricht dazulassen und niemandem von uns Bescheid zu geben.«

Blixen lehnt sich zurück. Er wird jetzt wieder anfangen zu spielen, denkt sie, aber als er spricht, da ist noch immer nichts von dem doppelbödigen Schnarren in seiner Stimme zu hören.

»Er hat sich sehr von Ihnen dreien unterschieden, oder?«, fragt er.

»Er war ein – ein zuversichtlicher Mensch. Ich meine nicht, dass er die Dinge leichtnahm. Er machte sich oft Sorgen, um mich, um Louise, auch um Paul. Aber er war zuversichtlich, und wenn man genug Zeit mit ihm verbrachte, dann wurde man es auch. Er war niemand, der glaubte, dass alles gut werden würde, aber er glaubte, dass immer *etwas* gut werden würde, ein Teil des Ganzen. Und plötzlich schien es nicht länger wichtig, dass der Rest vor die Hunde ging. Es war auszuhalten, wenn er da war, man glaubte daran, es aushalten zu können. Ich weiß nicht, von wem er das hatte, von mir nicht. Und auch nicht von seinem Vater.«

Sie starrt in ihre Tasse. Sie hat keine Angst zu weinen, sie weiß, dass ihr das nicht passieren wird, nicht vor Blixen; aber andere Dinge sind möglich, manchmal fürchtet sie, dass sich das innere Heulen in die äußeren Dinge geschlichen hat, und plötzlich die Lampen an den Wänden flackern, sich der Teppich wölbt, sich Risse durch die helle Keramik der Tasse ziehen.

Hinter Blixen tritt der Kellner an ihren Tisch.

»Möchten Sie noch einen Kaffee?«, fragt er Agnes.

»Nein, danke.« Sie schüttelt den Kopf.

»Und Ihr Sohn?«

Agnes' Hände schließen sich um die Kaffeetasse, die sie dem Kellner hat reichen wollen.

»Haben Sie gerade … Was haben Sie gerade gesagt?«

Aber der Kellner hat überhaupt nichts gesagt, und das weiß sie, während er sie unsicher ansieht, während er »Eigentlich nichts« antwortet. Ihr wird heiß, man kann die Hitze sehen, dass sie sich schämt, ihre Wangen färben sich rot, nervös tastet sie nach den kleinen Knöpfen am Kragen ihrer Bluse. Blixen beobachtet sie aufmerksam.

»Entschuldigung«, sagt sie zu dem Kellner. »Für mich nichts mehr. Danke.« Sie gibt ihm einen Fünf-Euro-Schein, genug Geld für ihren Kaffee und Trinkgeld, aber nicht für Blixens Wasser. Der Kellner wartet, bis Blixen einen zusammengeknüllten, schmutzig aussehenden Schein aus der Tasche seines Trenchcoats gezogen und auf den Tisch geworfen hat.

Agnes zieht ihre Stulpen über und greift nach ihrer Jacke.

»Ist das genug?«, fragt sie. »Habe ich jetzt genug erzählt?«

Als er sieht, dass sie Anstalten macht aufzustehen, schnellt sein Arm vor, seine Hand legt sich auf ihre. Anders als bei der letzten Berührung ist sie auffällig kalt und wächsern. Es fühlt sich an, als trüge er dünne Einmalhandschuhe.

»Nein, eins fehlt noch«, sagt er. »Das Wichtigste. Ich will verstehen, warum du dir so sicher bist. Warum du keine Angst hast, dich zu irren – in mir.«

Agnes presst die Lippen zusammen. Weil Sie nicht aussehen wie mein Sohn, will sie sagen. Weil Sie nicht sprechen wie mein Sohn, sich nicht bewegen wie mein Sohn, nicht riechen wie mein Sohn.

»Weil ich hier mit Ihnen sitze und Ihnen zuhöre und Sie ansehe und mich nicht zuversichtlich fühle«, antwortet sie.

Sie stehen auf dem Gehweg draußen vor dem Café, und die Wolkendecke über ihnen scheint sich durchzubiegen unter dem Gewicht des kommenden Regens. Agnes ist versucht, sich zu ducken.

Blixen knöpft bedächtig seinen Trenchcoat zu. »Willst du jetzt deine Wahrheit?«, fragt er. Da erst fällt ihr die Abmachung wieder ein, und sie nickt, obwohl sie sicher ist, dass er ihr nichts Wahres über sich verraten wird.

Er macht einen Schritt auf sie zu, bleibt so dicht vor ihr stehen, dass sie seinen Hüftknochen an ihrem spürt, eine unangenehme Art der Vertrautheit. Er riecht nach nichts, dabei hat sie sich seinen Geruch so genau vorstellen können, jedes Mal, wenn ihr die schmutzigen Ränder unter seinen Fingernägeln, die gelbliche Färbung seiner Zähne, der fettige Schimmer seines Haares auffielen. Und dann spricht er, *haucht* die Worte in ihr Ohr, und dieses Hauchen, dieser warme Atem fährt ihr nicht in die Knochen, sondern in die Muskeln; sie ziehen sich zusammen, rücken zusammen, wie um Agnes abzuschirmen vor Blixen und seinem Atem.

»An Pauls letztem Abend in Prag regnete es sehr stark«, sagt Blixen. »Als ich ihn nach Hause brachte, sahen wir einen Unfall; vor unseren Augen wurde eine Frau überfahren, gerade als wir die Straße überqueren wollten. Ich ging mit Paul noch bis zu dem Haus, in dem er wohnte, und dort standen wir, wir umarmten uns, und ich wusste, dass er mich liebt. Er liebte mich, ich konnte es fühlen, dort, wo seine Haut meine berührte. Weil sie heiß war, sie glühte, und es war, als ob er die Liebe nicht in sich halten könnte, sie durchtränkte mich an diesem Abend, sie war wie die Dunkelheit in der Stadt und über der Moldau, vollkommen, sie hatte keinen Boden, keinen Grund.

An diesen Abend denke ich noch oft, und deswegen werde ich nicht gehen. Solange noch etwas übrig ist von der Liebe, in Paul und Louise, und wenn es auch nur ein Tropfen ist, ein Quäntchen, ein Quant, solange sie noch da ist, werde ich wissen, dass sie da ist, und solange ich weiß, dass sie da ist, werde ich nicht gehen.«

Wegen der Hauswand in ihrem Rücken kann Agnes nicht ausweichen. Sie schiebt sich an ihr entlang, bis sie wieder freisteht; und der Boden unter ihr scheint uneben, die Absätze ihrer Stiefeletten sind in die Höhe gewachsen und lassen sie vor und zurück schwanken.

Blixen packt sie am Oberarm. »Vorsicht«, sagt er, besorgt oder belustigt – sie hat aufgegeben, seinen Ton deuten zu wollen.

»Kommen Sie nicht noch einmal vorbei«, sagt sie und macht sich los.

Und weil sie fürchtet, dass er versuchen wird, sie zu umarmen, tritt sie einen Schritt zurück. Halt dich fern, denkt sie, halt dich fern von mir. Sie streckt ihm die Hand mit der Innenfläche entgegen, eine Geste, die ihr im selben Moment lächerlich übertrieben vorkommt, aber Blixen lacht sie weder aus noch lächelt er. Er dreht sich um und geht, und sie schaut ihm nach, während er, scheinbar ganz ohne die Füße abzuheben, die Straße entlang und über das Pflaster gleitet.

*

Es gibt etwas Entsetzliches in der Welt; das *Entsetzliche*, so nennt Agnes es, und sie denkt an Freud, an ein kulturelles Konzept, etwas, worüber sie in ihren Seminaren sprechen und eine Prüfungsfrage stellen könnte. Gleichzeitig aber stellt sie sich ein Monster vor, einen Kraken, ein Geschöpf, das in den Tiefenschichten der Tage und Nächte hockt und bloß ab und an einen tastenden Tentakel zu ihnen heraufschickt. Damals, nachdem Felix verschwunden war, glaubte Agnes verstanden zu haben, dass sich die Menschheit in zwei Gruppen aufteilen ließe, jene, die nichts von dem *Entsetzlichen* wussten, und jene, die sahen, dass man bloß durch eine Folie, einen dünnen Film von dem *Entsetzlichen* getrennt war; dass es sich teerig glitzernd durch die Ritzen und die Risse in das Leben schob.

Während Agnes die Straße entlangläuft, fort von dem Café und fort von Blixen, während erste Tropfen auf ihren Schultern landen, begreift sie ihren Irrtum. Es gibt eine dritte Gruppe, jene auf der anderen Seite der Folie, jene, die in den Ritzen hocken, die aus der Dunkelheit in die Welt hineinstarren.

VIERTES KAPITEL

Alles ist wichtig, vor allem die Details

Felix' Verschwinden lag etwa zwei Wochen zurück, und Agnes war bereits wieder in Berlin, als sie verstand, dass sie die Polizei belogen hatte. Die Erkenntnis kam nicht auf einen Schlag, sondern etappenweise, in halb ausgeformten Gedanken, in Ansätzen und zersplitterten Vermutungen. *Aber habe ich eigentlich ...?*, fragte sie sich. *Oder meinte der Polizist ...? Es ging doch aber nicht, oder ... war das falsch zu sagen ... sollte ich denn jetzt?*

Tage verstrichen, an denen sie schlief, und Nächte verstrichen, in denen sie wach war, und die Erkenntnis lagerte sich ab wie eine Schmutzschicht auf all ihren Gedanken, zunächst unmerklich, dann aufdringlich, dann unerträglich. Sie hatte etwas unter den Tisch fallen lassen, sie hatte etwas nicht preisgegeben. Sie hatte gelogen.

»Alles ist wichtig, vor allem die Details«, hatte der Polizist Agnes erklärt, und dass die Polizei ihre Arbeit nur machen könne, wenn ihnen *alle Informationen vorlägen*. Aber das wusste Agnes bereits, sie wusste es aus Serien und Fernsehfilmen: Nachdem die Polizisten schmollenden Teenagern, misstrauischen Prostituierten und hin- und hergerissenen Ärztinnen ihre Visitenkarte mit der Aufforderung übergeben hatten, sie sollten sich melden, falls ihnen noch etwas einfiele, waren es gerade die absurden Beobachtungen, die zur überraschenden Aufklärung des Falls führten.

Sie beschloss, zur Polizei zu gehen und ihre Lüge zu gestehen. In ihrem Arbeitszimmer holte sie einen Stapel weißer Karteikarten aus der Schreibtischschublade. Streit, schrieb sie auf die oberste Karte. Umkreiste das Worte, malte den Kreis grün aus. Strich das Wort durch. Es hatte ja keinen Streit gegeben. Sie musste aufpassen, wenn sie nicht versehentlich ein weiteres Mal lügen wollte.

Vorfall schrieb sie auf die nächste Karte. Aber auch das stimmte nicht. Wenn überhaupt würde sie der Polizei gegenüber nicht von einem Vorfall, sondern von einem **Moment** sprechen können, einem Moment, in dem sie vor Felix gestanden und ihn angesehen und etwas bemerkt hatte, an Felix, in Felix. Ein **Gefühl** hatte es gegeben, eine gefühlte, geahnte **Unstimmigkeit**. Eine **Schwingung** vielleicht, eine atmosphärische Störung, ein Mikrobeben im Gefüge, und all diese Worte könnte sie auf die Karteikarte schreiben und damit zur Polizei gehen, und es würde sich verrückt anhören. Anders als der Teenager, der am Tatort ein Feuerzeug gefunden hatte, anders als die zweifelnde Ärztin, die von einem alles verändernden Befund wusste, würden Agnes und ihr **Gefühl** keinem der gewieften Polizisten von Nutzen sein.

Sie zerriss die Karte in unnötig kleine Schnipsel, die sie in den Papierkorb neben ihrem Schreibtisch fallen ließ, und lauschte in das Haus hinein, das voller einsamer Geräusche war, dem Ticken der Uhr, dem Knacken in den Leitungen, dem Gurgeln der Kaffeemaschine.

*

Alles ist wichtig, vor allem die Details:

Es ist Mai. Der erste Samstag des Monats Mai, ein Simon-Samstag, ein Samstag, an dem Agnes Louise und Felix abends zu Simon fahren wird. So haben sie es bei ihrer Trennung vereinbart: Jedes vierte Wochenende verbringen die Kinder bei Simon – nur dass sich über die Monate der Zeitpunkt ihres Aufbruchs immer weiter verschoben hat. Obwohl Agnes ihre Kinder nach wie vor Sonntagabend pünktlich um sechs abholt, fahren sie selten samstags vor fünf Uhr los. Aber Simon beschwert sich nicht; es scheint ihm nicht einmal aufzufallen, und in der Lehrstraße lassen sie sich Zeit, alle drei, weil im Grunde niemand fahren will. Nicht einmal Agnes. Auch wenn sie weiß, dass die Gefahr gering ist, fürchtet sie, von Simon in die Wohnung gebeten zu werden. In der Regel aber steht er bloß in der geöffneten Tür und blinzelt sie irritiert an, als hätte sie ihn durch ihr überraschendes Auftauchen vor den Kopf gestoßen. Denn Agnes' Auftauchen ist für Simon immer überraschend, auch wenn sie ihn in der Woche zuvor am Telefon daran erinnert, auch wenn sie ihm vor dem Losfahren noch eine Nachricht geschickt hat.

Den Vormittag über drückt sich Louise auf der Couch herum und starrt finster auf die schwarze Bildschirmscheibe des Fernsehers. Obwohl es nicht besonders warm ist, trägt sie eine Jeans-Shorts, ihre Oberschenkel sehen weiß und aufgequollen aus. Das muss sie von Simon haben, intuitiv die am wenigsten schmeichelnde Kleidung für sich auszuwählen.

»Ich glaube, ich bekomme eine Erkältung«, nuschelt sie, während sie eine Schüssel aufgeweichter Cornflakes auslöffelt.

Agnes schüttelt den Kopf.

»Wir fahren«, sagt sie.

Wenig später ist Louise verschwunden, und zumindest für ein paar Stunden erlaubt Agnes sich zu denken, sie sei damit beschäftigt zu packen.

Aber natürlich packt Louise nicht, nicht ohne Ermahnung, nicht ohne Kampf, und als Agnes wenig später in der geöffneten Tür zu Louises Zimmer steht, da zieht und ziept der Ärger in ihr wie ein Gummiband, das zu fest im Haar sitzt. Louises

Pullover und Hosen liegen im ganzen Zimmer verstreut, vereinzelt oder in unordentlichen Haufen. Von Louise ist nichts zu sehen. Sie muss im Garten sein. Das hat sie schon als Kind so gemacht: Wenn etwas Unangenehmes bevorstand, ein Arztbesuch oder ein ernstes Gespräch, flüchtete sie in den Schuppen, wo sie sich wie ein wildes Tier in einer Ecke zusammenkauerte, hinter Spaten und Schubkarre versteckte. Agnes seufzt. Bei der Vorstellung, in den Schuppen gehen und Louise hervorzerren zu müssen, zieht sich das Ärgerband enger. Sie bleibt vor Felix' Tür stehen, hebt die Hand, um zu klopfen, hält inne. Hinter der Tür ist es still, aber sie weiß, dass sich Felix auf der anderen Seite befindet. Sie lehnt die Stirn gegen das Holz, behutsam, ohne ein Geräusch zu machen. Vor ein paar Tagen hat Louise sie beschuldigt, keinen einzigen Gedanken an Felix' baldigen Umzug zu verschwenden. »Dir ist das ja egal«, hat sie geschrien, und Agnes hat die Hände sacht auf und ab bewegt und nicht widersprochen. Aber natürlich ist es ihr nicht *egal*. Nur weil man nicht herumläuft und seine Sorgen in die Welt schreit, heißt das nicht, dass man keine hat. Agnes denkt viel über die Distanz nach (vier Stunden mit dem Zug), und darüber, wie oft Felix zu Besuch kommen, wie oft sie ihn besuchen wird. Wird er überhaupt wollen, dass sie kommt? Oder werden Paul und Louise alleine nach Frankfurt fahren? Sie denkt auch über Felix' Zimmer nach, das Zimmer hinter der Tür, vor der sie steht, und was sie mit dem leeren Raum anfangen wird. Vor ein paar Tagen kam ihr der Gedanke, Paul könnte einziehen, aber rechtzeitig, bevor sie mit ihm sprechen konnte, erkannte sie, wie lächerlich der Vorschlag war. Welcher Neunzehnjährige würde bei der Mutter seines ehemaligen Schulfreundes wohnen wollen?

Felix kann Frankfurt kaum noch abwarten, das weiß sie. Er hat bereits einen Vorlesungsplan zusammengestellt, sich erste Bücher bestellt und gelesen.

»Er hängt nur noch in seinem Zimmer herum«, hat sich Louise am Vortag beklagt. »Findest du das nicht komisch?«

Es stimmt; auch Agnes ist aufgefallen, dass Felix immer weniger Zeit mit Paul und Louise verbringt, sich immer seltener zum Federball oder Tischtennisspielen überreden lässt. Die heißen Nachmittage sitzt er in seinem abgedunkelten Zimmer, über Bücher und Aufsätze gebeugt, die er mit Textmarkern bearbeitet. Aber nein, *komisch* findet Agnes nichts daran, dass er sich auf die Uni vorbereitet. Als Agnes noch in Dornheim lebte, bevor sie für ihr Studium nach Berlin zog, verbrachte sie den ganzen Sommer damit, ihr Schwedisch mit bunten Vokabelkarten aufzubessern und sich abends mit ihrer Mutter Ingmar-Bergman-Filme anzusehen. Felix ist ihr eben ähnlich, ist ihr schon immer ähnlich gewesen, auch und vor allem in seiner Gewissenhaftigkeit. Aber halt, so stimmt es nicht ganz. Etwas an Felix, etwas an Felix' Zimmer, an dem Stapel Bücher neben seinem Bett – Sachbücher über das byzantinische Reich, über Vlad Țepeș und Blutrache –, an den Ordnern und Heftern auf seinem Schreibtisch, an seinem schwarzen Notizbuch, etwas daran erinnert sie an Simon, daran, wie er über Jahre unermessliche Mengen an Informationsquellen sammelte: Bücher, Bilder, Aufsätze und Essays. Natürlich führte nichts davon je irgendwohin – in den gut zwanzig Jahren, die Agnes und Simon ein Paar waren, arbeitete er an drei unterschiedlichen Dissertationsprojekten, von denen er kein einziges fertigstellte. Er war ein gründlicher, aber qualvoll langsamer Arbeiter; Tage konnten verstreichen, ohne dass er mit einem einzigen Absatz vorangekommen wäre. Früher oder später tauchten immer Komplikationen auf: Probleme mit seinem Doktorvater, undurchschaubare Konflikte, die über lange Brief-, später E-Mail-Wechsel ausgetragen wurden und stets im unvermeidlichen Zerwürfnis endeten. In den ersten fünf Jahren hatte sie seine Arbeitsweise bewundert, das Gründliche, Selbstvergessene daran, aber mit jedem neuen Projekt ließ die Bewunderung nach. Der immer gleiche Verlauf war ihr bald allzu vertraut: Begeisterung, Hingabe, Zweifel, Konflikt, Resignation. Nachdem Simon jahrelang besessen an einem bestimmten Thema gearbeitet hatte, verlor er ohne jede Vorwarnung das Interesse daran. Kurz vor ihrer Trennung hatte er verkündet, dass er sein aktuelles Projekt – eine Analyse der Heimskringla, der Geschichte der norwegischen Könige, die vermutlich von dem altisländischen Dichter Snorri Sturluson verfasst worden war – aufgeben würde.

»Es gibt einfach nichts Neues dazu sagen«, erklärte er.

»Und du hast vier Jahre gebraucht, um das herauszufinden?«, fragte Agnes. Sie sprach nüchtern, gefasst, im Geheimen aber stellte sie sich vor, etwas nach ihm zu werfen. Ohne Dramatik, ohne wilde Anschuldigungen und Vorwürfe. Sie stellte sich einen gezielten, präzisen Wurf vor, der Simon vollkommen ungeschützt und überrascht treffen würde.

Agnes war kein gewalttätiger Mensch, die Kinder hatte sie nie geschlagen und auch sonst niemanden, doch immer öfter, wenn sie Simon gegenübersaß, verschwand sie, noch während sie vorgab, ihm zuzuhören, ganz in der Vorstellung, vorzuschnellen, ihn zu packen, ihn zu kneifen, zu kratzen, zu treten. Im Nachhinein war es ihr nie gelungen, den Tag oder zumindest die Woche, zumindest den Monat in ihrer zwanzigjährigen Beziehung mit Simon zu bestimmen, ab dem sie ihn nicht länger hatte küssen, sondern mit Gläsern bewerfen wollen. Als er bei ihr eingezogen war, etwa ein halbes Jahr, nachdem sie sich kennengelernt hatten, da schien er ihr noch wie ein eigenwilliges, exotisches Tier, über dessen Lebensweise sie wenig wusste. Er vergaß zu essen und zu trinken, wenn sie ihn nicht daran erinnerte; und sie brachte ihm Tee, Kaffee in großen Tassen; sie kochte für ihn, meist nur Nudeln mit Pesto oder Fertigsuppen, aber er störte sich nicht daran. Er hätte Pappe gegessen, wenn sie ihm welche vorgesetzt hätte. Stundenlang saß er über seinen Aufzeichnungen und Büchern, und so etwas hatte sie bisher noch nie gesehen, das hatte sie noch nie erlebt, dass jemand *nichts brauchte*, kein Essen, kein Trinken, keine Ablenkung, keine Bewegung, dass jemand so frei von seinem Körper war und ganz in den Gedanken.

Mit Felix ist es dasselbe, denkt Agnes, vor der geschlossenen Tür stehend, er braucht *nichts*, dort in seinem Zimmer, an seinem Schreibtisch, er braucht nichts, vielleicht nicht einmal Paul und Louise, vielleicht nicht einmal sie. Sie klopft und öffnet die Tür, bevor er Gelegenheit hat zu antworten oder – wie in letzter Zeit so häufig – *nicht* zu antworten.

Felix kauert auf dem Drehstuhl an seinem Schreibtisch, die Beine angezogen, den Rücken gebeugt, den Kopf auf die Knie gestützt. Sie bleibt in der Mitte des Zimmers stehen, zwischen Schreibtisch und Bett, und während sie darauf wartet, dass er sich zu ihr umdreht, ist sie sich selbst unangenehm. Das ist neu; das kennt sie sonst nur von ihren Besuchen in Louises Zimmer.

»Louise hat nicht gepackt«, sagt sie. Sie hat den Satz beiläufig sagen wollen, aber er geht ihr hart über die Lippen, die Worte ummantelt von einer Schicht ätzenden Ärgers.

Felix stößt sich mit der Hand vom Schreibtisch ab, dreht sich zu ihr um. Auf dem Schreibtisch hinter ihm liegt sein schwarzes Notizbuch aufgeschlagen, sie erkennt eine Art Diagramm.

»Okay«, sagt er und zuckt mit den Achseln.

Sie sieht sich um, neben seinem Bett stapeln sich die üblichen Bücher, neben den Büchern steht seine Sporttasche, der Reißverschluss klafft offen; sie ist leer.

»Hast du etwa auch noch nicht gepackt?«, fragt sie.

»Mache ich noch.« Er gähnt.

»Nein, aber Felix, wir fahren in einer halben Stunde. Ich habe Simon gesagt, dass ich euch um sechs vorbeibringe. Das wisst ihr doch seit gestern.«

Er deutet auf einen Stoffbeutel neben seinem Bett.

»Da ist alles drin. Mehr brauche ich nicht.«

»Dann sage ich Louise Bescheid. Sie muss sich beeilen. Ich will in einer halben Stunde fahren, jedes Mal kommen wir zu spät, weil sie ihre Sachen nicht fertig hat. Ich verstehe einfach nicht –«

»Was gibt es da nicht zu verstehen? Sie will nicht fahren.«

Sie sieht ihn überrascht an. Da ist es: Die **Stimmung**, das **Gefühl**. Etwas stimmt nicht, nein, alles stimmt nicht: sein gereizter Ton, dass er sie unterbricht, die Worte selbst; ihr Sohn zerfällt in hundert Einzelteile, und sie alle reiben gegeneinander, scheuern und scheppern.

»Gut, bloß weil Louise sich überlegt hat, dass sie –«

»Sie hat sich das doch nicht eben überlegt. Sie will nicht fahren. Sie will nie fahren.«

»Meist hat sie keine Lust, das stimmt, aber –«

»Es geht nicht darum, dass sie keine Lust hat. Sie *hasst* es, dort zu sein.«

Agnes' Hände wandern die Knopfleiste ihrer Bluse hinauf zum Kragen.

Felix streckt die Arme über den Kopf, biegt sich zurück und lässt die Schultern knacken. »Du tust immer so, als ob er sich auf uns freuen würde. Du hättest ihn sehen sollen, letztes Mal, als wir vor seiner Tür standen. Ich dachte kurz, er lässt uns gar nicht rein. Er hatte keine Ahnung, dass wir kommen würden. Und das war nicht das erste Mal, dass er es vergessen hat.«

Wenn er nur von dem verdammten Stuhl aufstehen würde, wenn sie nur nicht auf ihn herabschauen müsste wie eine verstimmte Lehrerin. Das Gespräch fühlt sich mehr und mehr nach einem Hinterhalt an. Beschwerden über Simon und über Simons

Wohnung kennt Agnes, aber nur von Louise; sie kennt sie von den Rückfahrten am Sonntagabend, wenn Louises weinerlicher Monolog wie eine ermüdende Radiosendung das Auto erfüllt: *Er kocht abends nichts, er bestellt nicht einmal Pizza oder kauft irgendetwas ein. Wir haben das ganze Wochenende nichts außer Müsli gegessen. Wir unternehmen nichts, fahren nirgendwo hin, die meiste Zeit redet er nicht einmal mit uns. Außerdem haben wir keine eigenen Zimmer und müssen auf Matratzen im Wohnzimmer schlafen. Aber im Wohnzimmer will er uns auch nicht haben. Sobald einer von uns ein Geräusch macht, behauptet er, dass wir ihn ablenken. Ich kann nicht mal fernsehen oder Musik hören.*

»Felix, ich weiß nicht, worüber wir hier reden«, sagt Agnes. »Wenn ihr Hunger habt, dann geht in den Supermarkt und kauft ein. Wenn euch langweilig ist, dann nehmt euch etwas zu lesen mit.«

Er schüttelt kurz den Kopf. Er weiß, dass sie weiß, dass es nicht um fehlende Tiefkühlpizza und langweilige Sonntagnachmittage geht. Sie ist schließlich selbst in Simons Wohnung gewesen, auch sie würde dort kein Wochenende verbringen wollen.

Seit seinem Auszug lebt Simon in einem senfgelben Wohnhaus in unmittelbarer Nähe des Gefängnisses. Von den buntgestreiften Vorhängen, die er vom Vormieter übernommen hat, bis zu dem runden weißen Plastiktisch in der dunkelbraunen Küche scheint das einzig verbindende Element der Einrichtung eine erdrückende Trostlosigkeit zu sein. Doch die Wohnung ist nicht nur schlecht eingerichtet, sie ist schmutzig, sie ist *verwahrlost.* Auf den Fensterbänken sterben bräunliche Topfpflanzen. Der Küchentisch ist von einer klebrigen Schicht überzogen, in allen Zimmern, auch im Flur, stehen Tassen mit verschimmelten Teebeuteln. Als Agnes die Wohnung vor einigen Wochen zum ersten Mal betrat, war sie von alldem überrascht, obwohl sie im Grunde hätte vorbereitet sein müssen. Bevor Simon damals bei ihr einzog, hatte er schließlich in einer ähnlichen Wohnung gehaust.

Sie sieht sich um. Neben ihrem eigenen Arbeitszimmer ist Felix' Zimmer der ordentlichste Raum im Haus. Ihr Blick wandert die kahlen Wände entlang – dort hängen keine Poster, haben noch nie Poster gehangen; Felix hat sich nie für Bands, Schauspieler oder Autos interessiert.

»Er freut sich, wenn ihr kommt«, sagt sie zu den Wänden. »Er ist nicht besonders gut darin, euch das zu zeigen. Das ist alles.«

Felix macht ein abschätziges Geräusch, eine Art Schnauben, und sie schämt sich. Weil sie lieblos lügt, sich nicht einmal Mühe gibt. Es stimmt, dass Simon vergisst, an welchen Wochenenden sie Louise und Felix vorbeibringt. Sie hält es sogar für möglich, dass er erleichtert ist, wenn sie absagen muss, weil Louise sich wieder einmal in eine ihrer unzähligen, geheimnisvollen Krankheiten geflüchtet hat, eine plötzliche Erkältung oder ihre scheinbar wöchentlichen Monatskrämpfe.

»Und was sollen wir tun? Ihn gar nicht mehr besuchen?«, fragt sie Felix.

Der Drehstuhl gibt ein Geräusch zwischen Jaulen und Ächzen von sich, als Felix ihr den Rücken zukehrt.

»Vielleicht wäre das besser, ja«, sagt er.

Sie steht still, kann nicht aufhören, darauf zu warten, dass er sich noch einmal zu ihr umdreht, dass er einen Witz macht oder sich entschuldigt. Aber er dreht sich nicht um. Als sie Louise die Treppe hinaufstapfen hört, verlässt sie das Zimmer.

Um kurz nach halb sieben sitzen sie alle im Auto, Felix und Louise auf der Rückbank, der Beifahrersitz neben Agnes bleibt leer. Louises hat ihre Unterlippe leicht vorgeschoben und die

Arme verschränkt, Felix sieht aus dem Seitenfenster, als hätte nichts in dem Auto etwas mit ihm zu tun.

Obwohl ihr das Gedudel und Geplapper auf die Nerven geht, lässt Agnes das Radio laufen. Ihre Hände halten das Lenkrad eine Spur zu fest. Nach dem Gespräch mit Felix wird sie mit in die Wohnung kommen müssen. Alles andere wäre feige, wäre eine Form von Verrat, die sie selbst noch nicht ganz durchschaut hat.

Bevor sie ins Auto gestiegen ist, hat sie Simon eine SMS geschickt (*Komme gleich mit den Kindern*); sie hofft, dass er zur Abwechslung auf sein Handy sieht; sie hofft, dass er zur Abwechslung etwas anderes als seine löchrigen Strickpullover trägt, dass er die Wohnung geputzt und sich die Haare gewaschen hat. Bei ihrer vorletzten Begegnung standen ihm die roten Locken wirr vom Kopf, bei ihrer letzten klebten sie fettig am Schädel. Und all das hatte sie einmal interessant gefunden; vor zwanzig Jahren, als er in seinem signalbraunen Cordjackett herumlief, da lag ein bestimmter Charme in dem Achtlosen, eine Lässigkeit, die ihr gefiel. Er war ein Mann, das dachte sie damals, der Wichtigeres zu tun hatte, als seine Pullover zu waschen, sich seine Haare schneiden zu lassen.

»Das ist ein Grübler«, hatte Astrid gesagt, nachdem sie Simon das erste Mal begegnet war.

Die Bemerkung war nicht anerkennend gemeint; das wusste Agnes, beschloss aber, sie so zu verstehen. Hierin lag schließlich der Reiz, die Herausforderung. Simon war ein Grübler, seine Gedanken umgaben ihn wie ein feiner Kokon, eine schützende Membran, durch welche er die Welt nur ab und an wahrnahm, und Agnes musste sich anstrengen, jahrelang musste sie sich anstrengen, wenn sie interessanter für ihn sein wollte als die Gedanken, in denen er sich immer wieder verhedderte.

Während Louise hinter ihr sich über den Radiosender beschwert, über die Lieder, die gespielt oder nicht gespielt werden, denkt Agnes darüber nach, wann sie aufgehört hat, sich anzustrengen, wann der Reiz nicht mehr reizvoll war, sondern bloß noch *reizend* wie ein Jucken, wie ein ätzender, lästiger Schmerz nach einem Stich oder einer allergischen Reaktion. Und wie leicht es irgendwann schien, Simon gehen zu lassen.

Ja, denkt Agnes, während sie den Blinker setzt und in Simons Straße einbiegt, in den zwanzig Jahren, die sie mit ihm zusammengelebt hatte, war nichts so leicht gewesen wie auseinanderzubrechen.

»Du musst nicht mitkommen«, sagt Felix, als sie endlich einen Parkplatz gefunden hat.

Überrascht sieht sie auf, sucht und findet seine Augen im Rückspiegel. Bevor sie widersprechen kann, öffnet er die Seitentür. Auch Louise schlüpft aus dem Auto, und schon sind sie draußen im Regen, zwei vermummte Gestalten, die sich langsam auf das Haus zubewegen.

Gewöhnlich fährt Agnes gleich weiter, heute aber bleibt sie stehen, betrachtet das senfgelbe Haus, und mit einem Mal hat sie das sichere Gefühl, dass sie nie wieder hierherkommen wird. Eine Vorahnung!, würde Louise sagen. Aber es ist keine Vorahnung, es ist bloß Mathematik und Wahrscheinlichkeit. In drei Wochen werden sie nach Dornheim fahren und am nächsten Simon-Samstag nicht in der Stadt sein. Kurz darauf wird Felix Berlin ganz verlassen und Louise sich weigern, ohne ihn auch nur ein einziges Wochenende in Simons Wohnung zu verbringen.

Agnes nimmt ihre Hände vom Lenkrad, legt sie in den Schoß. Sonderbar zu wissen, dass sie nicht zurückkommen wird. Sie wartet auf die Erleichterung, sie *er*wartet die Erleichterung, aber die bleibt aus, im Gegenteil, Agnes fühlt sich beschwert, in den

Sitz gedrückt. Sie erinnert sich an etwas, das Astrid einmal zu ihr gesagt hat, und wie sie so wütend auf ihre Mutter war, dass sie wochenlang nicht mit ihr sprach.

»Ich bin bloß überrascht«, hatte Astrid gesagt, als Agnes ihr von ihrer Schwangerschaft mit Felix erzählte. »Ich dachte nicht, dass ihr die Art Menschen seid, die Kinder bekommen.«

*

Sie hätte, denkt Agnes Monate später, sie hätte der Polizei von diesem Tag, an dem nichts Besonderes vorgefallen war, erzählen sollen. Sie hätte vielleicht sprechen sollen von dem senfgelben Haus, von sich selbst, im Auto sitzend und von dem Regen und ihren Kindern im Regen. Sie hätte sprechen sollen über den Bücherstapel neben Felix' Bett, über sein Notizbuch und wie sie es einmal aufgeschlagen und darin gelesen hatte, *versucht hatte*, darin zu lesen. »Empirische Untersuchungen zur Geschichte der Grausamkeit« hatte Felix auf die erste Seite geschrieben, und anders als sie es immer angenommen hatte, befanden sich keine Zusammenfassungen der Geschichtsbücher darin, sondern allumfassende Beobachtungen über den Menschen und die Welt, über die Geschichte des Menschen und der Welt, über Umbrüche und Wiederholungen. Hätte sie von ihrer Unterhaltung in Felix' Zimmer erzählen sollen, davon, dass Felix sie unterbrochen hatte, und hätte sie erklären sollen, dass das etwas Ungewöhnliches war, dass Felix sie nie unterbrach, dass es nicht seine Art war? Hätte sie sagen sollen, dass er gereizt schien, und hätte den Polizisten dieses Wort aufhorchen lassen? Hätte er es aufgeschrieben und wissend mit seinem Kugelschreiber daraufgetippt?

FÜNFTES KAPITEL

Wir brauchen eine Waffe

Nach dem Frühstück stiehlt Louise sich aus dem Haus. Bevor sie Agnes' Nummer wählt, sieht sie hinüber zu den Fenstern, behält sie im Auge, während es klingelt, lauert auf eine Hand zwischen den Topfpflanzen, eine unauffällige Bewegung der Vorhänge.

Es klingelt, acht-, neun-, zehnmal. Gerade als Louise auflegen will, hebt Agnes ab.

»Heller«, sagt sie, und es klingt verschliffen, so als habe sie geschlafen, Medikamente genommen oder sich betrunken.

»Habe ich dich geweckt?«, fragt Louise.

»Nein.«

»Bist du sicher? Du klingst nämlich –«

»Ob ich mir sicher bin, dass ich nicht geschlafen habe?«

»Ich meine doch nur –«

»Ist etwas passiert? Rufst du deswegen an?«

»Nein. Ich rufe bloß an, weil ... Blixen hat behauptet, ihr hättet euch getroffen.« Louise meint, leises Papierrascheln zu hören, so als blättere Agnes in einer Zeitung oder in einem Katalog. »Stimmt das?«

»Stimmt was?«

»Hast du dich mit ihm getroffen?«

»Ja, ja, haben wir.«

»Aber ich dachte, du wolltest ... Hast du deine Meinung geändert?«

»Meine Meinung geändert?«

»Darüber, ob du ihm glaubst oder nicht?«

»Was für ein Un–. Ich habe mich mit ihm getroffen, weil ich diese Sache beenden wollte.«

Louise tritt sacht gegen einen der Müllcontainer. Irgendwo hinter ihr klackt es – ein helles Geräusch, als klopfe jemand mit dem Finger gegen eine Scheibe. Als sie herumfährt, ist niemand zu sehen.

»Und du glaubst, du musst nur mit ihm reden, damit ›die Sache beendet‹ ist? Morgen steht er wieder vor deiner Tür.«

»Er wird nicht wiederkommen, Louise.«

Agnes seufzt, raschelt erneut. Louises Hand schließt sich fester um das Telefon. Ihre Mutter macht nie viel Aufhebens um Verabschiedungen, oft entschlüpft sie mit einem einzigen schnell gesprochenen Wort.

»Louise, ich muss jetzt Schluss machen. Wir hören uns. Grüß Paul.«

Die Plastikverschalung des Telefons knackt in Louises Hand.

»Bist du noch da?«, fragt Louise.

Aber Agnes ist nicht mehr da, hat längst aufgelegt.

Louise läuft zum Haus zurück und setzt sich auf die oberste Treppenstufe, beobachtet die Spatzen auf den Mülltonnen. Die Haustür öffnet sich, und Paul tritt heraus – sie weiß, dass es Paul ist, erkennt es daran, wie er die Füße über die Türschwelle zieht, wie er schlurft. Daran, dass er überhaupt ein Geräusch macht.

Er setzt sich neben sie und deutet mit einem Nicken auf das Telefon.

»Agnes?«, fragt er.

»Ja, sie hat sich tatsächlich mit ihm getroffen.«

»Wie hat er das geschafft?«

Wie hat er überhaupt irgendetwas geschafft? Wie hat er es

geschafft, Paul dazu zu bringen, ihn bei sich aufzunehmen? Oder Louise dazu, ihn in ihre Wohnung zu lassen? Damals, als er vor ihrer Haustür stand und sie *wusste*, dass sie ihn nicht mit in die Wohnung nehmen sollte, wie hat er sie dazu gebracht, dass sie es doch tat?

»Er ist gut darin, sich Dinge einfallen zu lassen«, sagt sie und steckt das Telefon in ihre Jackentasche. »Paul, wir müssen ihn loswerden. Bald.«

»Aber vorher muss er uns von Felix erzählen.«

»Wenn wir irgendetwas in den letzten Wochen verstanden haben, dann, dass wir ihn nicht dazu bringen können, Dinge zu tun, die er nicht tun will, oder? Du wirst ihn noch so lange bitten können, er wird dir nichts erzählen.«

»Ich habe auch nicht vor, ihn zu bitten.«

»Sondern?«

Paul hat sich einen Zweig gegriffen und stochert mit der Spitze im Schlamm neben dem Treppchen herum. Er sieht sie nicht an.

»Paul?«

»Wir brauchen eine Waffe.«

»Paul.«

Sie schwankt, will ihn in der einen Sekunde auslachen, ihm in der nächsten den Zweig aus der Hand schlagen. Sie hat keine Lust mehr. Auf nichts hiervon. Sie will nach Hause. Wenn sie nur mit Clara sprechen könnte. Aber das ist unmöglich, spätestens seit ihrem Gespräch draußen vor dem Hoftor. Ruft Blixen noch immer bei Clara und Tilo an? Und würde es für Clara einen Unterschied machen, dass Louise ihr jetzt glaubt? Wahrscheinlich nicht, wahrscheinlich haben Tilo und Clara bereits die Schlösser auswechseln lassen, wahrscheinlich würden sie Louise nicht einmal mehr hineinlassen, sollte sie an der Haustür klingeln. Sie presst die flachen Hände auf ihre Augen, reibt über die geschlossenen Lider und ihre Wangen; ihre Nase juckt, vielleicht wird sie krank.

»Was denn für eine Waffe, Paul?«, fragt sie, ohne die Hände vom Gesicht zu nehmen. »Wir sind doch nicht in irgendeiner amerikanischen Serie. Hast du vor, dir eine nicht registrierte Pistole zu besorgen und Blixen damit zu bedrohen, bis er alles gesteht?«

»Nein, wir nehmen ein Messer, irgendwas. Und ich sage ja nicht, dass wir es benutzen. Natürlich tun wir ihm nichts. Wir verletzen ihn nicht einmal. Es geht bloß darum, dass er es für möglich hält.«

Louise lässt die Hände sinken. Mit den Zähnen hat sie Fetzen dünner Haut aus ihrer Unterlippe gerissen und schmeckt Blut.

»Wir bringen ihn nach Dornheim«, sagt Paul. »Wir halten ihn dort fest. Wir sagen ihm, dass wir ihn erst wieder gehen lassen, wenn er uns von Felix erzählt, wann er ihn getroffen hat und wo er jetzt ist.«

Eine fixe Idee – das würde Agnes sagen. *Das ist jetzt schon wieder so eine fixe Idee*, würde sie sagen. Und sie hätte recht. Louise glaubt nicht daran, dass Felix und Blixen einander begegnet sind. Sie ist sich nicht einmal sicher, ob Paul daran glaubt oder ob er den Glauben nicht bloß so sehr braucht, dass er ihn hat köcheln und aushärten lassen, bis er zu etwas Festem, Greifbarem geworden ist.

Sie schüttelt den Kopf. »Paul, ich will das nicht. Ich *kann* es nicht. Nicht ein zweites Mal.«

Statt sie anzuschauen, stochert er weiter mit dem Stock im schlammigen Boden. Er trägt eines der Polo-Hemden, die Agnes ihm geschenkt hat. Wenn Agnes vorbeikommt, für ein paar Tage oder auch nur einen Nachmittag, kramt er ihre Geschenke hervor, Hemden, Pullover, Hosen, und trägt während ihres Besuchs nichts anderes. Was erhofft er sich davon? Dass Agnes ihn mehr liebt, weil er ihre Hemden trägt?

Der Zweig in seinen Händen bricht knackend.

»Ich verstehe nicht …« Er bricht den Stock weiter in kleine Stücke. »Uns bleibt doch gar nichts anderes übrig. Wenn es da noch diese Möglichkeit gibt, diese andere Erklärung, wenn uns irgendein Weg zu Felix führt, dann bleibt uns doch gar nichts anderes übrig. Oder?«

Sie öffnet den Mund, um zu widersprechen, und dann sieht sie wieder vor sich, wie Paul versuchte, den Spinnenbaum für sie anzuzünden, wie er draußen im Wald durch das Unterholz kroch, um nach ihrem Medaillon zu suchen. Sie zögert, und Paul spürt das Zögern, so wie ein Hund, ein schwarzer Hund in einem Park, der die Angst spürt. Er nimmt ihre Hände.

»Wenn wir ihn fortschicken, die Polizei rufen oder ihm drohen, und wenn er dann tatsächlich verschwindet und wir ihn nie wiedersehen, dann müssten wir damit leben, dreißig, vierzig, fünfzig Jahre lang, dass er uns zu Felix hätte bringen können –« Mit einem Ruck zieht sie ihre Hände aus seinen, knetet die Finger. Sie sind gerötet und steif vor Kälte.

»Was, wenn er danach zur Polizei geht?«, fragt sie. »Wir begehen eine Straftat, wenn wir ihn festhalten und mit einer Waffe bedrohen. Egal ob wir es ernst meinen oder nicht.«

»Er wird nicht zur Polizei gehen. Diese ganze Geschichte – wer er ist oder wer er vorgibt zu sein – er müsste davon erzählen. Die Polizei würde Fragen stellen.«

Louise wippt leicht vor und zurück, die Unterseiten ihrer Oberschenkel auf dem kühlen Stein fühlen sich feucht an.

»Aber wie soll das Ganze funktionieren? Wie sollen wir ihn nach Dornheim kriegen?«

»Wir fragen Agnes, ob sie uns ihren Volvo leiht.«

»Und wie bringen wir Blixen dazu, dass er einsteigt?«

»Ich glaube nicht, dass wir ihn zu irgendetwas bringen müssen. Wir verraten ihm nicht, wo wir hinfahren. Sagen bloß, dass wir einen Ausflug machen.«

»Und du glaubst nicht, dass er es sich denken kann?«

»Doch, aber es wird keinen Unterschied für ihn machen. Er kommt so oder so mit. Genau diese Sachen stacheln ihn an.«

Louise sieht hinüber zu den Mülltonnen. Aus dem Haus dringt kein einziges Geräusch zu ihnen heraus. Was tut Blixen gerade? Was tut er überhaupt? In den letzten Tagen hat sie sich diese Frage immer wieder gestellt. Einen Großteil des Tages sitzt er herum, blättert durch Pauls Zeitschriften und Bücher, während er darauf lauert, dass jemand den Raum betritt. Wie ein Schauspieler, der auf seinen Auftritt wartet, nein, falsch, wie ein Roboter, der sich ausschaltet, wenn er nicht im Einsatz ist. Aber es muss doch etwas geben, womit er sich beschäftigt, wenn er alleine ist. Mit schwarzen Hunden sprechen vielleicht, Tilo und Clara anrufen, sich Geschichten ausdenken, durch die Lehrstraße spazieren, Paul und sie bestehlen.

»Das ist alles so sinnlos«, murmelt sie. »Er ist doch hierhergekommen, um uns von etwas zu überzeugen. Und er hatte uns, er hatte uns beide gleich am Anfang. Es gab keinen Grund, zu lügen, zu stehlen. Wieso die ganze Anstrengung, wenn er sich dann bloß selbst sabotiert?«

»Weil es in seiner Natur liegt.« Paul spricht die Worte so, als würde er etwas zitieren.

Louise zieht eine Augenbraue hoch, mustert ihn stumm.

»Es gibt diese Fabel«, setzt Paul nach.

»Du verbringst zu viel Zeit mit Agnes.«

»Ich muss sie dir ja nicht erzählen, wenn du –«

»Ihr zwei.« Sie lacht auf. »Doch, bitte, erzähl sie mir Paul, erzähl mir die Fabel.«

»Ein Skorpion bittet einen Frosch, ihn auf seinem Rücken

über einen Teich zu bringen. Der Frosch verneint, weil er fürchtet, dass der Skorpion ihn unterwegs erstechen würde. Als der Skorpion zu bedenken gibt, dass er selbst dann ebenfalls ertrinken würde, lässt der Frosch sich überreden. Aber obwohl er so seinen sicheren Tod in Kauf nimmt, ersticht der Skorpion den Frosch auf halber Strecke. Er kann nicht anders, es liegt in seiner Natur.«

Louise drückt ihren Fuß gegen Pauls schmutzigen Asics-Turnschuh. Sie schaut hinüber zu den Mülltonnen, aus der vordersten ragen noch immer die Zweige des Spinnenbaums.

»Gut«, sagt sie. »Fahren wir.«

FÜNFTER TEIL

DORNHEIM

Unsichtbare Hände scheinen Agnes' Volvo behutsam über die verschneite Landstraße zu schieben. Trotz Winterreifen fährt Paul beinahe Schritttempo. Louise versucht sich zu erinnern, wann er das letzte Mal Auto gefahren ist; ihr fällt bloß eine Fahrt zu IKEA ein, die gut fünf Jahre zurückliegen muss. Sie zerrt an ihrem Gurt, steckt ihn aus und wieder ein. Etwas stimmt nicht mit der Halterung, und wenn sie ihn nicht festhält, zieht er sich fortwährend enger, drückt gegen ihren Bauch und ihr Schlüsselbein.

Nach den Verkehrsnachrichten spielen sie »Last Christmas«. Mit einem Stöhnen stellt Paul das Radio aus. Dabei weiß er, dass sie diese Art Lieder mag, Lieder, die allen andern auf die Nerven gehen. Sie dreht den Kopf zur Seite, sieht hinaus. Hinter der Scheibe gleiten weiße Felder an ihnen vorbei, in der Ferne schwebt ein gelbes McDonald's-Zeichen. Louise wirft einen Blick in den Seitenspiegel: Blixen hat den Kopf zurückgelehnt, die Lider geschlossen.

Sie schaut wieder geradeaus, und wie immer, wenn sie Blixen aus den Augen lässt, hat sie das Gefühl, dass er sich genau jetzt bewegt. Um ihren Nacken zu berühren, müsste er nur die Hand ausstrecken. Er hat keinen Ton von sich gegeben, seitdem er ins Auto gestiegen ist, jetzt hört sie ihn leise summen, *but you gave it away*, während er mit den Fingerknöcheln einen Takt gegen die Scheibe klopft.

Paul konzentriert sich auf die gleichmäßige Bewegung der Scheibenwischer. Wenn er zu lange die Schneeflocken betrachtet, scheinen sie nicht länger zu fallen, sondern in trudelnden Spiralen an ihm vorbeizutreiben, wie ein Schwarm winziger weißer Fische oder Vögel. Er blinzelt; um wachzubleiben, braucht er eine Pause, einen Kaffee, ein paar Schritte auf dem Parkplatz in der schneidend kalten Luft. Beim nächsten Raststätten-Zeichen setzt er den Blinker.

»Du kannst auch kurz schlafen, auf der Rückbank, und wir warten so lange«, sagt Louise und ruckelt an ihrem Gurt. Er hat vergessen, wie anstrengend es ist, mit ihr Auto zu fahren. Sie ist die Art Beifahrerin, deren Bein sich krampfhaft durchstreckt, wenn ihnen ein anderes Auto entgegenkommt oder sie sich einer gelben Ampel nähern.

»Ich brauche bloß einen Kaffee«, sagt er.

Er parkt abseits der anderen Autos, in der Nähe der LKWs. Blixen scheint zunächst im Auto bleiben zu wollen, dann steigt er aus.

»Verratet ihr mir jetzt, wohin wir fahren?«, fragt er.

»Nein«, sagt Paul, bevor Louise antworten kann. Er deutet auf die Raststätte, ein flaches graues Gebäude etwa hundert Meter entfernt. »Ich hole mir einen Kaffee, dann fahren wir weiter.«

Er schließt das Auto ab, läuft los, gefolgt von Louise, die hinter ihm durch den Schneematsch stapft. Blixen bleibt zurück. In engen Kreisen streift er um das Auto und wirft lauernde Blicke in Richtung der LKW-Fahrer.

»Warum kommt er nicht mit?«, fragt Paul.

»Vielleicht hat er Angst, dass wir bloß versuchen, ihn vom Auto wegzulocken, um ihn auszusetzen«, schlägt Louise vor.

»Sollen wir es versuchen?«, fragt Paul.

Louise antwortet nicht, weil sie weiß, dass er es nicht ernst meint – so wird man Blixen nicht los. Er würde den Weg zu ihnen zurückfinden.

An der Raststätte angelangt, treten sie durch die Glasschiebetür ins Innere. Paul reibt seine Hände.

»Ich nehme den aus dem Automaten«, sagt er, als Louise durch den Eingangs- in den Restaurantbereich weitergehen will. Schlechter Kaffee macht ihm nichts aus, schließlich geht es ihm nicht um den Geschmack, sondern darum, etwas zu finden, was ihn durch den Tag bringt.

Während hellbraune, wässrige Brühe in den weißen Plastikbecher tröpfelt, schaukelt Louise nervös vor und zurück. Paul achtet darauf, sie nicht anzusehen. Sie flimmert, sie flirrt vor Anspannung. Er kann es ihr ansehen, hat es ihr schon im Auto ansehen können, während sie an ihrem Gurt ruckelte und nach draußen starrte: Sie will einen Rückzieher machen, will umkehren, noch ist es möglich. Er zieht den Becher aus dem Automaten und dreht sich zu ihr um.

»Komm«, sagt er. »Gehen wir zurück zum Auto.«

Sie erreichen Dornheim, fahren in den Ort hinein und wieder aus ihm heraus, und Louise dreht ungläubig den Kopf, als sie die geschlossene Tankstelle passieren. Nein, sie ist nicht bloß geschlossen, sondern verlassen.

»Die Tankstelle hat zugemacht«, sagt Louise atemlos zu Paul, und Paul zuckt die Achseln.

»Hier ist eben nichts los«, sagt er.

Louise verschränkt die Arme. Sie ist überrascht, nein, *empört* ist sie, als hätte sie davon hören, als hätte jemand sie in Kenntnis setzen müssen.

Paul nimmt die letzte Kurve vor dem Haus, und es ist Louise, als würden die Bäume beiseitetreten, achtungsvoll auseinandergleiten, um die Sicht auf das Haus freizugeben. Sie hält ihren Gurt fester.

Paul parkt das Auto auf der Straße vor dem Hof, steigt aus, und obwohl Louise nicht mit Blixen zurückbleiben möchte, bewegt sie sich nicht. Es ist unmöglich, den Gurt zu lösen, die

Tür zu öffnen, auszusteigen. Durch das beschlagene Seitenfenster betrachtet sie das Haus. Sie sieht sich selbst in einem mintfarbenen Anorak, sie sieht Paul mit einem Badmintonschläger in der Hand, ihre Großmutter in der geöffneten Tür, ihre Mutter hinter einem der Fenster. Nur Felix kann sie nirgendwo entdecken. Nicht einmal sein Geist kommt zurück zu ihr, es gelingt ihr nicht, sich an Felix in Dornheim zu erinnern; ob er groß genug war, um an den oberen Rand des Türrahmens zu stoßen, und wie er auf dem Treppchen saß, mit angezogenen Beinen oder ausgestreckten, sie sieht es nicht vor sich, sie weiß es nicht mehr.

Blixen steigt aus, läuft über den Hof, legt den Kopf in den Nacken und betrachtet die Fassade. Sie hätten ihn nicht hierherbringen sollen. Sie hätten ihn nicht hierherbringen sollen, er hat sie ausgetrickst. Sie haben ihn an den einen Ort gebracht, an dem er nichts zu suchen hat, der frei von ihm hätte bleiben sollen.

Während Louise und Paul vor der Haustür stehen und warten, dreht Blixen gemächliche Runden auf dem Hof, inspiziert die leerstehende Scheune, die Kellerfenster, den Kastanienbaum. Erst als Paul nach ihm ruft, nähert er sich, übertrieben zögerlich zunächst; vor der Haustür angelangt, presst er sein Gesicht gegen die eingelassene Milchglasscheibe.

»Ich weiß nicht, ich kann doch nicht einfach hineingehen. Was, wenn es Agnes nicht recht ist?«

»Es ist ihr recht«, schnappt Paul, während Louise die Haustür aufschließt. Doch Blixen tänzelt weiter vor und zurück, bis Louise ihm knapp zunickt und bestätigt: »Agnes weiß, dass wir hier sind.«

Paul tritt hinter Blixen und Louise ein; er schließt die Augen, ein paar Sekunden nur, es ist ja der Geruch, vor allem ist es der Geruch, der ihn zurückwirft. Als er die Augen wieder öffnet, sieht er Blixen, wie er durch den Flur schlendert, mit den Fingern über das Geländer der Treppe und über den Sekretär fährt.

»Nicht schlecht«, sagt er.

»Hieran konntest du dich nicht erinnern?«, fragt Paul.

»Ich bin lange nicht mehr hier gewesen.« Blixen lächelt. »Du weißt doch, wie es ist, Paul. Die Orte, die wir kennen, sind immer anders, als wir sie in Erinnerung hatten. Nichts bleibt gleich für uns.«

Paul gibt ein Schnauben von sich, als hätte Blixen etwas Dummes gesagt. Dabei hat er recht, genauso ist es: Paul hatte den Flur anders in Erinnerung. Größer, kleiner, heller, dunkler? Er weiß es nicht. Die Möbel erkennt er alle wieder, einem Fremden gegenüber hätte er sie genauso beschrieben: Hier ist die blaugrüne Bauerntruhe, hier ist der große Spiegel, auf der linken Seite des Flurs, hier ist der Sekretär, der Agnes' Mutter gehörte – die Schubladen sind leer, das weiß er, weil er sie heimlich einmal alle aufgezogen hat. Und zuletzt der Boden, ein glattpolierter Steinboden, der ihn als Jungen an Schlösser und Paläste denken ließ; der ihn auch heute noch an Schlösser und Paläste denken lässt. An besonders heißen Tagen legten sie sich auf den kühlen Stein, alle drei, die Arme und Beine von sich gestreckt, wie Hunde, wie Katzen, und ihre Köpfe berührten einander, und der Stein war kalt an ihrer Haut, während die Temperaturen draußen auf über dreißig Grad kletterten. *Weißt du noch?*, will er zu Louise sagen, aber als er sich zu ihr umdreht, sieht er nicht Louise, sondern Blixen, und presst die Lippen aufeinander.

Louise öffnet die Tür zur Küche und tritt ein. Wollte Agnes das Haus tatsächlich verkaufen, müsste sie die Küche modernisieren. Niemand würde kochen wollen an dem schmalen Herd mit den verdreckten Platten. Es gibt keine Mikrowelle, keine Spülmaschine. Der beigefarbene Kühlschrank (war er einmal weiß?) ist nicht angeschlossen. Am auffälligsten sind die hellbraun gekachelten Wände; sie stammen noch aus der Zeit, als Astrid die Küche zum letzten Mal renovieren ließ, den frühen Siebzigern.

Von der offenen Küche gelangt Louise in das Wohn- und Esszimmer; sie läuft vorbei an der Anrichte und dem Esstisch, bleibt vor der Heizung stehen. Auch in den Herbst- und Wintermonaten bleibt die Heizung auf niedrigster Stufe eingeschaltet, weil Agnes sich vor geplatzten Wasserleitungen fürchtet und den weniger greifbaren Schäden, welche die Kälte in ihrem Haus anrichten könnte. Alle zwei Wochen sieht eine Frau nach dem Rechten, eine ältere Nachbarin, über die Louise nichts weiter weiß, als dass sie Maria heißt und auf die Frage, ob es ihr gut gehe, stets kopfschüttelnd antwortet: »Schmerzen, immer Schmerzen.«

Louise dreht die Heizung voll auf, lauscht einige Sekunden, bevor sie ein erstes Knacken hört. Es wird noch Stunden dauern, bis die klamme Kälte sich endlich verflüchtigt hat.

Paul möchte alles anfassen. Über die braunen Kacheln streichen, über die Holzplatte des Esstischs; er möchte sich niederknien und den Kopf auf den Dielen ablegen. Aber weil Blixen ihn nicht aus den Augen lässt, geht er weiter, vorbei an Louise und dem Ohrensessel ihres Großvaters bis zu den Glastüren, die hinaus auf die Terrasse führen. Im Sommer standen die Türen immer offen, jetzt sind sie geschlossen, und das Glas ist feucht und kalt, als er die Fingerspitzen darauf legt.

Von dem Garten draußen ist nichts zu sehen; kein Gras, kein Grün, kein See, kein Blau, keine Erde, kein Braun, die Welt hinter der Scheibe ist einheitlich, undurchdringlich weiß. Wie ein Streich, denkt er, ein Trick, als hätte die Welt sich verkleidet, sich eine optische Täuschung zunutze gemacht, um sich als etwas anderes auszugeben als das, was sie ist. Er hat Dornheim noch nie im Winter gesehen. Immer ist dieser Ort für ihn einer gewesen, der ausschließlich im Sommer existiert, den der Sommer bestimmt. Dornheim ist vor allem eine vertraute Zusammensetzung der Farben: sehr weiße Wolken in sehr blauem Himmel, Grün, unzählige Grüntöne in einer unwahrscheinlichen, unvermuteten Auffächerung verschiedener Abstufungen. Aber der Sommer steckte auch in den Mücken, in den Wespen, in dem Summen und Rascheln, wie sich alles bewegte in den Büschen und Bäumen; der Sommer steckte in den Dingen, die man aß und trank. Walnusseis. Einen ganzen Sommer lang, so kommt es ihm vor, aßen sie nichts anderes als Walnusseis, aus großen Boxen, morgens, mittags, abends. Der Sommer steckte in den langen Abenden und einer größeren Wachheit oder dann, im Gegenteil, einer größeren Schläfrigkeit in der Nachmittagshitze.

Er reibt sich die Augen und über das Gesicht. Er hat das Gefühl, etwas zu verlieren, die Orientierung oder das Gleichgewicht, weil er in diesem Haus steht, das in den August gehört, weil er hinter der Glastür keinen See sieht, sondern Schnee, und ihm der Sommer mit einem Mal unglaubwürdig erscheint, so als könnte nie wieder einer kommen oder als hätte es nie einen gegeben. Er schaut nach draußen in die ortgewordene gedämpfte Stille, in den strahlend sauberen Raum, der sich weiter erstreckt, als Paul sehen kann, und er wünscht sich ein Tier darin, einen Vogel oder einen Fuchs, einen schnellen Schatten, der die bedrückende Statik aufbricht.

Louise tritt neben Paul an die Glastür und blinzelt. Das Weiß hinter der Scheibe ist leuchtend, übergriffig, es brennt sich durch die Netzhäute bis in den Schädel. Als sie von der Scheibe zurücktritt und sich umdreht, ist der Raum dunkel, als hätte jemand ein Licht ausgeschaltet, dabei sind es bloß Louises Augen, in denen etwas wieder aufgebaut werden muss – *Sehfarbstoff.*

Davon hat Paul ihr einmal erzählt, und seitdem stellt sie sich eine regenbogenfarbene, funkelnde Substanz in den Augäpfeln vor. Allmählich erfasst Louise die Möbel und Blixen, am Esstisch lehnend, seine bleichen Finger auf der Tischplatte, seine glänzenden Stiefeletten auf den Holzdielen. *Fass hier bloß nichts an*, will sie zu ihm sagen; seine Berührung würde den Dingen die Farbe nehmen, sie aschgrau, teerschwarz werden lassen, und keine noch so große Menge an regenbogenfarbenem Sehfarbstoff könnte etwas daran ändern. Louise fürchtet um das blau-weiße Porzellan auf der Anrichte, um die bunte Obststickerei an der Wand, um die goldenen Zeiger der Uhr.

Pauls Hand streift ihre, seine Finger drücken kurz zu, *es geht los, jetzt*, und Louises Mund ist trocken, und noch ist es möglich, den Kopf zu schütteln, den Raum zu verlassen, einfach zu gehen. Aber sie schüttelt nicht den Kopf, sie verlässt nicht den Raum.

Scheinbar beiläufig schlendert Paul in die Küche. Er bleibt vor der Anrichte stehen, zieht eine Schublade auf und sieht hinein. Das Brotmesser hatte er anders in Erinnerung, weniger klein, weniger abgenutzt. Er nimmt es in die Hand, hält den hellbraunen, abgewetzten Plastikgriff und kommt sich albern vor: Das Messer ist keine Waffe, sondern ein Haushaltsgegenstand. Während er zurück zu Blixen und Louise läuft, hält er es dicht am Oberschenkel und so, dass Blixen es nicht sehen kann.

»Setz dich«, sagt er, als er vor Blixen steht, und zumindest seine Stimme verrät ihn nicht. Sie klingt heiser und rau; so spricht jemand, der meint, was er sagt. Tatsächlich aber fühlt Paul sich lächerlich, wie ein überforderter Schauspieler, der weder das Stück noch seine eigene Rolle ernst nimmt. Er ist wieder dreizehn, seine Deutschlehrerin hat die ganze Klasse gezwungen, an einer Schulaufführung von *Krabat* teilzunehmen, und er steht in der Aula, schlägt unentschlossen mit seinen Pappflügeln, kräht verhalten und schämt sich. Niemand glaubt das, denkt er, das glaubt dir niemand.

Blixen setzt sich. Anders als sonst hält er sich nicht auffällig gerade, sondern *hängt,* betont gelangweilt, nur seine wachsamen Augen verraten ihn; das Messer hat er längst entdeckt.

»Wir wissen, dass du Felix getroffen hast«, sagt Paul. »Und du wirst uns von ihm erzählen. Wo er ist. Wie es ihm geht. Vorher fahren wir hier nicht wieder weg.«

Obwohl Paul kalt ist, schwitzt er, der Plastikgriff in seinen Händen fühlt sich rutschig an. Er würde das Messer gerne ablegen. Er würde gerne *nicht* hier sein. Wie überrascht Blixen und Louise wären, wenn er sich umdrehen und das Haus verlassen würde. Er könnte die Landstraße entlanglaufen, vorbei an kahlen Bäumen, an der geschlossenen Tankstelle, durch das Dorf und weiter. Und weiter. Vielleicht würde er Felix so finden, an einem denkbar unwahrscheinlichen Ort, einem Strand, in einer Höhle, in Prag.

Er wechselt das Messer von der rechten in die linke Hand. Wenn er nicht Gefahr laufen will, sich von der Bühne zu stehlen, muss er weiter mit den Pappflügeln schlagen, verhalten krähen.

»Du musst uns die ganze Geschichte erzählen«, sagt er zu Blixen.

»Die ganze Geschichte«, sagt Blixen.

»Niemand weiß, dass du hier bist. Deswegen haben wir diesen Ort ausgesucht. Verstehst du, wie ernst es uns ist?«

Blixen deutet mit dem Kinn auf das Brotmesser.

»Das sehe ich, dass es euch ernst ist. Und werdet ihr mir die Finger abschneiden? Und die Füße? Wird all das passieren?«

Pauls Hand krampft sich um das Messer. Er sieht hinüber zu Louise. Sie hätten eine geheime Abfolge von Signalen vereinbaren sollen, durch die er sie wissen lassen könnte, dass er ihre Hilfe braucht, jetzt.

Aber Louise scheint keine Geheimzeichen zu brauchen, sie stößt sich von der Wand ab, kniet sich vor Blixen auf den Boden, legt eine Hand auf sein Knie. Nein, ihre Hand berührt ihn nicht tatsächlich, sondern schwebt einige Millimeter über dem Stoff seiner Hose.

»Hör zu«, sagt sie. »Wenn das hier vorbei ist, lassen wir dich gehen. Wir sprechen nicht mit der Polizei, wir zeigen dich nicht an, wir erzählen niemandem hiervon. Du musst uns nur sagen, was du weißt. Du musst uns sagen, wo Felix ist.«

Blixen sieht auf sie hinunter. Louises Hand über seinem Knie zuckt. Es muss anstrengend sein, sie so zu halten, sie unauffällig schweben zu lassen.

»In den letzten Wochen, da hast du uns doch kennengelernt«, sagt sie. »Du weißt mehr über mich, über Paul als sonst ein Mensch. Du weißt genau, was Felix uns bedeutet. Das muss doch irgendetwas ... dir kann das doch nicht alles gleich sein.«

Da ist er, der Überschlag in Louises Stimme, vor dem Paul sich gefürchtet hat.

»Wir nehmen dich nicht wieder mit zurück«, sagt er schnell. »Das hast du verstanden, oder? Egal wie das hier endet, egal was passiert, du kommst nicht wieder mit uns nach Berlin zurück. Du hast hier also nichts zu verlieren.«

Blixen hebt nicht den Kopf, betrachtet noch immer aufmerksam Louise.

»Ist es nicht merkwürdig, dass alle fortlaufen?«, fragt er. »Erst dein Vater, dann dein Bruder. Sogar deine Mutter verlässt die Stadt. Ich meine, ihr wart eine ganze Familie, Mutter, Vater, Kind, Kind, alle an ihrem Platz, und jetzt bist nur noch du übrig. Du bist die Einzige, die geblieben ist und darauf wartet, dass irgendwer zurückkommt.«

Louise richtet sich auf, sehr langsam, tritt einen Schritt zurück. Und ihre Bewegungen, steif, behutsam, lassen Paul an eine sehr viel ältere Person denken, oder nein, an jemanden, der gerade einen Unfall hatte, der gegen etwas gelaufen, mit etwas kollidiert ist. Soll er ihr aufhelfen? Sie stützen? Sie kommt ihm zuvor, dreht sich um, spricht ausdruckslos:

»Auf dem Dachboden steht eine Truhe. Mein Großvater hat darin Gurte und Seile verstaut. Die brauchen wir.«

Fragend sieht er sie an.

»Damit wir ihn festmachen können«, sagt Louise.

Bevor sie auf dem Dachboden nach den Gurten und Seilen suchen, sperren sie Blixen in die Speisekammer. Noch auf dem Weg zurück nach unten, während sie durch den Wohnraum und das Hinterhaus laufen, und schließlich, als Paul die spinnwebverhangene Tür der Speisekammer öffnet, ist Louise sicher, dass Blixen verschwunden sein wird. Obwohl sie weiß, dass er gar nicht hätte entkommen können, dass sie die Tür von außen verriegelt haben und das dreckblinde Fenster nach draußen kaum größer als Blixens Kopf ist, überrascht es sie, ihn zu sehen, wie er an dem unverputzten Stein lehnt.

Im Wohnraum bindet Paul Blixen an einem der Stühle fest. Blixen lässt es geschehen; er spricht nicht, er wehrt sich nicht. Er sieht *ergeben* aus, aber seiner Ergebenheit ist nicht zu trauen. Louise ist sicher: Er befindet sich genau dort, wo er sein möchte, wahrscheinlich ist er zufrieden, sogar mit den Gurten um seinen Oberkörper, seine Knöchel und Handgelenke.

Louise legt eine Hand auf die Heizung und sieht sich nach Paul um. »Es wird nicht wirklich wärmer«, sagt sie.

Er nickt. »Nein. So schnell geht das nicht.«

In der Küche suchen sie nach Kaffeepulver. Louise hat noch nie gerne Kaffee getrunken, aber jetzt sehnt sie sich nach dem bitteren Geschmack, der Wärme im Brustkorb, in den Händen. Sie durchsuchen die Schränke, finden aber weder Kaffee noch schwarzen Tee, sondern bloß drei einzelne Kamillenteebeutel auf dem Boden einer bunten Blechdose.

Louise folgt Paul zurück ins Wohnzimmer. In der einen Hand hält sie eine Tasse, mit der anderen zupft sie eine Staubfluse aus Pauls Haar – sie muss sich auf dem Dachboden dort verfangen haben. Erst als sie die Fluse auf dem Zeigefinger balanciert, merkt sie, dass Blixen den Kopf gehoben hat, dass er sie aufmerksam beobachtet. Sie schämt sich, ohne sicher zu sein, wofür.

Paul stellt seine Tasse ab und legt das Messer daneben.

Oben auf dem Dachboden hat er ihr erklärt, dass sie sich die ganze Zeit über an einer einzigen Frage festhalten werden: »Wann hast du ihn das letzte Mal gesehen?«, und Louise stellt sich die Frage vor, in leuchtenden Buchtstaben, ein Mantra, ein Zauberspruch, ein Wegweiser, der sie durch das Dunkel Blixens schnarrender Antworten leiten wird. *Wann, wann, wann hat er Felix das letzte Mal gesehen?*

»Wann hast du ihn das letzte Mal gesehen?«, fragt Paul also, doch zwischen dem »du« und dem »ihn« bricht seine Stimme; es klingt, als hätte er sich versprochen oder eines der beiden Wörter schlucken wollen.

»Habt ihr eigentlich schon daran gedacht, dass er gar nicht gefunden werden möchte?«, fragt Blixen. »Von euch.«

»Hat er dir das gesagt?«, fragt Paul, eine Spur zu schnell.

Blixen sieht nicht Paul an, sondern Louise.

»Das muss mir niemand sagen. Er ist gegangen. Abgehauen. Er hat euch keine Postkarte geschickt, er hat euch nicht angerufen. Und ihr tut die ganze Zeit so, als ob das ein Rätsel sei.« Er lacht leise. »Es ist ein Rätsel, weil ihr es zu einem macht. Er hatte keine Lust mehr. Das kann ich verstehen. Glaubt ihr, ich habe Lust, mit euch zusammenzusitzen und mir den lieben langen Tag euer Gejammer anzuhören? Was nicht stimmt mit eurer Mutter, eurem Vater, eurem Beruf, eurer Kindheit, eurem

Geld, euren Freunden, euren Feinden. Glaubt ihr, irgendwen interessiert das? Das interessiert niemanden.«

»Du kennst meinen Bruder nicht«, sagt Louise. »Du glaubst, weil du dich hier eingeschlichen hast, wüsstest du etwas über ihn. Aber du weißt überhaupt nichts.«

»Nein, aber ich kenne euch. Ich kenne dich.« Er lässt sich ein Stück nach vorne fallen, bis er in dem Gurt hängt, der sich quer über Bauch und Brustkorb spannt. »Ich kenne dich und deine albernen kleinen Kuchen, deine kleinen Streitereien mit deinen Freunden, und wie du nichts lieber tust, als im Fenster zu sitzen und traurig in die Welt zu schauen, weil du nicht so hübsch oder so schlau bist wie deine Mutter und dir albern vorkommst. Weißt du, *warum* du dir albern vorkommst? Weil du albern bist, ein albernes Mädchen mit albernen Kuchen, das glaubt, ihr Leben wäre besser und größer und weniger albern, wenn ihr Bruder nicht davongelaufen wäre.«

Sein Gesicht verzieht sich; seine Nase ist seine Nase, und sein Mund ist sein Mund, und auch seine Augen sind seine Augen, und trotzdem ist es nicht sein Gesicht, das Gesicht, das Louise kennt; es ist das Gesicht von jemandem, der sie hasst; er *hasst* sie, und sie ist überrascht, überraschter noch, als wenn er die Gurte einfach abstreifen und plötzlich aufstehen würde. Sie hat das nicht in Erwägung gezogen, diese Möglichkeit. Trotz der Lügen, trotz des Medaillons, trotz des Hundes hat sie es nicht einmal in Erwägung gezogen. Weil es sich anfühlte, die ganze Zeit über, als spielte er ihnen bloß einen Streich, einen Streich nach dem anderen. Als hätte er gestohlen und gelogen, weil es sich eben ergab, aber nicht aus einem konkreten *Gefühl* heraus. Doch hier ist es, hier gräbt sich das *Gefühl* seinen Weg durch sein Gesicht. Er strafft die Schultern, lehnt sich wieder zurück, glättet die Züge, aber sie lässt sich nicht täuschen, sie wird das nicht vergessen. Er *hasst* sie.

Es ist die Art, wie Blixen Louise ansieht, wie er, obwohl er sitzt und sie steht, auf sie herabzusehen scheint. Wirbel um Wirbel sackt sie unter seinem Blick in sich zusammen.

»Was bist du überhaupt?«, fragt Paul, um Blixens Aufmerksamkeit wieder auf sich zu lenken. »Du bist doch kein Mensch, du bist doch eine Krankheit. Ein Parasit. Du kommst hierher und frisst dich in unser Leben.«

Blixen dreht den Kopf. Er blinzelt, und durch das Blinzeln, *in dem* Blinzeln justiert er sich neu, *erfasst* Paul.

»Wir haben viel gemeinsam, Paul«, sagt er. »Ich spreche hier von Parasit zu Parasit. Das hier«, er nickt in den Raum, »ist nicht dein Haus. Das ist nicht deine Familie. Diese Dinge sind nicht für dich. Du gehörst nicht hierher, und nichts hier gehört dir. Deine Wohnung ist nicht deine Wohnung, Agnes ist nicht deine Mutter, nicht einmal Felix ist tatsächlich dein Freund gewesen. Das weißt du, oder? Paul, du bist Kleister, du bist Leim, du *haftest.*« Er beugt sich vor. »Und nie kriegst du genug. Nimmersatt.«

Etwas passiert, und im ersten Moment denkt Paul, dass es nichts weiter mit ihm zu tun hat, als dass er sich im selben Raum befindet wie das Ereignis. Blixens Kopf wird zurückgeschleudert, schlägt dumpf gegen die Stuhllehne; seine Lider schließen sich, fliegen wieder auf, das Gleiche passiert mit seinem Mund. Er blutet, aus dem Mundwinkel und aus der Nase. Sein Blut ist hellrot, das überrascht Paul, er hatte gedacht, es müsse faulig schwarz sein, dass es Blixen wie jahrhundertealter Schlick aus den Adern tropfe.

Paul stolpert gegen den Ohrensessel, fällt hinein. Sitzt. Seine Hände zittern, nicht aus Scham, sondern vor Anstrengung. Es strengt ihn an, sitzen zu bleiben, nicht vorzuschnellen. Weiterzumachen. Auszuholen, zuzuschlagen. Bis nichts mehr übrig ist von Blixen. Er denkt an das Messer, und zum ersten Mal, seitdem er es aus der Schublade geholt hat, ist nichts albern an diesem Gegenstand.

Es hat nichts mit Sehfarbstoff zu tun, aber sie braucht einige Sekunden, um zu verstehen, was sie sieht: Paul hat Blixen *geschlagen*. Blixens Unterlippe ist hellrot blutverschmiert, kleine Speichelblasen hängen in seinen Mundwinkeln; Louise holt ein Taschentuch aus seiner Verpackung und macht einen Schritt auf ihn zu. Als sie sich über ihn beugt, spuckt er nach ihr. Es geht so schnell, dass sie sich nicht umdrehen oder zurückweichen kann.

»Ich will über den Kuss sprechen«, sagt er.

Louise starrt ihn an, sie fühlt seinen Speichel, sein Blut klebrig auf ihrer Wange; sie denkt an London, das Hotelzimmer mit den zugigen Fenstern, dem Schaumstoffplattenbett, das sie mit Paul teilen musste; sie denkt an den hellen Linoleumboden und an Pauls erschrockenes Gesicht. Aber Blixen hat sie nie von dem Kuss erzählt, da ist sie sicher – also muss Paul mit ihm gesprochen haben. Sie dreht sich nicht zu ihm um.

»Der Kuss«, wiederholt Blixen.

Jetzt erst fällt ihr auf, dass er nicht sie ansieht, sondern Paul.

Paul sinkt tiefer in den Sessel. Der Kuss, der verdammte Kuss; dabei ist es doch nicht einmal *er* gewesen, der geküsst hat. Blixen war es, will er rufen, ohne kindisch zu klingen, Blixen war es!

Blixen leckt sich über die Lippen, leckt Blut und Speichel.

»Mich interessiert das«, sagt er. »Was ist die Geschichte, die du dir erzählst, Paul? Das machst du doch, du erzählst dir noch immer diese Geschichte, oder?«

Blixen, begreift Paul, Blixen spricht nicht von dem Kuss, der nach feuchter Erde und Moder schmeckte, sondern von jenem, der Jahre zurückliegt, der nicht in den Herbst, die Zeit der Kälte und frühen Nächte gehört, sondern in den Sommer, in die Hitze, in ein Leben, das so weit entfernt scheint, dass es sich unmöglich in Dornheim, an demselben Ort, an dem sie sich jetzt gerade befinden, abgespielt haben kann.

»Diesen Kuss, den erzählst du dir als etwas Heiliges«, sagt Blixen. »Als großen, reinen Moment, in dem du die Liebe verstanden hast. Weil du fast verrückt geworden bist; weil du etwas so sehr wolltest, dass du fast verrückt geworden bist. Nur dass du Felix bloß wolltest, weil er geglänzt hat, und das ist keine Liebe, Nimmersatt, das ist bloß Gier.«

Paul steht auf. Er sieht nicht Louise an und nicht Blixen, sondern läuft aus dem Wohnraum, durch die Küche und weiter in den Flur. Er hält auf die Haustür zu, doch statt hindurchzugehen, steigt er die Treppen hinauf und geht in das Zimmer, in dem er während seiner Sommer in Dornheim geschlafen hat. *Sein* Zimmer – das denkt er, auch wenn er weiß, natürlich weiß er, dass dieses Zimmer nicht seines ist. Wie hat Blixen gesagt? Von Parasit zu Parasit.

Er setzt sich auf die grüne Samtcouch, die Agnes vor Jahren schon hat entsorgen wollen: Sie gehört den Motten, die sich in den Ritzen niedergelassen haben, aus denen sie ab und an hervorsteigen, geräuschlos wie winzige geflügelte Gespenster. Auf das Knarren der Treppenstufen lauschend, hofft er, dass Louise ihm nicht nachlaufen wird. Er will nicht gefunden werden, und er will nicht, dass sie sich neben ihn setzt, ihm eine Hand auf die Schulter oder den Arm legt und ihm mit ernster Stimme erklärt, dass er sich *nicht für seine Gefühle schämen muss.*

Aber das muss er, natürlich muss er das, und wie soll er ihr das erklären, wie kann er ihr das beschreiben, sodass auch sie es versteht? Er müsste Jahrzehnte zurückgehen; er müsste vielleicht von seiner Nachbarin sprechen, einer Frau, die zur geheimen Besessenheit seiner Mutter wurde, über deren Leben und Alltag man im Haus seiner Eltern endlos spekulierte. »Sie lebt über ihre Verhältnisse«, urteilte seine Mutter und fasste so das Schlechte dieser Frau zusammen, die nachmittags Kaffee trinken und abends im Restaurant essen ging, die jeden zweiten Tag Pakete erhielt, Kleidung oder Schuhe, die sie in Katalogen, später dann im Internet bestellt haben musste. In der Siedlung seiner Eltern gab es viele Skandale, dieser aber war für seine Mutter der größte: eine Frau, die über ihre Verhältnisse lebte. Von dem fünfundvierzigsten Geburtstag seiner Mutter müsste Paul Louise erzählen und wie sie abends essen gingen, die ganze Familie, in einem Restaurant, das klar *über ihren Verhältnissen* lag. Noch auf dem Hinweg war seine Mutter aufgedreht gewesen, doch als sie alle in dem Restaurant saßen, als seine Mutter ein Entrecôte mit Cognac-Pfeffersauce und sein Vater ein Entrecôte mit Blue-Stilton-Portwein-Sauce bestellte und Jenny und Paul ratlos nach Spaghetti mit Tomatensauce fragten, da kippte etwas in seiner Mutter, er sah es genau, wie sie sich an dem glänzenden Silberbesteck festhielt und schwer schluckte an ihren kleinen Bissen Entrecôte. Und er verstand, dass sie sich nicht bloß unwohl fühlte, sondern drohte zu ersticken an dem Entrecôte oder dem Unwohlsein, er hätte es nicht sagen können.

Paul aber hat etwas sehr viel Schlimmeres als seine Mutter getan: Paul hat nicht bloß über seine Verhältnisse gelebt, er hat über seine Verhältnisse geliebt. Er hat sich einen Kuss angemaßt, der ihm nicht zustand, seine Lippen auf Felix' Rücken standen ihm nicht zu, und dieser Kuss war ein Kuss ganz und gar über seinen Verhältnissen, einer, den er sich nicht hatte leisten können, der ihm nicht gestattet worden war, sondern den er sich erschleichen, den er sich hatte stehlen müssen. Und das, weiß Paul, ist durchaus etwas, für das man sich schämen sollte.

Durch die geöffnete Tür sieht sie Paul auf dem Samtsofa sitzen. Als sie eintritt, hebt er nicht den Kopf, auch nicht, als sie seinen Namen sagt.

»Paul, ich weiß von dem Kuss«, sagt sie und bleibt dicht vor ihm stehen.

»Wir meinen nicht denselben Kuss.«

»Doch, Paul.« Sie setzt sich neben ihn. Die Couch unter ihr knistert unheilvoll; sie muss an die Motten denken, hunderte Eier unter dem trügerisch schimmernden Stoff. Sie presst die Oberschenkel fest zusammen, um nicht wieder aufzuspringen.

»Ich habe euch damals durch das Küchenfenster gesehen, Felix und dich. Wie ihr dort gestanden habt. Und ich wusste …«

Aber was wusste sie? Während sie durch das Küchenfenster sah und Joghurtbecher aufeinanderstapelte, da war die Szene unten am See ein Puzzle oder Bilderrätsel, und sie verstand, dass etwas hinter oder vielmehr *in* der Art lag, wie die beiden zueinander standen, in der Anordnung ihrer Körper, in dem Abstand, vor allem in dem Abstand zwischen ihnen, der gerade zu gering war oder aber zu weit, als dass er natürlich wirkte.

»Aber du hast mich nicht darauf angesprochen«, sagt Paul.

»Nach allem, was dann passierte, schien es mir nicht besonders … wichtig.«

Sie rückt ein Stück näher an ihn heran, unter dem Samt glaubt sie eine Bewegung zu spüren.

»Du weißt, dass er nicht deswegen gegangen ist?«

Er rührt sich nicht.

»Das war nicht der Grund, Paul.«

»Nein, vielleicht nicht.«

Draußen fährt ein Auto vorbei, in allen Räumen gluckert die Heizung, das Sofa unter Louise knistert, im Flur tickt die Standuhr.

»Aber was war dann der Grund?«, fragt Paul.

»Wir werden das nicht erfahren, Paul«, sagt Louise, und erst als sie die Worte spricht, weiß sie, dass sie wahr sind, dass es keine überraschende Wendung gibt und keine unverhoffte Auflösung. Das ist alles, die ganze Geschichte, und dass sie kein Ende hat, gehört zu ihr. Ganz ähnlich muss es sich anfühlen, an etwas zu glauben. *Wirklich* an etwas zu glauben. Es ist eine Überzeugung, die nichts von außen braucht, sie kommt aus einem inneren Raum, von dem Louise bisher nicht gewusst hat, zu dessen Tür sie nicht einmal einen Schlüssel besaß. Jetzt tritt sie ein, und der Raum ist wie die Welt hinter der Glasschiebetür, keine Schatten, keine Abstufungen, bloß das Weiß, und es ist absolut. Sie glaubt jetzt, sie glaubt an das endgültige Verschwinden und daran, dass Felix nicht zurückkommen wird, nicht einmal in einer Erklärung.

»Und jetzt?«, fragt Paul. »Was machen wir jetzt?«

»Jetzt schicken wir ihn fort.«

Während Paul sich von Louise die Treppe hinunter und über den Palast-, den Schlossboden führen lässt, prickelt es in seinen Fingern, die Louises umschließen. Oft versteht Paul die Dinge zuallererst nicht im Kopf, sondern in den Händen. Das *Wollen* etwa versteht er in den Händen, und jetzt das: Louise liegt falsch, sie irrt sich. Paul kann die ganze Geschichte durchschauen mit ihren Verstrickungen, ihren Wendungen und ihrer Moral, vor allem ihrer Moral: Wenn sie Blixen gehen lassen, wenn sie sich nicht länger an ihm festhalten, werden sie ihre Antwort bekommen, ihre Erklärung. Davon hat man doch gehört, in Geschichten und Märchen, dass man etwas erst freigeben muss, damit es einem tatsächlich gehört. Den Traum, das Ziel, den Weg, die Prinzessin, das Juwel, das einzig mögliche Heilmittel im ganzen Königreich, man muss es erst aufgeben, um es doch noch zu finden. Sicher gibt es ein Märchen dazu; Agnes könnte es ihm erzählen.

Er drückt Louises Hand, drückt sie fest, *jetzt, Louise,* will er sagen, und schon öffnet sie die Tür, tritt hindurch und zieht ihn mit sich. Er folgt ihr um die Ecke, an der Anrichte vorbei, sieht den Esstisch und den Stuhl, und der Stuhl ist leer. Auf dem Boden liegt ein Knäuel aus Seilen und Gurten.

»Pass auf«, sagt Paul hinter ihr. »Er ist hier irgendwo.«

Und kurz hält auch sie für möglich, dass er ihnen auflauert, sich hinter dem Ohrensessel oder unter dem Tisch versteckt. Aber noch während sie den Blick in die Ecken schnellen lässt und hinüber zu den Vorhängen, weiß sie, dass er das Haus längst verlassen hat.

»Nein, ist er nicht«, sagt sie.

Sie tritt an die Glasschiebetüren und sieht hinaus. Der Himmel, gewittrig gelb, legt ein Leuchten in den weißen Garten.

Blixen hat sich nicht besonders beeilt, er steht zwischen kahlen Bäumen und schneeschweren Büschen etwa in der Mitte des Gartens.

Blixen hebt den Arm, ohne sich nach ihnen umzudrehen. Er winkt nicht, er hält den Arm bloß in die Höhe, als wolle er ein Signal geben. Dann läuft er weiter, gleitet über den Schnee, ohne einzusinken; möglich, denkt Paul, dass er nicht einmal Fußstapfen hinterlässt. Als er das Ufer erreicht, hält er nicht inne, prüft nicht vorsichtig die Eisschicht; schnell und sicher läuft er über den gefrorenen See.

Pauls Muskel zuckt, seine Lider flattern; es schneit nicht mehr, es regnet, und Paul steht hinter keiner Glasscheibe, sondern auf der Masarykovo nábřeží in Prag, und auf dem nassen Asphalt vor ihm liegt eine Frau und atmet nicht mehr, und es gibt nichts zu tun für Paul, außer das auszuhalten, stillzustehen, angesichts der Größe und Gewalt. Der Moment scheint ihm über allen Verhältnissen. Die Luft wird aus seinen Lungen gepresst, mit einem Stoß atmet er aus. Und ein. Und aus.

Während sie Blixen nachsieht, muss Louise daran denken, wie sie kurz nach dem Abitur beinahe gestorben wäre. Aber ist das wahr? Wäre sie tatsächlich *beinahe gestorben?*

So jedenfalls kam es ihr damals vor, während das Fieber ihr in den Adern steckte, ihr der Magen wie ein Knäuel aus Stacheldraht im Bauch lag und sie ihre Knochen schmerzhaft drückend unter der dünngewordenen Haut fühlte: Sie würde entweder sterben oder für immer in dem Fieber hängenbleiben; für den Rest aller Tage nie wieder etwas anderes als das Bett und die Übelkeit und das Schwitzen.

Stattdessen wurde sie gesund. Die Antibiotika waren die Erklärung, der Grund, aus dem es ihr wieder besser ging, das wusste Louise, weil man es ihr sagte, weil Agnes es ihr sagte, während sie an ihrem Bett saß. Aber als sie an ihrem ersten fieberfreien Morgen aufwachte und eine ganze Schale klarer Suppe aß, ohne sie erbrechen zu müssen, da glaubte Louise nicht an erklärbare chemische Abläufe in ihrem Körper, da glaubte sie an ein Wunder. Etwas Entsetzliches war durch sie hindurch und weiter gezogen. Es hatte entschieden, sie aufzugeben, sie in der Welt zurückzulassen.

Schweigend sehen sie zu, wie Blixens dunkle Gestalt sich in sich selbst zusammenzieht, bis sie fast nichts mehr ist, bloß ein Riss, der noch einige Sekunden in der dichten Textur der weißen Weite vor ihnen klafft, bevor er sich endgültig schließt.

DANK AN:

Anvar Cukoski, Julia Eichhorn und David Frühauf. Und an Julius Erler, der mir von der Knochenkirche in Kutná Hora erzählte.

Dank auch an den Berliner Senat und das Literarische Colloquium Berlin sowie an den Hessischen Literaturrat, der mir einen Aufenthalt in Prag ermöglichte, welcher maßgeblich zur Gestaltung des Romans beitrug.

Anstoß für die Idee zu dem Roman gab die Dokumentation »Der Blender – The Imposter«, welche sich mit dem rätselhaften Verschwinden und vermeintlichen Wiederauftauchen des 13-jährigen Nicholas Barclay auseinandersetzt.

Das Zitat aus Tania Blixens Erzählung »Gespensterpferde« entstammt dem Band *Gespensterpferde – Nachgelassene Erzählungen*, aus dem Dänischen übersetzt von Ursula Gunsilius. Veröffentlicht in der Rowohlt Taschenbuch Verlag GmbH, Reinbek bei Hamburg, 1986; erstmals veröffentlicht im Hinstorff Verlag, Rostock, 1982.